George Pelecanos

Grec d'origine, George Pelecanos est né en 1957 à Washington. Après des études à l'université du Maryland, il exerce divers métiers, puis commence une carrière dans l'industrie du cinéma au cours de laquelle il produira, outre les films des frères Coen, *Blood simple* et *The killer.* Depuis *Le chien qui vendait des chaussures* (1997), son premier roman, il se fraye une voie dans le monde du thriller, avec un succès que viennent confirmer *King Suckerman* (1999), un livre directement inspiré de la " blaxploitation ", et *Suave comme l'éternité* (2000). La capitale des États-Unis et la culture urbaine noire-américaine n'ont plus de secret pour cet écrivain qui dépeint la pègre et les bas-fonds de Washington dans des thrillers aussi vrais que nature.
George Pelecanos vit à Silver Spring, dans le Maryland, avec sa femme et ses deux enfants.

UN NOMMÉ
PETER KARRAS

DU MÊME AUTEUR
CHEZ POCKET

ANACOSTIA RIVER BLUES

GEORGE PELECANOS

UN NOMMÉ PETER KARRAS

Traduit de l'anglais par
Jen Esch

ÉDITIONS MURDER INC.

Titre original :

THE BIG BLOWDOWN

Publié par St Martin Press, 175 fifth Avenue,
New York, NY10010.

ISBN 2-266-11224-4

Pour Pete Frank et Alice Frank

Remerciements

J'aimerais remercier les personnes suivantes, qui m'ont aidé à écrire ce livre : le personnel de la Washington Room de la Bibliothèque Martin Luther King de Washington D.C. ; Jim et Ted Pedas ; James Boukas ; Gordon Van Gelder ; Sloan Harris et Emily. Et plus spécialement mes parents, Pete et Ruby Pelecanos.

[illegible]

[illegible] Washington [illegible]

[illegible]

PROLOGUE

WASHINGTON, D.C
1946

Peter Karras rêvait. Il rêvait de son lit encastrable et d'une assiette de haricots *me selina,* préparés par sa mère. Il sentait l'odeur de la nourriture riche, il voyait la sauce marron autour des pois, des tomates confites et des céleris vert clair, comme s'il était installé devant la vieille table, au coin de la 5e et de H Street. Il rêvait de sirènes et de Jimmy Boyle. Boyle dans son uniforme bleu, penché au-dessus de lui, l'air inquiet. Il observait la lune blanche, il voyait des lumières la colorer, puis filer dans le ciel. Il rêvait qu'il avait relevé la tête pour regarder sa jambe. Il rêvait que le pied tout au bout était aplati, sans forme, broyé en une sorte d'amas enflé, et tordu de façon bizarre. Entre les rêves surgissaient les ténèbres, et dans les ténèbres jaillissaient des cris à vif.

– Jimmy, dit Karras.

– Je suis là, vieux.

C'était Boyle, de nouveau, en uniforme, accroupi au-dessus de lui, de retour dans son rêve. La sirène était assourdissante dans ce rêve. Boyle tendit la main. Ils étaient dans un espace réduit, et il y avait quelqu'un avec eux dans cet espace, quelqu'un habillé en blanc. Ils bougeaient, ils se balançaient d'avant en arrière.

– On t'emmène à l'hôpital, dit Boyle.

– L'hôpital...

– Ouais.

Karras avait la bouche affreusement sèche.

– Comment ça se présente pour moi ?

– Hein ?

– Tourne ta bonne oreille vers moi, Jimmy. (Boyle obéit.) Je suis dans quel état, je t'ai demandé.

– Tu vas t'en tirer.

– Je veux savoir ce que j'ai.

Boyle baissa les yeux.

Karras fut traversé par un éclair de douleur qui lui creusa le dos. Boyle lui serra la main jusqu'à ce que la décharge électrique s'atténue. La personne en blanc lui tapota le front avec une serviette.

– On est presque arrivés, vieux, dit Boyle.

Karras humecta ses lèvres avec sa langue.

– Comment ça se fait que t'étais là ?

– Je patrouillais, répondit Boyle avec un sourire triste. On peut dire que tu as eu de la chance.

– Ouais, de la chance. J'en ai à revendre.

L'ambulance négocia un virage brutalement. Boyle retint la civière et hurla quelque chose au chauffeur. Il reporta son attention sur Karras.

– Qui c'est qui t'a fait ça, Pete ?

Karras pensa à Joe Recevo ; l'image de la Mercury qui s'en allait résonnait dans sa tête, limpide.

– Je me suis fait attaquer, voilà tout. Des types m'ont sauté dessus. J'ai pas vu leurs gueules. Tu devrais peut-être interroger le vieux qui tient la boutique en face.

– On s'en occupe.

Karras regarda son ami, il sourit en voyant les bourrelets de graisse qui roulaient par-dessus le col de chemise de Boyle.

– Tu as pris quelques kilos, Jimmy.

Boyle rougit.

– Tu sais que j'aime bien bouffer.

– Oui, je sais, vieux. Je sais.

Le chauffeur éteignit la sirène, tandis que l'ambulance ralentissait.

– Dis, Pete. Quand je t'ai trouvé, tu parlais en grec. *Mana mou, mana mou*, tu répétais. Ça veut dire quoi ?

Mana mou. Karras détourna le regard. Il avait appelé sa mère, là-bas dans la ruelle. Voilà donc comment réagissait un dur comme lui dans les moments vraiment difficiles.

– Je délirais, dit-il, c'est tout.

L'ambulance s'immobilisa ; Boyle tapota la main de Karras.

– Allez, mon vieux. Ils vont te remettre en état.

Les portes arrière s'ouvrirent. Deux types se penchèrent à l'intérieur pour se saisir de la civière. Ils le soulevèrent dans l'air de la nuit ; les odeurs et les bruits de la ville l'assaillirent, puis disparurent au moment où on lui faisait franchir une double porte battante.

Karras regardait le plafond blanc défiler devant ses yeux.

– Joe..., dit-il.

Et il s'endormit.

PREMIÈRE PARTIE

WASHINGTON, D.C.
1933

1

Peter Karras apprit à nager un après-midi, au début du mois de juin, à la fin d'une vague de chaleur. La canicule s'était abattue sur Washington D.C. comme un cauchemar et avait tué plusieurs personnes âgées, et quelques-unes moins âgées. Deux hommes avaient succombé la veille.

Le premier était un touriste venu de San Francisco, un Suédois d'un certain âge, qui s'était effondré au coin de la 2e Rue et de Virginia Avenue, terrassé par une crise cardiaque avant même d'atteindre le trottoir. Le second était un marin du *SS Vcedol*, amarré dans lc port d'Alexandria cet été-là. Le jeune gars s'était avancé sur le plat-bord et avait sauté dans le Potomac pour tenter de se rafraîchir, conscient qu'il ne savait pas nager. Le marin, un nommé Elridge Kruse, avait plongé directement vers le fond, à toute vitesse. Un témoin raconta dans les journaux que Kruse avait coulé si vite qu'on aurait dit qu'il avait les poches remplies de pierres.

Karras essuya la sueur qui coulait sur son front et essaya de masquer son inconfort, tandis qu'il accélérait le pas. Il essayait de suivre Steve Mamakos, un nouveau venu en ville qui commençait déjà à se faire un nom parmi les amateurs de boxe. Mamakos n'était pas beaucoup plus grand que Karras, mais plus costaud, d'une quinzaine de kilos, avec une solide carrure et un nez qui avait déjà pris pas mal de coups, ça se voyait. Karras avait onze ans et Mamakos seize ; cinq ans qui faisaient la différence entre un garçon qui est encore un gamin et un autre qui est presque un homme... Cette différence était visible alors qu'ils marchaient côte à côte.

Mamakos savait boxer ; il se servait surtout de sa droite, il possédait le sens du ring, même s'il était moyennement rapide des deux mains. Loin d'être un technicien, c'était plutôt un boxeur direct ; il possédait très peu de ruses dans son arsenal. Sur le papier, ses défauts paraissaient ne lui laisser aucune chance. Il baissait trop souvent sa gauche, il s'en servait rarement, et quand cela lui arrivait, c'était pour distribuer des petits coups de patte. Sa véritable force – c'est le mot qui convient –, c'était de pouvoir encaisser trois coups avant d'en donner un. Des gars qui s'y connaissaient affirmaient que Mamakos irait loin.

Au Boy's Club, dans la 5e, à la hauteur de G Street, Mamakos et son entraîneur « Buster » Brown avaient passé presque toute la matinée à enseigner la boxe à Karras. Mamakos avait à peine retenu ses coups, et quand l'un d'eux s'était écrasé sur le nez de Karras, ses yeux s'étaient remplis de larmes et il avait vu la salle tanguer devant lui. Mais une seule chose le préoccupait à cet instant : il ne voulait pas que Mamakos pense qu'il pleurait. Peter Karras s'en fichait que Steve Mamakos ne retienne pas ses coups ; il en était fier au contraire. Tout comme il était fier de marcher à côté de lui maintenant.

Mamakos avait de l'argent pour prendre le tramway, mais Karras préférait marcher. Ils descendirent dans le centre et traversèrent le Mall, jusque dans les quartiers et les petites rues du Southwest, où les Noirs les regardaient passer, sans jamais croiser leurs regards. Bientôt, ils atteignirent les étals de fruits et légumes et les vendeurs de poissons qui bordaient Washington Channel, le long de

Maine Avenue. Ils marchaient tout simplement, avec dans l'idée d'aller jusqu'au bord de l'eau, peut-être, où ils espéraient trouver un peu d'air. Leurs chemises étaient trempées lorsqu'ils traversèrent la route.

Sur les quais, les restaurateurs et les cuisiniers venus faire leurs courses pour le menu du soir choisissaient leurs produits dans les charrettes des vendeurs ambulants. Karras reconnut parmi eux Lou DiGeordano, debout derrière sa charrette de fruits, avec ses manches de chemise roulées jusqu'aux coudes. Petit et mince comme un clou, doté d'une moustache noire et coiffé avec une sorte de grande banane, DiGeordano était occupé à se curer les dents avec l'ongle de son pouce. Le père de Karras connaissait DiGeordano, il affirmait que celui-ci tenait une loterie clandestine.

DiGeordano vivait dans le même quartier de Chinatown que Karras, au croisement de la 5e et de H Street. Les trois étages de son immeuble abritaient uniquement des Italiens ; c'était souvent comme ça, les gens avaient tendance à se regrouper entre eux. Joe Recevo, le meilleur ami de Peter Karras, vivait lui aussi dans cet immeuble avec ses parents. Tout comme les familles Damiano et Carchedi ; Karras allait à l'école catholique avec deux des enfants.

– Hé, Karras Jr. ! lança DiGeordano en le voyant arriver.

– Bonjour, monsieur DiGeordano, dit Karras avec un petit signe de tête, en passant avec Mamakos.

Ils se faufilèrent derrière la charrette de l'Italien pour s'asseoir au bord de la jetée, les jambes dans le vide. Une barque était attachée à un pilier sur leur droite. L'eau était plus sale ici qu'en aval, à Mount Vernon et Marshall Hall.

– Fait chaud, commenta Mamakos.

– Putain, oui, dit Karras, heureux de pouvoir dire un gros mot devant Mamakos, mais tressaillant en entendant le son de sa propre voix.

Mamakos regarda la barque et pointa le menton en direction de Hains Point.

– Ce qu'on devrait faire, c'est prendre ce truc pour aller jusqu'au Speedway et en profiter pour se baigner.

– Je sais pas nager, dit Karras.

– Mais si, tu sais.

Peter Karras cracha entre ses pieds ; il regarda le crachat s'écraser à la surface de l'eau, avec un tout petit « ploc ».

– Non, je sais pas.

Mamakos hocha la tête ; il regardait l'autre rive du chenal d'un air songeur.

– Alors, qui va gagner le combat ce soir, à ton avis ?

– Mon père dit que c'est Schmeling. Il dit que Max Baer, c'est rien qu'un *bufo*.

– Ton père dit que.

– Ouais.

– Il pense que Baer est un clown ? Oui, peut-être. Mais un clown avec une sacrée droite.

Karras regarda le soleil en plissant les yeux.

– Tu vas écouter le combat ?

– Ouais. Et toi ?

– Hmm.

Mamakos se tourna vers Karras ; il sourit en s'attardant sur la tignasse de cheveux blonds et les yeux bleus.

– Tu ressembles pas du tout à un Grec, tu sais, Pete ? À part le *ilia,* peut-être.

Karras caressa du bout du doigt le gros grain de beauté noir à droite de sa lèvre.

– Dans le village de mon père, à Sparte, ils sont tous comme ça. Mon père dit qu'on n'a jamais été envahis par les Turcs. Et c'est à cause du sang turc que les autres Grecs ont la peau...

– Ton père dit que.

Une goutte de sueur se décrocha du bout du nez aplati de Steve Mamakos.

– Il fait vraiment chaud. On devrait aller faire un tour avec cette barque.

Lou DiGeordano avait écouté leur conversation. Il se retourna et fit un geste avec ses deux mains, comme s'il les chassait.

– Si vous voulez prendre la barque, allez-y. Je connais le gars à qui elle appartient. Il me doit quelques dollars, d'ailleurs. Mais rapportez-la, surtout. Tu entends, Karras Jr. ?

Mamakos avait sauté dans la barque avant même que Peter Karras ait le temps de protester. Celui-ci le rejoignit et défit la corde attachée autour du pilier. Il fit reculer la barque en prenant appui sur la jetée, et remarqua le maigre gonflement de ses biceps. Ils dérivèrent vers le centre du chenal. Mamakos ôta sa chemise et prit les rames. Chaque coup de rames faisait rouler les muscles de ses bras. Karras fit passer sa chemise par-dessus sa tête et se débarrassa de ses chaussures d'un coup de pied. Il observa la maigreur de ses bras en se disant qu'il grandirait un jour.

– C'est Baer qui va gagner, tu peux me croire, dit Mamakos. Et il arrachera le titre à Carnera quand Carnera aura fichu une raclée à Sharkey en juillet.

– Si tu le dis, répondit Karras qui se sentait soudain à l'étroit sur cette barque.

Elle lui rappelait le lit encastrable dans lequel il dormait chez lui.

– Tu t'es bien débrouillé à la salle, ce matin, Karras. Peut-être que toi aussi tu as un peu de Max Baer en toi. Mais tu dois penser à garder les mains levées et à bien respirer. La respiration, c'est vachement important.

– D'accord, Steve.

La barque tangua dans le sillage d'un skiff qui passait et Karras sentit son estomac se soulever. Maintenant qu'ils étaient dans le chenal, il ne faisait pas si frais finalement. Karras avait chaud et un peu mal au cœur.

– Voilà, là c'est bien, déclara Mamakos en sortant les rames de l'eau.

– Qu'est-ce qu'on fait maintenant ? demanda Karras.

– Je vais t'apprendre à nager.

– Je sais pas ! Je te l'ai dit !

– Mais si, tu sais. Une fois dans l'eau, tu fais comme un chien. Tu remues les mains et les pieds comme un dingue. Tu barbotes en quelque sorte, et t'arrêtes pas de barboter. C'est simple.

– J'y arriverai pas, Steve.

– Debout, mon gars.

– Steve.

– Lève-toi et saute à l'avant de la barque.

Karras s'approcha de la proue et s'arrêta. Il savait qu'il allait le faire, car s'il y avait une chose qu'il ne voulait pas, c'était passer pour un froussard devant Steve Mamakos. Et il se sentait enfermé sur cette barque, à l'étroit et mal à l'aise. Il aurait voulu respirer à fond avant de sauter, mais on aurait dit qu'il n'arrivait pas à retenir son souffle. Il allait le faire, mais pas tout de suite. Il avait besoin d'attendre encore un peu.

Le rire de Mamakos résonna dans l'air, juste au moment où Karras sentait le poids d'une main épaisse dans son dos. Il bascula dans le vide, et au moment où il tombait dans l'eau, il s'enfonça sous la surface. Il battit des mains et des pieds furieusement, et aussi vite qu'il avait coulé, sa tête ressortit de l'eau. Il entendait sa voix, une sorte de bourdonnement. Ses mains s'agitaient, ses pieds battaient. Il vit la tache verte de Hains Point, les mouettes qui planaient tout au bout de la pointe, les nuages blonds dans l'azur parfait du ciel. Il reçut la chaleur du soleil en plein visage et sentit un sourire étirer ses lèvres.

– Allez, nage, Grec de mes deux ! lui lança Mamakos.

Nage. Oui, c'était simple.

2

Peter Karras repoussa les couvertures. Il se redressa dans son lit et toucha du bout des doigts l'hématome qui ornait sa tempe, le bleu que lui avait fait son père, la veille au soir. Dimitri Karras, qui tenait un étal de fruits et légumes à l'entrée d'une ruelle au coin de Pennsylvania, à la hauteur des numéros 1 700, avait été averti par un de ses amis de Maine Avenue qui avait vu son fils nager dans le chenal. Dimitri était rentré chez lui avec la ferme intention de donner une bonne leçon à son fils. Il avait ôté sa ceinture pour le frapper, mais la boucle avait atteint le garçon sur le côté de la tête. En voyant ce qu'il avait fait, Dimitri Karras s'était arrêté. À aucun moment le garçon n'avait pleuré.

Karras se tourna vers son père, assis à table, en maillot de corps et caleçon, tenant dans sa main une tasse de café turc. Son père ne leva pas la tête. Une photo provenant d'un hall de cinéma traînait par terre, au pied du lit de Peter Karras. La photo, cornée et froissée, montrait deux acteurs, James Dunn et Zasu Pitts, dans un film intitulé « Hello Sister ». Ainsi, son père était allé voir un film au Savoy, à la dernière séance, et il avait volé une photo accrochée au mur. Avant d'aller se saouler certainement. Un cadeau pour son fils, un cadeau absurde, comme si

Peter avait envie d'une photo de Zasu Pitts. Qu'en ferait-il ? Bah, c'est le geste qui compte. C'était mieux que rien.

Debout devant la cuisinière, Georgia Karras émiettait de la féta dans la poêle contenant les œufs brouillés qu'elle préparait pour son mari. Elle portait une robe d'intérieur noire, une des trois blouses identiques qu'elle possédait ; ses longs cheveux châtains étaient relevés en chignon. Aux pieds, elle portait une paire de sandales en corde avec une semelle en cuir et des petits talons, qu'elle avait achetées 1,19 dollars chez Goldenberg, avec ses économies. Un chat était assis près d'elle ; le nez de l'animal frôlait son mollet ; il écoutait le grésillement des œufs qui se figeaient dans la poêle.

– Encore du *cafe*, Georgia, dit Dimitri.

– Il arrive, répondit Georgia avec lassitude. Je t'apporterai tes œufs et ton café en même temps. C'est bientôt prêt.

– Hmm, fit Dimitri.

– *Ella na fas,* Panayotaki, dit Georgia à son fils, en lui faisant signe d'approcher.

– J'ai pas le temps de manger, m'man, dit Peter en laçant ses chaussures et en enfilant la chemise qu'il avait déjà mise la veille. J'ai rendez-vous avec mes copains.

– Avec quels copains ? demanda Dimitri.

– Perry Angelos et Billy Nicodemus. Jimmy Boyle et Joe Recevo.

– Recevo. Les *Italos.*

Georgia servit ses œufs à son mari et lui remplit sa tasse de café. Elle s'essuya les mains sur sa blouse.

– Viens dans la chambre, Panayotaki, dit-elle. Avant de t'en aller.

Peter Karras fit son lit et le repoussa dans le mur. Il passa devant son père qui sentait le café, la cigarette et l'alcool, et aussi légèrement la lotion Wildroot dont il enduisait ses épais cheveux grisonnants, et il entra dans l'unique chambre de l'appartement. Les rideaux étaient tirés, comme dans toutes les pièces ; la lumière rouge provenait d'une *candili* suspendue au plafond, devant plusieurs icônes accrochées au mur. Parmi les icônes, un cadre renfermait une photo de F.D. Roosevelt découpée dans un magazine.

Debout devant la commode, sa mère faisait glisser dans sa paume les pièces de monnaie qui se trouvaient dessus. L'ayant rejointe, Peter admirait le couteau de chasse de son père, qu'il posait toujours sur la commode. À côté du couteau se trouvait une radio American-Bosch, et à côté de la radio, deux bouteilles vides de bière Gunther. Georgia se pencha vers son fils ; elle prit son visage entre ses mains et l'orienta vers la lumière. Elle examina le bleu et poussa un soupir.

– C'est rien, m'man. C'est pas grave.

– *O patera sou eine kalos anthropos. Acous ?* Ne sois pas fâché après lui. Il ne veut pas qu'il t'arrive un malheur. Il se fait du souci, Panayoti, voilà tout. Hokay ?

– *Then birazi,* répéta-t-il pour la rassurer.

Sa mère cligna des yeux et déposa l'argent dans la paume de son fils.

– Achète un poulet chez le boucher en rentrant. Je vais le faire bouillir et préparer une soupe *avgolemono* pour ce soir.

– Je l'achèterai au Piggly Wiggly, m'man. Ils les tuent à la demande.

– Ils disent tous ça. Achète-le chez le boucher du coin de la rue, c'est moins cher. (Elle le poussa délicatement derrière la tête.) Allez, va, mon garçon. *Pas sto kalo.*

Peter ressortit de la chambre. Sa mère le suivit du regard.

De retour dans le living-room, il repassa devant son père. Dimitri repoussa son assiette vide et frotta une allumette pour allumer une cigarette roulée à la main. Il observa son fils maigrelet : il grandissait, bientôt ses couilles s'alourdiraient, il aurait des sentiments d'homme.

– T'as vu la *photographia?* demanda-t-il.

– Oui. Merci, papa, répondit Peter sans s'arrêter.

Il ouvrit la porte.

– Oublie pas le poulet! lui lança son père juste avant qu'il claque la porte.

Le livreur de pains de glace arrivait au même moment, un Américain frêle, vêtu d'un pantalon de coutil blanc. Karras fit mine de lui décocher un coup de poing en passant. Le livreur de glace tressaillit et marmonna quelque chose au sujet des Grecs. Karras éclata de rire et descendit l'escalier, en songeant que chaque jour, il fichait la frousse à ce petit gars de la même façon. C'était facile de prendre le dessus sur les autres quand on savait jouer le type qui se fout de tout.

Billy Nicodemus vivait dans le même immeuble que Peter Karras, dans H Street, au numéro 606. Peter passa le prendre à la porte de chez lui, au premier étage, et salua les parents de Billy, un couple paisible, gérants d'un bar sans alcool dans le centre. Steve Nicodemus, le frère aîné de Billy, décocha une taloche derrière la tête de Billy au moment où il sortait. Billy Nicodemus était un garçon gentil et costaud, qui avait hérité de la nature foncièrement bonne de son père. Il ne voyait jamais l'intérêt de se battre.

– Tu peux m'expliquer pourquoi t'as fait ça? demanda-t-il à son frère.

– C'est affectueux, répondit Steve, avec un petit mouvement du menton en direction de Karras, qui comprenait, il le savait bien.

Dingue de base-ball, Billy avait coincé son gant sous son bras. Karras et lui descendirent l'escalier et sortirent dans la rue.

Ils tournèrent au coin, dans la 6e, entrèrent au 703 et grimpèrent jusque chez Perry Angelo. Dans l'escalier, Karras aperçut Helen Leonides, d'un an sa cadette, qui jouait aux osselets devant l'appartement de ses parents, pendant que le propriétaire, Leo Bernstein, debout sur le seuil, collectait l'argent du loyer. Elle adressa un sourire à Karras, qui détourna la tête.

Perry, un garçon petit et laid, avec de grandes oreilles et de grands yeux marron tristes, était presque prêt quand les deux garçons passèrent le chercher. Karras et Nicodemus bavardèrent un instant avec la mère de Perry, qui leur offrit des *gleeka*. Ils mangèrent les friandises à la porte de l'appartement clair. Le père de Perry possédait une sorte de café pour Grecs près de l'arsenal maritime ; il travaillait sept jours sur sept et rentrait chez lui uniquement pour dormir et se changer. Les autres garçons le voyaient rarement, pourtant ils avaient l'impression de bien le connaître, étant donné que Perry leur parlait toujours de son père.

Perry embrassa sa mère. En descendant, il vit Helen Leonides et lui dit bonjour.

– Bonjour, Perry, dit Helen.

Et d'une voix chantante, elle ajouta :

– Bonjour, Pete.

Helen rendait Karras nerveux, d'une étrange façon. Il ne répondit pas à son bonjour, et les trois garçons dévalèrent l'escalier pour ressortir dans la rue.

Joe Recevo était assis sur le perron ; il eut un grand sourire en les voyant approcher de son immeuble, au coin de la 5e et de H Street. Âgé de 12 ans, Recevo était le vétéran de la bande, mais il avait redoublé une classe à l'école à cause de ses mauvais résultats. Conséquence de ce décalage, Recevo était plus grand que les autres, il avait du duvet au-dessus de la lèvre, et ces derniers mois, sa voix était devenue plus grave. Avec ses épais cheveux bruns ondulés et son regard marron intense, il dépassait également les autres sur le plan du charme.

Recevo sauta sur le trottoir et repoussa sa casquette de vendeur de journaux sur son front. Les garçons l'entourèrent.

– Salut, les gars, dit-il en décochant une pichenette dans le lobe de l'oreille droite de Perry.

Perry se frictionna l'oreille.

– Allez, je t'ai pas fait mal, Pericles. Si ?

– Fous-lui la paix, Joey, dit Karras.

– O.K., Pete. J'embêterai plus ce petit rat de bibliothèque.

Recevo donna une petite tape dans l'épaule de Karras. Celui-ci repoussa la main de Recevo.

– Alors, où on va ? demanda Recevo.

– Allons au terrain de jeu, dit Karras. Boyle y est sûrement. Peut-être qu'on pourra se faire une partie.

– O.K. s'exclama Nicodemus en donnant un coup de poing dans son gant.

En traversant Chinatown, ils tombèrent sur un garçon nommé Su. Recevo avait confié un jour à Karras que le père de Su faisait partie des Hip Sings, mais Karras ne savait pas ce que ça voulait dire, alors il s'en fichait. Karras jouait souvent avec Su dans leur rue ; il trouvait que c'était un bon petit athlète. Les garçons lui proposèrent de les accompagner.

– Alors, Baer et Schmeling ? dit Nicodemus, tandis qu'ils marchaient vers l'est. C'était quelque chose, hein ?

– Un carnage, répondit Recevo, voilà ce que c'était. Schmeling n'a aucune chance.

– Baer l'a refroidi comme un cœur de prêteur sur gages, déclara Perry Angelos qui avait lu cette expression dans le *Herald* de ce matin.

Il l'avait mémorisée après avoir fini de dévorer les aventures de « Buck Rogers », « Barney Google » et « Gasoline

Alley », ses héros préférés, dans les pages de bandes dessinées.

– Steve Mamakos l'avait prédit, déclara Karras. Il m'a dit hier que Baer allait gagner.

– Mamakos, dit Recevo. T'es amoureux de ce type, ou quoi ?

– Je te dis qu'il l'avait annoncé, c'est tout.

– Max Baer ! s'exclama Su en décochant un crochet du gauche et un direct du droit dans le vide, tout en marchant.

– Qu'est-ce qu'un Chinetoque y connaît à la boxe ? dit Recevo.

– Je m'y connais, Lecevo, dit Su.

– « Lecevo », répéta Joe en ricanant. Ouais, tu t'y connais, c'est sûr.

– Je parie que George Zaharias pourrait battre Max Baer, déclara Angelos.

– Zaharias est lutteur, Pericles, dit Recevo. Espèce d'abruti.

– Je sais bien, dit Perry. Et il est grec, tu le savais ça ? Son vrai nom c'est Vetoyanis. Il combat contre Jim Londos la semaine prochaine, au Griffith Stadium.

– Comme si on avait besoin d'un Grec de plus à D.C., dit Recevo. Cette ville en est déjà infestée.

Perry Angelos et Billy Nicodemus ne dirent rien. Recevo se tourna vers Karras, qui semblait sourire discrètement, peut-être en écoutant cette discussion, ou peut-être parce qu'il appréciait cette journée, tout simplement. Avec Karras, Recevo n'était jamais sûr de rien.

Jimmy Boyle les attendait sur le terrain de jeu de la 3e et de F Street. Boyle portait des vêtements élimés et des chaussures trouées, qui laissaient voir ses chaussettes elles aussi trouées. Il avait souvent le nez qui coulait, car il était souvent malade et ses pommettes saillaient au milieu de son visage.

Ces garçons étaient tous pauvres, mais Boyle était plus pauvre que les autres. Ils savaient qu'il se passait un truc qu'on appelait la Dépression, mais ce mot n'était qu'un mot pour eux. Ils avaient entendu leurs parents en parler et se disputer à ce sujet, tard le soir, ou bien les quelques-uns qui lisaient le journal avaient lu des articles ou se les étaient fait lire. Les Grecs étaient mieux lotis que les autres, car ils avaient leurs parents et leurs *patriotis*, et ils étaient prêts à faire des métiers mal payés, dans les services ou ce qui touchait à l'alimentation, et parfois, la nourriture rentrait à la maison avec eux et se faufilait jusqu'à la table de la cuisine. Mais ils étaient tous pauvres. Ils étaient pauvres et ils ne le savaient pas vraiment ; s'ils l'avaient su, ils s'en seraient moqué.

Ils s'en seraient moqué, car c'étaient des enfants. Ils dormaient dans un lit, ils avaient des amis et quand ils avaient faim, il y avait toujours quelque chose à manger. Ils ne savaient rien de la maladie ou de la mort, mais ils en plaisantaient. La nuit leur semblait très loin.

Recevo se moqua de Boyle en disant que ses chaussures appartenaient à un macchabée, et tout le monde éclata de rire. Ils savaient que le père de Boyle était employé à la morgue municipale. De fait, le père de Boyle avait effectivement volé cette paire de chaussures sur le cadavre d'un garçon qui avait à peu près l'âge de Jimmy, pas plus tard que la veille au soir. Cette remarque arracha un sourire forcé à Jimmy, qui tenta de riposter en envoyant une insulte à Recevo. Celui-ci baissa la voix et dit à Jimmy, dans un murmure : « Tu peux répéter ? » C'était une plaisanterie qu'ils étaient tous capables d'apprécier, car Boyle était quasiment sourd d'une oreille. Quand il était tout petit, il avait fait une grosse poussée de fièvre.

– Alors ? demanda Angelos quand ils eurent fini de rire. Qu'est-ce qu'on fout maintenant ?

Billy Nicodemus donna un coup de poing dans son gant.

– On se fait une petite partie.

– Babe Wooth [1] ! s'exclama Su en frappant l'air avec une batte imaginaire.

1. Su veut dire Babe Ruth, célébrissime joueur de base-ball. (*N.d.T.*)

3

Les garçons passèrent le restant de la matinée à jouer à la balle contre le mur de briques d'une école, puis ils déjeunèrent rapidement chez Nick Kendro, le Woodward Grill dans la 15e. Ils devaient rejoindre des Noirs du Southwest dans un terrain vague de D Street, près de la 5e. Ils s'étaient battus avec eux en juin dernier et avaient promis de se retrouver au mois de juillet, le même jour, pour remettre ça.

En chemin, ils perdirent Su qui devait travailler au Lavomatic de son père, puis Nicodemus, qui expliqua vaguement qu'il devait aider son frère Steve à construire une boîte à savon. Ils laissèrent partir Nicodemus, et bientôt, ils se retrouvèrent dans G Street, devant le « Murphy's 5&10 ».

– Faut que je passe par F Street, déclara Karras. Je vous retrouverai là-bas, les gars.

– Prends-moi des Nigger Babies ! lui lança Boyle, qui avait toujours faim, au moment où Karras poussait les portes vitrées.

Boyle savait bien que Karras n'avait pas d'argent pour acheter des bonbons, mais il se disait que ça valait la peine d'essayer.

En entrant au Murphy, Karras sentit immédiatement l'odeur chaude des pralines et il se dirigea vers le stand tenu par un Tom Andros souriant, celui que les gamins du coin surnommaient Monsieur Cacahouète. Andros fit glisser quelques cacahouètes dans un petit sachet en papier qu'il déposa dans la main de Karras. Il le connaissait pour l'avoir vu à l'église.

– Merci, dit Karras.

– *Ande*, mon gars, dit Andros avec un large geste de la main.

Dans la rue, les garçons partagèrent les cacahouètes et prirent la direction de l'est, puis du sud. Dans le quartier noir de New Jersey Avenue, Jimmy Boyle remarqua une fille aux bras fins, couleur caramel, avec un joli sourire radieux. Recevo qui avait repéré la lueur dans le regard de Boyle ne manqua pas de le mettre en boîte dès qu'ils eurent quitté le quartier. Boyle répondit par un haussement d'épaules. Une Chevrolet de 1932 passa dans la rue, un modèle deux portes couleur vert olive, et Recevo ne put s'empêcher de s'arrêter pour l'admirer. Recevo adorait les voitures; il avait hâte d'être assez grand pour s'en payer une. Son père avait acheté récemment, à crédit, une Dodge 1929 chez Trew Motor Company dans la 14e, mais cette « Chevy », c'était le top du top. Le père de Perry Angelo possédait une Chevrolet Rumble Seat Coupée, couleur sable avec des finitions nickelées, mais Perry ne s'en vantait jamais auprès de ses amis. Les pères de Karras, Nicodemus et Boyle n'avaient pas de voiture. Karras ne s'intéressait pas aux voitures; il estimait que la meilleure façon de voir la ville, c'était de se promener dans les rues.

Ils débouchèrent bientôt dans D Street, en bordure d'un terrain vague parsemé de cailloux. Les gars du Southwest étaient déjà là, au milieu du terrain vague; ils étaient quatre, à égalité, à supposer que le nombre suffise à rendre les choses égales. Perry Angelos sentit son estomac se soulever en les voyant, tandis que Recevo et Karras éprouvaient une sorte de satisfaction en sentant leur peur. Boyle avait les mains moites, sa langue lui collait au palais.

– C'est eux, dit Recevo.

– Paraît que c'est des gars de Bloodfield, dit Angelos.

– On a promis de les retrouver, dit Boyle. Allons-y.

Ils traversèrent le terrain vague. Joe Recevo ôta sa casquette de vendeur de journaux et la lança dans un coin.

– Je prends le maigrichon, dit Karras à Recevo.

– C'est pas le plus costaud, mais c'est le plus rapide, dit Recevo. Tu te souviens ?

– Je me souviens.

– Moi, je prends le grand, avec les chaussures montantes.

– Il aime bien agiter sa droite au-dessus de sa tête pour attirer ton attention. Mais attention, Joey, il frappe avec la gauche. Pigé ?

– Pigé, dit Recevo.

Ils avaient accéléré le pas ; ils couraient presque en direction du groupe de jeunes Noirs qui leur lançaient des regards mauvais, plantés au milieu du terrain vague.

– Perry..., dit Karras.

– T'en fais pas pour moi, Pete.

Le grand Noir avec les chaussures montantes s'écria : « Southwest ! »

Recevo éclata de rire et brailla : « Northwest ! »

Motivés par son rire tonitruant, ses camarades se lancèrent à l'assaut derrière Recevo.

Ils étaient tous mélangés maintenant ; ils s'agrippaient, se poussaient, se donnaient des coups de poing, au corps à corps. Le premier à tomber fut Perry Angelos. Karras baissa sa garde pour faire frapper le gars élancé et robuste qui avait expédié Angelos au tapis d'un seul coup de poing. Il fut ceinturé par le maigrichon qui lui rentra dans le ventre avec sa tête crépue et le projeta à terre. Karras sentit un caillou s'enfoncer dans ses reins au moment du choc. Recevo se précipita pour repousser le maigrichon à coups de pied, mais le grand Noir lui sauta dessus et les deux garçons échangèrent une série de coups de poing, accompagnés de vociférations. Pendant ce temps, Boyle et son adversaire roulaient au sol en gesticulant, dans un énorme nuage de terre et de poussière. Karras se releva.

– Approche, mec, dit le maigrichon, les mains levées, en agitant les doigts devant Karras.

Celui-ci s'approcha; le Noir lui décocha un coup de poing dans le ventre; Karras se protégea avec ses coudes et reçut deux autres coups dans les bras. La tête lui tournait un peu, il inspira à fond, s'en trouva revigoré, et décocha un uppercut au moment même où arrivait le coup suivant. Son attaque atteignit le maigrichon au menton, le faisant reculer. Karras aperçut alors Angelos allongé par terre. Couché sur lui, le Noir sec et costaud, le rouait de coups de poing, sans force. Profitant de ce court instant de distraction, le maigrichon plongea dans les jambes de Karras et le déséquilibra. Ils tombèrent tous les deux, roulèrent sur eux-mêmes et finalement, Karras se retrouva dessus. Assis à califourchon sur la poitrine de son adversaire, il agrippa les pans de sa chemise déchirée dans sa main gauche et serra son poing droit pour l'écraser sur le visage du garçon. Il le regarda au fond des yeux; le maigrichon le regardait lui aussi, d'un air vide, sans aucune peur, acceptant déjà son châtiment. Mais Karras constata qu'il n'y avait presque plus aucun bruit autour de lui, et que tous les autres – ses copains et leurs adversaires – s'étaient séparés; ils étaient tous couchés par terre, certains tenaient l'endroit où ils avaient mal, ils étaient au repos. Karras lâcha la chemise du maigrichon et laissa retomber son poing.

Il se leva et brossa ses vêtements. Les autres l'imitèrent. Huit garçons au souffle coupé et aux lèvres fendues, avec des prémices de bleus qu'ils cacheraient à leurs parents ce soir en rentrant. Match nul.

Les Blancs de Northwest s'éloignèrent. Mais le maigrichon s'écria :

– Hé, toi, le gars avec la tache noire sur le visage !

Karras se retourna.

– Ouais ? Qu'est-ce tu veux ?

– C'est quoi ton nom ?

Le regard de Karras s'adoucit.

– Pete Karras. Et toi ?

– Mon père s'appelle Oliver. Dans mon quartier, on m'appelle Junior Oliver.

Karras hocha la tête et le dénommé Junior Oliver cligna des yeux. L'un et l'autre firent demi-tour pour rejoindre les leurs. Les Noirs repartirent vers le Southwest. Les garçons du Northwest prirent la direction de chez eux.

– Ça va, Perry ? demanda Karras.

– Impec, répondit Angelos avec un petit sourire de soulagement.

Du sang tachait de rose ses dents.

– Jimmy ?

– O.K., dit Boyle en ôtant la poussière collée à une égratignure sur sa joue.

– Ces négros savent se battre, commenta Recevo.

– Ouais. (Karras posa sa main sur l'épaule de Recevo.) Merci d'avoir surveillé mes arrières, Joey.

– Tu peux compter sur moi, le Grec.

Karras n'en doutait pas.

– Où on va maintenant ? demanda Boyle.

Recevo récupéra sa casquette là où il l'avait lancée et la fit claquer contre son pantalon pour chasser la poussière.

– Allons rejoindre Nicodemus, dit-il. Peut-être qu'on pourra bricoler la caisse à savon.

Karras secoua la tête.

– Je peux pas.

– Pourquoi ? demanda Recevo.

– Faut que j'achète un poulet pour ma mère. Elle fait une soupe.

4

Les longues journées d'été semblaient s'étirer de manière interminable pour Peter Karras. Mais bientôt, elles prirent fin, et ses camarades et lui se retrouvèrent à l'école, où ils rêvassaient à cette saison enfuie et attendaient avec impatience le prochain été.

Au collège St. Mary, Karras s'adressait aux bonnes sœurs seulement quand celles-ci l'interrogeaient et il dissimulait à peine son manque d'intérêt pour les leçons qu'elles dispensaient. La plupart du temps, il regardait à travers la fenêtre sale, près de sa table, le chêne planté sur le côté de l'église ; il observait le changement de couleur progressif des feuilles. Ses résultats scolaires étaient tout juste passables, meilleurs que ceux de Recevo toutefois, semblables à ceux de Nicodemus et de Boyle. Perry Angelos, qui parlait déjà de la fac comme de la voie royale pour gagner de l'argent, se détachait largement du groupe.

– Hé, Pete, dit Recevo un matin, au moment où Jimmy Boyle entrait dans la salle de classe avec un trou béant au genou de son pantalon. On dirait que Boyle sort d'un asile de nuit.

– Son père s'est fait foutre à la porte de la morgue, expliqua Karras. Il retrouvera son job quand les choses iront mieux. Mon père dit que Roosevelt va tout arranger. Il dit qu'il va remettre tout le monde au travail, ceux qui veulent travailler et même ceux qui veulent pas.

– « Mon père dit que ». Vous autres, les Grecs, vous couchez tous avec Roosevelt.

– Ouais, possible, dit Karras.

Durant le cours, Recevo mit le feu à une pochette d'allumettes, qu'il s'empressa d'éteindre en soufflant dessus. Leur professeur, Sœur Cumilliana, demanda qui avait fait ça, et une fille nommée Linda McCabe désigna Joe du doigt. Sœur Cumilliana s'avança vers Recevo, se planta devant lui et releva la manche droite de sa robe.

– Tends ta main, ordonna-t-elle.

Les yeux fixés sur la main droite de la bonne sœur, Recevo refusa d'obéir. Jaillie de nulle part, la main gauche de la religieuse le gifla violemment. Recevo frotta sa joue enflammée, sous les rires des autres élèves. Sœur Cumilliana regagna son bureau, avec un sourire dans le regard.

T'aurais dû surveiller sa gauche, Joey, se dit Karras. *T'aurais dû surveiller sa gauche.*

Les journées s'écoulaient ainsi ; Recevo et Karras toujours entre deux réprimandes, retirant peu de choses de l'enseignement qu'on leur distribuait. Perry Angelos, lui, s'appliquait et se concentrait sur ses études, même s'il ne pouvait s'empêcher de remarquer que les filles de la classe admiraient davantage les pitreries de Recevo et Karras que ses bons résultats scolaires. Mais Angelos n'avait pas un tempérament à faire des siennes. Boyle et Nicodemus avaient une grande gueule dans la cour de récréation, mais ils restaient calmes et quasiment invisibles entre les quatre murs de l'église. À travers la vitre sale, Karras contemplait les branches du chêne, dénudées maintenant.

***

La neige tomba prématurément durant la deuxième semaine de décembre. Le dimanche matin, après la tempête, Karras se rendit à la messe à St. Sophia, dans la 8e Avenue, au niveau de L Street. Généralement, il allait seul à l'église avec sa mère, pendant que son père cuvait son vin du samedi soir, sans qu'on le dérange. Assis dans l'église, Karras écoutait les psalmodies nasillardes du père Papanicolas, en observant les autres familles assises sur les bancs, à travers l'épaisse brume d'encens, et il songeait, comme souvent quand il était à l'église, qu'il n'était pas à sa place. Il s'était toujours senti à l'écart des autres, toutes ces familles nombreuses avec tous les frères et sœurs. Quelques années plus tôt, sa mère avait donné naissance à un petit frère, Theodoros, qui était mort dans son berceau à l'âge de six mois, et depuis, Karras était resté, et resterait, enfant unique. Quant au reste de la famille, son père avait rompu depuis longtemps les relations avec sa sœur et ses cousins de Washington. Peter Karras ne pouvait s'imaginer adulte, avec une épouse et des enfants. C'était une chose qu'il n'arrivait pas à se représenter.

Après la messe, il retrouva ses copains dans un garage de leur rue ; là où ils avaient caché la carabine à air comprimé qu'ils avaient achetée ensemble à l'automne, avec leurs économies. Ils savaient que le gars qui la leur avait vendue l'avait volée, et ils s'étaient servi de cet argument pour obtenir un bon prix.

« Vous pompez ce petit bijou une quinzaine de fois environ, » leur avait-il dit. « Et vous vous retrouvez avec une carabine aussi puissante qu'une .22. » Les garçons savaient qu'il leur débitait du baratin, mais ils crevaient d'envie d'avoir cette carabine.

Il ne faisait pas très chaud, ce jour-là, mais le soleil avait fait son apparition et la neige commençait à fondre dans les rues, même si elle formait encore des paquets entre les branches et sur les toits des voitures. En traversant la ville, les garçons portèrent tour à tour la carabine, glissée dans leur pantalon, ce qui leur permettait de singer la démarche déformée d'un handicapé. Ce qui donnait lieu à de nouvelles plaisanteries chaque fois que la carabine changeait de main ; des plaisanteries dont Karras ne pouvait rire, car il avait vu un infirme un jour, un vrai, qui mendiait dans la rue, et cette vision avait provoqué en lui une série d'horribles cauchemars. Il préférait qu'il lui arrive n'importe quoi plutôt que ça, même mourir.

Il leur fallut quelques heures pour atteindre l'autre côté du Northwest. À Georgetown, ils se perdirent et demandèrent leur chemin à un homme qui vidait, derrière un restaurant, une marmite contenant un machin marron avec des morceaux dedans. Il leur indiqua le pont. Alléché par l'odeur de rôti qui s'échappait par la porte de derrière, Boyle ne put résister à l'envie de lui réclamer un petit quelque chose à manger.

« Moi-même, je fais ça pour avoir à manger », répondit l'homme. Les garçons poursuivirent leur chemin.

Ils empruntèrent le pont pour passer de Georgetown en Virginie. Il n'y avait plus que des champs et des bois par ici ; les premiers arbres se dressaient juste à la limite des champs. Le soleil était faible et pâle dans le ciel gris couvert.

Karras se retourna vers la ville, alors qu'ils s'éloignaient du pont et traversaient un champ enneigé. Ce n'était pas encore la campagne, mais ça y ressemblait un peu, et il n'aimait pas être loin des bruits des voitures et des odeurs des restaurants ; ne plus sentir sous ses pieds le contact solide de l'asphalte. Un jour, en été, ses parents et lui étaient allés dans le Maryland, avec une voiture empruntée à un ami, jusqu'à un endroit baptisé Soloman's Island et là, ils avaient cherché une plage pour prendre un bain de soleil, et où son père pourrait nager. Celui-ci s'était fait refouler à l'entrée, où un panneau indiquait : « RÉSERVÉ AUX BLANCS D'EUROPE DU NORD ». Karras n'aimait pas la sensation qu'il avait quand il quittait D.C.

– File-moi la carabine, Perry, dit Boyle, qui avait les pieds en feu à cause du froid et qui avait hâte d'en finir.

Il avait enfilé deux paires de chaussettes, mais la neige était entrée par un trou dans le cuir de sa chaussure.

Angelos referma sa main sur la crosse qui dépassait de sa ceinture de pantalon et sortit la carabine. Le viseur lui avait éraflé la peau à force de frotter contre sa cuisse. Boyle prit la carabine, y introduisit un plomb et actionna plusieurs fois le mécanisme.

– Mon père a tué un lapin ici, avec son pistolet, déclara Joe Recevo. On l'a bouffé en civet. Mon père dit qu'il y a suffisamment de lapins dans ce coin pour nourrir une famille toute l'année.

– On n'aura pas de mal à les voir en tout cas, dit Nicodemus. Dans cette neige.

Karras passa le dos de sa main sur ses lèvres pour essuyer la morve qui avait coulé de son nez.

– Pour qu'on les voie, faut quand même qu'ils sortent, dit-il.

– C'est un bon entraînement au tir pour toi, dit Recevo à Boyle. Pour quand tu seras flic.

– Mon oncle est flic, dit Boyle. Je serai flic, moi aussi, sois tranquille.

– Peut-être que tu te retrouveras à nettoyer les tables à la morgue, dit Recevo, comme ton vieux. Enfin, quand il avait encore son boulot, je veux dire.

– Je serai flic, déclara Boyle.

La remarque visant son père le blessa profondément, mais il serra les dents et ne releva pas.

Un lapin traversa le champ à toute allure. Boyle visa, tira et le manqua.

Ils ne virent aucun autre lapin pendant un bon moment. Joe Recevo sortit de sa veste une cigarette roulée avec du tabac Bull Durham, volée à son père. Il l'alluma avec une allumette et la cigarette fit le tour du groupe. Bientôt, ils se mirent à tirer sur les oiseaux et sur les arbres, et quand ils se lassèrent, ils s'amusèrent à se tirer dessus : les plombs rebondissaient sur leurs vestes épaisses et leur cinglaient les cuisses. Soudain, alors que la carabine était entre les mains de Billy Nicodemus, un lapin surgit de son terrier à la lisière des arbres. Nicodemus épaula et tira. Le lapin bascula sur le flanc.

Ils se précipitèrent et formèrent un cercle autour de l'animal. Le lapin, brun et tacheté de blanc, respirait difficilement ; son œil marron vitreux regardait fixement la neige devant lui ; on apercevait le plomb enfoncé juste derrière l'œil. Ils voyaient battre son cœur dans sa poitrine.

– Je voulais pas lui faire du mal, dit Nicodemus.

– File-moi la carabine, dit Recevo.

Il l'arracha des mains de Nicodemus, introduisit un plomb et l'arma une dizaine de fois.

– J'ai pas fait exprès, dit Nicodemus.

Recevo appuya le canon de la carabine sur la tête du lapin et pressa la détente. Le plomb fit un trou fumant près de la bouche de l'animal. Celui-ci tressaillit ; son œil se voila.

– Il respire encore, dit Perry Angelos, horrifié. Qu'est-ce qu'on fait, Pete ?

– Il est pas mort, dit Boyle. Faut le tuer.

– Le connard qui nous a vendu la carabine disait que c'était comme une .22, dit Recevo. Mais c'est pas une .22 ça. Avec une .22, il serait mort.

– Pete, dit Angelos, fais quelque chose.

Karras prit la carabine des mains de Recevo. Il la leva au-dessus de sa tête et abattit la crosse sur le crâne du lapin, deux fois. Il essuya ensuite la crosse sur le sol, laissant une traînée grumeleuse rouge et brune dans la neige. Puis il glissa la carabine dans sa jambe de pantalon.

Recevo lui fit un sourire. Billy Nicodemus essuya une larme sur sa joue et Karras détourna la tête. Un souffle de vent traversa le bois, faisant bruire les rares feuilles restantes.

– Je vais être en retard pour dîner, dit Angelos.

– Allons-y, dit Karras. Rentrons.

Ils longèrent la bordure du champ, en direction du pont. Le soleil, derrière les arbres, dessinait des ombres qui rampaient à leurs pieds.

DEUXIÈME PARTIE

LEYTE, PHILIPPINES
1944

5

Pendant dix minutes, Peter Karras garda dans son viseur le premier homme qu'il allait tuer, avant de réussir à presser la détente. L'homme était un tireur embusqué qui avait abattu un Marine de l'unité de Karras, un soldat de première classe nommé Slocum, un gars d'Apple Valley dans le Minnesota. Slocum avait tenté de jaillir hors de son gourbi pour rejoindre la tranchée en forme de L qui conduisait au canon de .55mm de la division, lorsque la balle du tireur embusqué l'avait atteint en pleine poitrine. Un toubib s'était précipité vers Slocum pour lui administrer la morphine qui le calmerait. Mais les poumons de Slocum avaient commencé rapidement à se remplir; il avait compris qu'il était foutu.

Karras repéra le tireur installé dans les branches d'un cocotier, à l'orée de la jungle, quand le soleil se refléta sur sa cartouchière, au moment où il bougea pour recharger son arme : un bref scintillement blanc sur le mur vert de la végétation. Karras souleva son M-1 et se pencha à l'extérieur de son gourbi. Il coinça le soldat dans son viseur.

Un soldat, comme lui. L'uniforme était différent, peut-être – ils appelaient ça kaki, mais pour Karras, c'était plutôt un jaune sale, de la couleur de la moutarde qu'il faisait couler sur les hot dogs au Griffith Stadium, dans le temps –, mais c'était un soldat comme lui. Seule différence : la couleur de l'uniforme.

C'était une journée moite et chaude, comme toutes les autres journées. Une goutte de sueur serpenta sous le casque de Karras et vint lui brûler l'œil.

Il se souvenait des films de guerre qu'il avait vus, quand il était ouvreur à l' « Hippodrome », après la fin des cours à Central High. Des films qui se passaient durant la Première Guerre, des films de combats aériens, principalement, montrant des pilotes souriants, avec une longue écharpe autour du cou, une moustache à la Errol Flynn, et des femmes qui les attendaient patiemment sur terre, avec une lueur d'admiration dans les yeux. En voyant ces films, Karras pensait toujours à ceux qui étaient abattus par ces hommes, ceux qui portaient un uniforme différent. Est-ce qu'ils ne riaient pas, eux aussi ? N'avaient-ils pas, eux aussi, des femmes qui les attendaient, qui les admiraient et les aimaient ? N'avaient-ils pas des mères qui les avaient tenus dans leurs bras quand ils étaient enfants ?

Karras savait que Slocum avait une mère. Slocum parlait constamment de sa mère et de sa cuisine, à tel point que ses camarades étaient obligés de ficher le camp. Slocum qui hurlait après le toubib maintenant, le couvrant d'insultes tout d'abord, pour ensuite le supplier de rester.

Karras lâcha d'une main son fusil pour caresser nerveusement le manche à damier du couteau de chasse de son père, glissé dans un étui contre sa hanche. La lame en inox à double tranchant était capable de couper une feuille de papier dans le vide ; c'était un couteau pour frimer dans les moments d'ennui, un couteau dont parlaient et rêvaient les autres gars de l'unité. Dimitri avait gravé les initiales de son fils dans le manche, avant de le lui envoyer par bateau.

Peter Karras s'essuya le visage et reposa son doigt sur la détente du fusil.

On pouvait bien évoquer Corregidor ou Batan, et toutes les choses qu'ils avaient faites, des choses trop horribles pour qu'on les répète. Nous aussi on avait fait des vilaines choses. Mais tout finissait toujours par s'arranger, et à la fin, il ne restait que deux groupes d'hommes qui se battaient et s'entre-tuaient pour un bout de terre que tout le monde abandonnerait, sauf les morts, quand l'affrontement serait terminé.

Le viseur est un peu bas, se dit Karras. Il le leva très légèrement.

Slocum, qui avait une mère, laissait échapper des râles, noyés par le fluide qui remplissait ses poumons. Le type perché dans le palmier avait-il une mère ? Slocum, qui avait des cheveux blonds dressés en épis et qui arrondissait bizarrement les voyelles quand il parlait, avait une mère lui, c'était certain. Slocum l'avait décrite en détail à Peter Karras, pas plus tard que la veille au soir.

Karras pressa la détente de son M-1. L'homme perché dans son palmier, et qui déjà n'était plus un homme, tomba et ne rebondit qu'une seule fois sur le sol.

6

Peter Karras disait toujours qu'il avait choisi les Marine Corps avant que l'armée ne le choisisse, et s'il disait cela sur le ton de la plaisanterie, c'était la vérité. Son meilleur ami, Joe Recevo, avait été un des premiers incorporés – Karras l'avait souvent entendu pester à ce sujet – et Billy Nicodemus avait été envoyé en Europe en 1943. Ses autres amis s'en étaient mieux tirés : Jimmy Boyle avait réussi à se faire exempter à cause de son oreille défectueuse, et Perry Angelos ayant obtenu son diplôme à la Catholic University, il avait hérité d'un poste administratif dans l'Army Corps of Engineers. Karras était le seul de la bande à ne pas avoir été contacté par l'armée, et il savait que son heure approchait.

Il voulait juste avoir le choix. Il redoutait par-dessus tout de se retrouver dans la marine ; il craignait surtout de trouver la mort dans l'espace confiné d'un navire. Et l'idée d'être un vulgaire sous-fifre dans l'infanterie ne lui plaisait pas du tout. Car quand même, toute sa vie on lui avait répété qu'il était un Spartiate ; il croyait aux implications guerrières contenues dans cette étiquette et estimait, tout simplement, que l'armée ne pouvait en aucun cas rivaliser avec le corps des Marines. Sans oublier le désir de se montrer à la hauteur d'une certaine image que son père avait de lui. La mère de Karras avait tenté de lui éviter le service militaire grâce à un faux certificat de naissance grec qu'elle avait déjà utilisé à plusieurs reprises, dans d'autres circonstances, mais Karras refusait de faire partie de ces hommes qui marchaient dans les rues de Washington sans uniforme, des hommes considérés comme des moins que rien par la plupart des femmes de cette ville. Alors, il n'attendit pas. Il s'engagea dans les Marines; il ignora les larmes d'angoisse de sa mère, et il supporta l'insupportable : le regard mouillé de son père. Il avait 22 ans et il partait à la guerre.

Après douze semaines de classes à Parris Island, Karras retourna à Washington pour une permission de dix jours, avec sept kilos de plus, rien que du muscle, et sur son visage bronzé, une dureté des traits séduisante. Le premier soir de son retour, il dîna avec ses parents – sa mère avait fait de l'agneau – et il rejoignit des amis dans une salle de billard et un bar en plein air dans la 5e, au niveau de G Street. Le lendemain, il appela une fille nommée Eleni Triandokidis, la sœur cadette d'un copain de Central High, sur laquelle il avait des vues depuis un certain temps. Les rares fois où il avait pu profiter d'un moment d'intimité pour se masturber, au camp d'entraînement, c'était l'image d'Eleni qu'il avait évoquée le plus fréquemment.

C'était une petite brune bien faite avec des chevilles épaisses et des mollets plutôt gros pour une fille de son âge – Eleni avait 17 ans quand Karras commença à la courtiser – et un nez qui se plissait quand elle souriait. La famille d'Eleni venait du Péloponnèse, et non de Sparte. Les parents de Karras n'auraient donc pas approuvé cette liaison. Mais il ne leur aurait pas demandé leur avis de toute façon, car après leur premier rendez-vous, un dîner sous les étoiles dans le patio du restaurant Roma dans Connecticut Avenue, Peter se persuada qu'il était tombé sous le charme d'Eleni, peut-être même était-il amoureux d'elle, mais d'une manière détachée, dépassionnée. Ce qu'il aimait, évidemment, c'était de se voir avec elle, sentir le goût du sel sur ses seins et s'allonger entre ses cuisses musclées. Il parvint à ses fins la veille du jour où il devait reprendre le bateau, dans le sous-sol des parents d'Eleni, près de Kansas Avenue, obligé de lui plaquer la main sur la bouche à la fin pour éviter qu'elle réveille son père. Il y eut une vague promesse, murmurée, de fiançailles officieuses, avant qu'il quitte la maison pour faire à pied le long chemin jusque chez lui.

De retour à Parris Island, on lui proposa et il accepta le poste de sergent instructeur, une situation enviable en apparence, puisqu'elle lui permettait de rester aux États-Unis. Mais très vite, il s'aperçut qu'il travaillait sept jours par semaine et qu'il effectuait des roulements supplémentaires pour un sergent qui partait souvent boire de la bière. Au bout d'un mois de ce régime, mu par le vague désir de se tester de manière imprévue, il sollicita, et on lui accorda, une affectation outre-mer. Karras prit alors le bateau pour Norfolk, puis Hawaï, et c'est là, sur l'île de Kauai, qu'il échoua dans une unité d'artillerie spécialisée dans les canons de .55mm.

Après avoir zigzagué dans le Pacifique pendant presque deux mois, il atterrit à Guam où il apprit que son unité continuerait à s'entraîner. Karras parvint, sans trop savoir comment, à se retrouver dans le collimateur d'un certain Sergent Skinner, un véritable enfoiré de la vieille école, et il écopa d'une peine de trois mois de corvées, passés à réparer les chaudières. Heureusement, l'ennui était atténué par les matches de rugby sur un terrain rempli de cailloux et la constitution d'une équipe de base-ball, pour rire, dans laquelle il occupait le poste de « catcher ». Finalement, ses coéquipiers et lui, invaincus, se rendirent à Saipan en avion pour jouer contre Cecil Travis, le « shortstop » de l'équipe des Senators qui effectuait une tournée d'île en île afin de remonter le moral des troupes. La victoire sur Travis et ses gars marqua le point d'orgue du service de Karras ; elle lui donna envie de revoir son ami Billy Nicodemus qui adorait le base-ball autant que la vie. Il n'avait pas eu de ses nouvelles depuis plus d'un an.

De retour à Guam, l'unité organisa ce qui était devenu leur fête hebdomadaire, pour laquelle les six membres de chaque tente mettaient en commun et buvaient leurs rations de bière de la semaine. À mesure que la nuit avançait, l'ambiance devenait agressive et il y avait toujours au moins une bagarre. Ils s'amusaient à faire boire, plus que les autres, un soldat de première classe du Kentucky nommé Valin, qui ne cessait de leur parler de sa fiancée de Louisville, car ils se disaient qu'un homme évanoui ne parle pas. Ce soir-là, l'atmosphère était encore plus tendue que d'habitude, il y avait du ressentiment entre les hommes, alimenté par une rumeur puissante et persistante, selon laquelle on allait très bientôt les expédier au combat. Valin ne tomba pas dans les pommes, il continua à vanter les mérites de sa fiancée ; alors, vers la fin de la soirée, deux types de l'unité l'immobilisèrent pendant qu'un troisième lui versait de la Listerine dans la gorge. Valin vomit immédiatement, puis il tomba à plat ventre et plongea dans un profond sommeil. Quelqu'un lui baissa son pantalon en bas des chevilles, un autre type s'accroupit derrière lui, un autre apporta un appareil photo et en choisissant le bon angle, il prit des photos de fausse sodomie, pendant que les autres s'esclaffaient. Les photos furent envoyées à la fiancée de Valin le lendemain matin. Karras ne participa pas à cette farce, mais il ne chercha pas à arrêter les autres. Nul ne fit plus jamais allusion à cet épisode, ni dans l'après-midi qui suivit, quand ils eurent tous dessoûlé. Ni trois semaines plus tard, le jour où un obus japonais coupa Grayson Valin net en deux.

Le lendemain de la fête, Karras, qui éprouvait le besoin de s'éloigner des hommes de son unité, sauta à l'arrière d'un camion d'approvisionnement qui rejoignait une division installée trois kilomètres plus loin, et où on devait projeter un film sous la grande tente. Ce devait être un film avec Rita Hayworth, mais en réalité, ils eurent droit à Abbott et Costello, ce qui déclencha quelques huées au départ, puis une cascade de rires ininterrompus dès que le projecteur démarra.

Après le film, Karras resta devant la tente pour fumer une cigarette. Soudain, il entendit une voix dont l'accent et les intonations lui semblaient familiers.

– Hé, Marine, dit la voix.

Karras se retourna. La voix était celle d'un dénommé Tommy Rados, un gars de Washington au style décontracté, un magnifique danseur et conteur d'histoires, très apprécié dans la communauté grecque, aussi bien par les hommes que par les femmes.

– Tommy ! Comment ça va, vieux ?

– Super bien, répondit Rados avec un haussement d'épaules et un sourire.

– Alors, tu es allé au combat ?

– Non. Et toi ?

– Ça ne va pas tarder, je crois, dit Karras.

Rados fredonna quelques mesures d'une chanson populaire ; il shoota dans la poussière.

– J'ai un pote dans l'infanterie, il a fait Guadalcanal. Il m'a écrit une lettre où il me parlait d'un gars de chez nous qui est dans son unité, un nommé Recevo. Tu étais pas pote avec un gars qui s'appelait Recevo dans le temps ?

– Ouais, Joe Recevo. Il va bien ?

– Autant que je sache. Mais bon, la lettre commence à dater.

– Hmm, fit Karras en lançant sa cigarette dans la nuit, d'une pichenette.

– Ouais, fit Rados avec un sourire rassurant. Faut que j'y retourne. Prends soin de toi, Pete.

– Toi aussi, Tommy. Rendez-vous à D.C., O.K. ?

Karras aimait bien Rados, il le considérait comme un chic type. Cinq ans plus tard, quand il le vit évoluer sur la piste de danse du Casino Royal, à D.C., il fut heureux de constater que Rados en était revenu.

Karras repartit à pied vers son campement, dans la nuit épaisse et sans étoiles. Le lendemain, il partit pour Leyte, une des îles Visayas aux Philippines, quelque part entre Samara et Mindanao. On était à la fin d'octobre 1944.

Si l'atterrissage provoqua peu de résistance, le niveau de peur était maximum chez ces hommes et ces garçons, qui pour la plupart affrontaient le combat pour la première fois. En vol, il y eut quelques réflexions et rires moqueurs au sujet de la baignade de MacArthur à Red Beach, près de Tacloban, car l'histoire vraie avait eu raison de la célèbre image mise en scène. Mais lors de l'atterrissage, les rires furent brefs et forcés ; chaque soldat se débattait avec ses pensées, en transpirant à grosses gouttes. Sur le bateau, un type assis à côté de Karras, un nommé Begonia, voulut lâcher un pet, mais il chia dans son froc. Karras économisait son souffle ; il n'avait qu'une seule envie : quitter au plus vite l'espace confiné du bâtiment de débarquement.

Une fois passée la plage, ils pénétrèrent dans la jungle épaisse, envahie de végétation et de palmiers aux feuilles immenses. Malgré, ou à cause de la protection de la voûte luxuriante de la jungle, l'air était d'une moiteur et d'une chaleur étouffantes. Les hommes s'aperçurent très vite qu'il n'y avait sur Leyte aucun endroit permettant d'échapper à la chaleur, ni aux pluies quotidiennes. Karras, qui n'avait quitté la ville que deux ou trois fois dans sa vie, préférait rester à l'écart de la jungle, sous l'immensité bleue du ciel.

Ils s'installèrent dans une clairière près d'une rivière, une position située à cinq kilomètres des lignes ennemies, leur assura-t-on. Les Philippins armés de machettes avaient fait du bon boulot d'exploration pour déblayer la zone de toutes les broussailles et des débris. Chaque homme creusa son gourbi et collectivement, ils percèrent un tranchée en forme de L pour installer leur canon de .55mm. Karras avait été nommé responsable du canon à Guam.

Les tirs de snipers débutèrent presque immédiatement, et leur unité fut bombardée au mortier chaque jour, de manière intense. Très vite, il devint évident que les Japonais étaient plus près qu'on l'avait tout d'abord supposé ; en vérité, leurs lignes ne se trouvaient qu'à environ deux mille mètres de là.

Trois jours après leur arrivée à Leyte, Karras tua son premier homme : un tireur embusqué qui avait tué d'une balle dans la poitrine un soldat de première classe nommé Slocum, un gars d'Apple Valley dans le Minnesota. Finalement, chaque soldat américain tua son premier Japonais. Après quoi, ils cessèrent de s'interroger sur l'aspect moral de cet acte.

En tant que responsable du canon, Karras se sentit concerné au premier chef quand on découvrit une culasse endommagée à l'intérieur du canon de .55mm. Ils apprirent qu'une culasse d'un obusier de .155mm était disponible, de l'autre côté de la rivière, mais le pont avait été détruit par l'armée américaine elle-même pour empêcher les Japonais de les pourchasser. Karras se porta volontaire, avec deux autres hommes, pour traverser à la nage la rivière d'une centaine de mètres de large et rapporter la culasse indispensable. Les trois hommes partirent le soir même. L'un d'eux eut de la chance, il fut atteint d'éléphantiasis en avalant de l'eau de la rivière, ce qui lui valut un billet de retour pour les États-Unis. Karras, lui, ne tomba pas malade ; il reçut la première d'une série de médailles remportées durant la guerre. Il serait toujours très fier de cette médaille accordée pour avoir traversé la rivière, une mission qui exigeait du courage en plus de l'endurance physique et de l'habileté. Les autres médailles lui furent attribuées pour avoir tué des hommes.

En dépit des rations K et de troubles digestifs persistants durant tout son séjour aux Philippines, Karras gagna de la force et s'étoffa. Chaque jour, il soulevait les obus de 45 kilos, les barils de poudre et les détonateurs pour charger le canon. Et sa confiance en lui se développait en même temps que ses muscles. Il avait vu maintenant tous les types de combats. Il avait vu mourir un tas d'hommes avec lesquels il s'était entraîné, certains étaient des amis, d'autres non. Mais Karras, lui, n'avait même pas la moindre égratignure. Ce qui ne l'empêchait pas d'avoir toujours peur. Ils avaient tous peur.

À cause des snipers cachés dans tous les coins, il était déconseillé de se déplacer à découvert et idiot de fumer. Quand Karras ne s'occupait pas du canon, il restait assis au fond de son gourbi, dans l'eau qui montait de la terre après les chutes de pluie quotidiennes. Lors des patrouilles dans la jungle, son unité se retrouvait face à face avec l'ennemi ; alors ils les tuaient de la manière la plus instinctive, ou bien ils mouraient. Karras se battait au corps à corps, et il tua plus d'un homme de cette façon, en les regardant au fond des yeux, rempli de peur parfois ou l'air totalement absent à d'autres moments. Il les poignardait et leur tirait dessus à bout portant, ou bien il fracassait leurs petites têtes jaunes avec la crosse de son M-1. C'étaient les types les plus coriaces qu'il avait jamais connus et connaîtrait jamais. Et alors qu'il commençait à éprouver du respect pour eux, il les haïssait en même temps ; il devait les haïr pour ne pas hésiter à faire ce qu'il devait faire, ne pas penser à ce qu'il avait fait.

Durant ces affrontements dans la jungle, il combattait sans baïonnette. Il avait vu un copain mourir avec sa baïonnette coincée dans le corps d'un type qu'il venait de tuer, essayant frénétiquement de la retirer, juste avant qu'un soldat japonais lui tire une balle à l'arrière du crâne. Karras se servait du couteau de chasse de son père. Jusqu'au jour où il le laissa dans le corps d'un type qui était descendu dans son gourbi, une nuit. Karras l'avait vu ramper vers lui, il avait demandé au type de s'identifier. L'autre n'avait pas répondu, et Karras, sans tergiverser, lui avait planté son couteau dans la gorge. Il avait rampé jusqu'à un autre gourbi, et le matin venu, il n'était pas retourné chercher son couteau. Il n'avait jamais su, et ne voulait pas savoir, si l'homme était un Américain ou un Japonais.

À la fin du mois de novembre, il devint évident que la campagne des Philippines, présentée comme une simple opération de nettoyage par MacArthur, devenait beaucoup plus coûteuse, meurtrière et longue que quiconque l'avait prédit. On racontait que le général de corps d'armée japonais avait abandonné l'île à 20 000 de ses hommes, et maintenant, les soldats – malades, affamés, résignés à leur sort, se nourrissant de sel de mer et de plantes – étaient prêts à mourir, de la seule façon qu'ils connaissaient.

Décembre arriva, les tirs d'obus et de snipers redoublèrent d'intensité, accompagnés des hurlements et des provocations venus de la jungle qui vous rongeaient les nerfs. Peter Karras restait assis dans son gourbi, sous la pluie, son M-1 sur les genoux, les paupières lourdes, mais le regard dur. Il savait, ils savaient tous, que les Japonais avaient encerclé leur division. Assis dans son trou, il essayait de se remémorer l'odeur de la soupe de sa mère, il pensait à Eleni Triandokidis, à sa chatte chaude et mouillée, il imaginait Eleni nue et il bandait. Il ne restait plus que ça à faire : penser à ce genre de choses, des choses qui lui faisaient du bien et l'aidaient à oublier. Penser à ces choses et attendre.

7

Peter Karras entendit le bruit caractéristique du premier obus de mortier jaillissant du canon, au milieu de la pluie de l'après-midi. Il avait appris à se jeter à terre dès qu'il entendait ce bruit, semblable à un battement d'ailes de pigeon, ces oiseaux gris sale qui s'envolaient dans F Street le samedi après-midi. L'obus explosa à proximité, suivi d'un deuxième. Karras se roula en boule, jusqu'à ce que sa joue vienne frôler l'eau qui montait du fond de son gourbi. Il sentit une cascade de boue et de terre s'abattre sur son casque, il entendit des coups de fusil et un jeune gars nommé Maxson hurla. Non loin de là, le radio, Rubino, un type de l'Illinois, transmit leur position et indiqua qu'ils étaient attaqués.

Karras déposa son M-1 à l'entrée de son gourbi ; il sentit sur sa main la brûlure de l'étincelle lorsqu'une balle ricocha sur la crosse de son arme. Il marmonna quelques mots et leva lentement la tête, jusqu'à ce que ses yeux atteignent le haut du trou. Les Japonais sortaient de la jungle ; ils couraient dans les herbes hautes et envahissaient la clairière, en grand nombre.

Dans un autre gourbi, un peu plus loin, une mitrailleuse crépita ; les douilles décrivaient paresseusement des arcs de cercle dans un nuage de fumée qui s'étendait. Ce devait être Harper. Harper de Cuyahoga River dans l'Ohio, qui arrosait la clairière en visant les poitrines des Japonais lancés à l'assaut.

Karras coinça dans sa ligne de mire un uniforme moutarde et tira. L'homme lança son arme sur le côté, se cambra et agita les mains avec une étrange nonchalance, alors qu'il s'effondrait dans la boue.

– Mon bras ! hurla Maxson. Putain... Salopards ! Mon bras...

Le bruit écœurant d'un tir de mortier fendit l'air. Karras eut alors le sentiment étrange et indéniable que cet obus portait son nom : c'était *son* obus de mortier, il le savait. Il sortit de son gourbi en roulant sur le sol et l'obus explosa quelque part derrière lui, projetant vers le ciel une gerbe d'eau et de boue. Un mur d'air le poussa violemment dans le dos.

Il avait laissé son M-1 dans le trou. Il se releva, fit quelques pas, ivre de confusion. Puis il baissa la tête. Son sergent, un dénommé Shelby, gisait dans la boue, mort. Karras se pencha pour lui arracher son .45 qu'il tenait dans la main.

Entendant un hurlement, il se retourna. Un officier japonais, sabre au clair et montrant ses dents pourries, impatient de quitter ce monde et amoureux de la mort, fonçait droit sur lui en braillant. Karras tira avec le .45, il vida le chargeur, et le soldat s'effondra à quelques pas seulement de sa cible. Quelques morceaux de sa tête s'envolèrent, tandis qu'il était projeté en arrière.

Je crèverai pas aujoud'hui. C'est pas aujourd'hui que je dois mourir.

Maxson était sorti de son gourbi en rampant, mais il ne bougeait plus, en état de choc ou mort. Un bout d'os brisé sortait de sa manche déchirée, noire de sang, à l'endroit où se trouvait autrefois son bras droit. Karras passa devant

Maxson et leva la tête vers le bourdonnement d'un moteur et le bruissement des hélices. Deux bombardiers B-52 s'élevèrent au-dessus des collines, avant de redescendre dans la vallée, en survolant les cocotiers. Des bombes noires tombèrent de sous les avions, en chancelant. La lisière de la jungle s'embrasa tout à coup. Les avions survolèrent la clairière en la mitraillant. Des hommes plongèrent à couvert, d'autres s'écroulèrent ou tombèrent à plat ventre, en tremblant, illuminés par les flammes des bombes qui s'élevaient comme des torches dans la lumière grise de l'après-midi. Karras lâcha son .45 vide et se mit à courir.

Il sauta dans le gourbi où Harper était couché sur sa mitrailleuse. Il l'écarta en le poussant avec son pied. Harper avait une étoile noire bien nette au milieu du front. Sous son casque inutile, l'arrière de son crâne était réduit en bouillie.

Pas aujourd'hui. Je crèverai pas aujourd'hui. Putain, regarde-moi, mec! Regarde-moi! J'ai même pas une égratignure.

Karras éclata de rire.

Ce bombardement avait mis le feu à une ruche. Karras entendait les soldats survivants qui jaillissaient des arbres et traversaient la clairière à toutes jambes. Les Japonais canardaient les gourbis, tout en courant, puis ils sautaient à l'intérieur en donnant des coups de baïonnettes.

Karras sortit une main hors du trou pour récupérer la mitrailleuse. Il ôta la bande de munitions, la déroula et la posa à cheval sur son épaule. Dans l'espace exigu du gourbi, la chaleur était suffocante. Il avait envie de sortir. Il avait du mal à respirer au fond de ce trou.

Pas aujourd'hui. Pas dans ce trou minuscule, tué par un type qui se précipite pour me tirer dessus. Pour m'abattre comme un vulgaire animal. Non, pas dans ce trou. Pas aujourd'hui.

Poussant sur ses jambes, Karras souleva la mitrailleuse dans ses bras et la serra contre lui. Il jaillit hors du trou et retomba sur ses pieds, en douceur, comme s'il avait sauté dans l'eau. Il respirait profondément; la pluie lui rafraîchissait le visage.

Ils étaient là, ils couraient vers lui, quatre soldats, à moins de trente mètres. Ces salopards chargeaient en braillant comme des dingues; des flammes sortaient des canons de leurs armes. Karras s'entendit fredonner, alors que son doigt se crispait sur la détente. Des flocons blancs traversaient un ciel d'azur immaculé; les mouettes planaient dans la fumée, au milieu des douilles éjectées par l'arme qui dansait sauvagement dans ses bras.

Devant lui, les hommes tressautaient et s'effondraient. Leurs uniformes lacérés laissaient éclore des fleurs rouges sur leurs poitrines couleur moutarde.

TROISIÈME PARTIE

WASHINGTON, D.C.
1946

8

Peter Karras se réveilla en entendant les rythmes lancinants de « Baby Snooks » diffusé sur WTOP et provenant du poste de radio posé sur sa table de chevet. Il tendit le bras pour éteindre cette saleté d'appareil, tandis que ses yeux s'habituaient à la pénombre naissante de la pièce. Avait-il dormi tout l'après-midi ? Si oui, où était le mal ? Il laissa tomber son avant-bras sur ses yeux et replongea peu à peu dans le sommeil. Mais soudain, il repensa au combat. Joe et moi, on a des billets pour le match. Archie Moore, rien que ça ! Il se redressa, s'assit au bord du lit et se massa les yeux.

Dans la salle de bains, Karras pissa longuement, puis il étala du Barbasol sur sa barbe naissante et se rasa. Il entendait Eleni qui chantait faux dans la cuisine, par-dessus un disque de Perry Como – « Dig You Later (À Hubba, Hubba, Hubba) » – qu'elle avait acheté ce week-end au magasin Super Drugs dans la 13e. Au moins, elle n'écoutait pas le nouveau Vaughn Monroe, qu'elle avait acheté le même jour. Karras en avait jusque-là de Monroe.

Il prit sa douche et quand il sortit de la salle de bains, Eleni chantait encore la chanson de Como. Il sentit l'odeur du repas qu'elle préparait : un poulet rôti dans de la *manestra.* Il allait la décevoir au sujet du dîner. Une soirée chargée l'attendait ; il faudrait qu'elle comprenne.

Karras se regarda dans la glace pendant qu'il mettait un peu de Vitalis dans ses cheveux blond terne et les peignait en arrière. 24 ans et déjà quelques cheveux blancs sur les tempes. Comme son père qui était tout blanc maintenant, avec une moustache de *yero*. Mais ça n'empêchait pas Karras d'attirer les regards quand il marchait dans la rue. S'il avait grandi ailleurs, et s'il n'avait pas eu ce grain de beauté saillant à côté de la bouche, peut-être même qu'il aurait pu devenir une vedette de cinéma. Il possédait ce genre de beauté, il le savait. Pas le genre séducteur, chéri de ces dames, à la Tyrone Power. Non, plutôt le genre John Hodiak. Oui, une sorte de Hodiak aux yeux bleus. Il avait toujours aimé ce type.

Karras enfila une chemise bleu pastel et un costume en serge bleu avec un pantalon à pinces. Il trouva une cravate bordeaux ornée de diamants dorés cernés de bleu, du même bleu que la chemise. Il enfila une paire de chaussures à bout fleuri, tout juste sortie de la boîte de chez Hahn's, le magasin situé dans la 14e, au niveau de Park Road, et il se regarda dans le miroir de la porte de la chambre : classe, prêt pour sortir.

Il se rendit dans la cuisine et s'approcha dans le dos d'Eleni, debout devant la cuisinière, en train de remuer l'*orzo* dans la poêle. Elle portait une blouse imprimée, ses cheveux châtains s'étalaient librement sur ses épaules. Ses chevilles fortes, enflées, tendaient les lanières de ses sandales. Karras noua ses bras autour de sa taille ; il la sentit se détendre.

– Comment ça va, ma chérie ?

Il se pencha pour embrasser la petite tache de naissance rose, en relief, dans le cou d'Eleni ; ses lèvres frôlèrent les deux ou trois poils entremêlés qui y poussaient.

– Ça va mieux, dit-elle en remuant son corps épais entre les doigts de Karras.

– Tu devrais faire attention, c'est pas bon d'écouter Como toute la journée. Tu risques de tomber amoureuse de lui.

– J'ai largement de quoi faire ici, avec toi.

– Ne l'oublie pas, dit Karras en lui caressant le ventre. Tu te sens comment ?

– J'ai un peu vomi ce matin. Mais ça va.

– Tant mieux. Tout se passera bien.

– J'en suis sûre. (Elle remua la cuillère en bois dans la *manestra*.) On va se régaler ce soir, Pete.

– Ça devra attendre que je rentre, dit-il et il la sentit se raidir entre ses mains.

Elle ne se retourna pas.

– Pourquoi ça ? Tu ne peux pas manger un peu avant d'aller voir le combat ?

– Joe et moi, on doit passer voir quelqu'un d'abord. Pour parler affaires.

– Pour parler affaires, répéta-t-elle en rejetant ses cheveux en arrière.

Il fit remonter sa main vers le sein droit d'Eleni et le pétrit jusqu'à ce que le mamelon se dresse à travers le tissu de la blouse. Il se frotta contre ses reins.

– Pete, dit-elle, j'ai envie que tu restes.

Il vit, de côté, le froncement de sourcils d'Eleni, mais il n'y avait plus aucune agressivité dans sa voix.

– Garde-moi tout au chaud, ma chérie. Pour quand je rentre.

Il l'embrassa au coin de la bouche ; il sentit le goût de la graisse du poulet. Il s'essuya les lèvres avec le dos de sa main.

Karras se dirigea vers la porte, il rafla au passage un paquet de Lucky Strike et une pochette d'allumettes sur une table dans l'entrée et les fourra dans sa poche intérieure de veste. Il prit son pardessus au portemanteau et se glissa dedans.

– Attends, Pete ! lui lança Eleni de la cuisine.

Par la porte ouverte, il la vit verser de la *manestra* dans une cocotte noire.

– Ah non, je ne me trimballe pas avec ça ! Je sors pas dans la rue avec mon beau costume et une marmite de *katsarola.*

– C'est pour ta mère. Je lui ai dit que tu lui en apporterais.

– Ah, bon Dieu. Allez, donne.

– Qu'est-ce qui te met de mauvaise humeur ?

– Rien. File-moi ce machin.

Eleni vint lui déposer la cocotte dans les bras. Elle lui donna un autre baiser.

– Essaye de ne pas rentrer trop tard.

– Promis.

Elle lui ouvrit la porte. Il sortit dans le couloir.

Ils habitaient dans la 6e Avenue, passé H Street, dans l'immeuble où Perry Angelos avait grandi. Les parents de Perry y habitaient toujours d'ailleurs, et Perry et sa femme occupaient un deux pièces à l'étage du dessous. Peter Karras s'en fichait de vivre dans le quartier où il avait grandi. Eleni, elle, se sentait un peu mal à l'aise parfois, quand les prostituées, les coursiers des loteries clandestines et les bookmakers débarquaient à Chinatown chaque nuit. Mais Karras aimait cette agitation, il aimait le bruit. Il y était habitué, il ne connaissait que ça. D'un bout à l'autre de l'année, il dormait avec la fenêtre entrouverte ; les bruits de la rue dans H Street lui servaient de berceuse.

La porte de Perry était ouverte quand Karras descendit l'escalier. Appuyé contre l'encadrement de la porte, Perry lisait le *Times-Herald.* Les pleurs d'un bébé s'élevaient dans son dos et se répandaient dans le couloir. Karras s'arrêta sur le palier devant chez Perry et posa la cocotte sur le dallage.

– Salut, Perry.

– Pete ! Quoi de neuf ?

Le sourire de Perry faisait se dresser ses grandes oreilles. Il avait commencé à se dégarnir sur le dessus du crâne ; ses horaires de travail et le nouveau-né avaient déposé des valises sous ses yeux.

D'un signe de tête, Karras désigna le journal que tenait Perry.

– Les nouvelles sont bonnes ?

– Je lisais juste les bandes dessinées avant de partir au boulot. « Gasoline Alley ». Tu te rends compte ? Skeezix a un môme maintenant ! Ça prouve qu'on a vieilli, mon pote.

Karras se balançait d'un pied sur l'autre.

– Tu bosses toujours pour ton père ?

– Je fais des horaires doubles au café. Jusqu'à ce que je puisse ouvrir le mien. Mon père a sa façon de faire, j'ai la mienne. Ça ira mieux quand je serai mon propre patron.

– Tu mettras à profit tout ce qu'on t'a appris à la fac.

– Ouais, sûrement.

Helen apparut derrière Perry ; elle faisait sautiller leur petite fille dans ses bras. Le bébé continuait à pleurer en tendant les bras aveuglément vers la poitrine de sa mère. Karras remarqua que Helen avait retrouvé sa silhouette en deux mois seulement. Elle était maquillée ; ses cheveux blonds oxygénés pendaient devant son visage, d'un seul côté. Elle continuait à singer Veronica Lake, avec quelques années de retard. Mais sans doute ignorait-elle que le look Veronica Lake n'était plus à la mode. Helen ne sortait plus beaucoup.

– Bonjour, Pete.

Un sourire desserra ses lèvres.

– Salut, Helen. Comment va Évthokia ?

– Elle me donne beaucoup de travail. (Elle regarda son enfant.) Où tu vas comme ça, tiré à quatre épingles ?

– Joe et moi, on a des billets pour le combat.

– Le combat de Moore ? dit Perry.

– Ouais.

– Ah, la vache.

– Tu veux venir ? proposa Karras. On pourra sûrement trouver un billet devant chez Turner.

– Non. Faut que j'aille bosser. (Il tapota son journal d'un air excité.) Dick McCann dit qu'on pourra pas différencier Moore et Parks, vu qu'ils porteront tous les deux un short mauve et qu'ils ont la peau de la même couleur.

– McCann est un imbécile, dit Karras. Tout ce qui est écrit dans ce journal n'est pas parole d'évangile, Perry.

Helen gloussa en roulant des yeux. Karras eut honte d'avoir fait passer Perry pour un crétin devant son épouse.

– Faut que je donne à manger au bébé, déclara Helen. Amuse-toi bien, Pete. Et évite les embrouilles.

Elle défit les premiers boutons de son chemisier, en jetant un dernier regard à Karras par-dessus son épaule alors qu'elle s'éloignait dans l'appartement. Il eut le temps d'entr'apercevoir le renflement de ses seins et cette vision ranima le souvenir de tout son corps. C'était plus fort que lui, il ne pouvait détourner la tête.

– Salut, Pete, dit Perry qui n'avait rien remarqué. Amuse-toi bien.

– Travaille pas trop dur, vieux.

Karras récupéra sa cocotte par terre et descendit l'escalier.

Une fois dehors, il essaya de prendre l'air aussi décontracté que possible pour un type qui se promène avec une grosse cocotte pleine de nourriture. Dans H Street, deux mouettes vinrent tournoyer au-dessus de sa tête et l'accompagnèrent pendant tout le trajet. Des mouettes, en pleine ville. Cela l'avait toujours étonné, jusqu'à ce qu'il pense aux rivières et à la baie toute proche. Malgré tout, il ne pouvait s'empêcher d'être surpris en voyant des mouettes en ville.

Arrivé au 606, Karras monta chez ses parents. La porte était ouverte ; il la poussa et entra. L'appartement était plongé dans la pénombre, comme toujours, et l'odeur de l'encens se mêlait à celle de l'ail. Son lit encastrable était rangé, une table était posée juste devant, mais sa vieille commode était toujours à sa place, avec toutes ses affaires à l'intérieur, certainement. En T-shirt blanc, Dimitri Karras était assis à sa place habituelle à table, une bouteille de *mastica* devant lui. Une cigarette se consumait dans le cendrier. Dans la cuisine, sa mère était penchée au-dessus du fourneau, en train de remuer quelque chose.

– *Pos eise, pethi mu ?* demanda-t-elle.

– Ça va, maman. (Karras entra dans la cuisine et déposa la cocotte dans l'évier.) Je t'ai apporté du *kota* et de la *manestra*, de la part d'Eleni.

– Hokay, boy, dit-elle.

Il l'embrassa sur la joue.

– Tu as l'air en pleine forme, maman.

– Ah, fit-elle avec un petit geste de la main.

– Où tu vas, habillé comme ça ? demanda Dimitri. T'as un rancard ?

Karras se retourna vers son père. Celui-ci regardait droit devant lui, en riant de sa plaisanterie. Ses yeux étaient vitreux, ses cheveux enduits de lotion pendaient de chaque côté de son visage. Il était ivre, et la nuit n'était pas encore tombée.

– Je vais voir le combat d'Archie Moore, papa.

– Archie Moore. En voilà un nègre costaud. (Dimitri toussa ; il essuya sa moustache avec sa main.) *Yiorgia,* je peux avoir un peu de *fayito* ou pas ?

– Tout de suite, Dimitri. Je le fais réchauffer.

Karras reporta son attention sur sa mère : ses cheveux grisonnants étaient tressés et noués en chignon. C'était une femme corpulente, bâtie pour le travail, avec de grosses mains calleuses et un duvet brun sur sa lèvre supérieure simiesque. Mais quand elle brossait ses cheveux le soir, quand elle les laissait cascader dans son dos, quand ses yeux verts étincelaient et se détendaient à la fin de la journée, Karras la trouvait aussi belle que toutes les femmes qu'il connaissait.

Il ferait n'importe quoi pour la protéger. Un jour, avant la guerre, des jeunes Américains du coin s'étaient moqués d'elle, la traitant de « métèque » et de « négresse blanche » en la voyant passer dans H Street avec ses gros sacs de courses. La rage l'avait submergé. Il avait appelé Joe Recevo et tous les deux s'étaient postés devant la salle de billard dans laquelle se trouvaient les Américains, et quand ces derniers étaient ressortis, ils les avaient suivis dans une ruelle, et là, Joe et lui les avaient tabassés tous les trois, sauvagement, à coups de batte de base-ball et de tuyau. Il était capable de régler ce genre de problèmes quand ça se déroulait à l'extérieur. La seule chose qu'il ne pouvait pas faire, c'était la protéger de son père, entre ces murs.

– *Yiorgia,* j'ai faim ! beugla Dimitri.

– Ça arrive, papa ! dit Karras.

– C'est pas à toi que je parle, marmonna Dimitri. Voilà le grand héros qui me fait la leçon !

– *Siopi,* murmura Georgia à son fils.

O.K., maman, je la boucle. Laisse-moi seulement foutre le camp d'ici.

– Faut que j'y aille ! lança Karras à ses parents. Je vais être en retard.

– Le combat commence pas maintenant, dit Dimitri. Tu vas retrouver l'autre *Italos*, je parie ?

– Ouais, on a des affaires à régler, Joe et moi.

– Quel genre d'affaires ? Du racket ? Comme une saloperie de gangster, hein ?

– Faut que j'y aille.

– Quand c'est que t'auras un vrai boulot ? demanda Dimitri.

– À plus tard, maman.

Karras l'embrassa sur la joue encore une fois.

– *Adio, Panayoti.* Amuse-toi bien.

Dimitri se leva de sa chaise ; d'un pas chancelant, mais rapide, il traversa la pièce.

– Alors quoi, tu réponds pas à ton père ? Le grand héros se croit plus obligé de répondre à son père !

Il s'approcha de son fils et le frappa dans la poitrine du plat de la main.

– Alors ?

Il le poussa de nouveau.

– Alors ?

Karras ne recula pas.

– Je dois y aller, papa.

– Tu es trop bien pour m'adresser la parole ? Avec ton costard de gangster ?

– Dimitri..., dit Georgia.

– La ferme !

Des postillons jaillirent de la bouche de Dimitri Karras.

– Du calme, papa.

– Je me calmerai si je veux ! C'est pas toi qui vas me commander !

Dimitri leva la main, paume ouverte, et l'abattit en direction du visage de Peter. Celui-ci lui saisit le poignet, le tordit et repoussa son père. Déséquilibré, Dimitri tomba lourdement à la renverse sur le plancher. Il resta allongé, les yeux levés vers son fils, avec dans son regard larmoyant un mélange de souffrance, de rage et de honte. Karras détourna la tête.

– *Fiya apo tho !* hurla sa mère, le souffle coupé par les sanglots.

Karras fit ce qu'elle lui demandait, il s'en alla. Dans l'escalier, il entendit la porte se refermer en douceur derrière lui. Il sortit de l'immeuble, sur le trottoir. Il leva la tête vers l'appartement de ses parents et vit le rideau bouger à la fenêtre de la chambre.

Il trouva un téléphone dans un restaurant de Chinatown et appela Joe Recevo. Il alluma une cigarette et tira dessus en attendant que quelqu'un décroche.

– Allô ?

– Joe, c'est Pete.

– Salut, le Grec. J'attendais ton coup de fil.

– Me voici.

– Qu'est-ce qui va pas ?

– Rien. J'ai hâte de sortir, c'est tout.

– Où t'es, que je passe te chercher ?

– Je vais manger un morceau d'abord. Passe donc au restau de Nick Stefanos dans... une heure.

– Au coin de la 14e et de S Street, c'est ça ?

– Exact.

– Où t'es, à Chinatown ? Ça fait une sacrée trotte. Je peux venir te chercher, on ira ensemble.

– Pas la peine, Joe. Il fait bon, pas trop froid. Je vais marcher.

Karras raccrocha. Il sortit du restaurant, boutonna son pardessus et prit la direction de l'ouest. Les pigeons voltigeaient à ses pieds. Le soleil s'était couché derrière les immeubles, laissant de grandes ombres dans la lumière dorée du crépuscule. Il ferma les yeux et respira profondément les odeurs de la ville ; il essaya de retrouver son calme. Ça allait déjà mieux, il était seul et il marchait dans les rues.

9

Peter Karras avait piqué une suée sous son pardessus quand il arriva dans la 14e. Il bifurqua au nord et passa devant le restaurant de Pete Frank, un endroit baptisé « Le Cadran solaire », dans R Street. Frank – Frangis de son vrai nom, avant qu'il l'américanise – était un Grec costaud, originaire de Comosta, un village de montagne, aux abords de Sparte. En passant, Karras aperçut derrière le comptoir l'épouse de Frank, Alice, une femme élégante d'une quarantaine d'années. Il lui adressa un signe de tête ; il eut droit à un sourire en retour.

Le grill de Nick Stefanos était situé un pâté de maisons plus loin, au coin de S Street. Une enseigne rectangulaire était fixée au-dessus de la porte : bleue avec des lettres rouges, entourée d'ampoules blanches, allumées dans l'obscurité grandissante comme la devanture d'un théâtre. NICK'S était-il écrit, simplement. Karras poussa la porte et entra.

C'était un restaurant sans prétention avec huit tabourets alignés devant le comptoir et trois boxes avec des banquettes en bois le long du mur. Derrière le comptoir, il y avait un gril et une planche à découper, avec un distributeur de soda, une cafetière électrique et une glacière sur le côté. À l'arrière se trouvait une grande cuisine, et derrière encore, une sorte de réserve avec des toilettes privées et une porte verrouillée donnant sur une ruelle.

Karras ôta son pardessus, le suspendit à un des portemanteaux installés à côté des boxes et s'assit sur un tabouret pivotant rembourré d'un coussin rouge veiné de noir. Il avait pris ses cigarettes.

– *Yasou* Panayoti ! s'exclama Nick Stefanos en avançant vers Karras derrière le comptoir, et en essuyant ses mains sur son tablier.

– *Yasou,* Niko.

Karras serra la main de Stefanos, tannée et aussi large que le premier gant de base-ball d'un gamin. Stefanos était grand et fort pour un Grec, avec un torse et des épaules larges et un visage jovial pour accompagner sa carrure.

– Qu'est-ce tu prends ? demanda-t-il.

– C'est quoi le plat du jour ?

– On a un bon petit mouton. Costa l'a préparé cet après-midi.

– Ça ne me dit rien. Fais-moi une assiette de saucisses avec des haricots.

– Tu bois quelque chose ? Une bière ?

– Plutôt un Coca.

Stefanos tourna la tête vers la double porte battante percée d'un passe-plat qui donnait sur la cuisine.

– Costa ! Une assiette de francforts avec des haricots ! *Grigora !*

Costa, petit et trapu, avec une tignasse de cheveux noirs et une épaisse moustache tout aussi noire, franchit la porte battante d'un pas énervé. Le seul autre client, un vieux bonhomme qui avait conservé son pardessus, leva les yeux de sa soupe en entendant la porte grincer sur ses gonds.

Costa se planta devant Karras.

– C'est pour toi les saucisses, Pete ?

Karras acquiesça d'un hochement de tête.

– Oui, j'ai envie de ça.

– Tu te crois au stade ou quoi ? Hein ? Moi qui ai préparé un bon petit mouton !

Il lança en l'air le couteau à découper qu'il tenait à la main. Le couteau exécuta un tour complet et retomba dans sa paume.

– Sers-lui ce qu'il veut, dit Stefanos.

– *Entaxi,* dit Costa avec un reniflement de mépris.

Il lança quelques jurons et regagna sa cuisine.

– Ça te pose un problème, Costa ? demanda Stefanos.

– Moi ? J'en ai rien à foutre !

Stefanos ouvrit la glacière et prépara une belle assiette d'olives et de feta. Il déposa l'assiette et une bouteille de Coca sur le comptoir devant Karras.

– Tiens, *vre.* Un petit *meza* en attendant.

– Merci, Nick.

Karras goba une olive et recracha le noyau dans l'assiette. Il observa la grande pancarte bleue accrochée au mur derrière la grosse tête de Stefanos – LES CHIPS MANN, YEAH MANN ! – en écoutant l'émission que diffusait le poste de radio installé sur une étagère, à côté de la publicité. Un acteur était interviewé par la marionnette d'un ventriloque. Karras ne put s'empêcher de sourire.

– C'est qui dans l'émission de Charlie McCarthy ? demanda-t-il.

– C'est cet acteur, tu sais... celui qui joue un alcoolo.

– Ray Milland. Tu as vu « Le Poison » ?

– Quand je vais au ciné, c'est pour passer un bon moment. Pour voir un bon western, par exemple. Pourquoi j'irais voir une histoire de poivrot ? J'ai assez avec mes problèmes.

– Quel genre de problèmes ?

Stefanos balaya le décor d'un large geste.

– Regarde autour de toi. J'ai pas de clients. Les vendeurs de bagnoles qui étaient en face ont tous fermé à cause de la guerre.

– Ils n'avaient plus de bagnoles à vendre.

– Je sais bien, mais... il reste plus que la compagnie du téléphone, et c'est pas suffisant. Je vais te dire, j'envisage même de faire un restau pour les *mavri.*

– Un restaurant pour les Noirs ?

– J'y pense. Pete Frank est sur le point de le faire, au bout de la rue. Je vais pas le laisser rafler toute la clientèle *mavriko* de U Street quand même ?

– Frank est un chic type.

– D'accord, c'est un gars bien. Mais merde, je peux pas le laisser rafler toute la clientèle.

Costa ressortit de la cuisine et déposa une assiette fumante devant Karras. Après avoir pris une fourchette et un couteau sous le comptoir, et une serviette, il fit glisser une bouteille de ketchup.

– Et voilà, patron, dit Costa, avant de repartir dans la cuisine.

– Et toi ? demanda Stefanos en appuyant sa lourde carcasse contre le comptoir. Qu'est-ce que tu vas faire, maintenant que tu es revenu de la guerre ?

– Je sais pas, dit Karras. Je vais bricoler à droite à gauche.

– Hmm.

– Faut que je trouve un truc qui me plaise. Je veux pas finir derrière une charrette de fruits, comme mon vieux.

– Quand les affaires reprendront et que tu en auras marre de te reposer, viens me voir. J'aurai besoin d'aide, une paire de bras solides, maintenant que Costa et moi on a dépassé la quarantaine. N'oublie pas que tu vas avoir un gamin bientôt. Faut y penser.

Karras avala un morceau de saucisse, en regardant droit devant lui.

– O.K., Nick. On en reparlera.

La clochette fixée au-dessus de la porte tinta et Lou DiGeordano fit son entrée. Il venait juste d'abandonner sa charrette de fruits. Il portait une veste élimée sur une chemise blanche. Ses cheveux étaient plaqués en arrière, sa fine moustache était gominée elle aussi. Quelques filaments gris se dressaient au milieu des poils noirs.

– Karras Jr. ! s'exclama DiGeordano en lui tapant sur l'épaule.

Il salua Stefanos d'un hochement de tête.

– Nick.

– Salut, Lou.

– Comment va ton père ? demanda DiGeordano.

– Ça va, répondit Karras.

– Il est très fier de toi, fiston. Il arrête pas de parler de son fils, le héros de la guerre.

Karras planta sa fourchette dans une saucisse.

– Tu veux une bière, Lou ? demanda Stefanos.

– Une Ballantine Ale.

– C'est quoi la cote pour le match de ce soir ? demanda Karras.

– Je m'occupe que de la loterie, dit DiGeordano. Je fais pas le bookmaker. Mais si tu mises sur Parks, c'est que t'as une case en moins. T'as vu la carrure d'Archie Moore ?

– Y a des types qui disent que Moore pourrait aller au tapis, dit Karras.

DiGeordano fit la moue.

– Ces types n'y connaissent rien.

Karras hocha la tête. Stefanos sortit deux bouteilles de bière de la glacière et fit signe à DiGeordano de le suivre dans la cuisine.

– Si vous en avez pour un petit moment, lui dit Karras, file-moi un truc à lire, Nick.

Stefanos déposa le *Evening Star* sur le comptoir. Puis il se rendit dans la cuisine et DiGeordano lui emboîta le pas.

Ayant fini son assiette, Karras alluma une cigarette en parcourant la une du journal. MacArthur allait exécuter un officier japonais de la guerre des Philippines, et les auditions de Pearl Harbour allaient bientôt débuter. Sous la pliure, il lut une histoire de femme sans domicile fixe retrouvée morte dans une maison de New York Avenue, éventrée du sternum au pubis. Encore une prostituée assassinée. Il y avait eu un grand nombre de crimes en ville depuis la fin de la guerre, quelques meurtres ici et là, des vengeances, des règlements de compte à la suite de vieilles dettes de jeu et ainsi de suite. Mais ces meurtres de prostituées, c'était un nouveau genre de carnage : pervers, absurde. Ces meurtres de prostituées, c'était vraiment autre chose.

Costa ressortit de la cuisine pour débarrasser l'assiette de Karras. Il nettoya le comptoir avec un torchon humide.

– Dis-moi, Pete. Je voulais savoir... T'as ramené un couteau de là-bas ? Un cran d'arrêt, un truc comme ça ?

– J'ai laissé le seul couteau que je possédais sur l'île de Leyte. Un Philippin m'a filé sa machette. C'est tout.

– Je parie que t'as dû voir des sacrés couteaux, là-bas. Pas vrai ?

Le regard de Costa pétillait.

Karras répondit par un haussement d'épaules. Costa le dévisagea pendant une seconde ou deux, puis il prit son assiette, le bol vide du vieux bonhomme et repartit.

Lou DiGeordano ressortit de la cuisine, en essuyant avec sa manche de veste la mousse de bière sur sa moustache.

– À la prochaine, Karras Jr.

– À plus tard, M. DiGeordano.

La clochette tinta quand DiGeordano ouvrit et referma la porte.

Karras tira une dernière bouffée de sa cigarette et l'écrasa dans le cendrier. Le vieux bonhomme était reparti ; il avait laissé deux pièces sur le comptoir, avant de boutonner son pardessus et de s'en aller en traînant les pieds. Nick

Stefanos ressortit à son tour de la cuisine, en tirant sur son pantalon.

– Combien je te dois, Nick ?

– Voyons... Des francforts et des haricots, un Coca. 75 cents.

– Tant que ça ? (Karras fit glisser un dollar sur le comptoir.) Alors, tu as joué le bon numéro avec Lou ?

Stefanos leva les mains au ciel.

– Tous les numéros sont bons, le jour où ils sortent. Mais celui-là, j'en ai rêvé. Y avait même ma mère dans le rêve.

– Je ne rêve jamais des morts. Ça ne se fait pas.

– Tu as raison. Mais en fait, elle n'était pas vraiment dans le rêve. Je veux dire que... je l'ai pas vue pour de bon. Je l'entendais parler derrière une porte. Et il y avait un chiffre sur la porte, comme un numéro d'appartement...

– Alors, tu as joué ce numéro.

– Ouais. J'ai misé quelques pièces.

– S'il sort, tu vas toucher le gros lot. Qu'est-ce que tu ferais de tout ce fric, si tu gagnais ?

– Je sais pas. J'en enverrais une partie à mon fils en Grèce, je suppose. Ou peut-être que je m'en servirais comme appât pour le faire venir ici. De toute façon, même si je gagne pas à la loterie, je suis sûr de récupérer mon fric samedi soir, avec Lou.

– Tu organises toujours des parties de cartes chez toi, le week-end ?

– Bien sûr. Lou et Costa sont des habitués. Pete Frank et sa femme, Kiki, vont venir eux aussi. Y aura également le beau-frère de Pete, George Boukas...

– L'ancien boxeur ?

– Il se faisait appeler « Kid Boukas » sur le ring. Il travaillait comme serveur au Willard, y a longtemps. Il tient une boutique de fleurs maintenant.

– J'ai entendu parler de lui, dit Karras. C'était un poids léger, hein ?

– Un bon petit boxeur. Un bel athlète, très complet.

Un coup de klaxon retentit derrière les vitres du grill. Un coupé Mercury venait de s'arrêter le long du trottoir. Karras se leva du tabouret, récupéra son pardessus et l'enfila en lissant les revers.

– C'est mon chauffeur.

– Réfléchis à ce que je t'ai dit, *re.* S'amuser et prendre du bon temps c'est bien, mais tu dois penser à te trouver un petit boulot honnête.

– J'y penserai.

– Appelle-moi, dit Stefanos. Adams 4-64-80.

Karras sourit.

– O.K., Nick. On en reparlera.

La clochette tinta quand Karras sortit. Nick Stefanos le regarda ouvrir la portière de la Mercury côté passager et monter à bord.

– Oui, c'est ça, dit Stefanos en s'adressant à une salle vide, en passant son épaisse main calleuse sur son visage. On en reparlera. Mais avant, un jeune gars comme toi a besoin de sortir et de s'amuser.

10

Joe Recevo enclencha la seconde et appuya sur l'accélérateur de la Mercury. Il tourna la tête vers Karras qui manipulait les boutons de la radio. Une voix âgée, avec un accent anglais, sortit du haut-parleur encastré dans le tableau de bord. Recevo grimaça.

– Trouve-moi plutôt de la musique, tu veux ?

– C'est l'émission de Fred Allen, dit Karras. Ça ne te plaît pas ? Il reçoit une actrice anglaise, ce soir... une *comédienne* [1]. Beatrice Lillie.

– Je me fous de savoir comment elle s'appelle. J'ai aucune envie d'écouter jacasser une vieille peau.

Karras tourna le bouton des fréquences et tomba sur la voix mélodieuse de Dinah Shore. Elle chantait « Personality ». La main sur le bouton, il jeta un coup d'œil à Recevo assis à côté de lui : costume chocolat et cravate assortie, avec un manteau en poil de chameau pour compléter le tout. Il était coiffé d'un feutre brun orné d'un ruban couleur chocolat dans lequel était plantée une petite plume rouge. Recevo avait toujours un chapeau.

1. En français dans le texte.

– Ça te convient ? demanda Karras.

– Ouais. Dinah Shore, c'est le summum. (Recevo jeta un regard en biais à Karras.) On dit qu'elle est un peu mulâtre. Tu le savais ?

– Pour l'amour du ciel, Joe !

– Elle a un peu de sang nègre en elle. C'est pas un secret.

– C'est des foutaises.

– Oh, je t'ai offusquée, Mme Roosevelt ?

– C'est stupide, Joe, voilà tout.

Recevo sourit ; il sortit de son manteau un paquet de Raleigh, souffla dans l'ouverture du paquet et une cigarette en jaillit. Karras gratta une allumette pour s'allumer une Lucky et tendit le bras vers Recevo pour lui allumer sa cigarette. Recevo éteignit la flamme en recrachant la fumée. Karras entrouvrit la vitre et lança l'allumette dans la nuit.

– Alors, t'as bien dîné avec tes potes ? demanda Recevo.

– Oui.

– Je t'imagine en train de tailler le bout de gras avec tous ces nouveaux immigrants. Ça doit être quelque chose.

– Putain, Joe, c'est pas des « nouveaux immigrants ». Ils vivent ici depuis plus de vingt ans. Ils sont arrivés quasiment en même temps que ton père et le mien.

– On dirait pas, à les entendre. Le petit, là, Costa...

– C'est un gars bien. Il est d'un tempérament nerveux, c'est tout. Et Nick Stefanos est un gars génial.

– Stefanos est un crétin. Mais une chose est sûre : j'aimerais pas qu'il me balance un direct. T'as vu les mains de ce type ? On dirait des plats à tarte !

– Il m'a proposé un boulot dans son restau.

Joe sourit.

– J'aimerais bien voir ça. Toi avec un tablier.

– Oui, ce serait quelque chose, hein ?

Recevo ralentit à la hauteur du Lotus Club, devant lequel s'était formée une petite queue. Karras se dévissa le cou.

– Ils distribuent à boire ou quoi ? demanda Karras.

– Entrée gratuite ce soir. Spectacle habituel. Strip-tease avec un orchestre. Les Baron Twins...

– Je les ai déjà vus, dit Karras. Un seul, ça va, mais deux, c'est mortel. [1]

Recevo tourna à gauche dans New York Avenue, tout en rétrogradant. Karras fut projeté vers l'avant ; la cendre de sa cigarette tomba sur son manteau.

– Putain, Joe, tu peux pas contrôler ton tas de ferraille ?

– Y a un moteur V-8 sous le capot. Ça fait un peu trop de chevaux pour cette tire.

– Tu ferais peut-être mieux de t'acheter une jolie berline docile.

– Je guette l'arrivée des nouveaux modèles. Une Hudson, peut-être. Mais j'ai pas besoin des conseils d'un type qu'a même pas de bagnole.

– J'aime marcher, voilà tout.

– Tu t'es payé une sacrée balade, ce soir. Tu sais, Pete, t'aurais pu prendre le tram.

– Tu as vu les trams ? Ils sont bourrés à craquer, les gens sont accrochés à l'extérieur. Je te le dis, y a trop de monde dans cette putain de ville. Ils disaient que ça s'arrangerait après la Victoire, mais quand tu regardes autour de toi, t'as pas vraiment l'impression.

– Tu peux pas te plaindre au niveau des femmes, hein ? Putain, c'est pas ce qui manque.

– J'ai remarqué, dit Karras.

– Je m'en doute. Un queutard comme toi.

Karras tira sur sa cigarette ; il recracha la fumée entre ses lèvres et la regarda s'écraser contre le pare-brise. Il observa sa main qui tenait la cigarette. Une bande de lumière jaune

1. « Twin » signifie « jumeau ». (*N.d.T.*)

parcourut ses doigts, disparut, puis réapparut, alors que défilaient les lampadaires. Les veines saillantes qui couraient sur le dessus de ses mains avaient un éclat bleuté dans la lumière.

– Où on va ? demanda-t-il.

– On va voir M. Burke, dit Recevo. Il a un truc à nous confier, pour un peu plus tard. Y en a pour une minute. Il nous file nos ordres de route et on se barre.

– J'ai reçu suffisamment d'ordres quand j'étais à l'armée.

– Et ça t'a sauvé la vie, non ?

– C'est la chance qui m'a sauvé la vie, dit Karras. Cette putain de chance et rien d'autre.

– C'est moi qui parlerai, s'il le faut. Toi, tu souris et tu fais oui de la tête. Tu crois que tu pourras ?

– Pas de problème, Joe. Je me contenterai de hocher la tête.

Karras tira une dernière bouffée de sa cigarette et lança le mégot par la vitre, d'une pichenette.

La toute nouvelle chanson de Sinatra, « Day by Day » s'échappait en douceur de la radio. Recevo se pencha pour monter le son d'un quart de tour. Il jeta sa cigarette, se cala au fond de son siège, sourit et se mit à chanter en même temps que la chanson. Karras le laissa faire. En vérité, Joe avait une jolie voix.

– Ils disent qu'il n'y aura plus que des chanteurs maintenant, dit Recevo en profitant d'un passage purement instrumental. Les grands orchestres, c'est fini.

– Ouais, il paraît.

– J'adorais les orchestres, moi. Mais si tous les chanteurs avaient la voix de Sinatra, je m'en foutrais de plus jamais entendre un seul morceau instrumental dans ma vie. (Recevo tapota le bras de Karras.) Hé, tu te souviens de la première fois où tu l'as entendu ?

– Au U-Line Arena.

– En 1940. Il était avec les Pied Pipers. Il a chanté « Juste Look at Me Now ». Bon Dieu, les filles sont devenues dingues. Je m'en souviens, on dansait avec deux nanas, et tout à coup, on s'est retrouvés seuls au milieu de la piste. On savait même pas qui était ce type.

– Pour moi, il ressemblait à n'importe quel métèque, dit Karras.

Mais Recevo avait l'esprit ailleurs et la pique de Karras loupa sa cible.

– Mais le meilleur soir, dit Recevo. Le meilleur soir ! C'est quand on a pris les canoës chez Fletcher et qu'on a descendu le chenal jusqu'à la péniche de Watergate. Sinatra chantait gratos ce soir-là, en plein air, avec un grand orchestre. Il a chanté « Ol' Man River », pas vrai ? Le public était comme hypnotisé. Ah, putain, les femmes penchées sur le Memorial Bridge lui faisaient des yeux de velours.

– C'était juste avant que tu prennes le bateau.

– Exact. J'étais avec une fille qui s'appelait Lawson... Merde, c'était quoi son prénom ?

– Comment veux-tu que je le sache ? C'était ta nana, pas la mienne.

– Toi, tu étais avec Helen Leonides. Bon Dieu, elle avait l'air en forme ce soir-là. Tu as pas dû t'ennuyer...

– Tais-toi, Joey.

– Pardon. J'oubliais que t'étais marié maintenant. Et ton pote Pericles a épousé Helen...

– Laisse tomber.

– Quoi ? Tu vas me dire qu'il s'est jamais rien passé entre vous ? Merde alors, le lendemain tu m'as raconté que tu l'avais baisée dans toutes les...

– Ferme-la, je t'ai dit.

– O.K.

Ils roulèrent sans dire un mot pendant les trois kilomètres suivants. Un disque de Phil Harris remplaça Sinatra. Karras baissa la vitre de quelques centimètres pour avoir un peu d'air frais. Sa colère n'était pas dirigée contre Joey.

– Au fait, dit-il, j'ai vu Perry tout à l'heure.

– Comment il va ?

– Bien. Il bosse dur ; il cherche à ouvrir son propre café.

– T'as vu le bébé ?

– Ouais. Un beau bébé.

– Et Helen ? Tu l'as vue, elle aussi ?

– Oui, je l'ai vue.

– Ah oui ? (Recevo se racla la gorge.) Comment elle était ?

Karras se tourna vers Recevo. L'un et l'autre éclatèrent de rire. Karras décocha un coup de poing dans le bras de Recevo. Celui-ci leva la main pour contrer un deuxième coup et la Mercury fit une embardée vers la ligne médiane. Ils atteignaient le quartier noir autour de New Jersey Avenue et ils riaient encore quand ils s'engagèrent dans une rue perpendiculaire bordée de quelques maisons mitoyennes habitées par des Blancs. Recevo se gara le long du trottoir et coupa le moteur.

– Souviens-toi de ce que je t'ai dit, Pete.

– Sourire et hocher la tête.

– Exact.

Ils descendirent de la Mercury et traversèrent la rue. Karras et Recevo avaient sensiblement la même taille ; ils se déplaçaient avec une aisance semblable, une même détermination. Quand ils marchaient ainsi côte à côte, on aurait dit les deux moitiés d'un seul homme. Recevo avait des pommettes saillantes, des joues creusées et grêlées, la peau mate et des cheveux noirs ondulés. Personne ne le qualifiait jamais de bel homme, contrairement à Karras. C'était plutôt le genre beau voyou. Mais Recevo se débrouillait bien.

Ils gravirent les quelques marches menant à la porte d'une des maisons. Comme plusieurs maisons bâties aux coins des rues, dans tout D.C., celle-ci était surmontée d'une tourelle couronnée de créneaux, comme un château. Recevo la montra à Karras.

– Burke partage le loyer avec le Roi Arthur ? demanda celui-ci.

– Exact. Et avec Basil Rathbone. Il est là-haut, en train de tailler une flèche avec ton nom gravé dessus.

Karras éclata de rire. En même temps, il regarda les pieds de Recevo.

– Tu as des nouvelles pompes ?

– Flagg Brothers. 4 dollars 95. Elles te plaisent ?

– Ouais. Pas mal.

Recevo frappa à la porte. Il ôta son chapeau, plaqua ses cheveux en arrière, rectifia d'une chiquenaude le pli de son chapeau et le remit sur sa tête. Il lissa le bord entre son pouce et son index. Un guichet s'ouvrit dans la porte, laissant apparaître deux grands yeux injectés de sang.

Recevo déplaça son visage dans la lumière.

– Karras et Recevo, on vient voir M. Burke.

– Un instant.

Le volet du guichet se referma et la porte s'ouvrit sur un type colossal et laid qui occupait tout l'encadrement. Karras l'observa de la tête aux pieds, en songeant que le seul moyen de l'envoyer au tapis serait de frapper au ras du sol. Comme on abat un arbre.

– Entrez, dit le type que tout le monde appelait Face.

Ils pénétrèrent dans un petit vestibule où un escalier montait sur la gauche. À droite, une double porte vitrée était ouverte sur un grand salon dans lequel trois hommes en costume et une femme en boléro et pantalon étaient assis dans des sièges capitonnés, en train de siroter des long drinks en tirant sur des cigarettes. La femme paraissait indifférente et quelconque, mais Karras lui sourit malgré tout, par habitude. Elle avait ôté ses chaussures et posé ses pieds sur une table en marbre en forme de haricot. À côté de ses pieds était posé un revolver noir aux reflets bleutés.

– Hé, Face, dit Karras, comment va ta petite famille ?

– Ils vont bien, Karras. Merci.

Recevo demanda :

– Tes gosses, ils ressemblent à ta femme ou à toi ?

Face sembla réfléchir.

– À ma femme, je crois.

Recevo sourit.

– Ils peuvent remercier Dieu.

– Montez, dit Face en tendant vers le plafond un pouce épais comme une bûche.

Recevo et Karras prirent l'escalier. Karras laissa courir sa main sur la rampe en chêne.

– Face t'a traité de gonzesse dans ton dos, dit Karras. Je l'ai bien entendu. Tu vas t'occuper de lui quand on en aura fini avec Burke ?

– Ouais, dit Recevo. Et juste après, j'irai me battre avec Mighty Joe Young.

Arrivés sur le palier, ils tournèrent à droite et franchirent une porte ouverte pour pénétrer dans une grande pièce qui était autrefois deux chambres, avant que les hommes de Burke abattent les murs. Assis derrière un bureau en chêne vide, Burke ne leva pas la tête quand ils entrèrent. Karras remarqua la vitrine à armes à feu, contre le mur, fermée à clé, une Thompson était accrochée derrière la vitre.

Une femme, une brune banale, était assise à une extrémité d'un canapé collé contre le mur. Le bois du canapé était éraflé et entaillé. Face l'avait sans doute malmené en le montant sur son dos dans l'escalier. L'autre partie du canapé était occupée par Gearhart, le cerveau et le conseiller de Burke, avec ses 150 kilos et son nez d'aigle. Il adressa un sourire forcé à Recevo, laissant apparaître plus de gencive que de dents, tandis que ses doigts jouaient avec une chaîne de montre qui allait de son gilet à sa poche de pantalon, déformée par le renflement de sa cuisse. Karras remarqua les habituels souliers bicolores, marron et blanc, qui chaussaient les pieds dodus de Gearhart. Le parfait dandy, un dandy obèse qui plus est : la pire espèce.

Une lourde table de salle à manger trônait au centre de la pièce, entourée de quatre fauteuils. Reed, le gros bras de Burke, était assis au bout de la table ; il faisait rouler entre ses doigts une Fatima éteinte en jaugeant du regard Karras, pendant que celui-ci traversait la pièce. Recevo et Karras prirent chacun un fauteuil qu'ils installèrent devant le bureau de Burke. Ils s'assirent. Recevo ôta son chapeau, lissa ses cheveux en arrière et posa son chapeau sur ses genoux.

Burke entrelaça ses doigts et posa ses mains sur son bureau.

– Comment ça va, Joe ?

– Ça va bien.

– Salut, Karras. Content que tu sois là.

Karras hocha la tête et sourit. Il ne se souvenait plus ce qu'il devait faire en premier.

– Vous allez voir le combat, ce soir, les gars ?

– Oui, fit Recevo en jetant un coup d'œil à sa montre.

– Vous avez parié sur Monroe ?

– Ça mérite même pas qu'on sorte le fric de sa poche, dit Recevo. Ça m'étonnerait que Parks lui offre beaucoup de résistance. Mais j'ai misé quelques billets sur le lever de rideau, Morales contre Russell.

– Tu as misé sur Morales, j'espère.

– Évidemment.

– Tu es un malin, dit Burke.

Ne tenant pas en place, comme un gamin à l'église, Karras regardait autour de lui. Ses yeux se posèrent sur la femme brune; ils glissèrent le long de ses jambes jusqu'à ses chaussures à semelle compensée et à talon découvert, avec des gros clous argentés sur les côtés de la semelle. Il les avait vues dans la vitrine de chez I. Miller, dans F. Street, alors qu'il cherchait un petit quelque chose pour Eleni. Il se demanda, en passant, si cette femme était avec quelqu'un, et avec qui, ou si elle n'était là que pour servir de décoration. Ces chaussures coûtaient 12 dollars et 95 cents. Cette femme valait-elle ce prix?

– Alors, on parle affaires, oui ou non? demanda Reed en parlant fort comme à son habitude, comme si cela pouvait obliger les gens à écouter ce qu'il disait. Karras avait connu des gars comme lui à l'armée. Mais Reed, lui, n'avait jamais porté d'uniforme; on racontait qu'il avait été recalé à l'examen psychiatrique. C'était juste un type méchant avec des petits yeux porcins et des épaules de joueur de foot américain. Enfant, il avait été envoyé en maison de correction pour avoir fait avaler de l'essence au chat d'un voisin. Plus tard, adulte, il avait écopé d'un an de taule pour avoir giflé une fille dans un bus.

– Oui, faut qu'on parle, dit Burke. Je veux pas vous mettre en retard pour le grand événement.

– Si ça concerne le business, dit Reed, peut-être que la poule devrait éjecter.

La poule. Karras sourit. Reed n'était pas allé au cinéma depuis 1939. Le dernier film qu'il avait vu, c'était *The Roaring Twenties.*

Burke adressa un signe de tête à la femme qui se leva prestement, mais avec dignité. Elle jeta un regard blessé à Burke et prit le temps de s'attarder sur Karras en quittant la pièce. Les chaussures à talon découvert claquaient sur le parquet; les bruits furent étouffés quand elle atteignit la moquette dans l'escalier.

– Alors, dit Recevo, c'est à quel sujet?

– Un type nommé George Georgakos me doit quelques dollars. Ce vieux salopard m'a remboursé la somme initiale, mais on a un petit différend à propos des intérêts. Il prétend qu'il va me donner ce qu'il me doit, mais pour l'instant, toujours rien. Je pensais que tu pourrais aller lui rendre une petite visite ce soir, avec Karras, pour récupérer une partie de mon pognon. Ça pourrait me convaincre de sa sincérité.

George Georgakos était une sorte de gitan venu des ghettos d'Athènes, via Smyrne. Karras le connaissait vaguement ; il traînait le soir dans les clubs grecs du Southeast, jouant aux cartes et buvant du *mastica* avec son père. Il traînait dans les clubs après son travail de serveur à l'Hôtel Washington qui lui permettait de ramener chez lui quinze ou vingt dollars par semaine. Karras observa les mains de Burke qui formaient une pyramide sur le bureau. En apparence, Burke paraissait en pleine forme ; il se tenait toujours droit comme un i, il avait le ventre plat sous le gilet de son costume. Mais ses mains étaient molles, sa poigne était paresseuse, sans personnalité. Karras se souvenait qu'il avait eu envie de se laver la dernière fois où il avait serré la main de Burke.

– Combien vous voulez qu'on récupère ? demanda Recevo.

– Quarante dollars, ça devrait suffire. On a eu un petit problème de communication par le passé. Peut-être qu'il voulait me faire marcher, j'ai jamais trop compris ce qu'il baragouinait. C'est toujours comme ça avec ces immigrants, ils se donnent même pas la peine d'apprendre notre langue.

Parce qu'ils sont trop occupés à travailler, pour essayer de nourrir leur famille. À bosser comme des chiens, si un chien était capable de bosser aussi durement. Mais évidemment, vous autres, bande de salopards bien blancs, vous ignorez le sens ce de mot...

– C'est pour ça que je me suis dit que ce serait une bonne idée de faire appel à Karras. Ça te semble une bonne idée, Karras ?

Karras sourit et hocha la tête. Il eut l'impression de s'être emmêlé les pinceaux, cette fois.

Reed intervint :

– Ce vieux chnoque de Georgakos et lui parlent la même langue. Ils pourront passer toute la nuit à baragouiner.

Gearhart gloussa dans son coin. Karras entendit Reed gratter une allumette dans son dos pour allumer la Fatima. La fumée traversa lentement la pièce.

– Quarante dollars, dit Recevo pour essayer de faire retomber la tension. Ça devrait être une promenade de santé, hein, Pete ?

– Aucun problème, répondit Karras.

– Hé, Karras, dit Reed. Sois une gentille petite négresse, va me chercher le cendrier sur le bureau de M. Burke, tu veux bien ?

– J'y vais, dit Recevo, mais Karras le retint par le bras.

– J'ai demandé à Karras d'aller me le chercher, dit Reed.

Karras pointa le menton en direction de Gearhart.

– Demande donc à Laird Cregar de te l'apporter, Reed. Il est plus près.

Le sourire de Gearhart s'évanouit. Il ne fit pas un geste en direction du cendrier, Reed non plus.

Recevo pianotait nerveusement sur le bras de son fauteuil. Il remua sur son siège.

– Monsieur Burke, demanda-t-il, que doit-on faire si Georgakos fait des histoires ?

– Il fera pas d'histoires, dit Burke en gardant les yeux fixés sur Karras. Il ne fera pas d'histoires avec des types qui ont été au combat comme vous deux. Pas vrai ?

Burke, lui, n'avait pas été au combat, car il avait largement dépassé la trentaine. Mais il avait un frère qui s'était battu sur le terrain en Europe et à ses yeux, être un ancien combattant, ça voulait dire quelque chose. Il y avait là un avantage à saisir, se disait Karras, et une certaine liberté de manœuvre.

– On s'en occupe, déclara Recevo.

Karras et lui se levèrent.

– Hé, j'ai une idée ! lança Reed. Peut-être que vous pourriez mettre vos uniformes pour aller chez le Grec. Vos médailles aussi. Ça faciliterait les choses.

– Et peut-être que tu voudrais les accompagner, dit Burke avec des relents acides dans la voix.

– Reed risque d'avoir un problème, dit Karras. Il lui faudrait un uniforme. Mais aux dernières nouvelles, ils n'en distribuent pas aux réformés pour raisons psychiatriques.

Reed se leva de son siège, le visage cramoisi.

– Ce type a tué quelques Japs et il croit que sa merde sent la rose, grommela-t-il.

Burke haussa le ton :

– Ferme-la, Reed, et assieds-toi. Tu me remercieras plus tard.

Reed se rassit et tira une longue bouffée de sa cigarette. Recevo remit son chapeau sur sa tête en l'inclinant très légèrement. Karras haussa les épaules pour rajuster son pardessus.

– Vous avez une adresse à nous donner, monsieur Burke ? demanda Recevo.

– Oui, je vous la donne. (Burke se tourna vers Karras.) Tu veux bien nous excuser une minute, Pete ? Je dois discuter d'un truc avec Joe, en privé.

– Je t'attends en bas, dans le vestibule, Joe.

Karras pivota sur lui-même et ressortit de la pièce d'une démarche énergique. Reed lui sourit et le regarda s'éloigner en plissant les yeux. Les pas lourds de Karras s'évanouirent, tandis que Burke griffonnait l'adresse sur un bout de papier.

– Tiens, dit-il en le tendant à Recevo par-dessus le bureau. Pas d'histoires, ce soir, hein ?

– Non, non, dit Recevo. Pas d'histoires.

– Je me souviens de la façon dont vous avez merdé avec M. Weinberg. Le tailleur qui avait oublié de payer pour être protégé, dans la 7e.

– C'était un peu spécial. Il se trouve que Pete connaissait le type ; ils venaient du même quartier. Il avait habillé un tas de Grecs dans le temps, à crédit. Je crois même qu'il avait vendu un costard au père de Pete, un dollar par semaine, pendant quinze semaines, sans intérêts, un truc comme ça. Alors, évidemment, Pete avait des liens personnels avec..

– Je me contrefous de vos histoires de quartier. Ce Weinberg nous a échappé dès que vous l'avez laissé respirer.

– Ce salopard de youpin a foutu le camp, dit Reed.

– On l'a perdu parce que tu as laissé ton pote Karras faire du sentiment, dit Burke. On peut pas laisser quelqu'un faire du sentiment quand on veut réussir dans ce métier.

– Je comprends, monsieur Burke.

– Écoute-moi bien. Je vous donne une deuxième chance à tous les deux, car vous avez tenu votre rôle pendant la guerre, et vous savez que ça compte pour moi. Et aussi parce que je te trouve prometteur, Joe. Les gars qui débutent avec moi, ils vont loin. Tu piges ?

– Très bien.

– Parfait. Bon combat. Appelle-moi ensuite pour me dire comment ça s'est passé. J'attendrai ton appel.

Recevo salua Burke en portant la main à son chapeau et se dirigea vers la porte, sans même un regard en direction de Reed. La meilleure façon de vexer Reed, c'était de l'ignorer. Avec ce gars-là, vous agitiez le steak devant la cage, mais il ne fallait pas s'aviser de le lui tendre à travers les barreaux.

Nul n'ouvrit la bouche après que Recevo eut quitté la pièce. Au bout d'une ou deux minutes, ils entendirent la porte de la maison se refermer.

Reed laissa tomber sa cigarette sur le parquet et l'écrasa sous son talon.

– Les Grecs et les Ritals ! On n'a pas besoin de ces gars-là, je vous le dis, moi ! Bientôt, on se baladera déguisés en pingouins pour servir les nègres à table !

Gearhart jouait avec sa chaîne de montre, ses yeux de tortue s'agitaient sous ses paupières lourdes.

– Le Grec va flancher, dit-il. C'est dans sa nature. On le sait tous, non ?

Burke hocha la tête.

– Évidemment. Mais c'est pas lui que je teste. C'est Recevo.

Gearhart haussa un sourcil.

– Et le Grec, alors ?

Burke poussa un profond soupir.

– Le Grec est foutu.

Dehors, sur le trottoir, Recevo s'arrêta sous un lampadaire pour allumer sa cigarette. Il cracha la fumée en direction de Karras qui se tenait à côté, les yeux levés vers le ciel sans étoiles.

– Pete, Pete, Pete... Qu'est-ce que je vais faire de toi ?

– Pourquoi ?

– Je croyais t'avoir demandé de la boucler.

– Bon Dieu, Joe, c'était marrant, non ? Arrête de prendre ces types au sérieux. D'ailleurs, j'ai rien dit de mal, si ?

– Tu as traité Reed de débile mental. Et cette vanne sur Laird Cregar avec Gearhart.

– Relax, vieux. (Karras tira Recevo par le bras.) Amène-toi, on va louper le lever de rideau.

Ils regagnèrent le coupé Mercury. Karras chercha une station à la radio, pendant que Recevo mettait le contact et faisait vrombir le moteur.

– Gearhart, dit Karras, tu avoueras que ce fils de pute ressemble un peu à Laird Cregar, non ?

– Cregar est plus beau.

Ils riaient encore quand la Mercury démarra.

11

Karras baissa sa vitre d'un quart de tour et recracha la fumée de sa cigarette en direction de l'ouverture. La radio diffusait « The Frim Fram Sauce », par le King Cole Trio. Karras avait vu Nat King Cole au Casino Royal, un soir, très tard. Il avait beaucoup aimé son style.

– Je veux pas remettre ça sur le tapis... dit Recevo.

– Alors, ne dis rien.

– Mais ton comportement tout à l'heure... tu as eu tort.

– Hmm.

– Faut que tu prennes plus au sérieux ce boulot que nous propose Burke.

– Ah ? Et pourquoi ?

– Parce que c'est une occasion en or, Pete, voilà pourquoi. Burke a des projets pour agrandir son organisation.

Karras tira sur sa cigarette.

– S'il devient trop gros, il se fera écraser. Toutes les bonnes combines sont déjà distribuées. Snags Lewis a la mainmise sur les courses, Peter Gianaris contrôle les loteries clandestines. Meyer, c'est les dés. Et tout ça va dans les poches de Jimmy La Fontaine. Et un fil direct relie La Fontaine à Frank Costello à New York. Tu crois que la pègre de New York va laisser une bande de ploucs lui piquer une part du gâteau ?

– Tu m'as pas compris. Burke ne s'intéresse pas à la loterie, ni aux dés, et il s'intéresse pas non plus aux canassons. Son truc à lui, c'est la protection, les prêts à taux élevés. Y a un tas de personnes dans cette ville qui veulent monter une affaire, n'importe quoi...

– Des immigrants, tu veux dire ?

– Oui, des immigrants, mais pas seulement. Les banques les envoient balader. Burke leur rend service, d'une certaine manière.

– Burke et ses hommes ne vont pas faire long feu. Croismoi, tu mises sur le mauvais cheval. Il va se faire écraser.

– Il y a une place à prendre et Burke va se jeter dessus. Cette ville est ouverte à tous, Pete. Quelqu'un va se pointer pour ramasser tout le fric qui traîne dans les rues. On peut faire partie des gagnants, toi et moi.

– Je ne veux pas fréquenter ces gars-là, dit Karras. Je te le dis tout de suite.

– Dis pas de conneries. Si tu continues à te comporter comme ça, Burke va y réfléchir à deux fois avant de nous filer du galon.

– Je me fous de ce qu'il pense.

– D'accord, mais qu'est-ce que tu vas faire, alors ?

– Je sais pas. Je trouverai un truc. Peut-être que je vais passer l'examen de la fonction publique.

– Tu vas bosser pour l'État ? s'exclama Recevo. Laissemoi rire. Tu seras obligé de te lever avant midi, tu y as pensé ?

– J'en suis capable.

– J'en doute pas. Écoute. Toi et moi, on est des Washingtoniens. Des vrais. On est nés et on a grandi ici. On n'a rien à voir avec ces types du gouvernement. C'est des touristes, voilà ce que c'est. D'ailleurs, tu t'es jamais intéressé à toutes ces conneries. T'as même jamais voté. Tu as déjà visité le Capitol ? Tu as déjà fait la visite de la Maison Blanche ?

– Je suis allé au Lincoln Memorial, un soir.

– C'était pour bécoter une gonzesse.

– Peu importe, j'y suis allé.

– Arrête de prendre des grands airs, Pete. Tu vas bientôt avoir un môme, je te le rappelle.

– Je sais, dit Karras. Mais je me débrouillerai tout seul. Je ne veux pas frayer avec des gars comme Burke.

– Rends-moi service. Fais ce qu'on te demande ce soir. Aide-moi à m'occuper de ce Georgakos, d'accord ? Tu verras, tout ira comme sur des roulettes ensuite.

– T'en fais pas, Joe, dit Karras en lançant sa cigarette par la vitre. Je fouterai pas la merde.

Ils tournèrent dans W Street, devant le Turner's Arena. Recevo avisa un emplacement libre pour garer la Mercury. Karras et lui entrèrent dans la salle.

Les billets de Recevo étaient presque des places de première catégorie, à dix-huit rangs du ring seulement. La majeure partie des spectateurs étaient en chemise cravate, des types seuls principalement, avec quelques filles disséminées ici et là. Un épais voile de fumée de cigare et de cigarette planait comme une couche de brouillard en bas de la salle. Karras et Recevo achetèrent deux bières avant de descendre jusqu'à leurs sièges.

Karras alluma une cigarette. Il en alluma une pour Recevo, avec la même allumette. Ils étaient arrivés au beau milieu du lever de rideau, un combat en cinq rounds entre deux gars du coin : Artie Brown et Flattop Cummings.

Au cinquième round, le combat se transforma en corps à corps furieux et le short de Cummings commença à glisser plus bas que la taille. L'arbitre tenta alors de se glisser entre les deux boxeurs pour remonter la culotte et cela lui valut de recevoir un direct au menton de la part de Brown.

– Hé, vise-moi ça ! s'exclama Recevo en donnant un coup de coude dans les côtes de Karras. L'arbitre a reçu un direct en pleine poire !

– J'ai jamais vu ça, dit Karras.

Brown l'emporta finalement aux points et pendant le temps mort qui précédait le combat suivant, Karras balaya la salle du regard. Barrett, le chef de la police était assis au bord du ring avec deux de ses adjoints. Non loin de là se trouvait Emmitt Warring, un des joueurs professionnels les plus connus à Washington. Juste derrière lui, Karras reconnut Steve Mamakos, assis à côté de son manager.

– Hé, Joe, Mamakos est là !

– Où ça ?

– Deuxième rangée.

Recevo regarda Karras. Celui-ci était penché en avant sur son siège, avec un sourire jusqu'aux oreilles, les yeux écarquillés, comme un gamin. Recevo n'avait pas vu cette expression sur son visage depuis avant la guerre.

– Peut-être que ton pote Mamakos envisage de monter sur le ring avec Archie Moore un de ces jours. Il est venu pour l'observer.

– Arrête de dire n'importe quoi. Mamakos est un poids moyen. Mais à poids égal, je suis sûr qu'il pourrait battre Moore.

– Comme avec Tony Zale ?

– Laisse tomber. Zale l'a emporté sur décision de l'arbitre à la 13e lors du premier combat. Et lors du deuxième, il lui a fallu encore 13 rounds pour envoyer Steve au tapis. Et je te signale que Zale avait les yeux fermés à la fin du combat. Personne lui a donné autant de fil à retordre que Mamakos. Même pas Billy Conn. Même pas Graziano.

– D'accord, d'accord. Pas la peine de t'énerver.

– Mamakos n'est pas encore fini.

– C'est bon, je t'ai dit. (Recevo se leva.) Je vais me chercher une autre National. T'en veux ?

– Ouais, je veux bien.

Le combat poids plume entre Chico Morales et Danny Russel débuta juste au moment où Recevo regagnait sa place. Morales attaqua d'emblée, ponctuant chaque enchaînement d'un petit jab du droit. Il continua ainsi sans faiblir et Russel commença à accuser le coup dans la 3e reprise.

– Rapide, le Cubain, commenta Karras. T'as misé du fric sur lui ?

– Un peu.

– Il va laminer le gars d'en face.

De fait, Morales étendit Russel au 4e round. Recevo et Karras burent leurs bières et fumèrent deux autres cigarettes. Jimmy La Fontaine et son avocat, Charlie Ford, s'installèrent à leurs place de ring en se faisant bien remarquer, juste au moment où le speaker s'emparait du micro pour présenter en aboyant le grand combat de la soirée.

– La Fontaine fait vieux, commenta Recevo.

– Il a quel âge ? Pas loin de 80, non ?

– Dans ces eaux-là. Il paraît que Jimmy Boyle travaille pour lui comme portier, le soir, dans Eastern Avenue.

– C'est un secret pour personne.

– Un flic de D.C. qui travaille dans le plus grand tripot du comté. C'est un peu dangereux d'avoir un pied dans chaque camp, tu crois pas ?

– Boyle sait ce qu'il fait. Et c'est pas un pourri, si c'est ce que tu penses. La Fontaine aime bien avoir quelques flics parmi son personnel, il se sent plus en sécurité. D'ailleurs, on n'est pas à Chicago ici. Les pots-de-vin vont vers le haut ici, ils ne descendent pas vers les flics en uniforme. Boyle a de l'ambition, c'est tout. Et quand on bosse dans un endroit comme ça, on apprend des trucs.

– Si Boyle veut vraiment prendre du galon et décrocher son insigne d'inspecteur, il devrait peut-être essayer d'élucider ces meurtres de putes. Ils ont mis un tas de caïds sur le coup et ils n'ont toujours rien trouvé. Celle qui a été butée la nuit dernière, c'est déjà la deuxième cette année.

– Boyle a toujours voulu devenir flic, depuis qu'il est môme. S'il y a un bon moyen pour lui de faire son chemin, il le trouvera.

Le speaker présenta les statistiques des deux boxeurs. Archie Moore avait la taille fine, mais il était solide du haut; il avait un visage lisse, sans aucune cicatrice. Un tonnerre d'applaudissements, salua le gars du coin, George Parks.

– La vache, Parks est un sacré balèze.

– Ils ont sept kilos d'écart, dit Karras. Mais attends, tu vas voir.

Dès que la cloche retentit, Archie Moore décocha une série de jabs du gauche. Puis un crochet gauche qui toucha la mâchoire de Parks, et un direct du droit juste après, au même endroit. Il enchaîna exactement la même combinaison et Parks se retrouva dans les cordes.

Recevo désigna l'arbitre.

– Gallagher va arrêter le combat.

Mais Moore prit l'arbitre de vitesse et il expédia Parks au tapis d'une terrible droite. Parks fut compté neuf et se releva. Il saignait du nez, abondamment, et il ne tenait plus sur ses jambes.

– Parks ne sait plus où il habite, dit Karras.

– Ouais. Il est cuit.

Moore lui infligea une nouvelle rafale de coups et cette fois, Marty Gallagher interrompit le combat. Des huées s'élevèrent dans la salle, tandis que Karras et Recevo se dirigeaient vers la sortie, l'un derrière l'autre.

– À peine deux minutes de combat, dit Recevo. Non mais, tu te rends compte ?

– Tu espérais quoi ? Bah, on a quand même vu deux beaux combats. Tu as gagné quelque chose avec Morales ?

– Quelques dollars.

Ils quittèrent Turner's Arena et débouchèrent dans la fraîcheur de la nuit. Karras sortit de sa poche de pardessus un paquet de Lucky Strike vide ; il le froissa dans son poing.

– File-moi une Raleigh.

– Tiens.

Karras l'alluma et tira une bouffée. Il fit la grimace et lança l'allumette dans la rue.

– Putain, comment tu fais pour fumer ça ?

– Elles sont assez bonnes pour Babe Ruth et Ed Sullivan, non ?

– Ed Sullivan, dit Karras en secouant la tête. Alors, où on va maintenant ?

– On va voir Georgakos. On sera débarrassés.

– Le soir, il traîne au Hellenic Club, généralement. Mais il est trop tôt.

– Tant pis, on attendra.

– Qu'est-ce qu'on va foutre d'ici là ?

– On va aller boire un coup.

– Allons chez Kavakos, dit Karras.

Recevo sourit et fit démarrer la Mercury.

12

Ils atteignirent le Northeast, se garèrent dans H Street et se dirigèrent vers le club en arrivant par la 8e. Le bruit se déversait sur le trottoir ; on entendait les gens rire et crier pour couvrir la voix amplifiée de Frank Donato, l'animateur maison. Karras ôta son alliance et la glissa dans sa poche de pantalon. Le portier, un type nommé Jerry Tsondilis, laissa entrer Karras et Recevo sans rien leur demander.

Le night-club était plutôt animé pour un soir de semaine, il n'y avait presque plus une place au bar et toutes les tables étaient occupées. Karras marcha droit vers le comptoir. Recevo joua des coudes pour se faire une place à droite de Karras.

Ce dernier fit signe à Bill Kavakos, occupé à tirer une bière à la pression. Son frère Johnny, penché au-dessus du comptoir, de l'autre côté, essuyait l'alcool que quelqu'un avait renversé.

Bill Kavakos approcha et salua les deux hommes d'un petit hochement de tête. Son regard s'attarda sur Karras, sans afficher aucune émotion.

– Salut, Pete. Qu'est-ce que je te sers ?

– Une Senate pour moi, dit Karras. Avec un verre de whisky.

– Quelle marque ?

– Pete Hagen.

– Et toi, l'ami ?

– Même chose, dit Recevo.

Bill Kavakos repartit pour servir les verres, tandis que Recevo allumait une cigarette. Il souffla à l'intérieur du paquet, fit sortir une autre cigarette et poussa le paquet en direction de Karras. Kavakos revint avec les verres, qu'il posa sur le comptoir. Karras laissa tomber deux billets d'un dollar.

Recevo leva son verre.

– À la réussite, mon pote.

– Comme tu dis.

Ils vidèrent leur verre d'un trait et firent passer le whisky avec une gorgée de bière au goulot. Karras inspira une bouffée de tabac et la recracha lentement. Il regarda autour de lui.

Le club de Kavakos n'avait guère changé par rapport à autrefois, quand c'était un simple bar, bas de plafond, avec une pellicule de poussière sur le sol et l'odeur de la bière éventée incrustée dans chaque entaille du bois. Quand il était enfant, Karras avait souvent traversé la ville à pied pour venir jusqu'ici, chargé par sa mère de retrouver son père et de le ramener à la maison pour le dîner. Très souvent, il le retrouvait dans ce bar, les yeux chassieux, agressif, accoudé sur le comptoir. Quinze ans plus tard, Karras se retrouvait au même endroit, en train de faire la même chose. Mais il ne ressemblait pas à son père. Loin s'en faut.

– Steve Nicodemus est là, dit Recevo.

En effet, Nicodemus se trouvait vers l'extrémité du comptoir, visiblement ivre, essayant d'attirer l'attention de Johnny Kavakos.

– Oui, je le vois.

Mais Karras regardait déjà au-delà de Nicodemus, la blonde qui était assise au bar un peu plus loin et lisait un livre de poche, un verre à cocktail devant elle.

– Tu veux aller parler à Steve ?

– Plus tard peut-être, répondit Karras en finissant sa bière. Buvons un autre verre.

– On a du boulot ce soir, je te le rappelle. Et tu ne tiens pas l'alcool.

– J'ai besoin d'entraînement, voilà tout.

– Comme tu veux. (Recevo capta le regard de Bill Kavakos.) La même chose ! lança-t-il en agitant son doigt au-dessus de leurs verres vides.

Ils burent leurs whiskies et entamèrent leurs bières. Recevo vit une fille qu'il connaissait, Lois Roman, faire son entrée dans le club avec un type âgé portant un pardessus en tweed. Lois, elle, portait un manteau en rat d'Amérique, qui valait au moins deux cents dollars, estima Recevo. Il se demanda si c'était le type aux tempes grises qui l'avait payé.

– Je vais faire un tour au night-club, dit Recevo. Tu viens ?

– Non. Ce Donato me file la migraine. Ta grand-mère riait déjà de ses plaisanteries quand elle était dans le berceau.

– À moins qu'elle les ait entendues en Sicile, ça m'étonnerait.

– Vas-y, je te rejoins.

Karras emporta sa bière jusqu'à l'endroit où était assise la blonde. Debout à côté d'elle, il se pencha en avant et appuya son avant-bras sur le comptoir en chêne grêlé. À travers le rideau de fumée de cigarette et les effluves d'alcool, il sentait l'odeur propre du shampooing qui émanait des longs cheveux blonds de cette femme. Elle ne portait pas de parfum ; il ne supportait pas une femme qui mettait du parfum. Comment diable est-ce qu'une belle nana comme ça pouvait être seule ? se demanda-t-il.

Elle portait un tailleur pantalon bleu avec une veste aux épaules tombantes, et dessous, un corsage blanc en soie. Karras regarda ses pieds : elle portait des chaussures à talon découvert en cobra. Un sac à main assorti était posé sur le bar, à côté d'un paquet de Camel.

– Charmeurs de serpents, dit Karras.

– Je vous demande pardon ? dit la femme sans lever les yeux de son livre.

– Vos chaussures. Je les ai vues chez « Hahn ». Il y avait une petite carte posée à côté dans la vitrine. C'était marqué « Charmeurs de serpents ».

Elle leva les yeux vers Karras pendant une ou deux secondes, puis regarda sa main posée sur le bar. Elle avait un tout petit nez et une large bouche qui s'incurvait joliment et semblait à peine remuer quand elle parlait. Ses yeux étaient verts comme la mer, cristallins par moments quand ils captaient les lumières des lampes au-dessus du bar. Karras remarqua tout cela en l'espace de quelques secondes, et il sut immédiatement qu'il aimait ce qu'il voyait. Elle replongea dans son livre et s'adressa de nouveau à lui, sans un seul mouvement de tête.

– Vous vouliez acheter des chaussures de femme ?

– C'est mon hobby.

– Ou peut-être que vous aviez dans l'idée d'acheter un petit quelque chose pour votre épouse. Les hommes font des cadeaux surprises à leurs épouses quand ils ont un poids sur la conscience, non ?

– Là, vous m'avez eu, dit Karras en levant les mains pour faire mine de se rendre. C'est vrai, j'ai une femme. Je suis marié, comme un ivrogne est lié à sa bouteille.

– Au moins, vous êtes honnête. Vous êtes affreusement effronté, mais vous êtes honnête, il faut le reconnaître. C'est un mélange plutôt rare dans cette ville.

Sa voix avait quelque chose de rocailleux, d'usé et d'élimé. C'était à cause des cigarettes, et aussi des bars, si c'était dans les bars qu'elle passait ses nuits. De minuscules rides fleurissaient autour de ses yeux et deux grands sillons formaient un arc de cercle de chaque côté de sa bouche. Sa vie commençait à s'imprimer sur son visage. Karras estima qu'elle devait avoir deux ou trois ans de plus que lui. Il s'en fichait.

– Comment vous avez deviné que j'étais marié ?

– Vous avez une marque blanche à l'annulaire. Vous n'aviez pas pensé à ça, hein ?

– Non, je l'avoue. En tout cas, voilà qui règle la question vite fait bien fait. Vous permettez que je vous offre un verre ?

– Que dois-je faire en échange ?

– Je ne sais pas... Sortir le nez de votre livre, pour commencer. Ce doit être passionnant, vous êtes littéralement plongée dedans.

– C'est « Le Rebelle ». Vous l'avez lu ?

– J'y connais pas grand-chose en bouquins. C'est bien ?

– C'est long, en tout cas. Ça parle de... En fait, ça parle de Freud et de Nietzsche quand on y réfléchit.

– Nietzsche ? Qui c'est ça ?

– Un philosophe. Vous savez, l'Homme et le surhomme. Le Superman.

– Superman ? Ça, je connais. J'ai lu les bandes dessinées.

Elle rit, posa son livre sur le bar et balaya d'un geste ses cheveux qui tombaient sur ses épaules, en se tournant vers lui. Cette fois, elle l'observa pour de bon.

– D'accord. J'accepte que vous m'offriez un verre.

– Vous buvez quoi ?

– Un scotch avec de la glace et une goutte de soda.

Karras commanda le scotch et une autre bouteille de bière pour lui. Un des frères Kavakos – il ne vit pas lequel des deux – les servit. Karras tendit le bras devant la femme en direction du paquet de Camel.

– Vous permettez ?

– Faites. Mais vous risquez de ne pas aimer ça. Ils mettent du tabac turc dans ces cigarettes.

– Compris. C'est une plaisanterie, vu que mes compatriotes détestent les Turcs.

Elle était futée, en plus de tout le reste. Ça aussi, ça lui plaisait.

– Qui vous a dit que j'étais Grec ?

– Vous n'en avez pas l'air, pourtant. Vous êtes plutôt du genre blond. Mais on ne dirait pas non plus que vous avez trait les vaches pour Farmer Brown dans votre enfance. En tout cas, ce n'était pas difficile de deviner que vous étiez Grec. Dans cet endroit, vous criez « Nick », « Pete » ou « George » et vous avez dix têtes qui se retournent.

– Que faites-vous ici, justement ?

– J'aime boire, et je n'aime pas boire seule. Ce bar en vaut bien un autre.

Karras trinqua avec sa bouteille contre son verre.

– À la vôtre.

Au night-club, l'orchestre de Clint Hobbs commença à jouer en attaquant par un morceau de Woody Herman. Ce n'était pas vraiment le Thundering Herd, mais on reconnaissait le thème et la section rythmique était assez solide pour vider les tables. Par la porte ouverte, Karras vit Recevo entraîner Lois Roman sur la piste, tandis que le vieux bonhomme restait assis sagement sur sa chaise.

– Vous avez envie de danser ? proposa-t-il.

– Plus tard, peut-être.

– Et si on allait au ciné ? On pourrait filer et aller voir un film. Il y a une séance de nuit au Keith. Ils passent « La Rue rouge », je crois. Avec Edward G. Robinson et Joan Bennett. Dan Duryea joue un méchant...

– Que pourrait-il jouer d'autre ? J'ai déjà vu le film.

Karras tira sur sa cigarette.

– Si on sortait prendre l'air, alors ? Si on se promenait ?

Il était tout près d'elle maintenant, sans savoir comment il était arrivé là. Ses seins s'affaissèrent et se redressèrent, les pointes tendaient la soie du corsage. Karras avait une érection, rien qu'à la regarder. Elle vit la lueur sombre dans ses yeux.

– Vous allez trop vite en besogne, soldat.

Karras se redressa et recula d'un pas.

– Je disais ça sans arrière-pensée. Je voulais surtout pas vous brusquer. Je m'amuse, c'est tout.

Elle ferma les yeux, lentement, les rouvrit et parla d'une voix douce, d'un ton patient.

– Vous autres, les gars, vous revenez de la guerre, et parce que vous en avez réchappé, vous pensez que tout et tout le monde doit se mettre à genoux devant vous. Tout vous est dû, dans un joli paquet cadeau, avec un ruban autour, rien que pour vous. Parce que vous avez survécu, vous croyez que vous êtes immortel. Mais je vais vous dire un truc : c'est juste un répit qu'on vous a accordé. Un simple répit. Les types comme vous, ils ne comprennent pas ça.

Elle porta son verre à ses lèvres et Karras remarqua que sa main tremblait.

– Hé, calmez-vous. Vous avez perdu quelqu'un à la guerre ? C'est ça ?

– Non, personne en particulier. Je ne suis pas différente, ni meilleure, que n'importe qui.

Karras écrasa sa cigarette.

– Je suis désolé. On est partis sur de mauvaises bases, j'ai l'impression. On essaiera une autre fois.

– Je connais même pas ton nom, soldat.

– Peter Karras.

Elle lui tendit la main.

– Vera Gardner.

Karras lui serra la main ; il fit glisser son pouce sur la peau douce de son index. Il lui lâcha la main, déposa quelques dollars sur le bar.

– Je peux vous appeler, un de ces soirs ?

– Je ne donne pas mon numéro de téléphone dans les bars.

– Alors, voilà ce que je vous propose. Si vous en avez envie, vous m'appelez. Vous pouvez me laisser un message à ce numéro : Adams 4 64 80. Vous voulez le noter ?

– Je m'en souviendrai si je veux m'en souvenir.

– Je vois. À la prochaine, Vera.

Au moment où il allait faire demi-tour, elle caressa du bout du doigt le grain de beauté sur son visage.

– C'est quoi ça, Pete ?

– Une marque de naissance. Pourquoi ? Vous trouvez que ça me défigure ?

– Non. Ça vous va bien.

Il se dirigea vers le night-club en trébuchant brièvement sur les planches raboteuses du plancher. Il se retourna et regarda au-delà de Steve Nicodemus. Vera s'était levée ; elle faisait glisser son paquet de cigarettes dans son sac. Karras regrettait de ne pas avoir été plus malin devant elle. Il regrettait d'avoir bu autant.

Karras trouva Recevo assis en compagnie de Lois Roman à une table du club. Le siège occupé précédemment par le vieux bonhomme était maintenant vide, son pardessus à chevrons avait disparu, lui aussi. Recevo adressa un clin d'œil à Karras et commanda une nouvelle tournée. Ils échangèrent quelques plaisanteries en buvant et en fumant. Karras aimait bien Lois ; elle avait l'esprit de repartie, mais à part ça, elle n'était pas très intelligente. À cet égard, Recevo et elle formaient la paire. Lois s'absenta pour aller se refaire une beauté dans les toilettes; Recevo et Karras la regardèrent s'éloigner.

– Magnifique, commenta Recevo. Tu trouves pas? Mon vieux Pete, le cul de cette fille est animé d'une vie propre.

– C'est une chouette fille, dit Karras.

– Oui, elle est sympa. Mais je te parle de son cul. Je m'y installerais volontiers pour y vivre, je te le dis. Je changerais bien d'adresse. Je m'attache une serviette autour du cou et je plonge la tête la première...

– C'est une chouette fille. Où est son cavalier?

– Ce gentleman avait « un autre rendez-vous », paraît-il. Il s'est retiré gracieusement. Il tentera sa chance une autre fois. Mais pas ce soir. C'est la loi de la jungle, mon pote. (Recevo tapota sa cigarette pour faire tomber la cendre.) Comment ça s'est passé avec Lizabeth Scott?

– Tu trouves qu'elle ressemble à Lizabeth Scott?

– Vachement.

– Elle me plaisait bien. Mais je crois que j'ai ferré trop tôt. Elle m'a échappé.

– Il y en aura d'autres.

– Je sais.

Karras désigna du doigt une petite brune qui dansait sur la piste avec un maigrelet en costume marron.

– J'ai repéré celle-là, dit-il.

– Laisse tomber, dit Recevo. Elle n'a pas quitté ce crétin de la soirée; ils sourient tous les deux comme s'ils étaient complètement défoncés. Oublie.

C'était Vera que Karras ne parvenait pas à oublier.

Lois Roman revint et ils burent un autre verre. Cette bière fut fatale à Karras. Il se leva et se cogna contre la table voisine en se dirigeant vers la piste de danse. L'orchestre assassinait le nouveau morceau de Charlie Barnet, et tous les couples dansaient le jitterbug. Karras avisa le type au costume marron ; il lui tapota sur l'épaule. Le type se retourna, sourit et secoua la tête : sa copine aux grandes dents et lui continuèrent à danser. Karras les suivit et tapota de nouveau sur l'épaule de Costume Marron, plus fort cette fois. Comme l'autre ne réagissait pas, Karras l'agrippa par l'épaule et le tira en arrière. Il se glissa entre le type et la fille, saisit les poignets de la petite brune et se mit à la faire tourner sur la piste comme une poupée de son. Elle essayait de se libérer, quand Karras sentit qu'on le tirait en arrière.

Il se retourna, face au type au costume marron. Deux de ses potes traversaient la piste à grandes enjambées. Costume Marron arma son poing, ainsi qu'il l'avait vu faire dans les westerns, comme aurait fait n'importe quel amateur. Karras dévia le coup avec sa main gauche et expédia le type au tapis d'un direct du droit. Les copains du type étaient arrivés à sa hauteur. Mais Recevo aussi ; Karras sentait sa présence à ses côtés.

– Tu veux tenter ta chance avec moi, ma jolie ? hurla Recevo par-dessus la musique, en s'adressant au plus costaud. Allez, viens !

Karras avait serré les poings ; sa main droite était plaquée contre sa poitrine. Il éclata de rire.

Tsondilis traversa la foule pour s'interposer entre les deux camps. Il s'approcha de Karras et colla son visage contre le sien.

– *Siga, vre,* ordonna-t-il.

– O.K., *Kiriako.* J'y vais mollo.

– Allez vous calmer au bar, ton pote et toi.

Karras et Recevo s'éloignèrent. Karras adressa un sourire à leurs adversaires et à la fille brune en partant. Tsondilis aida Costume Marron à se relever et lui donna une serviette en papier pour qu'il essuie le sang qui coulait de sa bouche. L'orchestre attaqua un morceau de Guy Lombardo et la tension retomba.

Lois Roman rejoignit Karras et Recevo au bar. Ils commandèrent à boire de nouveau et burent lentement leurs verres, en silence, tandis que les lieux se vidaient. Au bout d'un quart d'heure, Recevo enfila son pardessus.

– Je raccompagne Lois, annonça-t-il. Je reviens te chercher dans un quart d'heure.

– O.K.

– Tiens, dit Recevo en glissant deux cigarettes dans la poche de veston de Karras.

– Merci d'avoir surveillé mes arrières, vieux.

– De rien.

– Salut, Lois.

– À la prochaine, Pete.

Elle déposa un baiser sur sa joue, puis Recevo l'entraîna vers la sortie de derrière.

Karras fuma une des Raleigh et but la moitié de sa bière. Il était seul au bar maintenant, avec Steve Nicodemus, quasiment affalé sur le comptoir, à l'autre bout.

– Et puis merde, dit Karras.

Il prit sa bière, longea le bar et s'assit à côté de Nicodemus. Ce dernier leva la tête, essaya de régler sa vision et parvint à reconnaître Karras. Il se redressa légèrement sur son siège et ajusta son nœud de cravate.

– Salut, Pete.

– Salut, Steve. Je t'offre un verre ?

– Ouais, pourquoi pas. Je suis au bourbon, sec.

– Hé, Johnny ! Un verre de Old Blue Springs pour Steve, sec.

– Le tord-boyaux maison me suffit.

– T'occupe, Steve, c'est moi qui régale.

Johnny Kavakos servit le whisky. Karras alluma une cigarette.

– Comment ça va, ton père et ta mère ?

– Ça peut aller. Enfin, tu vois.

Oui, Karras voyait très bien. Il avait croisé plusieurs fois la mère de Steve Nicodemus dans la rue, depuis la fin de la guerre : les cheveux gris attachés en chignon, silencieuse, vêtue de noir. Toujours vêtue de noir.

– Ma mère arrête pas de penser à lui, tout le temps, dit Nicodemus. Elle arrive pas à oublier son enfant chéri. Putain, Pete, il me manque à moi aussi.

– Je sais Steve. Je pense à lui tous les jours.

Nicodemus risqua un sourire timide.

– Tu te souviens que je lui filais toujours des baffes ? C'était pour l'endurcir. Il était pas assez coriace, tu vois. Il voulait jamais faire du mal aux autres, ni rien. Tout ce qu'il voulait, c'était aller au stade, voir les National, ou écouter les matches à la radio quand ça se passait loin. Quand il est parti à l'armée, il était tout excité, je m'en souviens ; il s'imaginait que ça serait l'occasion de jouer au base-ball. Il aurait pu se retrouver derrière un bureau, mais il était trop bon tireur. Un tireur d'élite, comme ils disent. Alors, à la place d'un M-1, ils lui ont refilé une carabine. Une carabine ! C'est quoi ce machin, une saloperie de jouet ?

– C'est un fusil léger, dit Karras, qui ne savait pas quoi répondre.

– Et après ça, ils l'ont largué avec tous les autres sur cette putain de plage à Anzio. Dès qu'il est arrivé sur la plage, il s'est fait buter. Je parie qu'il a même pas eu le temps de se servir de son arme. Il a reçu une balle dans la bouche.

– Steve...

– Comme je te le disais, Billy a jamais été un dur. Quand vous étiez mômes, vous vous bastoniez avec les négros de Bloodfield, tu t'en souviens ? Lui, il trouvait toujours une excuse ; il vous disait qu'il devait rentrer à la maison pour m'aider à construire une boîte à savon. Putain, j'ai jamais construit de boîte à savon, Pete. Billy voulait pas se battre, voilà tout. Il voulait pas se battre. Et qu'est-ce qu'ils ont fait ? Qu'est-ce qu'ils ont fait, ces fils de pute ? Ils lui ont filé une carabine et ils l'ont balancé sur une plage. Une saloperie de carabine de merde !

– Je sais, Steve. C'est dur. C'est dur.

Les épaules de Nicodemus se mirent à trembler. Un filet de morve coula de son nez et tomba dans les poils bruns de sa moustache. Karras lui mit une serviette en papier dans la main.

– Ouais, dit Nicodemus en s'essuyant le visage avec la serviette, je lui filais des baffes tout le temps. Mais c'était pour l'endurcir. Si Billy était là maintenant, tu peux me croire, je lèverais plus jamais la main sur lui. S'il franchissait la porte à l'instant...

– N'y pense plus, Steve.

– Tu as raison. Faut que j'oublie.

Nicodemus renversa la tête en arrière, porta son verre à sa bouche et laissa couler le bourbon dans sa gorge. Il ferma les yeux et reposa le verre sur le comptoir. Un étrange petit sourire se dessina sur ses lèvres, sans une once de joie.

– Ça doit être chouette de pouvoir se payer du bon bourbon.

– Je me débrouille.

– Ouais, avec ton pote rital, vous vous débrouillez bien, c'est sûr. Toute la communauté grecque en ville parle de ton pote italien et de toi, de la façon dont vous vous débrouillez. Ça les intéresse vachement. Ils arrêtent pas d'en parler.

Steve Nicodemus planta son regard dans celui de Karras ; ses yeux demeurèrent fixes.

Nous y voilà. Pourquoi est-ce mon frère qui est resté sur cette plage, et pas toi ? Pourquoi est-ce Billy qui a disparu comme ça, et pas toi, un type qui tabasse des immigrants pour qu'ils remboursent leurs usuriers et qui sert de gros bras aux racketteurs ? Pourquoi fallait-il que mon frère Billy meure, un gars avec un cœur aussi grand que son sourire ? Pourquoi lui, et pas un type comme toi ?

Karras écrasa sa cigarette.

– Faut que j'y aille, Steve. Prends soin de toi.

– O.K., Pete. Dis bonjour à Eleni de ma part. Et merci pour le verre.

Karras déposa de l'argent sur le comptoir, il alla récupérer son pardessus à l'autre bout, sur le tabouret où il l'avait laissé. Il se retourna. Nicodemus regardait droit devant lui, sa main tenait encore son verre vide. Il s'était mis à pleurer, constata Karras. Ce dernier détourna le regard, il salua Johnny Kavakos derrière le bar, adressa un signe de tête à Jerry Tsondilis postée à la porte. Il sortit dans la rue et marcha vers la Mercury garée le long du trottoir. Le moteur tournait au ralenti. Il monta.

– Je t'attends depuis dix minutes, dit Recevo.

Karras s'installa dans son siège.

– Je discutais avec Steve Nicodemus.

– Comment il va ?

– À ton avis ?

– Je vois.

Recevo baissa le volume de la radio. Les deux hommes restèrent assis sans bouger et sans parler pendant environ une minute ; ils n'écoutaient même pas la musique. Finalement, Recevo dit :

– Tu veux que je t'avoue un truc ? J'ai eu la trouille, là-bas.

– Hein ?

– Je te l'ai jamais dit. Mais à Guadalcanal... quand c'est devenu de la folie... j'ai eu vraiment la trouille.

– On avait tous peur.

– Oui, mais moi, j'étais pétrifié de trouille. Un jour, ils nous ont ordonné de prendre d'assaut une colline... Y avait une mitrailleuse jap juste derrière. Tous les gars qui avaient essayé avant nous s'étaient fait massacrer. D'en bas, on les voyait dégringoler. Quand j'ai approché tout près de ma mort, au point de la sentir, je me suis pétrifié. Je me suis juré que si je m'en sortais, si je revenais chez moi, je ferais tout pour vivre le plus vieux possible. À la guerre, j'ai découvert que j'étais exactement comme tout le monde, Pete... J'avais peur, comme tout le monde. J'avais la trouille de crever, putain.

– Mais tu t'en es sorti. Tu as gravi la colline et tu es rentré chez toi.

– Oui, je m'en suis tiré. Mais j'ai découvert sur moi des choses qui ne m'ont pas plu. (Recevo déglutit avec peine.) Et toi ? Qu'as-tu ressenti le jour où tu as tué tous ces Japs ?

Karras haussa les épaules.

– J'ai simplement... J'en sais rien. C'est curieux, Joe, mais je savais que c'était pas mon heure. Je crois qu'on sent ces choses-là. Et je savais que mon heure n'avait pas encore sonné.

Recevo enclencha la première. Il jeta un coup d'œil dans son rétroviseur, puis se tourna vers Karras.

– Au fait, comment il est mort, Billy ?

– Il a reçu une balle dans la bouche.

– Putain, ces types, à Anzio, ils ont dégusté.

– Oui, dit Karras. Cette plage, c'était l'enfer.

13

George Georgakos vivait dans une des trois chambres meublées d'une maison mitoyenne dans la 3e Rue, au niveau de Seaton Place, dans le Northeast. Recevo arrêta la Mercury sous un lampadaire, à quelques dizaines de mètres de la maison. Il coupa le moteur et se pencha pour prendre quelque chose sous son siège.

– Qu'est-ce que tu cherches, Joe ?

– J'ai une matraque quelque part là-dessous.

– Tu en as pas besoin. Laisse-moi parler à ce type, je vais tout arranger.

– Tu le connais ?

– Je l'ai déjà croisé.

Joe continuait à fouiller sous son siège.

– Peut-être qu'il voudra pas t'écouter.

– Laisse tomber la matraque. Tu n'as pas besoin de ça avec un vieux bonhomme.

– Tu t'en occupes, alors ?

– Je te l'ai dit.

– Dans ce cas, grouillons-nous. Faut encore que je fasse mon rapport à Burke et il est tard.

Ils descendirent de voiture et marchèrent côte à côte sur le trottoir en direction de la maison. Les propriétaires avaient fait construire une entrée séparée pour les locataires. Karras et Recevo pénétrèrent dans une sorte de vestibule où se découpaient quatre portes fermées et une cinquième, ouverte, donnant sur des toilettes et une douche communes. La porte du propriétaire était ornée d'une jolie plaque en cuivre, tandis que celles des locataires étaient munies de petites grilles métalliques dans lesquelles on avait glissé des bouts de carton blanc où étaient griffonnés les noms. Une pancarte rouge était fixée sur le mur, à côté de la porte du propriétaire, pour proposer une chambre à HOMME CALME ÂGÉ ET BIEN ÉLEVÉ, au prix de 32 dollars par mois.

– 32 dollars ? dit Recevo. Pour ce taudis ?

– C'est là, dit Karras en s'arrêtant devant la porte située au fond du vestibule.

Il regarda le nom sur le bout de carton : le E de Georgakos était tracé dans le style de l'alphabet grec, incurvé comme la tête d'une fourche.

– Qu'est-ce qu'il y a de drôle ?

– Rien, dit Karras.

Il frappa deux fois à la porte. Une musique forte s'échappait de l'intérieur de la pièce.

Au bout d'un moment, la porte s'ouvrit en grand et Georgakos apparut dans l'encadrement. C'était un petit Grec aux cheveux rebelles coupés très courts, avec une grosse moustache en guidon de vélo. Karras observa cet homme trapu, les avant-bras épais et durs comme des branches d'arbre. Georgakos portait une chemise blanche avec deux stylos glissés dans sa poche de poitrine, et un pantalon à rayures et à pinces en laine. Il s'appuya contre l'encadrement de la porte et ne bougea plus. Il était ivre. Ils étaient tous ivres.

– Ouais ? fit Georgakos.

– On travaille pour Burke, dit Karras. On vient chercher l'argent que tu lui dois.

– Hein ?

– *Chrimata. Yia to Kyrio Burke.*

Georgakos dévisagea Karras ; sa moustache se redressa légèrement d'un côté.

– *Ellinose eise ?*

Karras hocha la tête.

– *Panayoti Karras.*

– *Apo pou ?*

Tu veux savoir le reste, Georgakos. D'où vient ma famille et tout ça. Et ensuite, tu feras le rapprochement avec mon père.

– *Sparti,* dit Karras.

– *O patera sou eine Dimitri Karras ?*

Karras acquiesça de nouveau.

– *Ne.*

Georgakos désigna Recevo d'un mouvement de tête mou.

– *Ke aftos ?*

– *Aftos eine Italos. Fylous mou.*

– Hmm, dit Georgakos.

– Qu'est-ce que vous baragouinez tous les deux ? demanda Recevo.

– Il connaît mon vieux. Il voulait savoir qui tu étais. Je lui ai dit que tu étais un rital, mais qu'il n'y avait pas de problème. Je lui ai dit que tu étais mon ami.

– Super.

– On fait les présentations.

– Très bien. On peut entrer maintenant ou bien on va chercher une pelle pour planter nos arbres généalogiques dans le couloir ?

– *Ella,* dit Georgakos avec un petit geste de la main.

Ils entrèrent tous les trois dans la pièce ; Recevo ferma la porte derrière eux.

La musique paraissait encore plus forte dans l'espace confiné de la chambre. C'était une pièce exiguë, avec un lit pliant et une commode dans un coin « salon » et un poêle et un évier de l'autre côté. Un nuage de fumée flottait en suspension dans l'air et l'endroit empestait le tabac. Un caleçon et un débardeur séchaient sur le radiateur.

Karras reconnut la musique, de la *remebetica*, de la musique venue des ghettos d'Athènes via Constantinople et Smyrne. Son père en écoutait de temps à autre, sans jamais omettre de la railler comme de « la musique de fumeurs de haschich, de drogués à la cocaïne et à l'opium, ce genre de sales individus. » Karras n'avait jamais vu de poudre : un soir, il était même descendu d'une voiture remplie d'anciens combattants quand un crétin assis à l'avant avait allumé une cigarette de marijuana. Il ne voulait pas avoir affaire à ce genre de types. Pour lui, se droguer c'était aussi grave qu'être handicapé.

– Dis-lui de baisser cette merde, dit Recevo.

Georgakos se contenta de sourire, en agitant un doigt au rythme du violon qui virevoltait autour des voix. Un 78 tours tournait sur le plateau du phonographe à changement de disque automatique posé sur une petite desserte, à côté d'un fauteuil lacéré par des griffes de chat. La chanteuse parlait d'une jeune villageoise à qui la mère avait coupé ses magnifiques cheveux.

– *Thelis kamio beera ?* demanda Georgakos.

– Oui, je veux bien une bière. Et toi, Joe ?

– Non. Finissons-en.

– Laisse-moi régler ça à ma manière, Joe. Détends-toi.

– Je vais la chercher dans le *frigidairi*, dit Georgakos.

Il se dirigea vers l'évier pour laver deux verres.

– T'as vu ce tourne-disque, là ? dit Recevo.

– J'ai vu. Et alors ?

– Ils ont le même chez Sun Radio, dans la 11e. C'est un tout nouveau modèle ; ça vaut au moins 40 dollars et des poussières. S'il peut se payer ça...

– Il l'a sûrement acheté à crédit.

– Je me fous de savoir comment il l'a acheté. Il l'a acheté, c'est ce qui m'intéresse. S'il peut se payer un phonographe, il peut nous rembourser notre fric. On repartira pas d'ici sans l'avoir, pigé ?

– Je t'ai dit de me laisser faire, Joe.

Georgakos revint avec une bouteille de National et deux verres à eau. Il déposa les verres sur sa table et versa soigneusement une même quantité de bière dans chaque verre. Il alluma une cigarette roulée à la main et laissa tomber l'allumette dans la bouteille. Karras prit un verre et Georgakos prit l'autre. Ils trinquèrent.

– *Siyiam,* dit Georgakos.

Ils burent ensemble.

Georgakos se dirigea ensuite vers le phonographe pour remettre le même disque. Il sourit lorsque retentirent les premières notes de cymbalum.

– Nom de Dieu ! s'exclama Recevo.

Il s'assit dans un fauteuil défoncé en prenant un cendrier, qu'il posa en équilibre sur le bras rembourré. Il alluma une Raleigh et souffla sur l'allumette. Il regardait Karras et Georgakos, debout autour de la table, avec leurs verres à eau à la main, partager une misérable bière comme deux péquenauds. Son père faisait la même chose avec ses copains siciliens, à l'époque où ils passaient le voir à la maison, avant que le vieux casse sa pipe. Déjà, dans le temps, ça le rendait dingue.

Karras n'était pas trop pressant avec Georgakos ; en tout cas, c'était l'impression qu'avait Recevo en les observant. Il n'était même pas sûr qu'ils aient abordé la question du fric. L'immigrant faisait beaucoup de gestes avec ses mains, il haussait les épaules et clignait des paupières quand ça s'imposait. Les mains de Karras virevoltaient, elles aussi. Ah, ces Grecs, si vous leur coupiez les mains, y avait fort à parier qu'ils ne sauraient plus parler.

Au bout de quelques minutes, Recevo commença à sentir le sang bouillonner dans ses veines. Les effets apaisants de l'alcool s'étaient dissipés et un mal de tête, sourd et lancinant, s'était installé dans ses tempes. Il voulait récupérer le fric et foutre le camp de cet endroit puant. Il écrasa sa cigarette dans le cendrier.

La chanson était de nouveau terminée. Karras et Georgakos parlaient exclusivement grec maintenant, et Recevo était incapable de dire si les choses avançaient ou pas. Georgakos alla chercher une autre bière dans la glacière, s'arrêtant en chemin pour boire une gorgée d'un liquide translucide contenu dans une bouteille qu'il avait sortie d'un placard bas en bois.

– Qu'est-ce qui se passe ? interrogea Recevo.

– Tout va s'arranger, dit Karras. Ça sera peut-être pas ce soir, mais il remboursera ce qu'il doit. Il m'a donné sa parole. Il a des petits ennuis financiers en ce moment, voilà tout.

– Mon cul ! On récupère le fric ce soir.

– Ne fais pas d'histoires, Joe.

– C'est ce qu'on va voir.

Georgakos revint et versa la bière dans les verres. Il but une grande gorgée en regardant Recevo d'un air peu amical. Recevo se leva de son fauteuil.

– O.K., on t'a laissé suffisamment de temps, mon vieux. On veut le fric ce soir.

– Hmm ?

– Tu as très bien compris, dit Recevo. Tu comprends tout très bien. Je veux le fric... maintenant !

– Je vous le donnerai. Mais d'abord, je veux qu'on danse. Hokay, *vre gamoto ?*

– Comment il m'a appelé ?

Il t'a traité de connard, se dit Karras.

– Il t'a appelé « l'ami ».

Recevo ôta son chapeau et lissa ses cheveux en arrière. Georgakos alla remettre le même disque. Et il monta le son.

– Ah, non, pas ça! dit Recevo. Écoute, Pete, je commence à en avoir marre de ces conneries.

Georgakos regarda Recevo en souriant. Il se mit à chanter :

– *« Ta mallia sou ta kommena! »*

Sans cesser de chanter, il leva les bras et commença à danser. C'était une danse en solo, un *zembekiko.* Karras avait vu son père la danser au Hellenic Club, ou à la maison quand il était heureux ou ivre.

– Bordel de merde, dit Recevo.

Il regardait Georgakos faire claquer ses doigts au rythme de la musique, en sautillant sur une jambe, la tête renversée dans sa direction, avec son putain de sourire à la con.

– *Opa!* s'écria Georgakos.

Le visage de Recevo devint blême.

– *« Ella, yiane tyn karthia mou »*, chantait Georgakos en dansant.

Il s'approcha de Recevo, tout près. Il avait les yeux fixés sur lui, brillants et moqueurs.

– Le fric! hurla Recevo.

– Joe! s'écria Karras.

Trop tard.

Recevo saisit Georgakos par le col de sa chemise et le projeta violemment à travers la pièce. Le Grec percuta le phonographe, qui tomba de la table, et tous les deux s'écroulèrent sur le plancher. Il y eut une sorte de cri strident lorsque l'aiguille glissa sur le Vinyle, avant que le disque se brise sur le sol. Le vieil homme resta assis par terre à contempler le 78 tours en morceaux, tandis que Recevo avançait vers lui d'un pas décidé.

Karras se dressa sur son chemin. Il saisit les revers du pardessus de Recevo et les colla l'un contre l'autre sous le nez de son ami. Les deux hommes demeurèrent immobiles, à respirer leurs haleines respectives chargées d'alcool et de tabac. Ils avaient joué cette scène si souvent, depuis l'époque où ils étaient gamins ; ils ne pouvaient pas se taper dessus, ça finirait toujours de la même manière.

Le visage de Recevo retrouva des couleurs. Karras lâcha les revers de son manteau. Il sourit. Recevo détourna le regard. Il se pencha pour ramasser son feutre qui était tombé et le remit sur sa tête. Et il quitta la pièce. Karras lui emboîta le pas et referma la porte derrière lui. Il ne se retourna pas, il ne s'arrêta même pas pour dire un mot au Grec.

– Hé, Joe ! Ralentis, Joe !

Ils étaient sur le trottoir ; Recevo marchait à grands pas, loin devant Karras. Celui-ci s'époumonait en vain. Il était tard, minuit largement passé, et tout était calme, comme dans une église. Leurs chaussures résonnaient sur le pavé. Une fenêtre s'alluma au bout du pâté de maisons.

Recevo atteignit la Mercury, monta à bord et mit le contact. Karras eut juste le temps de se glisser à la place du passager, au moment où Recevo enclenchait la marche avant. Recevo démarra, en accélérant trop brutalement, et il laissa un peu de gomme sur la chaussée.

Karras rit.

– Si tu continues à conduire ton tas de ferraille de cette manière, il va se disloquer un de ces jours.

Recevo ne répondit pas, il ne sourit même pas.

– Allez, Joe. File-moi une clope.

Recevo glissa la main dans sa poche de pardessus et passa le paquet à Karras. Celui-ci alluma une cigarette et jeta l'allumette par la vitre. Il tira plusieurs bouffées sans rien dire et se cala au fond de son siège.

– Écoute, Joe. Au sujet de ce qui s'est passé là-bas. Je voulais pas lever la main sur toi comme ça.

– Laisse tomber.

– Je croyais que tu allais faire mal au vieux.

– Laisse tomber, je t'ai dit.

– Georgakos joue aux dés avec mon père, au club.

– Ton père, dit Recevo sans élever la voix. Qu'est-ce qu'il a jamais fait pour toi, ton père ? J'ai entendu ce refrain toute ma vie, Pete. Et franchement, je commence à en avoir marre. Ton père !

Karras tira sur sa cigarette.

– Tu ne comprends pas.

– C'est toi qui comprends pas. Je faisais une fleur à ce vieux bonhomme. Ce que j'allais lui faire, c'est dix fois plus gentil que ce que vont lui faire Reed et ses sbires la prochaine fois. Sans parler de ce qui nous attend. Quand Burke apprendra...

– Je me contrefous de Burke.

– Évidemment. Tu te contrefous de tout, hein ? Ce sera jamais ton jour. Tu es invincible. C'est ça, hein ?

– Allez, Joe. Arrête.

Recevo se frotta la joue.

– Faut que je passe un coup de fil.

Recevo quitta New York Avenue pour s'engager dans la 14e. Il se gara à proximité de F Street et demanda à Karras d'attendre dans la voiture. Il traversa la rue au petit trot, en direction du Club 400 qui était ouvert tard, il le savait. L'entrée serait gratuite à cette heure-ci et ils avaient une cabine téléphonique avec une porte qui fermait bien.

Il entra dans le club, avisa la cabine, y pénétra et s'assit sur le petit banc en bois triangulaire. Il referma la porte. Le bruit de l'orchestre de Joe Masters fut étouffé. Il appela Burke ; ce fut lui qui décrocha.

– Burke, j'écoute.

– Monsieur Burke, c'est Joe Recevo.

– Joe ! Alors, c'est fait ?

– Oui et non. On l'a vu, mais on n'a pas encore le fric. Il y a un petit problème...

– C'est dommage pour vous.

Burke parlait d'une voix lente, un peu pâteuse. Recevo savait que Burke buvait, énormément parfois, la nuit le plus souvent. Au bout du fil, une main se plaqua sur le téléphone. Quand elle se retira, Recevo entendit quelques rires derrière Burke ; il n'était pas seul dans son bureau.

– Voyons voir si j'ai bien compris, dit Burke. Vous n'avez pas l'argent ?

– Non, mais...

– Karras a merdé, c'est ça ?

Recevo remua nerveusement sur le banc.

– Il a conclu un marché avec Georgakos. Il aura l'argent dans un ou deux jours. Trois au maximum.

– Si je voulais l'argent dans deux ou trois jours, je vous aurais pas envoyés là-bas, ce soir. Je te repose ma question : est-ce que c'est Karras qui t'a empêché de faire ce que je t'avais demandé ?

– Écoutez... C'était pas le bon moment, voilà tout.

Burke dut faire une grimace ou autre chose, car il y eut des éclats de rire au bout du fil. Ils le faisaient marcher, ils se moquaient de lui. Rien de plus.

Mais soudain, les rires cessèrent. Et Burke dit :

– Va falloir qu'on discute avec ton pote le Grec. Ce soir.

Un filet de sueur coula dans la nuque de Recevo.

– Sauf votre respect, monsieur Burke, je pense pas que ce soit nécessaire.

– Pas nécessaire ?

– Je veux dire que... Pete est hors-jeu. C'est pas la peine de lui faire la leçon, il n'est plus dans le coup. Ce boulot, c'est pas pour lui. Il est pas fait pour ça, c'est tout.

– Tu as raison, il est hors-jeu. On veut juste lui offrir un petit cadeau de départ en retraite avant qu'il s'en aille.

– Monsieur Burke...

– C'est comme ça, Joe. Quand tu as un gosse qui fait une bêtise, tu es bien obligé de lui filer une correction, pour qu'il comprenne. D'une certaine façon, tu lui rends service. On va être obligés de filer une petite correction à ton pote, pour qu'il comprenne.

– Pete n'est pas du genre à recevoir des gifles.

– Moi non plus, répondit Burke en perdant un peu de son calme. En temps normal, du moins. Mais ce soir, ton pote a réussi à me filer une sacrée baffe. J'ai pas le choix, je dois la lui rendre.

– Écoutez, mons... monsieur Burke... (Recevo s'entendait bégayer, et il s'en voulait à mort.) Si c'est à moi que vous voulez donner une leçon, voilà ce que je vous propose : je laisse tomber ce boulot, moi aussi. Je me retire. On se sépare bons amis, sans rancune. Qu'est-ce que vous en dites ?

– Tu m'as mal compris, Joe. D'ailleurs, qui t'a dit que tu pouvais te retirer aussi facilement ? Crois-moi, l'alternative est beaucoup plus méchante que tu l'imagines.

– Qu'est-ce que ça veut dire ?

– Tu as vu un tas de morts là-bas, dans le Pacifique, non ?

– Oui.

– Alors, j'ai pas besoin de te faire un dessin.

– Peut-être que si. Peut-être que vous devriez me faire un dessin, monsieur Burke.

– Je t'explique. Si tu fais ce que je te demande, tu sauves ta peau. Tu sauves la sienne *et* la tienne. Autrement, vous y passez tous les deux. Compris ?

Recevo ne répondit pas. Il pensait au tremblement qui s'était insinué dans ses genoux, à la chaleur étouffante dans la cabine. Il pensait à ce jour à Guadalcanal, au sentiment qu'il avait ressenti à cet instant, exactement le même que maintenant. Il pensait qu'il était un sale trouillard. Il le serait toujours. Et il savait qu'il ne pouvait supporter l'idée de mourir.

– Joe, tu es toujours là ?

– Oui.

– Où es-tu exactement ?

– Au Club 400. Dans la 14e, au coin de F Street.

– Il y a une épicerie ouverte toute la nuit trois rues plus loin, dans la 14e, du côté est. Juste à côté d'une ruelle. Tu vois où c'est ?

– Oui.

– Déposes-y ton pote dans un quart d'heure. Quand il sera à l'intérieur, tire-toi. Ça se passera bien, tu verras.

– Mais...

– Ne joue pas contre nous, Joe. Crois-moi, tu perdrais.

Recevo ferma les yeux et demanda, dans un murmure :

– Comment je vais faire pour l'obliger à entrer dans la boutique ?

– J'en sais rien, moi, dit Burke. Envoie-le acheter des cigarettes. Qu'est-ce que t'en penses ?

Il m'a tapé des clopes toute la soirée. Il n'a plus de cigarettes.

– Monsieur Burke... ? Monsieur Burke, vous êtes là ?

Il n'y avait plus personne au bout du fil. On avait raccroché.

14

– File m'en une.

– C'est ma dernière. On se la fume à deux, O.K. ?

– D'ac'.

Recevo alluma la cigarette et froissa le paquet vide dans son poing. Il baissa la vitre du coupé Mercury. Karras se pencha pour prendre la cigarette entre les doigts de Recevo. Il tira dessus et garda la fumée dans ses poumons. Il inspira une deuxième bouffée avant de recracher la première et recracha le tout immédiatement.

– Tu vas la faire chauffer.

– Relax, Joe. D'ailleurs, peut-être que toi tu devrais éviter de fumer pour le moment. On dirait que tu vas tourner de l'œil. Comme si tu avais trop bu. Tu es tout pâle.

– Non, ça va.

Les vitres baissées, ils entendaient l'orchestre qui jouait à l'intérieur du club. De là où ils se trouvaient, on aurait dit un empilement de cuivres, une collision de bruits stridents, sans aucun rythme.

– C'est l'orchestre de Joe Masters, non ?

– Oui.

– On dirait une fanfare ?

– À l'intérieur, ça ressemblait à de la musique.

– Tu as parlé à Burke ?

– Ouais.
– Et alors ?
– Il est pas heureux.
– Je m'expliquerai avec lui, Joe. Je lui dirai ce qui s'est passé.
– Laisse tomber.
– Je lui parlerai quand même.
– Rends-moi ma clope.
Karras lui tendit la cigarette. Recevo la coinça entre ses lèvres et la laissa pendre. À l'exception des échos de l'orchestre, tout était calme à l'extérieur. Il n'y avait pas un chat dans les rues.
Karras inspira une grande bouffée d'air.
– J'aime bien la nuit à cette heure-ci. C'est beau, tu ne trouves pas ? J'adore cette ville quand elle est comme ça.
– Oui, je sais.
– Mais D.C.., c'est plus comme avant, depuis la guerre.
– C'est-à-dire ?
– Il y a trop de monde. Et les *gens* sont plus comme avant. On dirait qu'ils ont toujours un truc en tête, ils ne pensent plus à rien d'autre. Tu n'as pas remarqué ? Je t'assure, on a perdu quelque chose dans cette guerre. Pas uniquement les gars comme toi et moi, ceux qu'on a envoyés se battre. Non. Tout le monde a perdu quelque chose.
Recevo jeta la cigarette par la vitre, d'une pichenette. Il mit le contact et démarra. Il exécuta un demi-tour pour prendre la direction du nord en suivant la 14e.
– Écoute, dit Karras. Je suis désolé pour la manière dont ça s'est passé ce soir.
– Te bile pas pour ça.
– On trouvera notre voie, Joe. On fera notre place, et tout sera plus simple, tu verras. Comme quand on était mômes.

Recevo enfonça un peu plus son chapeau; ses yeux étaient maintenant dans l'ombre.

Karras sourit.

– Tu te souviens quand on passait nos samedis au ciné ? Tu t'en souviens, Joe ?

– Et comment. Au cinéma Earle.

– Quatre heures de spectacle. 15 *cents* si on arrivait avant 13 heures. D'abord les documentaires, ensuite les actualités Movietone et le film. Avec l'orchestre qui sortait de la fosse. Et les danseuses...

– Les Roxiettes.

– Ah...

Joe rit de bon cœur.

– Et la fois où tu avais bouffé cette saloperie que ta mère préparait le week-end, ce truc bourré d'ail.

– Du *Scortholia.*

– Oui, peut-être. L'ail te sortait par les pores de la peau. Petit à petit, tous les gens assis autour de nous ont changé de place; ils se demandaient d'où venait cette odeur. La vache, Pete, tu empestais, je te le dis !

– Pourtant, tu n'as pas bougé, toi.

– Non, dit Recevo d'une voix qui se brisa, j'ai pas bougé.

Karras se tourna vers lui.

– Tu es sûr que ça va, Joe ? Tu n'as pas l'air bien.

– Je suis crevé, c'est tout. C'est l'heure de rentrer au paddock. On va acheter des clopes et direction la maison. Il y a une boutique ouverte, juste là.

– O.K. J'y vais.

Recevo ralentit. Il s'arrêta le long du trottoir, sans éteindre le moteur. Karras remarqua une voiture garée devant eux, un peu plus loin.

– Hé, Joe, tu vois cette bagnole ?

– Ouais. C'est une Packard 38. Et alors ?

– J'ai déjà vu cette bagnole ce soir, quelque part. Je me souviens de la calandre toute droite et de la couleur.

– Tu n'y connais rien en bagnoles, Pete.
– Oui, c'est vrai, tu as raison.
– Prends-moi un paquet de Raleigh.
– O.K. Je reviens tout de suite.

Karras descendit de voiture et claqua la portière derrière lui.

– Hé, Pete...

Karras s'accouda au rebord de la vitre. Recevo avait un drôle de regard, vide ; sa bouche était crispée, comme s'il avait mal quelque part. Comme s'il avait envie de hurler. Karras trouva qu'il avait l'air affreusement bizarre dans cette lumière.

– Quoi ? demanda-t-il.
– Rien.
– Des Raleigh, c'est ça ?

Recevo hésita.

– Euh... oui.

Karras secoua la tête en riant.

– Putain, faut vraiment que tu ailles te coucher.

Il se redressa en prenant appui sur la vitre, se retourna et se dirigea vers la boutique.

De la musique s'échappait par les vitres baissées de la Packard : « Well, Git It » de Tommy Dorsey. Karras aimait bien ce morceau, avec son solo de clarinette fou et les deux trompettes qui jouaient ensemble à la fin. La station WTOP diffusait le Dorsey Ochestra au milieu de la nuit. Était-il déjà si tard ?

Apparemment, il n'y avait personne dans la Packard et Karras se demanda pour quelle raison le conducteur laissait la radio allumée, et vidait la batterie, alors que personne n'écoutait la musique. Mais soudain, il aperçut les vestons de deux types qui bougeaient dans l'ombre d'une ruelle voisine ; deux types qui s'étaient planqués pour pisser sans doute, ou pour faire une petite partie de dés. Karras entra dans la boutique sans se mêler de leurs affaires.

Le vieux bonhomme assis derrière le comptoir fut obligé de se lever de sa chaise et il fit une grimace pour bien montrer à Karras que ça ne lui plaisait pas. Karras s'attarda sur le rayon des confiseries et ses yeux repérèrent une boîte de cerises enrobées de crème à la vanille et de chocolat. Eleni adorait ces trucs-là. Maintenant que l'alcool commençait à se dissiper, il en mangerait bien un ou deux, lui aussi.

– C'est combien, les chocolats ?

– Ça dépend lesquels.

– Les cerises Miss America.

– 49 cents.

– Donnez-m'en une boîte. Avec un paquet de Lucky Strike. Et un paquet de Raleigh aussi.

– Les cigarettes, c'est 13 *cents* le paquet. Deux pour un *quarter.*

– Je vous ai dit que j'en voulais deux, je vous ai pas demandé le prix ! dit Karras.

Le vieux commençait à lui taper sur les nerfs.

Le vieux bonhomme haussa les épaules et mit le tout dans un sac en papier. Karras jeta un billet d'un dollar sur le comptoir, sortit les cigarettes du sac et les glissa dans ses poches de manteau. Il se tourna vers la vitrine, pendant que le vieux tapait sur sa caisse enregistreuse. Il vit l'éclair métallisé de la Mercury de Recevo au moment où elle passait sous le lampadaire. Recevo s'en allait, en direction du nord. Mais qu'est-ce qu'il foutait ? Peut-être qu'il avait la bougeotte à force d'attendre et il avait décidé de faire le tour du pâté de maisons pour ne pas s'endormir.

– Prenez soin de vous, papy, dit Karras.

Il récupéra sa monnaie, le sac contenant les chocolats et sortit de la boutique.

Arrêté sur le trottoir, il scruta le bout de la rue. Recevo avait arrêté la Mercury un pâté de maisons plus loin, le long du trottoir, sans couper le moteur. Les feux arrière étaient allumés et de la fumée sortait du pot d'échappement. Karras introduisit deux doigts dans sa bouche et siffla pour dire à Recevo de faire demi-tour et de venir le chercher.

La voiture ne bougea pas. Tandis que Karras regardait la Mercury sans comprendre, les lumières de la boutique s'éteignirent derrière lui. Puis Reed sortit de la ruelle, flanqué de deux types.

– Putain, murmura Karras.

Il reconnut les deux types : ils faisaient partie du petit groupe qui était assis dans le salon chez Burke, en début de soirée. L'un des deux, de taille et de carrure moyennes, portait un costume mal coupé. L'autre était un freluquet aux traits saillants et sévères. Il portait un pardessus qui s'arrêtait au-dessus du genou et un grand chapeau pour paraître plus grand. Mais sur sa tête, ce chapeau avait un effet comique ; une parodie de Tom Mix, sans rien en dessous. Karras jeta un regard en direction de la Mercury, pardessus son épaule. Joe avait redémarré et il s'éloignait à toute allure.

Reed vint se planter devant Karras. Les deux autres l'encerclèrent.

– Reed ! Je pensais bien avoir reconnu ta jolie voiture.

– C'était bien moi. T'as toujours été intelligent.

– Vous n'êtes pas dans votre secteur, les gars.

– On a fait la fermeture du Neptune Room. Je me suis arrêté pour pisser un boc.

Karras désigna d'un mouvement du menton le petit gars avec un grand chapeau.

– Et lui, il faisait quoi ? Il te la tenait ?

– Très drôle.

– Oui, j'ai de l'humour, dit Karras en plongeant son regard dans les yeux porcins de Reed. Tu m'empêches de passer. On m'attend.

– Pas de problème.

Reed fit un pas sur le côté pour laisser passer Karras.

Celui-ci s'avança et lâcha son sac de chocolats au moment où il vit Reed pivoter et son poing droit venir droit sur lui. Il n'eut pas le temps de se plier en deux pour encaisser le punch de ce salopard, il n'eut pas le temps de lever sa garde. Reed enfonça son poing dans le ventre de Karras et le laissa appuyé.

Karras tomba à genoux, le souffle coupé. Il toussa et parvint à avaler un peu d'air.

– Joe...

Reed s'esclaffa.

Karras entendit des pas derrière lui et il sentit les deux types le soulever par les aisselles. Ils l'entraînèrent vers la ruelle.

– Joey...

Karras regardait le trottoir défiler sous ses pieds.

Reed ajusta son nœud de cravate.

– J'ai un truc à aller chercher dans la bagnole.

Les deux types conduisirent Karras dans la ruelle et le plaquèrent contre le mur de briques. La lumière du lampadaire éclairait la moitié de son corps et laissait l'autre moitié dans l'obscurité. Les deux types s'étaient postés à l'entrée de la ruelle, bloquant le passage. L'orchestre de Dorsey continuait à jouer à l'intérieur de la Packard, un morceau au tempo plus enlevé, les cuivres s'envolaient, avant d'attaquer le thème. Karras se détendit, il essaya de respirer de manière régulière. La portière de la voiture claqua.

Reed, le Freluquet et Médium, l'homme de taille moyenne, avançaient vers lui. Les deux types s'écartèrent et disparurent dans l'obscurité. Reed tenait dans sa main une sorte de gros bâton. Non, c'était une batte de base-ball.

– C'est l'heure de jouer, dit-il.

Sa silhouette massive se découpait dans la lumière, son ombre tombait sur les pavés de la ruelle.

– Moi, j'ai terminé, dit Karras.

– Ce sera terminé quand on le décidera.

– C'est à cause de Georgakos ?

– Georgakos ? Ouais, disons que c'est la goutte d'eau. Mais ça fait un moment que tu le cherches, Karras.

– Pourquoi cette batte, Reed ? Si ça fait si longtemps que tu veux me faire ma fête, pourquoi on ne règle pas ça à la loyale ?

Les dents pointues de Reed brillèrent dans la lumière.

– C'est une batte très spéciale. Je l'ai percée avec une fraise et j'ai rempli le trou avec un truc lourd. Et ensuite, j'ai foutu un joli bouchon en haut pour que tout le poids reste à l'intérieur. J'ai envie de l'essayer, pour voir si c'est vraiment spécial.

– Grouille, Reed, dit Médium. Finissons-en avant que quelqu'un se pointe.

– J'attends juste une minute. Au cas où son pote rappliquerait.

– Tu sais bien qu'il va pas revenir, dit Freluquet.

– Oui, ça m'étonnerait, dit Reed en ricanant.

Karras n'en pouvait plus d'écouter Reed, il n'en pouvait plus de voir son visage. Il avait enduré bien pire, avec des types bien plus coriaces. Il sourit à Reed, en injectant du poison dans son sourire.

– Va te faire foutre, Reed. Avec tes deux copains.

– C'est à moi de jouer, je crois, dit Reed.

Il leva la batte.

Karras rentra ses coudes dans son ventre, la tête dans les épaules et enfouit son visage entre ses poings. Ses yeux captèrent un éclair lorsque la batte passa devant la lumière. Il entendit un grand bruit sec, il sentit sa jambe gauche se dérober sous lui, une décharge électrique remonta le long de sa colonne vertébrale pour exploser dans sa tête, tandis qu'il tombait au ralenti. Il atterrit sur le dos, sur les pavés, sans rien sentir. Il entendit le bêlement de sa propre voix qui résonnait dans la ruelle.

– Putain, dit Médium. Regarde comment t'as arrangé son genou.

Karras roula sur le côté. Ce mouvement déclencha une autre décharge de douleur dans sa colonne vertébrale. Son ventre fut pris de convulsion, ses yeux se révulsèrent. Un mélange acide et fumant d'alcool et de bière coula de sa bouche.

– Attention à vos pompes, les gars, dit Reed. Vous salissez pas.

Karras regarda ses doigts s'accrocher aux pavés. Il vit l'ongle de son index s'arracher entièrement et le sang rosir la peau à vif en dessous. Pourtant, il n'éprouvait aucune douleur, c'était comme s'il regardait la main de quelqu'un d'autre.

– Barrons-nous, dit Médium. Il a son compte.

– Hé, coach ! dit Reed. J'ai droit à trois coups de batte, comme tout le monde.

Karras leva les yeux ; il vit Reed armer son bras au-dessus de sa tête, en tenant la batte comme un club de golf.

– Huh, fit Karras.

Il vit Freluquet détourner la tête, et son grand chapeau tourner en même temps, mais l'image fut traversée par la batte lorsque Reed frappa. Il se souviendrait de ce chapeau. Et du trombone de Dorsey. Le bruit des cuivres fut la dernière chose qu'il entendit pendant un long moment après cela. Le trombone de Dorsey et un bruit de bois qui se fend. Une musique joyeuse, sautillante et un craquement sinistre dans la nuit.

QUATRIÈME PARTIE

FARRELL, PENNSYLVANIE
1948

15

Michael Florek se réveilla vers 9 h 30 et balaya la chambre du regard. Le lit de sa sœur n'était toujours pas défait, personne n'y avait couché depuis la veille. C'était comme ça depuis plusieurs jours. Voilà environ un an que Lola avait pris l'habitude de découcher, principalement le week-end. La mère de Michael savait très bien ce qu'elle faisait, et Michael aussi le savait, comme un tas d'autres personnes à Farrell et dans certains quartiers de Sharon. Ce n'était plus un secret pour personne, et avec le temps, le poids de la honte commençait même à s'estomper. Mais habituellement, quand Lola s'absentait plus d'une journée, elle téléphonait toujours, ou bien elle laissait un message à un des enfants. Or, personne n'avait de nouvelles de Lola depuis cinq jours maintenant.

Mike Florek se redressa et regarda le lit non défait. Pendant trois ans, il y avait eu une couverture en lainage bleue et blanche sur le lit, mais elle avait disparu. Quand il était enfant, il dormait dans ce lit avec Lola. Il aurait préféré avoir son propre lit, mais ils étaient quatre enfants, plus leurs deux parents, et à l'époque, ils n'avaient que deux chambres et demie pour eux six. Vers les 12 ans, Mike commença à se réveiller en pleine nuit avec une érection, blotti qu'il était contre les reins de sa sœur. Il comprit alors qu'un changement dans l'organisation du couchage s'imposait. Son père mourut d'un cancer des poumons à peu près à la même période; il était mort jeune comme un tas de gars qui travaillaient à l'aciérie. Alors, les deux cadets déménagèrent dans la chambre de leur mère et Mike eut enfin droit à son propre lit. Depuis, Mike et Lola partageaient la même chambre.

En entrant dans la cuisine, Mike découvrit sa mère en train de verser dans un fait-tout des restes de poulet. Elle était capable de faire durer un poulet toute la semaine. L'appartement était calme, sa jeune sœur était déjà partie à l'école pour préparer des décorations en vue du match, et Louis, son frère cadet, était à l'armée depuis maintenant trois mois. Lola aurait sans doute fait un peu de bruit si elle avait été là. Cette Lola, elle aimait rire et bavarder, et elle s'y entendait pour faire du bruit.

– Bonjour, m'man.

– Michael.

Sa mère grimaça en levant son coude arthritique pour verser le poulet au fond du fait-tout. Ses cheveux pendaient par paquets autour de son visage grassouillet.

– Je vais faire ma toilette, m'man.

– Tu t'es réveillé tard. J'ai besoin que t'ailles me faire une course chez le boucher ce matin.

– J'en ai pour une minute.

Il entra dans la salle de bains et ôta sa veste de pyjama. Devant la glace, il essaya de gonfler ses biceps, mais il obtint à peine un léger renflement. Il observa sa cage thoracique dont on pouvait compter les côtes, et les os affreusement saillants de ses omoplates. Il mesurait presque 1m80, mais il pesait à peine 70 kilos. À 20 ans, il ne s'était toujours pas développé.

Après s'être débarbouillé, Mike pressa un peu d'Ipana sur sa brosse pour se laver les dents. Il versa un peu de lotion West Point dans ses paumes, les massa l'une contre l'autre et passa ses mains dans ses cheveux. Il fit une raie au milieu et peigna chaque côté en arrière. Il retourna ensuite dans sa chambre pour mettre un pantalon et un pull, par-dessus lequel il enfila son blouson en laine écossais. On était en novembre et il faisait déjà un froid glacial.

– J'y vais, m'man ! lança-t-il en passant devant la cuisine.

– Attends.

Elle le rejoignit dans l'entrée et lui fourra quelques billets moites dans la main.

– Va m'acheter quelques-unes de ces saucisses spéciales qu'ils vendent au Colonial. On va préparer un bon repas pour demain, dimanche.

Florek observa le visage de sa mère. Ses dents étaient presque entièrement pourries et tellement espacées que sa langue faisait d'affreux bruits de succion quand elle parlait. Ses yeux, autrefois d'un bleu ardent, s'étaient délavés et affaissés aux coins. Il remarqua qu'elle avait pleuré.

– D'ac', m'man. Je reviens tout de suite.

Il quitta l'appartement et dévala l'escalier. Ils habitaient au-dessus d'une boulangerie, dans le centre de Farrell ; ils avaient toujours vécu là, aussi loin que remontent les souvenirs de Michael Florek. Cette partie de Farrell, où habitaient tous les étrangers, chevauchait la frontière avec le centre de Sharon. Italiens, Polonais, Slaves, Allemands, Hongrois, Bulgo-Macédoniens, Grecs... s'ils avaient un accent, ils vivaient dans ce quartier. Certains d'entre eux possédaient des commerces, mais la plupart travaillaient en usine. Ils avaient leurs propres associations : le German Club, le Greek Club, ce genre de choses. Les protestants et les presbytériens – son père les appelait « les Blancs », avec son accent polonais à couper au couteau – vivaient autour de Highland Avenue, sur les hauteurs, là où tous ceux qui avaient de l'argent et du pouvoir s'installaient, dans toutes les villes que Florek avait visitées. Les Blancs travaillaient eux aussi à l'usine, mais dans les bureaux, à la direction. Et ils ne sentaient pas la même odeur que le père de Florek quand il rentrait à la maison après le travail, autrefois. Ils vivaient plus longtemps.

De la rue, Florek apercevait les hauts-fourneaux de l'aciérie Sharon Steel installée au bord de la Shenango River qui crachaient un flot ininterrompu de fumée gris anthracite dans l'air. La nuit, les étincelles qui jaillissaient des cheminées illuminaient le ciel. Les aciéries avaient tué son père, Florek en était convaincu. Malgré tout, il trouvait qu'il y avait une certaine beauté dans ce long cordon orange vif qui, chaque soir, s'étendait dans le ciel noir.

Il marcha jusqu'à Broadway, passant devant les églises et les bars. Un jour dans la rubrique « Incroyable, mais Vrai » des pages humoristiques du journal, il avait lu que Farrell possédait plus d'églises et de salles de billards, par habitant, que n'importe quelle autre ville des États-Unis. Ils auraient pu ajouter les paniers de basket dans la liste ; des anneaux étaient accrochés à tous les poteaux téléphoniques de la ville. C'était peut-être pour ça que les équipes de la Shenango Valley comptaient parmi les meilleures du pays. Certaines personnes âgées se plaignaient de la présence de ces paniers, mais Mike Florek n'aurait pas voulu qu'on en enlève un seul. Il aimait cette ville exactement comme elle était, comme elle avait toujours été. Il savait qu'il ne quitterait jamais Farrell.

Florek vit Anthony DeLuca, surnommé « Snake », Le Serpent, avancer vers lui dans Broadway. DeLuca était en terminale au lycée de Farrell ; il traînait avec une bande de types dans le vent. D'après la rumeur, DeLuca et ses copains baisaient avec certaines professeurs stagiaires venues de Westminster College à Wilmington, en Pennsylvanie, pour enseigner au lycée. Pour sa part, Florek en était persuadé. New Willington était une ville sans alcool, et DeLuca avait certainement fait découvrir à ces filles les bars de Farrell. Vous faisiez boire un peu d'alcool à une gentille petite protestante et... et quoi ? Florek n'en savait rien, en fait. Il ne savait pas grand-chose dès qu'il était question des filles. Il avait entendu dire des choses, c'est tout.

– Hé, Mikey.

– Salut, Snake. Comment ça va ?

– Je vais au boulot.

DeLuca était ouvreur au Capitol, le grand cinéma de la ville. Son frère, Nunzio, travaillait au Colonial, qui passait des films de série B et des comédies. Florek avait vu tous les films d'un certain Preston Sturges au Colonial. Ce Sturges, il réalisait des films qui le faisaient mourir de rire, il était plié en deux à chaque fois.

– Tu as une matinée ?

– C'est ça, dit DeLuca avec un sourire. Comment va ta frangine, Lola ?

Florek n'aimait pas ce sourire, ni la lueur dans les yeux de Snake. Mais il ne fit aucune remarquc. Snakc DeLuca n'était peut-être qu'un lycéen, mais il pesait au moins 15 kilos de plus que lui, et rien que du muscle. Il pouvait filer une raclée à Florek d'une seule main.

– Faut que j'y aille.

– Prends soin de toi, Mickey.

Florek reprit son chemin. Il passa devant un hôtel pour ouvriers qui hébergeait des célibataires et des émigrés sans familles, tous des employés de l'aciérie. Il passa dcvant le bordel de Bessie Barnes, au 518 Broadway, là où, quand il était gamin, il avait réussi, en s'approchant d'une fenêtre, à apercevoir les filles qui se prélassaient dans des robes en soie, coiffées de drôles de chapeaux à plumes. Lola ne voudrait jamais se retrouver dans cette ambiance. Avec Lola, c'était autre chose.

Florek s'arrêta à la Pâtisserie California, où il travaillait comme serveur, pour prendre sa paye. Son patron lui prépara un banana split, qu'il mangea assis au comptoir. Ce n'était pas vraiment un petit déjeuner, mais c'était gratuit, et il s'en contenterait. Le copain de Florek, Eddie Monetti, lui avait dit que Johnny le Grec, qui contrôlait toutes les activités illégales en ville, possédait une partie de la pâtisserie. Mike n'avait jamais demandé à son patron si c'était vrai. Son père lui disait toujours de ne pas se mêler de ce genre d'affaires, et Mike n'avait aucune envie d'en savoir plus.

Le Colonial Market, appartenant à deux Grecs nommés George et William Tsimpedas, était installé dans Broadway, à la hauteur d'Adams Street, à côté de la Colonial Bank qui avait fait faillite durant la Dépression. George Tsimpedas se servait maintenant des locaux de la banque pour stocker de la farine, du sel de gemme et ce genre de choses. Pendant la guerre, le Colonial était le seul commerce à posséder la licence de rationnement pour la viande, c'était donc devenu l'endroit où tout le monde se fournissait en poulet, en bœuf et en porc. Les gens restaient fidèles, d'autant que les Tsimpedas possédaient le meilleur boucher de la ville, Andy Langal, un artiste du couteau comme Farrell n'en avait jamais connu.

Langal était dans l'arrière-boutique quand Florek entra. C'était un Polonais à l'ossature épaisse, avec des mains énormes, forcément. Florek l'apercevait près du fumoir, avec ses gants. Il revint au bout d'un moment et se planta derrière le comptoir en verre.

– Tiens, le jeune Florek.

– Bonjour, Andy.

– Qu'est-ce que je te sers ?

– Des saucisses spéciales. Environ, une livre, je crois. (Florek baissa la voix, pour demander :) La viande est fraîche ?

Langal écarta les bras.

– Hé, je t'ai déjà vendu de la viande pas fraîche ?

– Euh, non, je pense pas.

C'était une question idiote, et Florek regrettait de l'avoir posée. La viande était toujours fraîche dans cette boutique, et George Tsimpedas allait à Youngstown trois fois par semaine pour vérifier la fraîcheur des autres produits. Florek savait tout ça ; il essayait juste de se faire passer pour un gars à qui on ne la fait pas. Ça ne marchait jamais quand il voulait jouer les durs.

– Tiens.

Langal lui tendit les saucisses enveloppées dans du papier de boucherie.

– Merci, Andy.

– Tu as une ardoise ?

– Vous devriez aller vérifier.

Langal retourna dans l'arrière-boutique et revint en annonçant un montant. Florek régla les dettes avec l'argent de sa paye. Depuis trois semaines, sa mère ne payait plus ce qu'elle devait aux Tsimpedas.

– Portez-vous bien, Andy.

– Toi aussi, mon gars.

Sur le chemin du retour, Florek essaya de penser à ce qui était arrivé à Lola. Il ne pouvait pas rejeter entièrement la faute sur les soldats et sur la guerre, car Lola avait toujours été du genre à regarder plus loin que Farrell, avec des yeux écarquillés. Mais c'était la guerre qui avait déclenché cette sale histoire, de manière indirecte. La guerre avait joué un rôle dans tout ça, il en était convaincu.

Ayant besoin d'un point de débarquement pour ses soldats, l'armée avait bâti le Camp Shenango, entre Sharon et Greenville, des hectares de baraquements et des nouvelles routes. Presque immédiatement, les villes et les banlieues de la Shenango Valley changèrent de visage. Les restaurants de Sharon commencèrent à gagner beaucoup d'argent en vendant du whisky aux soldats ; les dollars dépensés pour se distraire et boire inondèrent la commune de Brookfield et l'artère principale de Masury, juste derrière la frontière de l'Ohio. Les soldats amenèrent leurs fiancées et leurs épouses avant de s'embarquer, et la plupart de ces femmes restèrent sur place ensuite. Florek avait entendu des histoires de femmes ivres, de viols collectifs et de filles qu'on se repasse. Il n'y avait plus de contraintes, plus aucune retenue ; c'était bien différent de ce qu'avaient connu les ouvriers des aciéries et les petits commerçants. Mais la guerre et le camp militaire représentaient une manne pour l'économie locale et le sentiment général était que rien n'était trop bon pour les soldats. Car enfin quoi, l'armée avait carrément fait venir Judy Garland pour un spectacle.

Au cours de sa dernière année de lycée, Lola avait rencontré un soldat, pas comme les autres, disait-elle. Le soir qui suivit le départ de ce soldat pour l'Europe, Florek trouva sa sœur en pleurs dans leur chambre. Le meilleur copain du soldat lui avait téléphoné dans la journée, c'était son copain qui le lui avait conseillé, dit-il, et il avait demandé qu'elle soit « gentille avec lui ». Lola l'avait rencontré, et quand elle lui avait demandé de refréner ses ardeurs, il avait réagi violemment, et elle avait eu peur. En apprenant cela, Mike Florek était furieux, mais réaliste. Que pouvait-il faire ? Il savait qu'il n'allait pas s'en prendre à un soldat. Alors, il laissa passer et Lola recommença la même erreur, un grand nombre de fois. Elle n'arrêtait pas de faire des erreurs, et les habitants de Farrell commencèrent à parler d'elle comme d'une personne qui ne cesserait jamais de faire des erreurs. À la fin de la guerre, elle passait ses samedis soirs dans les bars de Masury, à attendre que la prochaine erreur pousse la porte et vienne s'asseoir sur un tabouret à ses côtés. Et puisqu'elle devait le faire, puisque cela était inévitable apparemment, pourquoi ne pas en tirer quelques dollars et en profiter au maximum ?

C'était ainsi que Lola voyait les choses, du moins. C'était une façon absurde de voir les choses, mais Florek savait que c'était ainsi qu'elle raisonnait dans sa tête. Quand vous avez partagé votre chambre avec une personne toute votre vie, vous finissez par bien la connaître.

Mike Florek entra chez lui et déposa les saucisses dans les mains de sa mère. Ils demeurèrent dans la cuisine, face à face, sans rien dire. Florek avait ouvert son blouson en entrant. Il fit remonter la fermeture Éclair.

– Je vais essayer de voir si je trouve Lola, dit-il.

Sa mère hocha la tête.

– C'est ça, Michael. Va chercher ta sœur.

– Je rentrerai pour dîner, m'man.

– Va, mon garçon. Va.

Florek alla dans sa chambre et fouilla dans sa commode pour sortir la photo de Lola prise le jour de la remise des prix au lycée. Elle avait griffonné quelques mots à son attention au dos. Il y avait un double de la même photo, le message en moins, dans la commode de Lola. Mike glissa la photo dans la poche intérieure de son blouson écossais. Il trouva les clés de la voiture à l'endroit où sa mère les laissait toujours, dans un plat peint à la main posé sur une petite table près de la porte. Il ressortit et descendit dans la rue.

*
* *

Le père de Florek avait acheté une Plymouth 34 pour 320 dollars, juste avant la guerre. Mike repensa à l'époque où toute la famille se rendait dans l'Ohio pour acheter dans une ferme des poulets qu'ils attachaient, vivants, sur les côtés de la Plymouth, avant de rentrer à Farrell. Ils avaient des gros problèmes d'argent en ce temps-là, depuis que le père avait été licencié des aciéries et était obligé de travailler à la construction d'une route dans le cadre d'un programme gouvernemental, en échange de haricots, de farine et de quelques sous. Mike se souvenait combien il avait eu faim, très faim, et froid aussi dans leur appartement au cœur de l'hiver ; la seule chaleur était celle qui montait de la boulangerie en dessous, en transportant avec elle une douce et délicieuse odeur. Rétrospectivement, ce n'était pas si affreux. Au moins, ils étaient tous réunis.

La Plymouth démarra en toussotant. Florek donna deux ou trois petits coups d'accélérateur et laissa le moteur tourner au ralenti. Il n'y avait pas de chauffage dans cette voiture, ni de radio. Il pouvait se passer du chauffage, mais il aurait bien aimé un peu de musique. Il aimait bien les chanteuses et les big bands. Il avait vu un tas d'orchestres avec leurs chanteuses – Misty June Christie avec la formation de Stan Kenton, Doris Day avec Les Brown, qui passaient à Youngstown. Il avait vu Glenn Miller également, à Yankee Lake, dans l'Ohio. Quelle soirée ! Il y avait tellement de monde qu'on ne pouvait même pas danser. Il y avait un tas de trucs chouettes à Yankee Lake. Mais si vous vouliez voir les grosses vedettes, il fallait faire le déplacement jusqu'à Youngstown.

Youngstown n'appartenait pas au même monde que Farrell. La pègre y était plus présente qu'à New York et Chicago réunies. C'était du moins l'impression qu'on avait. Vous pouviez satisfaire tous vos vices à Youngstown, et cela en pleine rue, en plein jour, qu'il s'agisse des putes, du jeu ou de la drogue. Florek y était allé en car un samedi soir avec deux copains et ils avaient jeté un coup d'œil par la porte du plus grand et plus célèbre tripot de la ville, le

Jungle Inn. Deux types patibulaires patrouillaient au balcon, armés de mitraillettes Thompson. Il fallait être complètement marteau pour essayer de braquer un endroit pareil. Ces gorilles avec leurs « Tommy » n'hésiteraient pas à ouvrir le feu et à tuer tous les clients de la boîte avant que vous ayez le temps de rafler un « nickel ». Non, Youngstown n'était pas le genre d'endroits où Mike Florek avait envie de traîner.

Florek quitta la ville au volant de la Plymouth et franchit la frontière de l'Ohio. Au bout d'une demi-heure de route environ, il atteignit la commune de Brookfield et pénétra dans Masury, une artère commerçante. Il se gara en face du Clover Club et observa les environs. La Gray Wolf Tavern se trouvait un peu plus loin, au milieu d'autres commerces. Florek avait entendu parler des numéros de cabaret du Grey Wolf, mais il n'en avait jamais vu. Le Clover Club ressemblait davantage au style de Lola.

Florek descendit de voiture et franchit la porte. En pleine journée, le Clover Club ressemblait à n'importe quel bar qu'il connaissait. Deux types, des ouvriers des aciéries à en juger par leur apparence, buvaient des whiskies et des bières au bar, en regardant fixement devant eux. Un buveur solitaire, un ancien combattant que Florek reconnaissait vaguement, sans pouvoir mettre un nom sur son visage, était juché sur le dernier tabouret, face à une chope de bière. Sur le comptoir, entre les ouvriers et l'ancien combattant se trouvaient deux gros bocaux ; le premier contenait des pieds de cochon en saumure et le deuxième des œufs durs qui nageaient dans du jus de betterave. La radio fixée au-dessus des rangées de verre diffusait la nouvelle chanson de Louis Prima.

Florek prit un siège à l'écart. Le barman au cou de taureau s'avança vers lui et le jaugea du regard. Florek savait qu'il faisait jeune avec ses poignets rachitiques et sa frêle carrure. Mais dans l'Ohio, il suffisait d'avoir 18 ans pour boire de la bière. Et dans Masury, du moment que vous étiez assez grand pour atteindre le bar et y déposer votre argent, on vous servait ce que vous vouliez.

– Qu'est-ce que ce sera ?

– Une bouteille de Green Pop, commanda Florek.

Le barman se dirigea vers la glacière d'où il sortit une bouteille de Rolling Rock, qu'il déposa sur le comptoir devant Florek.

– Une autre Duke ! lança l'ouvrier le plus proche de Florek, celui qui avait un regard mauvais.

Il fit tournoyer son doigt au-dessus de son petit verre à whisky.

– Et la même chose.

Le barman s'approcha de la pompe à bière pour tirer une Duquesne, avec une jolie couche de mousse. Prenant la chope et une bouteille de whisky, il se dirigea vers l'ouvrier et remplit son petit verre jusqu'à ras bord.

L'ouvrier versa le whisky dans sa bière. L'alcool coula au fond du verre. L'homme se tourna vers Florek, leva sa chope et but. Florek l'imita. Il entendit un petit ricanement ; c'était le copain de l'ouvrier, assis à sa droite. Est-ce qu'ils se moquaient de lui ?

Florek but sa bière d'un trait et laissa l'alcool faire effet. Il commanda une autre bière et sortit la photo de sa sœur, alors que le barman posait la bouteille sur le bar.

Florek se pencha en avant.

– Je cherche cette fille. Elle s'appelle Lola Florek. Vous l'avez vue ?

– Je crois pas.

– Tenez.

Florek aplatit la photo avec sa main et la retourna pour que le barman puisse la voir à l'endroit. Les yeux de l'homme s'illuminèrent un court instant, puis ils retrouvèrent leur aspect morne. Mais Florek eut le temps de voir sa réaction.

– Vous la connaissez, dit-il. Pas vrai ?

– Je l'ai déjà vue, répondit le barman avec un haussement d'épaules. Mais ça fait un bail.

– Je suis son frère.

Un des deux ouvriers laissa échapper un rire.

Le barman détourna le regard.

– Je te le répète, ça fait un bail.

– Je sais qu'elle vient boire ici, le samedi soir. Elle m'a parlé de cet endroit...

– Dans le temps, peut-être.

Le barman s'éloigna, tout en essuyant une chope avec un torchon.

Florek se tourna vers les ouvriers qui ne riaient plus. Tous les deux avaient les yeux plongés dans leurs verres. Au bout du bar, l'ancien combattant regardait fixement les ouvriers; il ne les quitta pas des yeux lorsqu'il vida son verre de bière.

Florek savait que ce type était un ancien soldat, mais pas grâce à ses vêtements : il portait un manteau trois-quarts, déchiré sous les aisselles, par-dessus une chemise en flanelle matelassée, glissée dans un pantalon de travail bleu crasseux. Pourtant, quand Florek regardait cet homme, il le voyait en uniforme, de retour de la guerre.

Le gouvernement avait versé à ses soldats vingt dollars par semaine, durant cinquante-deux semaines après leur démobilisation. De quoi vivre, et se payer à boire largement. Certains n'avaient même pas songé à chercher un travail durant cette première année. Quelques-uns furent séduits par l'idée de rester assis sur un tabouret de bar, à imaginer des moyens de faire durer ces vingt dollars. Pour ces types-là, l'existence commença à se déliter. La mère de Florek disait que le gouvernement n'aurait jamais dû faire un tel cadeau aux soldats. Cet argent était source de problèmes, ce n'était pas du tout un cadeau.

L'ancien soldat se leva de son tabouret et longea le comptoir en direction de Florek. Il ralentit en passant à la hauteur des deux ouvriers, regarda leurs dos et continua. Arrivé devant Florek, il lui tapota l'épaule et se hissa sur le tabouret à sa droite, avec les gestes lents et mesurés d'un homme qui se dirige peu à peu vers un après-midi d'ivresse.

– Comment ça va, mon pote ?

La voix était éraillée par le tabac.

– Ça va, répondit Florek.

– Tu te souviens pas de moi, hein ?

– Je... Non, je crois pas.

– *Moi*, je me souviens de toi.

– Ah bon ?

– Ouais. J'étais au lycée de Farrell, comme toi. J'avais deux ou trois ans d'avance sur toi. J'ai grandi dans le centre, près d'Idaho Street.

Florek serra la bouteille de bière dans sa main. *C'est Ted. Ted quelque chose. Un nom bulgo-macédonien. Lupoff. Luminoff, un truc comme ça. Merde, c'était quoi son nom ?*

– Ted Lupicoff, dit l'ancien combattant en tendant la main.

Florek la serra.

– Mike Florek. Comment ça va ?

– Bien.

– Je t'offre un verre, Ted.

– Non, non, pas la peine.

– Allez !

– Bon, d'accord. Une bière, alors. Je vais prendre une bière. Une Iron City.

Le barman lui apporta sa bière. Lupicoff et Florek trinquèrent en entrechoquant leurs bouteilles et burent chacun une gorgée. Lupicoff alluma une cigarette.

– Tu te souviens toujours pas de moi, hein ?

– Ça me revient.

– Ted *Lupicoff!* J'étais copain avec ta sœur, dans le temps. Enfin quoi, je suis même allé bouffer chez toi, un dimanche soir.

Florek se souvint tout à coup. Il revoyait Lupicoff maintenant, le regard vif et un grand sourire, sans cette barbe de deux jours et les vêtements puants. Il le revoyait avec son uniforme, revenant de la guerre.

Lupicoff sourit ; ses dents étaient jaunies par la nicotine.

– Ta mère fait toujours ces *pierogies* avec la choucroute à l'intérieur ?

– Bien sûr. Elle en fait tout le temps.

– Ah, ces *pierogies,* dit Lupicoff, c'était à se damner.

– C'est vrai, ma mère est une sacrée cuisinière.

– Tu l'as dit, mon pote. (Lupicoff referma sa main autour du maigre biceps de Florek.) Te méprends pas, surtout, au sujet de Lola et moi. Comme je te le disais, on traînait ensemble dans la même bande, mais c'est tout. Je te parle de ça, y a longtemps.

Florek but une gorgée de bière et reposa doucement sa bouteille sur le bar.

– Tu l'as vue récemment ? demanda-t-il.

Lupicoff baissa les yeux.

– Ouais. Une fois ou deux, ici.

– C'était quand, la dernière fois ?

– La dernière fois ?

Lupicoff fit la grimace ; il introduisit une cigarette entre ses lèvres pour interrompre le tremblement de sa bouche.

– J'en sais rien, Mikey. Elle est plus très causante, tu sais. C'était la semaine dernière, peut-être. Paraît qu'elle habite à l'hôtel.

– À Brookfield ?

– Ouais.

Florek se leva et déposa quelques dollars sur le bar. Il fit signe au barman et montra la bouteille vide de Lupicoff. Le barman se dirigea vers la glacière pour sortir une autre Iron City.

– Il y a un chasseur à l'hôtel, dit Lupicoff. Un magouilleur qui s'appelle Danny Auerbach.

– Auerbach ?

– C'est ça. Va le voir.

– Merci.

– Tu veux que je t'accompagne ?

– Non, non.

– Prends soin de toi, Mikey.

– Ouais, toi aussi.

Florek ressortit dans la lumière vive de la rue. Il marcha en direction de Brookfield, en se disant que la marche et l'air frais éclairciraient ses pensées. Deux bières et il était déjà à moitié ivre. Il n'aimait pas trop cette sensation de flottement, mais l'alcool lui donnait confiance en lui et lui conférait une démarche pleine de détermination. Il allait retrouver Lola, il la ramènerait à la maison pour le dîner de dimanche. Et tout rentrerait dans l'ordre.

Florek pénétra dans le hall de l'hôtel. En entrant, il entendit, dans une pièce voisine, le murmure d'un vieil homme qui parlait tout seul et débitait des jurons dans sa barbe. Florek avait entendu dire qu'il y avait une machine à sous dans cette pièce. Un autre vieil homme était assis derrière le comptoir de la réception, en train de lire un livre de poche. Il leva les yeux pour regarder Florek, toussa comme un tuberculeux dans un mouchoir jaune, et replongea le nez dans son roman. Florek approcha du comptoir.

– Oui ? fit le réceptionniste.

– Je cherche le chasseur qui travaille ici. Un type nommé Danny Auerbach.

– T'es en affaires avec lui ?

– Exact.

– Quel genre d'affaires ?

– C'est personnel. (Florek se balançait d'un pied sur l'autre.) Je vais attendre qu'il sorte.

– Comme tu veux. Mais il sort que quand y a un nouveau client. Et on accepte aucun nouveau client ce soir. On est complet.

– Vous pouvez peut-être le sonner, alors ?

Le réceptionniste tapota avec son mouchoir la salive qui luisait aux commissures de ses lèvres roses.

– Peut-être que je peux te dire où il est.

Il n'avait pas levé les yeux de son livre. Florek resta planté devant lui pendant deux bonnes minutes. L'un et l'autre demeurèrent muets. Finalement, Florek sortit de sa poche de pantalon un billet d'un dollar qu'il posa devant le vieil homme. Celui-ci s'en saisit et le fit glisser sous le comptoir avec une rapidité et une dextérité inattendues.

– Tout au fond du couloir, et à gauche. Tu tomberas sur Auerbach, en train de fumer une clope.

Florek passa devant l'escalier et s'enfonça dans un couloir pas éclairé, aussi sombre que long. Il avança à tâtons, trébucha et tourna à gauche en se repérant à la lumière au fond du couloir. Tout au bout, un type trapu, au teint pâle, vêtu d'un uniforme rouge de chasseur, discutait avec une femme de chambre. Il fumait une cigarette, en effet ; celle-ci pendait négligemment entre ses doigts. Le type était penché vers la femme de chambre comme s'il essayait de l'embrasser. Il se tourna vers Florek, puis revint sur la femme de chambre. Il lui dit quelque chose et tous les deux éclatèrent de rire.

Florek plissa les yeux à cause de la fumée de cigarette qui dansait dans la faible lumière du couloir.

– C'est vous, Auerbach ?

Auerbach hocha la tête, sourit et salua son visiteur en portant sa main à son chapeau, à la manière d'un caïd. Il écrasa sa cigarette dans un cendrier sur pied placé à côté de la femme de chambre et descendit le couloir en direction de Florek, d'une démarche bondissante outrée. C'était un homme de petite taille, avec de minuscules yeux bleus et des mains de garçonnet. Il se déplaçait en sautillant, comme un jouet à ressort.

– Oui, monsieur, dit Auerbach en se plantant devant Florek. Que puis-je pour vous ?

De près, il ressemblait à une souris blonde.

Florek sortit la photo de Lola de son blouson et la montra à Auerbach. Celui-ci l'examina, puis releva la tête avec un grand sourire.

– Pas mal.

– Vous l'avez vue ?

– Rudement mignonne...

– Elle s'appelle Lola. C'est ma sœur.

Auerbach haussa les épaules.

– T'es un petit veinard, mon pote. Les gars qu'ont des sœurs moches, ils sont obligés de supporter un laideron toute leur vie.

– On m'a dit qu'elle logeait peut-être ici.

– Possible.

– Un type au Clover Club m'a...

– Quel type ?

– Un type. Il m'a dit que ma sœur avait peut-être une chambre ici. Il a dit aussi que vous pourriez sans doute m'aider.

– Ça se peut.

Florek ne perdit pas de temps cette fois. La journée avait été longue déjà, et la fumée du couloir lui piquait les yeux. Plongeant la main dans sa poche, il sortit l'argent qu'il lui restait ; un billet d'un dollar et un billet de cinq. Il tendit celui d'un dollar à Auerbach.

– Tss, tss, fit le chasseur.

– Je veux juste un petit renseignement. Ça vaut pas plus.

– Tu dois me confondre avec le vioque de la réception, mon pote. Ce vieux débris vit encore au siècle dernier. Tu peux peut-être le baratiner avec un dollar, mais moi, ça me suffit même pas pour me payer un verre.

– Qu'est-ce que vous voulez ?

Auerbach tendit son menton pointu en direction du billet que Florek tenait dans la main.

– L'autre.

Florek lui donna les cinq dollars. Auerbach plia soigneusement le billet et le glissa dans le gousset de son pantalon. Il contourna Florek.

– Suis-moi.

Ils suivirent le couloir, franchirent une porte et arrivèrent devant un escalier de service. Florek pensa qu'ils allaient monter au premier étage, mais à sa grande surprise, Auerbach descendit vers le sous-sol. Florek était allé dans plusieurs hôtels, mais jamais, même dans l'asile de nuit le plus miteux, il n'avait vu des chambres au sous-sol. Il suivit Auerbach, en observant ce petit gars qui roula des épaules d'un air suffisant lorsqu'il arriva en bas de l'escalier.

Ils empruntèrent un autre couloir, passèrent devant des pièces contenant des ustensiles de ménage et une salle de bains au sol luisant de gras. Le couloir s'achevait sur une chaufferie, dont la porte était ouverte et d'où s'échappait le ronronnement régulier de la chaudière de l'hôtel. Il faisait chaud en bas, presque trop chaud même, une chaleur sèche et crue. Florek ouvrit son blouson en laine.

Auerbach tourna la poignée d'une porte voisine de la chaufferie. Il la poussa et avança la main à l'intérieur de la pièce pour allumer le plafonnier. Il fit signe à Florek d'entrer, en se plaçant sur le côté.

– Et voilà, mon pote.

Florek entra. Sur le sol se trouvait un matelas recouvert de draps roulés en boules, froissés et d'une couverture en lainage bleue et blanche. À côté du matelas, une lampe munie d'un abat-jour légèrement roussi reposait sur un cageot à salades. Une bassine en verre était posée sur une commode en contre-plaqué, contre le mur. Les murs, entièrement nus, avaient été peints en gris pâle. Le sol était en ciment brut.

– Où est-elle ? demanda Florek.

Il regardait fixement la couverture en lainage sur le lit. Sa mère l'avait tricotée pour Lola au cours d'un hiver glacial, trois ans plus tôt. Auerbach entra à son tour dans la pièce et s'adossa contre le mur. Il leva un pied et baissa sa chaussette pour faire apparaître un paquet de cigarettes. Il en sortit une, recouvrit le paquet avec sa chaussette et reposa le pied sur le béton. Il fit rouler la cigarette entre ses doigts, avec minutie, comme s'il s'agissait d'un objet précieux.

– Je vous ai demandé où elle était.

Auerbach arracha une allumette de la pochette et alluma sa cigarette. Il la laissa pendre entre ses lèvres, en regardant fixement Florek, d'un air espiègle.

– J'entends pas ce que tu me dis.

– Quoi ? Vous voulez encore du fric ?

– Tu as demandé à voir sa chambre. Tout le reste, c'est avec supplément.

– Vous m'avez pris tout ce qui me restait.

– Alors, on n'a plus rien à se dire, dit Auerbach avec un haussement d'épaules. Ce genre de renseignements, c'est pas gratuit.

– Des renseignements, hein ? (Florek sentit un filet de sueur couler dans son dos.) Peut-être que moi aussi j'ai des renseignements pour les flics d'ici. Peut-être que ça les intéresserait de savoir que le chasseur de cet hôtel est un sale maquereau.

– Oui, certainement. (Auerbach ôta la cigarette de sa bouche et sourit.) Et pendant que tu caftes, oublie pas de leur parler de ta sœur, surtout. Quand tu rentreras dans ton trou, là-bas, peut-être même que t'auras envie d'en parler à tout le monde, tellement tu seras fier. Tu leur diras que ta sœur n'est qu'une petite pute à trois dollars.

Florek baissa la tête, les yeux fixés sur le sol.

– Où est-elle ?

– Tu vois ? C'est beaucoup mieux. Un gars comme toi, ça doit pas essayer d'enfiler un costume d'homme. Tu nages dedans. (Auerbach ôta d'une pichenette un brin de tabac sur son pantalon.) Mais tu m'as l'air d'être un chic type. Ça me semble normal que je te file quelques détails, vu que c'est ta frangine...

– Où est-elle ?

Auerbach tira sur sa cigarette.

– Elle est partie vers la grande ville, mon pote. Washington D.C.

Les volutes imprimées dans le sol en béton se mirent à trembler devant les yeux de Florek.

– Avec qui ?

– Un type qu'elle a rencontré ici, la semaine dernière. Un type et une nana, en fait. Je sais pas comment ils s'appellent. Le type s'est inscrit sur le registre, mais je te parie qu'il a donné un faux nom.

– À quoi il ressemblait ?

– Il était petit et chauve. À part ça, je me souviens pas.

Florek ferma les yeux.

– Pourquoi elle est partie avec lui ?

– Il lui a fait découvrir un truc plus chouette que ce que je lui filais. Ta sœur, elle aimait s'offrir du bon temps. Elle adorait les pilules que je lui apportais. Du Nembutal. Des barbituriques, si tu préfères. Je les avais pas cher grâce à un pote pharmacien de Youngstown. Mais ce type, il l'a vraiment fait planer pour de bon. Il lui a enfoncé une aiguille dans le bras, il l'a expédiée au septième ciel. Il lui a promis qu'il y en aurait plein d'autres comme ça, d'autres aiguilles, d'autres beaux voyages, des jolies fringues, la grande vie, ce genre de conneries, quoi. C'est drôle, quand même. C'est quoi le mot exact ? *Ironique.* Oui, c'est ironique. Je lui présente ce type et elle se tire avec lui.

– Vous n'avez pas l'air très effondré.

Auerbach haussa les épaules.

– Hé, il m'a dédommagé. Cinquante dollars, il m'a filé J'ai pas tout perdu.

La voix de Florek tremblait.

– Vous vous êtes bien débrouillé.

– Ouais, pas mal, j'avoue. Mais elle va me manquer, crois-moi. J'avais déniché le gros lot avec elle. Jamais elle s'est plainte des clients que je lui amenais. Du moment que je lui filais ses pilules, elle faisait pas la difficile. Reconnais qu'elle était pas si mal ici. Il fait chaud tout le temps, vu que la chaudière est juste à côté, et elle avait même pas besoin de s'habiller comme ça. Je me la suis tapée une ou deux fois, je me suis bien rincé l'œil. Faut dire que ta frangine, c'était un sacré canon, pour une camée.

Florek pivota sur lui-même et avança d'un pas vers Auerbach. Celui-ci sourit, laissa tomber sa cigarette sur le sol en béton et l'écrasa sous son talon. Il ne recula pas d'un centimètre.

Il observa Florek de la tête aux pieds, sans cesser de sourire.

– Regarde-toi. Tu serres les poings comme si tu voulais te battre. C'est ça que tu veux, caïd ? Tu veux te colleter avec Danny Auerbach ?

Florek laissa passer la vague de chaleur qui faisait bouillonner son sang. Il desserra les poings. Une larme coula sur sa joue ; il s'en voulait de ne pas avoir réussi à la retenir.

Le sourire d'Auerbach disparut.

– Allez, tire-toi maintenant. Fous-moi le camp avant que je te botte le cul.

Florek quitta la pièce. Il traversa un rideau de chaleur en passant devant la chaufferie ; sa sueur empestait l'alcool et cette odeur lui soulevait l'estomac. Dans l'escalier, il s'arrêta pour refouler un haut-le-cœur, en se retenant à la rampe. Puis il se retrouva dans la rue, il marcha en direction de la Plymouth, tête baissée, les mains enfoncées dans les poches de son blouson. Il ne se souvint pas du trajet du retour.

*
* *

Ce soir-là, Florek se rendit à la Pâtisserie California pour parler à son patron. Le dimanche, il dîna avec sa mère et sa sœur cadette, un repas spécial composé des plat préparés spécialement pour lui. Après manger, sa mère et lui restèrent assis à la table de la cuisine, pendant que la radio diffusait des standards. Sa mère gardait la main posée sur celle de son fils et ils parlèrent longuement, jusque tard dans la nuit.

Le lundi matin, Michael Florek prit en bas de sa commode les deux cents dollars qu'il avait économisés depuis la fin du lycée. Il en donna la moitié à sa mère et fourra le reste dans la poche de son pantalon en laine. Il embrassa sa mère sur la joue, prit son sac de marin et sortit dans la rue.

Il marcha le long de la nationale jusqu'à la sortie de la ville. Un semi-remorque à plateau transportant des légumes s'arrêta en le voyant avec le pouce levé. Florek s'approcha de la portière du passager et regarda par la vitre. Le conducteur avait un visage sympathique et accueillant. Il portait une casquette écossaise rouge avec des rabats sur les oreilles.

– Vous voulez bien m'emmener ?

Le chauffeur désigna l'arrière du camion d'un petit mouvement de tête.

– Balance ton sac derrière et monte, fiston.

Florek se retourna pour regarder la ville. Le long de la Shenango River, les nappes de fumée qui s'échappaient des hauts-fourneaux de l'aciérie Sharon Steel montaient dans le ciel gris.

Florek lança son sac marin à l'arrière du camion et grimpa dans la cabine.

Le chauffeur enclencha la première et le camion repartit en faisant une embardée. Il prit une cigarette coincée derrière le pare-soleil et l'introduisit entre ses lèvres gercées. Il gratta une allumette sur le tableau de bord, mais marqua un temps d'arrêt pour observer Florek avant d'allumer sa cigarette.

– Où tu vas, au fait ?

– À Washington.

– Warshington ? Au-dessus de Waynesburg ?

– Non, pas Washington County, dit Florek. Washington, D.C.

CINQUIÈME PARTIE

WASHINGTON, D.C.

1949

16

Lola Florek sentit la main potelée de Lydia Fortuno faire pression sur son épaule, et la secouer pour la réveiller. Si elle parvenait à garder les yeux fermés, à faire semblant de dormir... peut-être que Lydia s'en irait. Quand Lola se sentait aussi bien, elle n'avait qu'une envie : rester couchée là, roulée en boule comme la petite fille à sa maman, continuer à planer encore un peu, et qu'on lui fiche la paix.

– Allez, ma chérie, dit Lydia. Je vois ton sourire.

Le sourire. Lola oubliait toujours le sourire. Elle ne pouvait pas s'empêcher de sourire, c'était tellement bon. Tellement bon.

– Allez, viens, dit Lydia.

Lola ouvrit les yeux.

– Tout de suite ?

– M. Morgan a un client pour toi, ma chérie. Il ne faut pas le faire attendre.

Lola leva les yeux vers Lydia. Cette femme avait vraiment un beau visage : des yeux de poupée, des cheveux noirs ondulés et brillants, une bouche pleine qui s'incurvait de manière suggestive quand elle souriait. La plupart des hommes n'auraient pas remarqué sa beauté d'emblée, incapables d'aller au-delà de la première impression produite par la corpulence de Lydia. Il est vrai que Lydia était une femme affreusement forte, obèse diraient la majorité des gens. Elle devait peser plus de cent kilos. Mais bon, certains hommes aimaient les grosses femmes. Les hommes avaient des goûts bizarres, on le savait. Voilà pourquoi M. Morgan avait des filles de tous les genres.

– Allez, Lola, lève-toi.

Lydia glissa une main sous l'aisselle de Lola et la souleva pour la redresser dans le lit. Lola regarda trembloter la flamme de la bougie sur la table de chevet. Les ombres dansaient la rumba sur les rideaux en dentelle couleur bordeaux de la fenêtre. Cela lui rappelait un dessin animé qu'elle avait vu au cinéma, avant un film, au Capitol à Farrell, dans le temps. Elle rit.

– Tu ne veux pas que cette brave Lydia ait des ennuis avec M. Morgan, hein ? Il faut que tu m'aides, petite. Comme je t'ai aidée, tout à l'heure.

C'était juste. Lydia lui avait fait sa délicieuse piqûre une demi-heure plus tôt. Elle le faisait toujours quand Lola réclamait. Lola adorait l'effet de cette piqûre, mais elle ne supportait pas d'enfoncer l'aiguille dans sa peau. Pour les soirs où Lydia était occupée avec un client, elle avait montré à Lola comment inspirer la poudre brune par les narines, ou comment la faire chauffer dans du papier d'aluminium pour inhaler la fumée. Ces méthodes fonctionnaient parfaitement, mais ce n'était pas aussi bien que la seringue. Avec l'aiguille, c'était comme si un océan de chaleur la submergeait et l'entraînait vers la douceur liquide de son lit où elle pouvait se recroqueviller, fermer les yeux et se laisser bercer. C'était tellement bon... et Lydia l'avait toujours aidée.

– D'accord, Lydia. Allons-y.

Lola parvint à se lever. Elle se dirigea vers la coiffeuse aux pieds en volutes, s'assit sur le sofa et se regarda dans le miroir. Elle portait une robe diaphane, couleur moka, ornée de petites roses d'un rouge écarlate, avec des manches longues pour couvrir les marques sur ses bras. On apercevait sa culotte noire sous la robe. Lola fit gonfler ses cheveux blonds, puis repoussa une mèche qui la chatouillait. Elle se gratta rageusement le front à cet endroit et constata qu'elle avait fait une marque écarlate.

– Mets un peu de rouge à lèvres, ma chérie.

Lola trouva un tube dont la couleur semblait correspondre aux roses de sa robe. Mais c'était difficile à dire avec cette lumière. Elle en étala un peu sur ses lèvres, en riant parce qu'elle voyait bien qu'elle dépassait largement les contours.

– Attends, laisse-moi faire, dit Lydia.

Elle prit un mouchoir en papier pour essuyer l'excès de rouge, et rectifia le tout en faisant courir son doigt sur le dessus de la lèvre de Lola. Puis elle se pencha pour l'embrasser au coin de la bouche. Elle observa le regard de Lola dans le miroir, puis tourna la tête.

– Viens, petite, on descend.

Et les voilà qui descendaient l'escalier. L'instant d'avant elles étaient dans la chambre, et l'instant suivant elles étaient dans l'escalier. Elles entrèrent dans une sorte de salon où plusieurs femmes assises écoutaient des 78 tours que jouait un électrophone Victrola posé sur un pied au centre de la pièce. Il y avait des plantes vertes et deux canapés avec des coussins, et un petit chariot à roulettes, contre le mur, contenant trois variétés différentes d'alcool, quelques boissons gazeuses et un seau avec de la glace. Une pince aux extrémités griffues était enfoncée dans la glace.

Dehors, une voiture klaxonna. Lola se retourna brusquement en entendant ce bruit ; elle porta sa main tremblante à son visage.

M. Morgan dit :

– Ah, c'est sûrement eux.

– Eux ? dit Lydia en jetant un regard noir à M. Morgan, tandis qu'elle déposait le manteau de Lola sur ses épaules.

– Un seul homme, dit Morgan d'un ton las. Un congressiste. Un gentleman, Lola. Tout ira bien.

– Bien sûr, monsieur Morgan, dit-elle en se grattant le front.

Lydia lui prit la main pour l'obliger à arrêter.

M. Morgan se pencha en avant. C'était un homme de petite taille, mou, complètement chauve sur le dessus du crâne, avec des touffes de cheveux châtains au-dessus des oreilles. Lola trouvait qu'il ressemblait à un professeur de science qu'elle avait connu il y a très longtemps. L'image de M. Morgan devant une classe la fit sourire.

– Je compte sur toi, dit Morgan en baissant la voix. Tu me dois bien ça, pour la dose de ce soir.

– Oui, monsieur Morgan.

– Allez, viens, ma chérie, dit Lydia. Je t'attendrai, d'accord ?

– Oui, d'accord.

Lola quitta la pièce, traversa le vestibule et sortit.

Le vent lui cingla le visage. Elle referma les revers de son manteau sur sa poitrine. Du haut des marches, elle apercevait New York Avenue. La maison de M. Morgan était située dans une rue perpendiculaire, tout près de New York Avenue. Lola n'avait jamais pris la peine de mémoriser l'adresse, vu que les chauffeurs de taxi venaient la chercher et la déposaient, et qu'ils connaissaient toujours la destination.

Le chauffeur donna un petit coup de klaxon. Lola descendit les marches du perron, le béton semblait mou sous ses pieds. Dans le temps, à Farrell, il y avait un garçon qui venait la chercher chez elle et qui klaxonnait au volant de son petit coupé pour annoncer qu'il était là. Il essayait de la faire se dépêcher pour qu'ils ne loupent pas le début du spectacle. Ils étaient pressés, de se retrouver, d'échapper à leurs parents et d'aller s'amuser. L'homme dans le taxi était pressé, lui aussi. Très pressé de s'amuser.

C'était comme un rendez-vous entre amoureux.

17

Mike Florek mit ses mains en coupe autour de ses yeux pour protéger son champ de vision et regarder derrière la vitre de chez Nick, au coin de la 14e et de S Street. Sa respiration embuait le verre. À l'intérieur, plusieurs Noirs étaient assis ; ils buvaient de la bière, bavardaient et riaient, en mangeant, tandis que deux Blancs aux cheveux bruns et au teint olivâtre s'affairaient derrière le comptoir pour préparer les plats, déboucher les bouteilles de bière qu'ils sortaient de la glacière, et servir à boire et à manger aux Noirs.

Voilà qui était très bizarre : des Blancs qui servaient à manger à des gens de couleurs. Mais Florek avait découvert un tas de choses bizarres depuis son arrivée dans cette ville, il y avait de cela deux mois. Ce qu'il voyait chez Nick n'était qu'une bizarrerie de plus à ajouter à la liste.

Florek louait une chambre au mois juste à côté du gril, au troisième étage. Chaque soir, il passait devant chez Nick quand il partait prendre son travail de nuit comme serveur de sodas au drugstore People. Encore un trajet glacial ce soir, avec cette vague de froid qui descendait du Canada. Florek se disait qu'il boirait bien un café chaud avant de faire le chemin. Il avait le *nickel* dans sa poche, après tout, et il avait l'air de faire diablement bon à l'intérieur. Il passa sous l'enseigne bleue rectangulaire, entourée d'ampoules blanches et poussa la porte d'entrée vitrée de chez Nick.

Une clochette tinta quand il entra. Un énorme Noir était assis sur un tabouret, juste derrière la porte ; c'était peut-être le type le plus costaud que Florek ait jamais vu. Il avait les bras croisés sur sa puissante poitrine. D'emblée, Florek remarqua la forme plate de son crâne, une impression accentuée par ses cheveux rasés sur les tempes. Sa tête ressemblait à une enclume posée sur la montagne compacte des épaules. Mais, excepté sa taille, cet homme n'avait aucune méchanceté dans le regard. Ses yeux pétillaient de plaisir ; ils étaient étrangement doux. Florek se dit qu'un homme de cette carrure pouvait regarder le monde comme bon lui semblait ; il n'avait absolument rien à prouver. Le videur n'adressa même pas un regard à Florek quand celui-ci entra.

Deux Noirs tournèrent vivement la tête lorsqu'il traversa la salle. Tout aussi rapidement, ils reprirent leur conversation. Florek choisit un tabouret à l'extrémité du comptoir.

Un disque tournait sur un électrophone non loin de là : un blues chanté par une femme. Un des Noirs installés à l'autre bout du comptoir avait posé par terre, à ses pieds, une caisse remplie de 78 tours. La radio fixée au mur était éteinte, tout comme le téléviseur posé à côté sur une étagère en bois. La femme du disque expliquait qu'elle avait changé la serrure de la porte d'entrée de son homme. Le Noir le plus proche de Florek chantonnait avec elle.

– Qu'est-ce que je vous sers ? demanda à Florek le plus costaud des deux Blancs en s'approchant du comptoir.

C'était un grand type avec des cheveux noirs clairsemés et une petite cicatrice rose boursouflée sur la joue droite de son visage large et jovial. Il s'essuya les mains sur un tablier taché de sang.

– Juste un café, dit Florek. Ça ira.

– Costa ! s'écria le grand type en se tournant vers l'autre Blanc, trapu, avec une tignasse noire et une moustache épaisse.

– *Ena cafe yia to aspros !*

Le dénommé Costa se dirigea vers la cafetière, remplit une tasse, la déposa sur une soucoupe et posa le tout sur le comptoir devant Florek.

– Et voilà, chef.

– Hé, Nick, J'me fais vieux à force d'attendre ces côtelettes ! lança un jeune Noir au grand type blanc.

– Regarde où en sont les côtelettes, dit Nick à Costa.

Costa se plante devant la porte battante de la cuisine et beugla :

– *Pou eine ta ribs mou, vre ?*

Une voix lui répondit de l'autre côté de la porte.

– Calme-toi, Costa. Elles marchent, les côtelettes.

Florek regarda au bout du comptoir, au-delà des bouteilles de sauce pimentée, contre les distributeurs de serviettes en papier, les salières et les poivrières, les assiettes pleines posées devant les clients. Il n'avait jamais rien vu de pareil. Bah, il était dans le sud. Ça devait être ce qu'on appelait un endroit dans le style « sudiste ». Quand même, il n'avait jamais vu ce genre de nourriture.

– Alors, ces foutues côtelettes ! s'écria Costa. *Grigora.*

Florek but une gorgée de café. Il était fort et bon.

– Hé, Six ! lança le jeune Noir au gigantesque videur. Sur qui tu mises ton fric, ce soir ?

Le videur répondit simplement par un haussement d'épaules. Costa faisait les cent pas comme un félin devant les portes de la cuisine.

– Et toi, Nick ? demanda le jeune Noir. Qui c'est qui va gagner ce soir, à ton avis ?

– Le Cubain. C'est comment son nom, déjà ?

– Kid Gavilan. Tu crois qu'il va se payer Ike Williams ? Williams lui a filé une raclée au Garden, l'année dernière. Et oublie pas que le Kid, c'est un petit salopard.

– Ce Williams, il est trop lourd, dit Nick. Regarde-le. Il s'est ramolli. J'ai lu dans le *Star* qu'il pesait 70 aujourd'hui. C'est trop pour lui. Et Gavilan, il a un sacré uppercut. Comment que t'appelles ça, déjà ?

– Tu veux parler des « bolos[1] », dit le jeune Noir.

– Oui, c'est ça, dit Nick.

– Mais peu importe, de toute façon. Le vainqueur de ce combat va se battre contre Sugar Ray ensuite. Et on sait bien ce qui va se passer.

– Hé, Costa, dit le Noir qui avait les disques, en donnant un petit coup de coude à l'homme assis à côté de lui. Qui c'est qui va gagner ce soir, à ton avis ? Le Cubain ou le Noir ?

– Cubain, mon œil, dit Costa. Tu peux dire ce que tu veux, pour moi ils sont aussi noirs l'un que l'autre.

Les hommes assis au comptoir s'esclaffèrent.

Costa marcha rapidement vers Florek ; d'un mouvement de tête, il désigna sa tasse.

– Je vous en ressers un ?

– Non merci, ça va.

– Le deuxième est gratuit.

– Je n'en bois qu'un ce soir, merci.

– C'est gratuit, je vous dis.

– Faut que j'y aille.

– O.K., chef. Comme vous voulez.

– Les côtelettes sont prêtes ! lança la voix derrière la porte de la cuisine.

Costa pivota sur ses talons, poussa la porte à double battant et disparut dans la cuisine. Florek l'entendit s'adresser au cuisinier d'un ton excité, dans un drôle de charabia.

1. Bolo : surnom donné au bombardier bi-moteur B-18. (*N.d.T.*)

– Combien je vous dois ? demanda Florek à Nick.

– Un *nickel.*

Florek posa la pièce sur le comptoir.

– Merci.

– Le café vous a plu ?

– Oui, très bon. J'en boirais un autre avec plaisir, mais je dois aller bosser.

– Ah ? Vous travaillez où ?

– Chez People, dans le centre.

– Et vous faites quoi ?

– Je suis serveur de soda.

– Hmm.

– Je reviendrai. J'habite deux numéros plus loin.

– Dans les chambres que loue Mme Roberts ?

– Exact.

Le grand type avec le tablier tendit la main.

– Nick Stefanos. C'est mon nom sur l'enseigne dehors.

Florek serra la main de Stefanos.

– Mike Florek.

– Florek. C'est quoi comme origine ?

– Polonais.

– Moi, je suis grec, déclara Stefanos avec un sourire. Hokay, mon gars. Reviens dès que tu peux.

– D'accord. À la prochaine.

Costa franchit comme une tornade la porte battante et courut porter les côtelettes à l'homme qui les avait commandées. Il déposa l'assiette en prenant de grands airs et fit glisser une bouteille de sauce piquante vers l'assiette. L'homme aux disques en tendit un à Costa, qui le prit et le plaça sur le plateau de l'électrophone. Florek se dirigea vers la sortie. Le jeune Noir, très élégant avec son costume, sa cravate et son chapeau orné d'un ruban en velours, lui jeta un bref regard et lui fit un petit signe de tête. Au moment où il passait devant le videur nommé Six, Florek entendit le piano attaquer les notes de l'intro de la chanson. Aucun doute, se dit-il, cette musique, ça vous donnait envie de taper du pied.

Florek poussa la porte et remonta jusqu'en haut la fermeture de son blouson écossais en sortant sur le trottoir. Il se surprit à sourire, tandis qu'il marchait vers le sud. Il était très content d'être entré chez Nick.

⁂

Florek avait débarqué en ville à la fin novembre. Immédiatement, il avait téléphoné à sa mère pour lui annoncer qu'il était bien arrivé, après quoi il s'était rendu au YMCA, où il avait trouvé un lit de camp et un endroit pour se débarbouiller. La première nuit, il n'avait quasiment pas dormi, se sentant obligé de protéger ses cent dollars contre les vagabonds, les ivrognes et les truands avec qui il partageait ce dortoir. Il passa les deux premiers jours à chercher une chambre ; il avait besoin de trouver du travail immédiatement, et il savait que ce serait difficile s'il n'avait pas d'adresse fixe.

Une petite annonce dans le *Times-Herald* lui indiqua la direction de 14th Street dans le quart nord-ouest dc la ville, là où une vieille femme, très stricte, nommée Mme Roberts, lui montra une chambre au deuxièmc étage d'une maison individuelle, entre les rues R et S. La chambre était meublée de manière confortable, il y avait du chauffage et une baie vitrée qui donnait sur la 14e et laissait entrer le soleil du matin. La perspective de voir le soleil briller à travers la fenêtre chaque matin, ainsi que le loyer raisonnable de 5 dollars par semaine, convainquirent Florek d'accepter. Il certifia à Mme Robert qu'il était un jeune homme sobre et tranquille. Les yeux de la vieille femme trahissaient son scepticisme – Mme Roberts soupçonnait tous les jeunes gens d'avoir de mauvaises intentions, par principe –, mais elle accepta les dix dollars de Florek, représentant deux semaines de loyer d'avance.

Florek se mit ensuite en quête d'un travail, par le biais de la Restaurant Association, en se rendant dans leurs bureaux du Northeast dès le troisième jour. Là, il remplit plusieurs formulaires, après quoi il passa le restant de la semaine à attendre qu'ils le contactent, en explorant la ville. C'était facile de s'y repérer. Les lignes de tramway et les bus suivaient des itinéraires logiques ; quant aux rues – désignées par des chiffres du nord au sud et par des lettres d'est en ouest –, elles n'auraient pas pu être agencées plus simplement pour celui qui les empruntait pour la première fois. Avec leurs tracés larges et nets, elles semblaient dégager une sorte de beauté harmonieuse. Par contre, il avait du mal à déterminer lesquelles de ces rues il devait éviter ; contrairement à des endroits comme Harlem à New York ou le South Side à Chicago, on aurait dit qu'il n'existait aucune frontière définie pour séparer le Washington blanc de la Ville Noire. Très souvent, Florek traversait des quartiers résidentiels où vivaient des Noirs, puis des Blancs, puis de nouveau des Noirs, d'un pâté de maisons à l'autre, sans repères d'aucune sorte. Mais au bout d'un moment, il finit par s'habituer à cela aussi, et jamais dans la journée il ne se sentait en danger quand il marchait dans ces rues. En revanche, il sentait peser sur ses épaules le poids de la solitude, à mesure que les jours passaient, et durant la première semaine, il appela trois fois sa mère.

Au début du mois de décembre, Mike Florek répondit à une annonce dans le *Evening Star* proposant une place de serveur dans un drugstore baptisé People. La Restaurant Association ne l'avait toujours pas contacté et sa cagnotte commençait à diminuer. Il se dit qu'il pouvait tenter sa chance, en misant sur son expérience à la Pâtisserie California, là-bas chez lui. Le lendemain, il se rendit à l'agence pour l'emploi de P Street, dans le Northeast, il remplit un formulaire et passa un entretien immédiatement. L'entrevue ne débuta pas très bien, car Florek n'était pas du genre à faire forte impression dès la première fois, mais l'homme qui se trouvait derrière le bureau, un Polonais nommé Grieszefski, remarqua le lieu de naissance qui figurait sur la demande de Florek et un grand sourire éclaira son visage. Apparemment, Grieszefski avait un oncle, du côté de sa mère, un certain Daniel Florek, qui vivait dans l'ouest de la Pennsylvanie, près de la Shenango Valley. Était-ce un parent de Mike ? demanda-t-il. Mike hocha la tête, avec des yeux pétillants, et il dit qu'en effet, c'était un parent. Dans la grande ville, il lui paraissait naturel de raconter des mensonges.

Ce soir-là, Florek commença son nouveau travail de serveur au drugstore People, au coin de la 15e et de H Street. Il travaillait de 19 heures à minuit et était payé 75 *cents* de l'heure pour 24 heures de travail par semaine. Le salaire était correct et s'accompagnait d'un repas gratuit, et Florek se disait qu'il arriverait bien à se remplir l'estomac par-ci par-là. Quant au travail lui-même, il aurait pu le faire en dormant. Un cherry Coke, c'était un cherry Coke, quel que soit l'endroit où vous aviez grandi.

Florek pensait aussi qu'il aurait pu se faire quelques amis dans son nouvel emploi. Mais son chef, M. Simms, était un type au teint pâle, un baptiste d'un certain âge qui semblait faire la grimace devant toute idée de rigolade, et les deux hommes s'affrontèrent d'emblée. Florek faisait son travail, néanmoins, il acceptait en silence les critiques permanentes et les sarcasmes, et il continuait à arriver à sept heures tapantes chaque soir. Sa paye lui permettait de subvenir à ses besoins et la compagnie de Simms était encore préférable à la solitude désespérante qu'il retrouvait chaque nuit dans sa chambre en rentrant.

Jusqu'à présent, il n'avait fait qu'une maigre tentative pour retrouver Lola. Un soir, après un mois passé à D.C., Florek trouva le courage de passer par Thomas Circle en rentrant du travail. C'était un bon endroit pour débuter les recherches, car même les touristes et les congressistes savaient que le « Circle » était le principal marché en plein air de prostituées. Bien entendu, il choisit d'aborder celle qui avait l'air le plus docile, une fille chétive qui n'avait pas vingt ans, avec des cheveux blonds coupés à la Jeanne d'Arc : elle était enveloppée avec une timidité feinte dans un manteau en faux poil de phoque. Il lui assura qu'il voulait uniquement parler ; elle lui répondit que le prix serait le même, qu'il parle ou pas. Dans le couloir glacial d'un hôtel borgne, il lui montra la photo de Lola. La fille tira sur sa cigarette, en examinant la photo avec l'intérêt d'une femme qui jette un coup d'œil à ses ongles.

– C'est une tapineuse ? demanda-t-elle avec un accent criard.

– Oui, je crois.

– Elle travaille pas ici.

– Vous en êtes sûre ?

– Chéri, je sais qui bosse dans ce secteur. Je te conseille de chercher ta petite amie ailleurs.

– C'est pas ma petite amie, dit Florek, assailli par la honte.

– Ah bon ?

La fille tira sur sa cigarette et souffla un anneau de fumée sur la photo. Le nuage explosa au visage de Lola.

– C'est qui, alors ?

– Personne, dit Florek.

Ce bref échange lui coûta dix dollars, presque la moitié de sa paye de la semaine. Il regagna sa chambre en remontant la 14e, avec une impression de vide qu'il n'avait jamais ressentie.

Florek ne fit pas d'autre tentative directe pour retrouver sa sœur. Il continuait à déambuler en ville dans la journée, en espérant tomber sur Lola par hasard, et le soir, il continuait à travailler au drugstore. À l'approche de Noël, il alla voir les vitrines du magasin Woodward, dans F Street, plusieurs fois, prenant plaisir à regarder les visages des enfants venus avec leurs parents admirer les décorations et les lumières. Il passa le jour de Noël seul.

En janvier, ses relations avec Simms s'étaient détériorées au point qu'ils ne s'adressaient quasiment plus la parole. Florek se concentrait sur son travail, il essayait d'augmenter sa cadence, pour combattre l'ennui plus qu'autre chose. Il améliora son rendement, bien évidemment, ce qui ne fit qu'accroître le ressentiment de M. Simms. Mais Florek avait maintenant autre chose en tête : une jeune femme rousse prénommée Kay qui travaillait au rayon cosmétiques du drugstore. Il ne lui avait jamais parlé, mais il l'avait aperçue en compagnie d'une bande d'amis lors de la parade pour l'investiture du président Truman, et elle lui avait adressé un sourire, de l'autre côté de Constitution Avenue. Depuis, Florek tentait de capter son regard de temps en temps au travail, et il y parvenait souvent. Bientôt, il se dit qu'il pourrait peut-être l'inviter à aller au cinéma ou manger un morceau. Mais le courage lui manquait, mêmc pour ça. Alors, dans sa chambre la nuit, assis au bord de son lit, il l'imaginait nue, avec ses cheveux roux, propres et soyeux étalés sur un oreiller, et cela se terminait toujours de la même façon : le visage crispé, les yeux fermés de toutes ses forces, il se branlait dans une chaussette sale. Ensuite, il se sentait minable et triste.

Florek n'avait pas connu beaucoup de moments de bonheur à Washington. Il n'y avait guère d'endroits, dans cette ville, où un étranger comme lui pouvait aller s'asseoir et écouter parler les gens, un endroit comme il en existait dans Broadway ou Utah Street à Farrell, là-bas chez lui. Voilà pourquoi cette tasse de café qu'il avait bue chez le Grec, en bas, avant de partir travailler, avait été si importante. Il s'était senti à l'aise et heureux.

Ce soir-là, debout devant la fenêtre panoramique de sa chambre, Florek écouta le combat Gavilan-Williams sur la radio Emerson bon marché qu'il avait achetée récemment, et il repensa à ce restaurant grec, aux gens qui s'y trouvaient, ces deux hommes derrière le comptoir et les clients. Il écouta attentivement le commentateur et nota mentalement le jargon technique : les jabs, les gardes, le jeu de jambes et ainsi de suite. Il voulait savoir de quoi il était question quand les types installés au comptoir évoqueraient le combat. Il pourrait alors se joindre à la discussion avec ces gars, et peut-être même s'intégrer à leur groupe, quand il irait chez Nick le lendemain.

– Qu'est-ce qu'ils ont, mes haricots ? demanda Costa.

Le Noir aux yeux verts, assis au comptoir, montra son assiette.

– J'essaye de t'expliquer, mec. Ces haricots, faut les cuisiner d'une manière spéciale. Faut pas enlever tout le goût en les faisant bouillir, comme tu le fais, avec ces graines de pissenlits amères que tu cueilles je sais pas où, pour faire ta bouffe grecque. Ces haricots, faut les faire revenir un petit peu dans une poêle avec du saindoux, avec un peu d'oignons rouges et de l'ail. Faut qu'ils aient du goût, tu comprends ? C'est pas la peine de masquer le goût avec tout ce citron. Vous autres, vous foutez du citron dans tout ce que vous bouffez !

Costa observait les haricots dans l'assiette du client.

– Voyons si j'ai bien compris. Tu les fais revenir avec de l'oignon et un peu d'ail. Sans citron.

– Exact.

L'homme assis à côté du Noir aux yeux verts dit :

– Tu peux même ajouter un peu de gombo.

– Du gombo, dit Costa. C'est noté. Hokay, *vre mavroskila.*

Costa s'éloigna, tandis que les deux hommes installés au comptoir se tapaient dans la main, avec un grand sourire.

– Encore un peu de café ? demanda Stefanos à Florek, assis à l'écart des autres, sur le même tabouret que la veille.

– Avec plaisir, Nick. Bien chaud.

– *Cafe, Costa. Yiaa to Kirio Florek.*

Costa prit la cafetière en verre posée sur une plaque chauffante et remplit la tasse de Florek. La radio, réglée sur la fréquence 159O, celle de WOOK, la station des Noirs de D.C., diffusait une émission intitulée « Dance Party ». Florek était assis là depuis une heure, il avait écouté des negro spirituals durant toute la première demi-heure.

– Alors, Nick, et ce combat ? demanda le Noir aux yeux verts.

– Le Kid a été bon, dit Stefanos. Gavilan pissait le sang sur le ring, mais il s'est payé Williams.

– Grâce à ses droites, déclara un des hommes.

– Ses uppercuts, dit Florek, assez fort pour être entendu de tous. Les attaques de Gavilan, c'est des scies circulaires.

Le Noir aux yeux verts se tourna vers Florek à l'autre bout du comptoir, avant de revenir sur son ami.

– Tu as entendu ce qu'a dit ce jeune homme ? Ike Williams a été attaqué par une scie circulaire.

Les deux hommes s'esclaffèrent.

– Comment vous appelez ça, vous autres ? demanda Stefanos.

– Les « bolos », répondit Florek.

Il jeta un regard à Six, par-dessus l'épaule. Assis près de la porte, le videur l'observait d'un air amusé.

L'endroit s'anima un peu quelques instant plus tard. Après le travail, les hommes venant de U Street se rendaient soient chez Nick, soit au Cadran Solaire, le restaurant de Pete Frank dans R Street. Frank avait récemment transformé son restaurant en établissement pour Noirs, lui aussi.

Costa poussa la porte battante et s'engouffra dans la cuisine. Florek entendit une porte s'ouvrir, puis Costa qui beuglait dans l'escalier, en s'adressant à une personne nommée Toula. La même scène s'était déjà produite plusieurs fois dans l'après-midi et Florek commençait à reconnaître les intonations dans la voix de Costa. Il n'employait pas le même ton lorsqu'il criait après cette dénommée Toula et lorsqu'il criait après le cuistot.

Stefanos décapsula une bouteille de National et remplit le verre d'un client qui venait d'arriver. Celui-ci déposa une pièce sur le comptoir et Stefanos ouvrit la caisse enregistreuse disposée face au mur. Florek avait remarqué que personne, à part Nick, ne touchait à cette caisse, pas même Costa.

Celui-ci réapparut avec un bol de soupe de poisson-chat, qu'il déposa devant un homme en costume cravate. Il regarda d'un air réprobateur l'homme verser énergiquement de la sauce épicée dans sa soupe.

– Goûtez, au moins, dit Costa. Avant de tout noyer sous la sauce.

– C'est pas assez épicé à mon goût, répondit l'homme. J'en ai déjà mangé ici, je le sais.

– D'accord, *arape.* C'est vous qui voyez.

– *Sopa, re,* dit Stefanos, visiblement agacé.

Costa s'éloigna du comptoir, sous le regard courroucé de Stefanos. Costa concluait toujours ses échanges avec les clients noirs par quelques mots en grec, suivis d'un grand sourire. Florek voyait bien, les Noirs aussi voyaient bien

- même un aveugle aurait vu –que Costa les insultait. En fait, Costa était le seul à croire qu'il était le plus malin, et tout le monde le laissait le croire. Jouer avec Costa, c'était leur distraction. Faire enrager le petit Grec constituait une des principales attractions chez Nick.

- Combien je dois, Nick ? demanda Florek.

- Un *nickel.*

Florek posa la pièce sur le comptoir.

- À la prochaine.

- Tu travailles ce soir ?

- Non. C'est mon jour de repos.

- Reviens plus tard. Le mardi soir, on regarde la boxe à la télé. À dix heures.

- O.K., Nick. Dix heures.

*
* *

Mike Florek se réveilla de sa sieste dans une quasi-obscurité, la seule lumière dans la chambre était celle du lampadaire, dehors, qui entrait par la fenêtre panoramique. Florck sc rcdrcssa sur son lit et passa sa main dans ses cheveux. Il se leva et alla prendre une douche dans la salle de bains commune située au bout du couloir. Après avoir enfilé une chemise propre, il sortit dans la rue et se rendit chez Nick.

L'endroit était bondé, bruyant, noyé sous la fumée. Six avait abandonné son poste à la porte pour se promener au milieu de la foule et reluquer les clients, en laissant pendre ses bras le long du corps. Les tabourets et les banquettes étaient tous occupés, on avait même sorti quelques cageots de fruits, placés à l'envers pour servir de sièges. Assis sur les tabourets, dans les boxes ou sur les cageots, les hommes buvaient de la bière au goulot sans discontinuer, les yeux fixés sur le combat qui se déroulait à la télé, placée en hauteur. L'image était neigeuse, et parfois, elle sautait, mais personne ne semblait s'en formaliser. Tout le monde riait et bavardait, en essayant de parler plus fort que le voisin; tout le monde prenait du bon temps. Dans la journée, cet endroit était peut-être un snack paisible, mais le soir, il ressemblait à n'importe quel autre bar.

Un Blanc fluet, avec des cheveux gominés en arrière et une moustache noire était assis du côté des clients, au milieu des Noirs. Il regardait le combat, sans aucune expression, sans faire de commentaire, en sirotant une Ballantine. Florek passa devant lui et se glissa au bout du comptoir pour essayer de capter le regard de Stefanos. Costa et lui allaient et venaient avec maladresse, à la dérive, incapables d'adopter un rythme. Ils se rentraient dedans et s'invectivaient, mais pas avec la même bonne humeur que dans l'après-midi. Il y avait trop de monde, ils ne pouvaient pas faire face.

Sans réfléchir, Florek passa derrière le comptoir. Stefanos, occupé à prendre une bière dans la glacière, leva la tête. Son visage ruisselait de sueur, ses cheveux mouillés pendaient de chaque côté.

– Qu'est-ce que tu fous là ?

– Je peux aider.

– Aider à quoi ?

Florek haussa les épaules.

– Je peux servir les clients.

Stefanos se tourna vers Costa, en train de débarrasser des assiettes sur le comptoir. Costa regarda son ami et hocha la tête.

– O.K., mon gars, dit Stefanos. Va te chercher un tablier.

– Où ?

– Derrière.

Florek se retourna et poussa la porte battante de la cuisine. Là, un homme grand et mince, avec une épaisse chevelure grise, était penché au-dessus d'une grande cuisinière et il remuait de la soupe dans un faitout. Il s'arrêta en voyant Florek.

– Qu'est-ce que ça veut dire ?

– Il me faut un tablier.

D'un petit mouvement de tête, le cuisinier désigna derrière lui une table en acier inoxydable servant de plan de travail. Sous la table, Florek aperçut une pile de tabliers blancs bien pliés. Il alla prendre celui du dessus, le déplia, puis le replia de manière à former un rectangle bien net, et il noua le tablier autour de sa taille, fermement.

– Merci ! lança-t-il au cuisinier.

Il ressortit.

D'autres clients étaient arrivés entre-temps. Un type leva le doigt pour faire signe à Florek et lui commanda une Carling Red Cap. Florek se dirigea vers la glacière et trouva la bière qu'on lui avait réclamée. Il chercha ensuite quelque chose pour décapsuler la bouteille.

– Sur la glacière, *re,* lui lança Stefanos de la caisse. Sur le côté !

Florek avisa l'ouvre-bouteilles Coca-Cola vissé sur le côté de la glacière. Il décapsula la bouteille et l'apporta au client qui l'avait commandée. Il entendit tinter le tiroir-caisse, puis une clameur lorsqu'un des deux boxeurs envoya son adversaire au tapis, sur le téléviseur au-dessus de sa tête. Entre les épaules des hommes alignés devant lui, Florek vit Six jeter un client dehors. L'homme sembla s'envoler littéralement, accompagné par le tintement de la clochette.

– Une Ballantine pour moi, commanda le Blanc aux cheveux lissés en arrière.

– Oui, m'sieur, dit Florek.

Il se cogna contre Costa en se dirigeant vers la glacière et il hésita, ne sachant pas comment le laisser passer.

– Allez, mon gars ! s'exclama Costa. Bouge-toi de là !

Florek s'écarta. Il trouva la Ballantine et l'apporta au client blanc.

– Merci, dit celui-ci avec un petit clin d'œil. Continue comme ça et t'en fais pas pour Costa. Tiens bon.

La foule et les commandes ne cessaient d'augmenter, mais Florek trouva bientôt son rythme. Stefanos, Costa et lui trouvèrent chacun leur place derrière le comptoir : Nick était à la caisse, Costa faisait l'aller et retour entre la salle et la cuisine et Florek courait de la glacière au comptoir. Florek en oublia la sueur qui coulait dans son dos, il ne remarqua même pas qu'il avait la bouche sèche et mal aux jambes. Il ne remarqua rien du tout, jusqu'à ce que les combats de boxe se terminent, que le bruit retombe et que la foule commence à se disperser. C'est alors, en consultant la pendule Blatz Beer fixée au-dessus de la porte d'entrée, qu'il s'aperçut qu'il avait travaillé presque deux heures d'affilée.

– Tiens, *vre*, dit Stefanos en lui tendant une bouteille de National bien fraîche.

Florek la prit par le goulot et but une longue gorgée. En passant près de lui, Costa lui donna une petite tape sur l'épaule.

– Pas mal le petit nouveau, dit le Blanc aux cheveux gominés.

– Oui, il est bien. (Stefanos désigna l'homme qui avait parlé). Florek, je te présente mon ami, Lou DiGeordano.

Ils se serrèrent la main.

– Monsieur DiGeordano.

– Ravi de te connaître, petit.

DiGeordano déposa de l'argent sur le comptoir et alla récupérer son pardessus accroché à un portemanteau près des boxes. Il salua Nick Stefanos d'un signe de tête et sortit.

Stefanos décapsula une Ballantine et en versa un peu dans un verre. Il porta un toast à Florek, but et essuya la mousse accrochée à sa lèvre supérieure.

– Eh bien, Florek ?

– Eh bien, quoi ?

Stefanos posa le pied sur la glacière.

– Combien ils te paient, là-bas au drugstore ?

– 75 *cents* de l'heure, quelque chose comme ça. Pourquoi ?

Costa les rejoignit, avec un verre vide à la main. Stefanos y versa le reste de la bouteille de Ballantine.

– Les affaires reprennent. Je vais avoir besoin de quelqu'un pour me filer un coup de main, quatre ou cinq soirs par semaine. Je te filerai la même chose que là-bas. Seulement ici, ce sera au noir, sous la table. (Stefanos frotta son pouce et son index l'un contre l'autre.) Tu comprends ?

– Oui.

– Tu travailleras en salle quand on est débordés comme ce soir, mais parfois, tu fileras un coup de main en cuisine. Tu déchargeras les caisses, tu rangeras, tu prépareras des trucs, etc. Il y a deux ou trois choses que mon cuistot peut pas faire. Ça te fera les muscles, d'abord. T'aurais besoin de t'étoffer un peu.

– Oui, m'sieur.

Stefanos se tourna vers son ami.

– Tu es d'accord, Costaki ?

– Moi ? Je m'en contrefous !

Il adressa un petit sourire en coin à Florek et but une gorgée de bière. Puis il se dirigea vers le téléviseur et débrancha la prise enfoncée dans le mur.

– Tout ce que je veux, c'est un peu de calme.

– Viens, dit Stefanos en tirant Florek par le bras. Je vais te présenter le cuistot.

Florek franchit la porte battante, un peu étourdi par la bière et la chaleur. Il ne savait pas trop ce qui venait de se passer, et il essayait de se souvenir s'il avait dit oui aux propositions de Nick. Mais ça n'avait pas d'importance, il savait que ça ne faisait aucun doute : il accepterait ce travail. C'était chouette de travailler dans un endroit comme celui-ci, avec ces gens-là.

Le cuisinier était assis sur un grand tabouret; il buvait une bière à la bouteille et fumait une cigarette. Il avait les cheveux blancs, mais son visage était lisse, sans rides. Maintenant qu'il avait le temps de l'observer, Florek s'apercevait que cet homme était bien plus jeune qu'il l'avait cru de prime abord.

– Panayoti, dit Stefanos en s'adressant au cuisinier, je te présente notre nouveau serveur, Mike Florek.

Le cuisinier descendit de son tabouret et grimaça légèrement en se redressant. Il fit quelques pas vers Florek en boitant de manière marquée. Florek regarda la jambe gauche du cuisinier : même à travers le tissu du pantalon, on devinait la déformation, l'horrible torsion au niveau du genou. Florek s'avança pour faire la moitié du chemin, la main tendue. Le cuisinier toucha instinctivement la tache brune sur son visage, avant de tendre la main à son tour.

– Mike, dit Florek.

– Pete Karras, dit le cuisinier. Viens, mon gars, je vais te faire visiter.

18

Peter Karras retint son souffle lorsque son pied se posa sur le sol. Il essaya de se détendre et de relâcher un peu sa respiration, d'attendre quelques secondes que ça passe. Trois ans après ce qui s'était passé dans la ruelle, cette nuit-là, il en bavait encore tous les matins. Se lever était pour lui un véritable enfer.

Après son opération, pendant qu'il était en rééducation, les médecins lui avaient dit que son genou était certainement foutu, et que le sac d'os et de cartilage brisés qu'était son pied gauche ne pourrait jamais se redresser. Il serait obligé de porter une broche à la jambe, expliquèrent-ils, en espérant qu'un jour, peut-être, s'il était sérieux et s'il avait de la chance, il pourrait aller jusqu'à la canne. On évoqua également une chaussure spéciale pour son pied, un truc à la Boris Karloff, avec une semelle incorporée et des lacets sur le côté. Évidemment, à cause du genou estropié, cette jambe serait toujours plus courte que l'autre. Mais la chaussure Karloff, ajoutée à la canne, permettraient d'atténuer le boitement.

Karras demanda au médecin s'il avait bien entendu : s'il suivait gentiment le programme de rééducation et s'il n'était pas trop exigeant, un petit veinard comme lui pourrait vivre avec une chaussure de gogol et une canne de *yero.* C'était bien ce que voulait dire le médecin ? Le jeune docteur avait répondu par un petit rire espiègle, mais il avait dû s'y reprendre à plusieurs fois pour allumer sa cigarette.

Dimitri pleurait dans la deuxième chambre de l'appartement. D'une voix endormie, il criait « Maaaman ! Maaaman ! ... », debout dans son lit certainement, ses petites mains potelées à la peau mate agrippant les barreaux en bois. Eleni devait être dans la cuisine, en train de préparer le petit déjeuner, en écoutant ses disques, suffisamment fort pour ne pas entendre l'enfant. Karras se dit qu'il ferait mieux de se lever pour aller s'occuper du petit bonhomme.

Les premiers pas du matin étaient toujours les plus durs. Mais il surmontait cette épreuve, comme il avait surmonté les pires moments dans les premiers temps, sans prothèse dès le début, et plus tard sans la canne. Quant à la chaussure, un cordonnier de Chinatown avait détendu un de ses souliers pour pouvoir y glisser deux semelles rembourrées, et Karras s'était débrouillé comme ça. Il marchait, et quand la douleur devenait si forte qu'il avait envie de hurler, il continuait à marcher. Très vite, il apprit à masquer la douleur sur son visage, si bien qu'au bout d'un certain temps, sauf le matin et quand il faisait très froid, la douleur courut se réfugier dans un recoin sombre de son esprit, comme un chien battu. Voilà pour le côté mental de la chose ; c'était l'aspect physique qu'il ne pouvait pas gommer. Karras savait qu'il serait toujours affligé de ce foutu boitement.

– Maaaman..! criait Dimitri.

Karras se leva et fit quelques pas sur le parquet en grognant. Il tira sur son caleçon pour décoincer son érection matinale et se gratta l'entrecuisse. La douleur était intense ce matin, plus intense que d'habitude. Il pouvait prendre les médicaments qui étaient dans la salle de bains, ceux qu'il avait obtenus grâce à un pharmacien de la 14e, près de Colorado Avenue, l'ami d'un ami. Karras réfléchissait toujours avant de prendre ces médicaments, et il finissait par s'abstenir. Pour lui, un camé était également un handicapé. Malgré tout, il conservait ces pilules dans l'armoire de toilette ; il n'avait jamais envisagé de les jeter. C'était bon de savoir qu'elles étaient là.

Il sortit dans le couloir et poussa la porte de Dimitri, pour se retrouver face à un mur de chaleur. Il avait pourtant dit à Eleni de laisser la porte ouverte la nuit, à cause du radiateur qui était dans la chambre, mais elle insistait pour la fermer. Résultat, le gamin était debout dans son lit, les joues écarlates, semblable à une poupée vivante de Raggedy Andy ; ses cheveux noirs étaient tout mouillés, comme s'il avait dormi à côté d'une chaudière.

– Papa..

Les yeux de l'enfant, du même marron que ceux d'Eleni, de la même forme très exactement, trahissaient une certaine déception.

– Fiston.

Karras le souleva dans ses bras. Le pyjama de Dimitri, la grenouillère bleu pastel, était mouillé à l'entrejambe.

– Eleni ! s'écria Karras.

– Quoi ? lui répondit une petite voix provenant de la cuisine.

– Le *pethi* est mouillé !

– Change-lui sa couche !

Karras regarda d'un air dépité la pile de couches soigneusement pliées près du bol contenant les épingles à nourrice, sur la table à côté du petit lit. On avait peint sur la table un petit ourson coiffé d'une casquette de base-ball. Karras se trouvait ridicule avec cet enfant dans les bras, et cet ours de dessin animé qui le regardait d'un air idiot avec ses gros yeux ronds.

– Changer la couche, dit-il en s'adressant à son fils. Quelqu'un devrait avouer un petit secret à ta mère. Je ne sais pas comment on change ces saloperies, moi.

Dimitri pointa le doigt en direction de la porte.

– Maman !

Karras déposa l'enfant sur le sol, le mit bien en équilibre sur ses deux pieds et lui donna une petite tape sur les fesses.

– C'est ça. Va voir maman. Elle va s'occuper de toi.

Dimitri vacilla, puis reprit son équilibre et partit en gloussant. Trois ans seulement – « vingt-six mois » exactement, Eleni le reprenait toujours – et ce gamin cavalait déjà partout ; il savait même dire quelques mots. Karras le regarda s'éloigner, c'était un petit gars solide, brun, plus Triandokidis que Karras. Son père l'avait remarqué d'emblée, le jour où Eleni et Pete étaient rentrés de l'hôpital avec l'enfant. « C'est pas un Spartiate, cet enfant. *Miazi ti mitera tou, aftos.* » Dès lors, le père de Karras s'était rarement intéressé à Dimitri, bien que celui-ci portât son nom et fût du même sang que lui. Peter Karras aurait dû être furieux, mais curieusement, ce n'était pas le cas. Le garçon ressemblait à sa mère, autant pour le physique que dans les attitudes, et quand il avait le choix, c'était toujours vers elle qu'il se précipitait. Dès le début, Karras se sentit séparé de son fils, à tel point qu'il se demandait parfois si un lien quelconque pourrait s'établir un jour entre eux, s'il aurait vraiment le sentiment d'être le père de ce garçon. Et puis, il se demandait si c'était vraiment ce qu'il désirait.

Karras se rendit dans la salle de bains ; il dégagea son sexe ramolli de son caleçon et se planta devant la cuvette des toilettes. Le jet d'urine se scinda et partit dans deux directions, éclaboussant le carrelage noir et blanc. Sa première pisse du matin était toujours comme ça, et c'était pareil avec son père. Karras sourit en se revoyant gamin, debout à l'entrée de la salle de bains de ses parents pour regarder son père pisser deux jets, penché en avant, une main appuyée à plat contre le mur. À cette époque, Karras était persuadé que son père avait plusieurs bites, et que c'était ce qui arrivait quand on devenait un homme. Il se demandait à quel âge il commencerait à en avoir une deuxième, lui aussi.

Karras se débarbouilla et se regarda dans le miroir. 27 ans et les cheveux tout blancs. Son père avait blanchi très jeune, lui aussi. Mais cheveux blancs ou pas, Karras avait toujours autant de charme, tant que les filles ne le voyaient pas marcher. À ce moment-là, elles détournaient la tête. Mais dans ses bons jours, Karras pouvait encore passer pour un Hodiak aux yeux bleus. Un John Hodiak boiteux avec des cheveux blancs.

Son peignoir était suspendu à un crochet derrière la porte de la salle de bains. Il l'enfila et se rendit dans la cuisine.

En entrant, il fut assailli par Betty Hutton chantant « Docteur, Avocat, Chef indien ». Dimitri était debout dans son parc au milieu de la pièce, accroché au filet, et il s'amusait à s'accroupir puis à se redresser en suivant plus ou moins le rythme de la chanson. Karras ne supportait pas cette musique de variété, et pour couronner le tout, Betty Hutton avait des manières d'homme. Mais le gamin adorait cette chanson, et Karras savait qu'Eleni l'avait mise pour lui faire plaisir.

– Bonjour, dit-il en s'adressant au dos de sa femme.

Celle-ci tourna la tête, lui sourit et reporta son attention sur les tranches de pain qu'elle trempait dans un saladier rempli de jaunes d'œuf battus avec du lait.

Elle rejeta en arrière sa crinière de cheveux châtains.

– Je fais un peu de pain perdu, chéri.

– Parfait.

– Pete ?

Elle voulait quelque chose. Il le devinait à la façon dont elle avait prononcé son nom.

– Oui, ma chérie ?

– Tu crois qu'on pourrait se débrouiller pour aller au cinéma ce week-end ?

– Pour aller voir quoi ?

– Ils viennent de sortir un film qui s'appelle « Le Garçon aux cheveux verts ». Ça se joue au Keith.

– Ça parle de quoi ?

– C'est avec Robert Ryan.

– J'adore Robert Ryan. C'est un vrai de vrai. Mais je t'ai pas demandé qui jouait dans le film, je t'ai demandé quelle était l'histoire.

– C'est un petit garçon qui se réveille un matin avec les cheveux tout verts. À cause de ça, les gens le traitent différemment, comme si c'était un monstre...

– Ça a l'air hilarant. Ça ne me dit rien, trésor.

– Tu veux jamais qu'on sorte.

Karras observa sa femme de dos. Elle n'avait pas perdu les kilos pris durant la grossesse ; elle ne les perdrait sans doute jamais. Et on l'avait prévenu au sujet des chevilles de son épouse. Il s'en souvenait, c'était à son retour de la guerre, quand il avait présenté Eleni à ses parents. Son père l'avait pris à part et lui avait fait quelques remarques désobligeantes sur la famille d'Eleni, le village dont ils étaient originaires et le fait qu'ils n'étaient bons à rien, etc. Puis il avait abordé le vrai problème :

« Une dernière chose, avait dit Dimitri Karras. Elle a des grosses chevilles. »

« Et alors ? »

« Si tu épouses une fille avec des grosses chevilles, tu peux être sûr que le reste va devenir gros aussi. »

« Pour l'amour du ciel, papa ! »

« Je parle sérieusement, fils. *Acous ?* Tu épouses une fille, y a de fortes chances pour qu'elle grossisse, elles grossissent toutes, tu peux rien y faire. Mais pourquoi épouser une fille en sachant *déjà* qu'elle va devenir grosse, hein ? »

Karras avait épousée Eleni et elle avait pris des kilos, qu'elle n'avait pas perdus, et il trouvait ça très bien. Il aimait qu'une femme ait des formes. Du moins, il aimait ça chez Eleni. Elle les portait bien ; ses jambes étaient fermes et puissantes, ses seins gonflés ne tombaient pas. Dans son peignoir en rayonne rouge qu'il lui avait acheté chez Morton pour 3 dollars et des poussières, elle était sacrément attirante. Karras commença à l'imaginer sous la robe, et en sentant sa bouche devenir sèche, il détourna la tête. Il savait qu'il devait garder ça pour tout à l'heure.

Il prit le *Times-Herald* qui traînait sur la table de la cuisine et jeta un coup d'œil à la une. En Hongrie, les communistes avaient viré Selden Chapin, le ministre des Affaires étrangères américain, après que celui-ci s'était mêlé de l'affaire du cardinal Mindszenty. Les Soviétiques avaient condamné le cardinal à la prison à perpétuité pour ses activités anticommunistes. Et alors ? se disait Karras. Qu'on laisse ce cardinal pourrir en prison, si cela pouvait éviter à tous les gars d'un pays de faire une autre guerre. S'il y avait un Dieu, et si ce Dieu avait le sens de la justice, Son boulot n'était-il pas de sauver des jeunes vies ? Ce n'était pas ça Son objectif ?

– Tu veux bien sortir les bouteilles vides, chéri ? Le laitier va bientôt passer.

– D'accord, répondit Karras, sans lever les yeux de son journal.

Dans le bas de la première page, un article était consacré à une nouvelle piste dans l'affaire de la dernière prostituée assassinée, la troisième en autant d'années. Cette piste, c'était du bidon, un bobard inventé par la police pour faire croire à l'opinion publique qu'ils menaient l'enquête ; c'était Jimmy Boyle qui l'avait dit à Karras et celui-ci se demandait si les flics résoudraient un jour cette énigme. Dépassés et perplexes devant la violence apparemment gratuite de ces meurtres, habitués à résoudre beaucoup plus vite les affaires de meurtres à répétitions, les inspecteurs semblaient se mordre la queue. C'était du moins l'impression qu'avait Karras. Et Boyle lui avait confirmé que la police n'avait aucune piste, *nada.*

– Les bouteilles, chéri.

Karras leva les yeux vers Eleni qui se tenait devant lui, en tendant les bouteilles vides. Son peignoir était entrouvert, laissant voir la naissance de ses seins. Bon Dieu, maudite soit-elle, elle ne portait jamais de soutien-gorge sous ce peignoir.

– Oh, merde, dit-il.

Il se dirigea vers l'électrophone et arrêta le disque de Hutton. Dans la pile, il trouva « Artistry Jumps » de Stan Kenton et le mit à la place. Il traversa la pièce en boitant et en esquissant un petit pas de danse. Dimitri sautillait sur place, accroché au filet de son parc. Karras s'approcha d'Eleni.

– Qu'est-ce qui te prend ?

– J'ai envie de faire la fête ce matin.

– C'est pas le moment, Pete, répondit-elle en réprimant un sourire, ce qui eut pour effet de plisser son nez. D'ailleurs, tu n'as jamais su danser.

– Viens par ici.

Karras lui prit les bouteilles des mains et les posa sur la table de la cuisine. Il lui fit faire quelques pas de danse dans la cuisine, lui ouvrit son peignoir, se plaqua contre elle et se frotta, tout en l'embrassant tendrement en promenant sa langue sur ses gencives. L'haleine d'Eleni sentait le café.

– Pete, arrête...

– Chut.

– Je ne me suis pas brossé les dents.

– Silence, trésor.

Ils dérivèrent jusqu'au salon, où Karras se laissa tomber dans un fauteuil rembourré. Il attira sa femme sur lui.

– Maman ! cria Dimitri dans son parc.

Et il se mit à pleurer.

– Le *pethi*, dit Eleni dans un souffle.

– Laisse.

Avec des gestes nerveux, il ouvrit le peignoir d'Eleni. Il lui pinça le mamelon droit et plaqua sa bouche sur la sienne. Elle se colla contre lui. Il libéra sa queue et frotta son gland contre la culotte humide d'Eleni qui se cambra en laissant échapper un grognement. D'une main, elle écarta le tissu de sa culotte.

- *Esi eise etimi*, dit Karras.

– *Ella, Pete.*

Elle décolla légèrement les hanches, puis se laissa retomber en se penchant en avant, pour l'accueillir en elle. Voilà, il était en elle, enfoncé dans sa chatte, humide et toujours chaude.

– Hmm, fit-elle.

– Cesse de te plaindre.

Elle rejeta la tête en arrière, un filet de salive coula au coin de sa bouche et tomba sur le torse de Karras. L'orchestre de Kenton se déchaînait, étouffant les pleurs de l'enfant dans la cuisine. Karras regardait la jambe droite d'Eleni convulser et cogner contre le bras du fauteuil.

Il ne put s'empêcher de rire.

– Hé, regarde-toi, tu rues comme une mule.

– *Scase*, Pete.

Karras obéit. Il se tut et ferma les yeux.

*
* *

– Hé, Pete, dit Eleni. Où tu vas habillé comme ça ? Ne me dis pas que tu mets ton costume pour aller travailler.

Après avoir pris sa douche, Karras avait enfilé son costume croisé bleu à fines rayures blanches. De retour dans la cuisine, il boutonnait la veste.

– Oh, j'ai dû oublier de t'en parler. C'est le petit nouveau qui s'occupe du déjeuner aujourd'hui. Je commence plus tard.

– Le gamin polonais ?

– Oui, Mike Florek. Il est là depuis une semaine seulement, mais il apprend vite.

– Fais attention. Il pourrait apprendre assez vite pour te prendre ta place.

– Je ne suis pas inquiet. Il y a suffisamment de clients pour qu'on ait tous du travail. D'ailleurs, Nick a toujours été sympa avec moi.

Eleni appuya son poing sur sa hanche.

– Alors, où tu vas ?

– J'ai entendu parler d'un ou deux commerces à vendre dans le centre.

– Quel genre de commerces ?

Karras jouait avec les pièces de monnaie dans sa poche.

– Il y a une concession de soda et un petit snack-bar que j'ai repéré.

Le visage d'Eleni s'éclaira.

– Oh, Pete !

Karras détourna le regard.

– J'ai dit que j'allais jeter un coup d'œil, c'est tout. Je veux juste me faire une idée.

Assis en tailleur sur le sol de la cuisine, Dimitri frappait sur un pot avec une cuillère en bois. Karras s'approcha de lui et se pencha pour déposer un baiser sur son crâne. L'enfant avait les cheveux collés par la sueur. Bon Dieu, il allait rôtir dans cette baraque.

– Salut, champion.

– Pa, fit Dimitri.

– Pete ?

– Oui, chérie ?

– Ils ont un aspirateur en solde chez Phillip cette semaine, un de ces nouveaux modèles droits. 39 dollars 95. Tu peux même payer à crédit : un dollar par semaine.

– Quel mal y a-t-il à passer le balai ? On n'a même pas de tapis.

– Justement, je me disais qu'on pourrait peut-être envisager d'en acheter un ou deux.

Tu ne comprendras donc jamais, trésor ? Tu aurais dû me demander tout ça il y a une demi-heure, quand tout le sang avait quitté mon cerveau pour descendre dans ma queue. J'aurais dit oui à n'importe quoi à ce moment-là.

– Laisse-moi y réfléchir, Eleni. On vient juste d'emménager dans ce deux pièces, on est un peu juste.

– Bon. On en reparlera plus tard.

Karras embrassa sa femme sur le coin de la bouche, sortit son pardessus de la penderie et l'enfila. Au passage, il prit un paquet de cigarettes posé sur la petite table près de la porte et le glissa dans sa poche de pardessus, avec des allumettes.

– À plus tard, chérie.

– Oh, Pete, j'ai failli oublier.

Eleni se dirigea vers le réfrigérateur.

– Ah, non !

– Cours vite porter ça à ta mère. (Elle avait sorti un plat du réfrigérateur et revenait vers son mari.) C'est les restes de *pastitsio* qu'on a mangé hier soir.

– J'ai l'air d'un livreur ou quoi ? J'ai un chapeau en papier sur la tête ?

– Ne te mets pas en colère pour ça, Pete. (Elle lui déposa le plat dans les mains.) Passe le bonjour à ta maman.

Karras prit le plat, les bouteilles vides et sortit de chez lui. Il déposa les bouteilles dans un casier métallique devant la porte. Dans l'escalier, il croisa le laitier qui montait. Karras fit semblant de trébucher et de renverser le contenu du plat sur l'homme en blanc. Celui-ci sursauta, puis fit une grimace en voyant Karras se relever.

– C'est malin, dit le laitier.

– Dépêchez-vous avec votre jus de vache. J'ai un enfant qui meurt de faim.

Quand il sortit dans la rue, des mouettes vinrent tournoyer au-dessus de sa tête et plonger vers le plat de *pastitsio.* Karras sourit en repensant au laitier ; il le piégeait à tous les coups. Puis il pensa à Eleni et son sourire s'évanouit.

Tu m'imagines, moi, ayant mon propre commerce. C'est pas demain la veille.

***

Sa mère était en train de faire cuire un poulet quand il arriva. Elle allait et venait dans la cuisine, vêtue de sa blouse d'intérieur noire, ses socquettes en nylon étaient tire-bouchonnées sur ses chaussures orthopédiques noires.

– Bonjour, mon garçon, dit-elle lorsque Karras entra.

Elle fronça les sourcils en le voyant avancer en boitant.

– Salut, mama.

Il l'embrassa sur la joue et lui tendit le plat.

– De la part d'Eleni.

– Du *pastitsio ? Entaxi.* (Elle déposa le plat sur un plan de travail.) *Thelis cafe ?*

– Juste une tasse.

Georgia Karras servit un café à son fils et déposa une petite assiette de confiseries sur la table. Karras trempa un *koulouri* dans son café, il le mangea, puis il en mangea un autre, et alluma une Lucky Strike qu'il fuma pendant que sa mère lui racontait des ragots concernant une femme de la paroisse. Quand elle eut terminé son histoire, elle lui confia qu'à cause de ces meurtres de prostituées, elle avait peur de se promener dans les rues la nuit. Karras écouta tout cela passivement. Quand sa cigarette se fut consumée jusqu'à la marque imprimée sur le papier, il l'écrasa. Et il se leva.

– Faut que j'y aille, maman. J'ai rendez-vous. Tu as besoin de *lefta ?*

– *Fiya,* mon garçon. J'ai ce qu'il me faut.

Le vieux avait souscrit une bonne assurance-vie. Il avait au moins fait une chose bien.

– Bien. J'y vais.

Sa mère lui tapota la joue.

– *Pas sto kalo.*

Karras s'arrêta à la porte, tandis que sa mère débarrassait la table. Il regarda autour de lui : tous les miroirs de l'appartement étaient masqués par des couvertures et tous les rideaux étaient soigneusement fermés. Il ressortit dans le couloir et ferma la porte derrière lui. Se tenant à la rampe, il descendit prudemment l'escalier.

Dans H Street, il aperçut Su adossé contre son nouveau taxi, en train de fumer une cigarette qui pendait entre ses lèvres, les mains dans les poches à rabat de son blouson. Su le Chinois avec son double épi de cheveux noirs qui se dressait toujours à l'arrière de son crâne, comme quand ils étaient mômes.

Su sourit, ce qui eut pour effet de faire disparaître ses yeux.

– Hé, Pete !

– Salut, Su.

Su caressa l'aile avant de son taxi.

– Comment tu trouves mon nouveau carrosse ?

– Chouette. Où tu l'as acheté ?

– Dans Florida Avenue, chez Cherner. Je me suis arrangé, je paye à crédit. J'aurais aimé une bagnole neuve, mais comme on dit..

– « À part une voiture neuve, y a pas mieux qu'une voiture de chez Cherner. »

– Exact ! Je t'emmène quelque part, Pete ?

– Je vais dans le Southeast. Je pensais prendre le bus et marcher un peu ensuite. C'est pas très loin.

– Allez, viens, dit Su en ouvrant la portière arrière de la Dodge et en faisant signe à Karras de monter à bord, d'un grand geste de la main accompagné d'une petite courbette. Je te ferai un prix.

– O.K.

Karras monta à l'arrière de la Dodge. Su jeta sa cigarette d'une pichenette et fit en courant le tour de la voiture. Il s'installa au volant, mit le contact et démarra.

– Qu'est-ce que tu penses des « Nats » cette année, Pete ? Ils ont leurs chances ?

– J'en sais rien. Je ne suis plus le base-ball depuis la guerre.

Karras repensa à Billy Nicodemus, il le revit traversant H Street en courant, gamin, avec son gros gant de base-ball qui pendait au bout de son bras. Billy emportait son gant partout, même le jour où tous les gars de la bande avaient rassemblé leur petite monnaie, un été, pour prendre le tramway découvert jusqu'à Glen Écho. Perry Angelos avait emmené Helen Leonides ce jour-là, ce qui ne plaisait pas trop aux autres, mais ils n'avaient pas protesté, car tout le monde savait bien, à l'époque déjà, que Perry en pinçait pour Helen. Ils avaient pris le tramway au départ de la ligne. Arrivés au parc, ils avaient nagé dans la piscine jusqu'en début d'après-midi, avant d'aller aux stands d'attractions, et ils étaient montés dans la roue, qui tournait de plus en plus vite, jusqu'à ce que tous les gamins se retrouvent éjectés sur le côté. La jupe de Helen était remontée sur ses cuisses quand elle était sur la roue et Karras n'avait pu s'empêcher de remarquer les motifs bleus sur sa culotte blanche toute douce, et il avait éprouvé un pincement d'excitation, mêlée de honte. Plus tard, alors que le soir tombait, Joe Recevo avait proposé qu'ils concluent les réjouissances en allant écouter les morceaux à succès du McWilliams Orchestra au Spanish Ballroom, mais aucun d'entre eux, à part Joe, ne savait danser. À la fin de la journée, Angelos avait été malade sur les montagnes russes, et Billy Nicodemus avait vomi lui aussi à cause d'un tour de trop et d'un excès de bonbons. Dans le tramway, sur le chemin du retour, Billy avait déclaré en souriant que c'était une belle journée; un demi-cercle de vomi séché encadrait son large sourire. Billy... c'était un gamin heureux.

Su ramena Karras sur terre.

– Tu crois que Feller va signer à Cleveland?

– Je te le répète, Su, j'en sais rien.

Su fit une nouvelle tentative malgré tout.

– DiMaggio a signé hier, t'es au courant? Les Yanks vont lui filer 90 000 dollars.

– Sans blague.

Karras sortit une Lucky du paquet, l'alluma et jeta l'allumette par la vitre entrouverte. Il regarda Su qui le regardait dans le rétroviseur. Et il demanda :

– Tu fais toujours le garçon de courses pour les Hip Sings?

– Les Hip Sings? C'est quoi, ça?

À partir de ce moment-là, Su resta muet. Karras avait deviné que cette plaisanterie le ferait taire. Avec les Chinois, quand vous leur parliez de leurs sociétés secrètes, c'était comme si vous leur demandiez de dénoncer leur mère. Su roula en silence, pendant que Karras fumait sa cigarette.

Su le déposa dans Alabama Avenue, à la hauteur des numéros 4 500, sans couper le moteur. Karras descendit et contourna la voiture pour se pencher à la vitre du chauffeur.

– 30 *cents,* dit Su.

– Tiens, dit Karras en lui tendant deux quarters.

– 90 000 dollars pour DiMaggio. Tu te rends compte, Pete ? (Su ferma un œil, joignit ses poings et cassa les poignets pour mimer un coup de batte.) Joe l'éclair !

Karras sourit.

– Prends soin de toi, Su.

– Toi aussi.

Su repartit à toute allure. Karras attendit que le taxi disparaisse au coin de la rue, puis il marcha vers le milieu du pâté de maisons. Il gravit les marches conduisant à la porte d'une maison semblable à toutes celles de la rue et entra dans un vestibule. Après avoir attendu un instant, il frappa à la porte marquée du chiffre 1.

La porte s'ouvrit. Une blonde aux yeux verts, bien faite, en combinaison noire, apparut dans l'encadrement. Elle portait des bas noirs avec des coutures et des mules à talons hauts parachevaient l'ensemble.

Karras avala sa salive. La femme tournoya sur elle-même pour qu'il puisse bien en profiter, puis elle agita un pied dans le vide en demandant :

– Alors, ça te plaît ?

– Yeux de chats.

– C'est le nom, en effet. Comment tu le sais ?

– Je les ai vues chez Hahn. Je me promenais dans F Street la semaine dernière et le type était en train de les mettre en vitrine.

Karras balaya du regard le vestibule.

– Tu viens toujours ouvrir la porte dans cette tenue ?

– Oui, quand c'est toi qui frappes. (Elle le prit par la main.) Entre, Pete, il fait un froid de canard.

Karras l'observa de la tête aux pieds ; il ne put s'empêcher de sourire.

– Oui, c'est ce que je vois.

– Arrête de faire le mariole. Tu sais bien que je n'ai qu'une heure pour déjeuner.

– Une heure entière ? Comment va-t-on l'occuper ?

La femme gloussa et caressa la joue de Karras. Celui-ci entra. Il noua ses bras autour d'elle et l'attira contre lui, délicatement. Il l'embrassa à pleine bouche.

– Ah, Vera.

Il inspira son parfum, elle était fraîche comme le printemps.

19

Jimmy Boyle déballa son deuxième hot-dog de la journée et mordit dedans. Avec la moutarde, les oignons crus et un peu de sauce maison, c'était délicieux nom de Dieu. Il l'engloutit rapidement et but le restant de son Coca pour faire passer tout ça. Son rot fit remonter le goût du hot-dog dans sa bouche et il se dit, non sans remords, que ces deux hot-dogs lui avaient juste ouvert l'appétit ; il serait bientôt prêt à se mettre à table pour un vrai déjeuner.

– Hé, m'sieur, vous allez rapporter la bouteille ?

Un gosse, assis sur le trottoir, non loin de là, reluquait la bouteille de Coca comme s'il allait mordre dedans à pleines dents.

– Hein ? Quoi ?

Boyle se tourna pour orienter sa bonne oreille vers le garçon.

– Votre bouteille vide, ça vous ennuie si je la rapporte, pour avoir l'argent de la consigne ?

Boyle s'approcha du gamin et lâcha la bouteille sur ses genoux.

– Tiens, petit.

Boyle acheta le journal dans un kiosque et, arrêté sur le trottoir, devant une banque, il jeta un coup d'œil à la une. L'évocation de la prétendue piste dans l'affaire du tueur de prostituées faillit le faire rigoler. Le porte-parole de la police avait déclaré au *Times-Herald* que les inspecteurs étaient en train de vérifier des aveux spontanés, mais Boyle savait que c'était un énorme mensonge. Des aveux, ils en avaient déjà, à la pelle. Ce qui leur manquait, c'était un meurtrier. Chaque fois qu'une pute se faisait trucider, des flopées de faux coupables se rendaient à la police, des alcooliques et des drogués irrécupérables à la recherche d'un toit permanent, des détraqués en quête d'attention. Quelques-uns étaient capables de violence dans certaines situations; un ou deux étaient même bons pour la camisole et la cellule capitonnée. Mais aucun n'était assez dingue pour faire ce qu'avait fait le vrai meurtrier. Et seul le vrai meurtrier connaissait certains éléments qui ne figuraient pas dans les journaux, car la police avait pris soin de garder pour elle quelques détails clé. Alors, la poignée d'inspecteurs encore sur cette affaire recueillait les aveux, notait les oublis essentiels et archivait le rapport dans un dossier qui grossissait.

En lisant l'article, Boyle sentit son ventre se nouer. Si seulement il pouvait creuser un peu cette affaire et soulever la bonne pierre, sous laquelle se cachait une véritable piste... Bah, autant ne plus y penser. Ça faisait déjà trois ans qu'il rêvait d'élucider cette affaire de meurtres. Comment pouvait-il espérer découvrir quelque chose, *lui,* alors que les gars de la criminelle avaient fait chou blanc sur toute la ligne? C'étaient eux qui disposaient de toutes les ressources de la police. *Eux* qui bénéficiaient de l'aide des gars du laboratoire et de tout le matériel scientifique, c'étaient *eux* qui portaient des costumes et des cravates. Lui n'était qu'un simple flic, obligé de porter le même uniforme minable qu'on lui avait donné quand il s'était engagé. Pour couronner le tout, on avait recruté maintenant des types de couleur pour patrouiller dans son secteur, et ces gars gagnaient la même somme que lui.

Boyle baissa le journal et regarda son reflet dans la vitre de la banque. Merde, il ressemblait vraiment à ça ? La vitre déformait les choses, certes. Mais ce n'était quand même pas un miroir de fête foraine, comme ceux qu'il y avait à Glen Écho, qui transformaient un maigrelet en obèse. Non, c'était bien lui, plus ou moins : un gars de moins de 30 ans avec un triple menton, une tête comme une pastèque et une bedaine pendante qui masquait la boucle de sa ceinture. Il détourna le regard.

La plupart des gars avec qui il était entré dans la police étaient maintenant à l'échelon six, le grade le plus élevé chez les non officiers, et certains avaient même franchi le pas. C'étaient des types qui avaient surveillé leur physique, et ils avaient effectué quelques belles arrestations en chemin. Boyle, lui, ne s'était jamais distingué, ni par son physique, ni par ses faits d'armes, ni d'aucune autre manière. Quand arrivait la distribution des promotions, il n'était jamais sur la liste.

Son père lui avait pourtant dit, il y a longtemps, qu'on jugeait un homme sur son apparence. Bien que son père lui-même, un simple employé de la morgue municipale, frêle et chauve, régulièrement au chômage, n'ait jamais fait forte impression, lui non plus. Mais Boyle écoutait toujours attentivement les conseils que lui donnait son père. D'ailleurs, c'étaient son père et son oncle, aujourd'hui inspecteur, qui étaient intervenus quand Boyle avait rempli une demande pour entrer dans la police ; à eux deux, ils avaient réussi à falsifier sa fiche médicale pour le faire admettre à l'Académie, malgré son oreille sourde. Boyle n'avait donc aucune raison de douter que le physique d'un individu pouvait l'empêcher de faire son chemin. Mais cette constatation lui était de peu d'utilité s'il n'arrivait pas à maigrir. La vérité, c'était que Boyle aimait manger, plus que tout.

Il allait essayer ce nouveau truc que lui avait conseillé Karras, bien qu'il eût des doutes. Une pilule qui vous faisait oublier la bouffe et qui vous filait de l'énergie, on appelait ça un « stimulant ». C'était quoi au juste, ce machin ? Karras lui avait assuré que ce n'était pas une drogue, mais Pete avait toujours été ignorant dans ce domaine. Mais quand même, Pete avait pris la peine de donner son nom à ce pharmacien qu'il connaissait dans le nord de la ville. Boyle se dit qu'il pouvait toujours aller voir.

Il prit le tramway U jusqu'à la 14e, où il prit un bus qui remontait vers le nord. Il traversa Columbia Heights, puis Brightwood Park, jusqu'au terminus de la ligne et il descendit au dépôt de Colorado Avenue. La pharmacie était juste là, au coin de la rue, à l'intersection de la 14e et de Colorado.

Boyle entra dans la pharmacie et passa devant un bar à soda tenu par un jeune et beau mec, un Marine qui avait fait la campagne des Philippines. C'était un ami de Peter Karras, mais Boyle avait oublié son nom. Paleo quelque chose, une connerie comme ça. Il se souvenait seulement que ça se terminait par un S. Ah, ces Grecs avec leurs noms à la con. Boyle le salua d'un signe de tête et le type lui répondit de la même manière. Karras avait dit à Boyle que c'était un chic type.

Le pharmacien était derrière son comptoir, au fond de la boutique, en train de fumer une cigarette. Il était grand et mince, avec les traits allongés, les poches grises sous les yeux et les joues creuses d'un gars souvent malade. Son jeune assistant, mince lui aussi, mais l'air plus sain, s'occupait d'une ordonnance, juché sur une sorte d'estrade. Boyle s'approcha du comptoir et attendit que le pharmacien lève la tête. Celui-ci était en train de lire le journal déplié devant lui, la fumée de sa cigarette s'échappait lentement par les narines évasées de son long nez. Il écrasa sa cigarette dans un cendrier débordant de mégots et repoussa le journal. Boyle remarqua le tremblement de sa main.

– Vous désirez ?

– Je m'appelle Jim Boyle. C'est Peter Karras qui m'envoie.

Le pharmacien esquissa un sourire ; tous les traits de son visage se réorganisèrent pour former un nouveau masque fripé.

– C'est vous, le flic ?

– Oui, mais je ne suis pas en service. Je viens ici pendant mon temps libre. Pas la peine de vous inquiéter.

– Qui s'inquiète ? Pete m'a dit ce que vous cherchiez ; je peux peut-être vous aider.

– J'ai pas mal grossi ces derniers temps...

– Pas de problème. Attendez-moi là.

– Vous pouvez parler un peu plus fort ?

– Je reviens tout de suite.

Boyle le regarda marcher vers l'estrade et discuter avec son jeune assistant. Ce dernier toisa Boyle du haut de son perchoir. Puis il disparut pendant quelques minutes, et réapparut avec quelque chose qu'il glissa dans la main tremblante du pharmacien. Celui-ci revint derrière le comptoir et colla une petite boîte en plastique dans la paume de Boyle. Ce dernier la secoua, écouta le bruit des pilules à l'intérieur et glissa la boîte dans sa poche.

– Ça a quel effet ?

– Voyons voir... Disons que vous allez vous sentir un peu nerveux, dans le bon sens du terme. Vous vous apercevrez que vous avez plus de tonus, et moins envie de manger. Si vous avez du mal à dormir, évitez d'en prendre tard le soir. Vous ne devriez pas tarder à voir apparaître les résultats que vous cherchez.

– C'est tout ?

– Oui, je pense.

– Je ne suis pas un camé, dit Boyle.

– Moi non plus, répondit le pharmacien en haussant les épaules. Mon assistant non plus. Pourtant, on en prend tout le temps. C'est juste des stimulants. On a tous besoin d'un petit coup de fouet dans la journée. Et on n'a pas toujours une tasse de café sous la main.

Boyle sortit son portefeuille.

– Combien je vous dois ?

– Rien.

– Vous êtes sûr ?

– Je vous le répète, je cherche juste à vous aider. Peut-être que vous pourrez me rendre la pareille un de ces quatre.

Boyle hésita un instant, puis il fit demi-tour et repartit.

Le pharmacien alluma une cigarette. Il toussa un peu et sentit une irritation dans sa gorge. Son assistant le rejoignit et, sans rien demander, il prit une cigarette dans le paquet. Le pharmacien gratta une allumette et la lui tendit.

– On fume comme des pompiers, toi et moi, commenta-t-il.

– C'est ces pilules. Ça donne envie.

– Tu l'as dit.

L'assistant tira avec avidité sur sa cigarette.

– Ça y est, tu l'as approvisionné ?

Le pharmacien hocha la tête.

– Il a besoin de maigrir un peu.

– Sans blague.

Les deux hommes s'esclaffèrent.

– Combien tu lui en as filé ?

– Une vingtaine de comprimés.

Le pharmacien sourit.

– Il va revenir.

– Je lui laisse une semaine.

– Oui, dit le pharmacien. C'est ça le truc avec cette Benzédrine, on y prend goût très vite.

Le temps que Boyle enfile son uniforme et quitte le vestiaire pour aller effectuer sa ronde, il commençait à se sentir rudement en forme. Le pharmacien avait raison au sujet de l'énergie, mais il n'avait pas parlé de cette incroyable vague de confiance en soi, le sentiment qu'il pourrait défoncer un mur de briques d'un coup de pied. C'était apparu peu à peu, sous la forme d'un picotement dans la nuque, allié à une très grande soif. Il n'avait pas pensé à manger depuis au moins une heure, et quand il s'obligea à y penser, l'idée de la nourriture l'écœura, pour la première fois de sa vie, peut-être. Si un seul comprimé faisait cet effet, Boyle imaginait déjà ce qu'il ressentirait s'il en avait avalé deux.

En marchant vers l'ouest, il avait traversé Temperance Court, près de la 12e et de T Street, un coin où on pouvait acheter n'importe quelle drogue ou arme, et il avait vu un fumeur d'herbe nommé Russel Edwards acheter sa dose. Boyle l'avait apostrophé, avant de se lancer à sa poursuite, mais Edwards, plus jeune et plus svelte, l'avait semé deux rues plus loin. Boyle avait ri de ce zèle inhabituel chez lui, pendant qu'il reprenait son souffle. Courir après un gars dans ce quartier, c'était ridicule, et surtout, c'était une perte de temps. Jamais il n'aurait réagi comme ça en temps normal.

Il descendit ensuite U Street, vers la 14e, en jonglant avec sa matraque. Il sourit en voyant un jeune Noir sur le trottoir qui parlait à voix basse avec une femme penchée à sa fenêtre au premier étage d'une maison. Le jeune type était tiré à quatre épingles ; il agitait ses mains avec grâce et plaidait sa cause de manière très poétique. Boyle observa la femme : la belle couleur chocolat de ses bras fins, ses lèvres ourlées, ses dents... Il ne pouvait pas en vouloir à ce jeune type, il comprenait ce qui inspirait son romantisme et son désir. Étant donné que les Noirs ne pouvaient pas aller voir les spectacles dans les endroits réservés aux Blancs, mais que les Blancs pouvaient aller dans les établissements pour Noirs, Boyle se rendait souvent au Howard Theatre pour voir des revues. Généralement, il passait plus de temps à observer les femmes dans le public que les numéros sur scène. Ce penchant était un autre aspect de sa personnalité qu'il était obligé de cacher à ses supérieurs.

S'arrêtant à l'entrée d'une ruelle, Boyle aperçut trois hommes en train de jouer aux dés par terre. Le meneur se tenait légèrement à l'écart ; les dollars dépassaient en éventail de son poing serré. C'était un homme de petite taille, à moitié chauve, un Juif au nez crochu, avec un œil de verre. Boyle le connaissait sous le nom de Matty Buchner.

– Hé, Buchner ! cria-t-il en frappant le mur de briques avec sa matraque.

Les trois hommes ramassèrent précipitamment le maximum de billets sur le sol, décampèrent vers l'autre bout de l'allée et tournèrent à droite à l'intersection. Buchner prit le temps de ramasser l'argent qu'ils avaient oublié, avant de les suivre. Mais ses petites jambes ne le conduisirent pas bien loin. Boyle le rattrapa sans mal et l'agrippa par le col de sa chemise. Il retourna Buchner et le plaqua violemment contre le mur de briques.

– Où tu vas comme ça, Matty ? De toute façon, je sais où te trouver, tu le sais bien.

– Je cherchais pas à fuir, m'sieur l'agent, je vous jure. Je voulais juste rattraper ces types, ils ont perdu quelques biffetons dans la rue.

– Je te reconnais bien là,. Matty le bon samaritain.

L'œil valide de Buchner se tourna vers l'intersection au bout de la ruelle. L'œil de verre ne suivit pas le mouvement.

– J'ai failli réussir, murmura-t-il.

– Tu parles.

– Vous allez m'arrêter ?

– Ça dépend. Qu'est-ce que tu as pour moi, aujourd'hui ?

Buchner remua ses lèvres sans ouvrir la bouche. C'était un petit gars nerveux, un pickpocket et un joueur qui avait fait de la taule pour avoir piqué dans le vestiaire du Shoreham au cours d'un mariage dans la bonne société, en 46. Buchner avait ainsi fouillé dans les manteaux et les sacs laissés sans surveillance pendant quinze ans, avant de se faire prendre. On racontait dans le quartier que durant ces quinze années, Buchner avait tripoté plus de fourrure que Frank Sinatra dans toute sa carrière. Tous les flics avaient des indics, certains plus fiables que d'autres. Boyle avait Matty Buchner.

– Qu'est-ce que tu as entendu dire au sujet du meurtre ? demanda Boyle.

– Quel meurtre ?

– La dernière pute assassinée.

– Ah, ça. J'ai rien entendu, m'sieur l'agent. Parole.

Boyle fit grincer ses dents. Encore un autre effet de ces comprimés.

– Ah bon.

Il se dirigea vers l'endroit où les trois types jouaient au crap avant son arrivée et il ramassa les dés abandonnés sur les pavés. Il les examina en les faisant tourner entre ses doigts. Il sourit.

– C'est à toi ?

– Oui, dit Buchner, en clignant d'un seul œil, avec un petit rictus involontaire. Un problème ?

– Non, aucun, dit Boyle. Sauf, évidemment, si tu espères faire un sept [1] avec ces trucs-là.

– Pardon ?

– Deux, quatre, six. C'est les seuls chiffres que je vois sur ces dés. Tu peux les additionner comme tu veux, t'as aucune chance de tirer un sept avec ça, pas vrai, Matty ?

Buchner se frappa la joue.

1. Le sept est le chiffre gagnant au crap. (*N.d.T.*)

– Mince, alors ! Je me suis trompé de dés ? C'est sûrement mon petit neveu qui les a mis dans ma poche de pantalon pour me faire une farce...

– Ferme-la.

Les épaules de Buchner s'affaissèrent.

– Bon, d'accord.

– Les types qui viennent de détaler comme des lapins, tu crois qu'ils seraient heureux de savoir que leur pote Matty a truqué la partie ? Y avait pas parmi eux le gros Noir qui tient le bar au Yamasee, dans U Street ? C'était bien lui, non ?

– Je... je me souviens pas.

– Je te repose la question, dit Boyle en approchant son visage de Buchner. Qu'est-ce qu'on raconte sur les meurtres de putes ?

– Je vous l'ai dit, je sais rien, m'sieur l'agent. Parole. Enfin, j'en sais pas plus que vous, quoi. Les putes qu'ont été tuées, elles étaient toutes grandes et grosses. Chacun ses goûts, comme on dit, mais on peut penser que le type qui les a zigouillées, il a une dent contre les grosses putes.

– Il les déteste, tu veux dire ? Tu es devenu psychiatre ?

Buchner haussa les épaules.

– J'ai vu « La Maison du Dr Edwardes », comme tout le monde. Et puis, c'est pas difficile à piger. Suffit de voir ce qu'il leur fait. Quand vous ouvrez une fille de la gorge jusqu'à la chatte, c'est pas vraiment un message d'amour.

– C'est peut-être une question de fric. Peut-être qu'il choisit des grosses parce qu'elles sont moins chères.

– Non, pas ces grosses-là. On parle pas de putes à cinq dollars. C'étaient pas des filles qui tapinaient dans la rue, je l'ai lu dans le *Evening Star*. Ça se passait au téléphone, d'après ce que j'ai compris. C'est pas comme si le type entrait dans un bordel et commandait une fille. Mais tout ça, vous le savez déjà.

– Oui. (Boyle recula.) C'est bon, tu peux t'en aller. Mais je veux des tuyaux rapidement. Je garde les dés, au cas où je croiserais le barman du Yamase.

– Je vais me renseigner.

– Ça suffit pas. Trouve-moi quelque chose, et vite.

– Merci pour...

– Fous le camp. J'en ai marre de voir ta gueule.

Le petit homme s'éloigna vers le bout de la ruelle, tourna à gauche à l'intersection. Boyle retourna dans U Street et continua vers l'ouest. Il se sentait un peu vidé tout à coup, déprimé ; il avait perdu son énergie. Peut-être qu'il irait faire un saut chez Nick, pour dire bonjour à Pete Karras et boire un café, histoire de se redonner un peu de tonus.

Il repensa à Buchner, gesticulant dans la ruelle et se balançant d'un pied sur l'autre comme un gosse qui a envie de pisser. Le petit juif était plus coriace qu'il en avait l'air ; il avait dû avoir un mal de chien quand ce type dans le bar lui avait fait sauter l'œil avec une cuillère. En passant devant une poubelle, Boyle jeta la paire de dés.

Debout dans la lumière du soleil qui entrait par la fenêtre, Peter Karras ajusta son nœud de cravate. Il enfila ensuite sa veste et s'approcha de Vera, en train de se remaquiller devant le miroir de la coiffeuse. Il l'embrassa dans le cou, glissa la main sous son bras, remonta sur le sternum et s'introduisit à l'intérieur de la combinaison. Il sentit la fine pellicule de sueur sur sa peau, les battements de son cœur, la pointe de son sein.

– Pete. Je vais être en retard au travail.

– Moi aussi. Mais tu étais si belle comme ça, je n'ai pas pu m'empêcher de toucher.

Elle se tourna vers lui, l'embrassa et le repoussa délicatement en posant ses mains à plat sur son torse.

– Faut que j'aille travailler.

Vera se retourna vers le miroir. Karras revint vers le lit et s'assit, en évitant la tache sombre et humide qu'ils avaient laissée. Il prit le livre de poche qui traînait sur la table de chevet et lut à haute voix le nom inscrit sur la couverture.

– Evelyn Waugh. C'est qui celle-là ?

– C'est un homme.

– Un homme qui s'appelle Evelyn ? Oh.

– Ça ne te plairait pas.

– J'ai pas lu un seul bouquin depuis le lycée. Et même à cette époque, je les lisais pas.

– Il donne une conférence ce week-end, à Gaston Hall. Ça te dirait d'y aller ?

– Une conférence ? Non, je pense pas.

– Tu devrais lire, de temps en temps.

– Je m'y mettrai un de ces jours.

Karras regarda Vera promener le tube de rouge à lèvres sur sa bouche fine.

– Qu'est-ce que vous foutez exactement au Bureau du recensement ?

– On compte.

– Hmmm, fit-il en caressant son grain de beauté. Donc, c'est pas le boulot qui te retient ici, à D.C.

– Je viens de l'Indiana. N'importe quoi vaut mieux que...

– C'est pas ce que je veux dire. Il y a d'autres grandes villes, si c'est ce que tu aimes. Ce que je te demande, c'est : qu'est-ce qui te pousse à rester *ici ?*

Vera le regarda dans le miroir. Constatant qu'elle le dévisageait avec insistance, il s'empressa de sourire.

– J'aime cette ville, voilà tout. Ça te suffit comme raison ?

– On fera avec.

Karras se leva et enfila son pardessus. Il traversa la chambre et s'arrêta près de Vera devant la coiffeuse.

– Ce que je veux savoir, en fait... Ce que je me suis toujours demandé, c'est... pourquoi tu m'as appelé, six mois après ce fameux soir chez Kavakos ? Et quand tu m'as vu, qu'est-ce qui t'a fait rester ?

Vera interrompit ce qu'elle faisait pour lui offrir ce petit rire rauque qu'il attendait. Ses yeux verts étaient légèrement larmoyants dans la lumière.

– Je ne sais pas, Pete. Tu as remarqué mes chaussures, c'est peut-être ça. Tu étais drôle, beau, et sincère pardessus le marché. Tu n'as pas essayé de m'impressionner en disant que tu étais intelligent, que tu allais gagner beaucoup d'argent ou que tu étais un héros de la guerre. Tu ne te faisais aucune illusion sur toi-même.

– Et quand tu as vu ce que j'étais devenu ?

Vera sourit.

– J'ai eu pitié de toi. Puis tu m'as surprise. J'ai découvert que tu étais un super coup.

– Arrête de plaisanter.

– Écoute, Pete...

– Je sais, il faut que tu ailles travailler. (Il l'embrassa tendrement.) À plus tard, trésor.

Il se dirigea vers la porte, l'ouvrit et fit un pas pour sortir.

– Pete ?

– Oui ?

– Si on sortait, un soir, toi et moi ? Juste pour aller boire un verre, dans un endroit tranquille ? J'aimerais bien sortir un soir, quitter un peu cet endroit.

– Pas de problème, trésor. Bientôt.

– Tu veux que je t'appelle un taxi ?

– Non, pas la peine. Il fait beau. Je vais marcher un peu, jusqu'à ce que je sois fatigué. Ensuite, je prendrai le tram.

– Salut, Pete.

– Bye.

Karras referma la porte derrière lui. Vera prit sa jupe sur le lit, l'enfila en se trémoussant et remonta la fermeture

Éclair sur le côté, avant d'accrocher l'agrafe du haut. Elle prit son chemisier suspendu à un cintre et marcha vers la fenêtre. Elle acheva de s'habiller en regardant dehors.

Karras s'était arrêté sur le trottoir pour allumer une cigarette, en protégeant l'allumette. Des volutes de fumée s'échappèrent entre ses mains jointes.

– Tu me demandes pourquoi je reste, dit Vera à voix haute, et son souffle embua le carreau. La réponse te regarde droit dans les yeux. Les hommes sont vraiment idiots, parfois.

Elle vit une grimace de douleur déformer le visage de Karras et sentit dans sa propre poitrine une palpitation sourde.

– Tu ne comprends rien, hein ? murmura-t-elle.

Vera Gardner regarda Karras s'éloigner sur le trottoir en boitant, jusqu'à ce qu'il disparaisse. Elle finit de boutonner son chemisier et le glissa dans sa jupe.

20

Mike Florek fit glisser le dernier plat dans l'évier rempli d'eau fumante et savonneuse. Il releva le bas de son tablier et s'en servit pour éponger la sueur sur son visage.

– Je vais les laisser tremper un petit peu, dit-il.

– Hokay, boy, dit Costa.

Florek s'essuya les mains sur son tablier. Debout devant le plan de travail, Costa frottait la lame d'une machette contre une pierre à aiguiser. À côté de la pierre était posé un fourreau en cuir. Le grincement du fil contre la pierre déchirait l'atmosphère de la cuisine depuis la fin du déjeuner.

– Ça vient d'où, ce truc-là ?

– C'est Karras qui me l'a filé. Un Philippin le lui a donné durant la guerre. C'est un bon couteau. Je vais bien l'aiguiser. Au maximum.

Florek entendit un bruit sourd au premier étage. Ce devait être Toula, l'épouse de Costa, qui l'appelait en frappant sur le plancher de leur appartement avec sa grosse chaussure noire.

Costa se dirigea vers la porte de la cuisine qui s'ouvrait sur un escalier raide et étroit. Il l'ouvrit, hurla quelque chose dans l'obscurité et eut droit à une réponse virulente de deux minutes.

– *Scaseeee!* brailla Costa pour mettre fin à la conversation.

Il claqua la porte et retraversa la cuisine, les cheveux en bataille, avec un petit sourire en coin sur son visage expressif.

Il avait fallu deux ou trois jours à Mike Florek pour s'habituer à l'ambiance de chez Nick. Costa et Nick étaient amis, ça se voyait dans leurs yeux, mais une personne étrangère ne pouvait pas le deviner. Ils passaient leur temps à se quereller, à esquiver les attaques, cherchant constamment la moindre ouverture pour planter leurs piques. Et Costa ne pouvait pas ouvrir cette porte dans la cuisine – il en était tout bonnement incapable – sans hurler après sa femme, et sans provoquer sa fureur verbale en retour. Au début, cela rendait fou Florek, toute cette débauche d'émotions futiles. Mais au bout d'un moment, il en vint à attendre avec impatience ce courant chaleureux dans leurs éclats de voix, leurs rires tonitruants et spontanés qui jaillissaient aussi vite qu'un feu et résonnaient contre le plafond en tôle du restaurant. Il aimait la façon dont leurs mains épaisses ponctuaient leurs paroles, la manière dont Costa et Nick roulaient les R, la grâce étrange, presque pataude, avec laquelle ils se mouvaient l'un et l'autre. Et puis, il y avait Karras, un handicapé aux cheveux blancs avant l'heure, un Grec sans accent, un homme austère, impassible, tout l'opposé de Costa et de Nick. Florek l'aimait bien, mais Karras était un homme plus difficile à percer.

Costa remit la machette dans l'étui, la rangea sur la plus haute étagère et prit un couteau et une fourchette à deux dents dans un tiroir métallique sous la table, puis se dirigea vers un rosbif qu'il venait de sortir du four pour le poser sur la planche à découper. Il lécha son pouce, planta la fourchette dans le rosbif et entreprit de le découper. Il fredonnait une chanson en grec, tandis que les tranches de viande se détachaient et basculaient sur la planche.

Nick Stefanos franchit la porte battante, un couteau dans une main, une tomate dans l'autre. Il regarda Costa trancher la viande, remua les lèvres comme s'il allait parler, mais prit le temps de ricaner intérieurement et de profiter de cet instant, avant d'ouvrir la bouche.

– *Siga, vre,* dit-il.

– Je vais lentement, Niko, répondit Costa.

– Tu es trop brutal.

– Pas du tout.

– Tu essayes de tuer la viande une seconde fois ? Elle est déjà morte, tu sais !

– Ah ah ah. Quelle importance, de toute façon ? Je fais cuire un bon rosbif, mais ces négros, tout ce qu'ils veulent, c'est que je balance la viande sur le gril avec des oignons et ils foutent des tonnes de sauce piquante dessus, bon Dieu !

– Hé, Nick, vous avez besoin d'aide en salle ? demanda Florek.

– Oui, va surveiller le bar. Je vais couper les tomates qu'on a livrées ce matin. Karras va pas tarder à arriver.

Florek replia son tablier en tournant le côté mouillé vers l'intérieur et le noua autour de sa taille. Il se rendit dans la salle, accompagné par les rires de Costa et de Nick. Le Noir aux disques, dont Florek avait appris qu'il se nommait Oscar Williams, était assis à un bout du comptoir avec un ami ; l'un et l'autre buvaient de la bière. Un policier en uniforme était assis dans un box, en train de siroter un café.

– Sers-nous deux autres bières, petit gars, dit Oscar Williams.

Florek sortit deux Nationale de la glacière, les servit aux deux hommes et ajouta deux croix sur la note de Williams. Celui-ci tendit à Florek un disque provenant de la caisse posée à ses pieds.

– Tiens, mec, mets donc ça.

Florek posa le disque sur l'électrophone. Dès que la musique commença, il se mit à claquer des doigts en écoutant les notes du piano, désormais familières, qui coulaient sur le tapis des arrangements.

L'ami de Williams observa Florek qui battait le rythme.

– Ça te plaît ?

– Oui, j'aime bien. Comment ça s'appelle ?

– Ils appellent ça de la musique noire, répondit le gars en donnant un coup de coude à Williams. Là, c'est Fatha Hines.

Williams intervint :

– On appelle ça du boogie-woogie, mon gars.

– C'est quoi ?

Williams écarta ses grosses mains.

– Le boogie-woogie ? C'est rien d'autre que du bon vieux blues, mais joué en accords de huitième.

Florek ne demanda pas ce que ça voulait dire ; il s'en fichait. Il aimait ce son ; en fait, il aimait tous les disques qu'Oscar Williams apportait chez Nick. Ce n'était pas seulement quelqu'un qui lisait de la musique sur une partition ou qui chantait par cœur. Ces gens-là, ils ressentaient quelque chose quand ils jouaient cette musique et quand ils la chantaient, et ils vous le faisait ressentir à vous aussi.

Florek prit la cafetière sur le réchaud et se dirigea vers les boxes pour remplir la tasse du policier. Celui-ci le remercia pour sa peine et s'adossa contre la banquette en bois. De retour derrière le comptoir, Florek reposa la cafetière, repéra quelques verres sales qu'il déposa dans le bac. Le revolver de Nick, un Smith & Wesson calibre 38 à crosse de nacre, était glissé juste à côté du bac. Cette arme ne quittait jamais sa place, et Florek prit bien soin de ne pas y toucher.

Stefanos était ressorti de la cuisine. Penché au-dessus de la planche à sandwiches, il tranchait la tomate qu'il tenait dans la main. Florek n'avait jamais vu personne couper une tomate aussi vite, et sans gâchis. Mais pas toujours sans dégâts : les mains épaisses de Stefanos étaient constamment couvertes de coupures, là où le couteau avait glissé. Chaque jour, vous pouviez être sûr de le voir avec des morceaux de sparadrap qui pendaient au bout des doigts, ou des bandages, et des traînées de sang maculaient le devant de son tablier.

– Hé, Nick, demanda l'ami de Williams. C'était quoi le numéro de la loterie, hier ?

– Je pourrais pas te le dire, répondit Stefanos. J'y joue plus.

– T'as pas besoin, dit le Noir et il éclata de rire avec son copain Williams. Si j'avais tout ton fric, je me la coulerais douce. En tout cas, si jamais tu refais encore un rêve gagnant, oublie pas de nous prévenir.

Stefanos ne répondit pas. Il prit une autre tomate et commença à la couper en tranches fines.

– Hé, t'es au courant au sujet de Lady Day ? demanda Williams à son ami.

– Ouais, ils l'ont chopée hier à Frisco, avec de l'opium dans sa chambre. Ils l'ont coincée en beauté.

– Tu crois que c'est vrai ? Son manager dit que c'est un coup monté.

– On s'en fout de ce que dit son manager, ça change rien. Ils vont lui faire payer, cette pauvre fille, coupable ou pas. Tu devrais le savoir, mec.

Le disque s'était arrêté. Florek se dirigea vers le poste de radio et enfonça la prise dans le mur. WOOK diffusait l'émission « Dance Party », et d'un petit signe de tête, Williams demanda à Florek de laisser ça. Florek aurait bien voulu en savoir plus sur cette histoire d'opium, mais il décida de ficher la paix aux deux types. Oscar Williams avait toujours une bonne sélection de disques de Billie

Holiday sous la main. Opium ou pas, cette Holiday, elle savait chanter.

Karras fit son entrée. Il accrocha son pardessus au portemanteau près des boxes et alla s'asseoir en face du policier. Florek lui apporta un café et Karras lui présenta le policier obèse au teint pâle. Il s'appelait Jimmy Boyle. Les deux hommes semblaient être amis, alors Florek les laissa discuter entre eux. Six arriva peu de temps après et alla s'asseoir directement sur sa chaise près de la porte.

Florek demanda à Stefanos :

– Vous avez besoin de moi ce soir, patron ?

– On est quoi aujourd'hui ? Mardi ? C'est le soir où passe Milton Berle, non ? Je vais te dire, ce Texaco Star Theatre, il m'a tué ma clientèle du mardi. Cette ville est morte maintenant, le mardi soir. Tu n'as qu'à passer un coup de balai, tu attends que Karras se change et tu pourras rentrer chez toi

Après le départ du policier, Karras partit se changer dans la remise. Florek alla chercher le balai dans la cuisine et balaya les saletés du déjeuner vers la porte. Costa était sorti de la cuisine et il se disputait avec Williams et son copain, une fois de plus, au sujet de la préparation des joues de porc. Florek décida de ne pas les écouter. Arrivé devant Six, il lui demanda de soulever les pieds pour pouvoir balayer sous la chaise. Quand il eut fini, il leva la tête vers le videur qui le regardait avec ses gros yeux ronds presque noirs.

– Je voulais vous poser une question, dit Florek.

– Vas-y, dit Six de sa voix de baryton.

– Pourquoi on vous appelle « Six » ?

– Parce que je mesure six pieds, je suppose.

– Je m'excuse, mais vous avez l'air plus près des sept pieds.

– Ouais, possible, mais personne a envie d'appeler quelqu'un « Sept ».

– Pourquoi ?

– « Six », ça sonne bien, ça roule sur la langue. Mais « Sept » ? « Sept », ça swingue pas.

*
* *

Après s'être douché dans la salle de bains commune, Florek enfila un pantalon en laine et une chemise propres. Il mit ensuite son gros blouson et glissa la photo de Lola dans sa poche, avant de redescendre chez Nick.

Costa et Stefanos étaient derrière le comptoir ; Costa se disputait avec deux nouveaux clients au sujet de la meilleure façon de cuisiner le plat du jour. Lou DiGeordano était assis sur un tabouret, à l'écart des consommateurs noirs, et il buvait une Ballantine Ale. Il portait un costume croisé à carreaux, marron, qui pendait sur sa frêle carrure.

– Tiens, le jeune Florek, dit-il.

Florek le salua d'un hochement de tête et demanda à Nick :

– Où est Pete ?

– Derrière, il fume une clope.

Florek se rendit directement dans la cuisine et franchit le rideau qui s'ouvrait sur la remise derrière. Des aliments en sachet et de grosses boîtes de conserve s'empilaient sur des palettes en bois contre un des murs. Derrière le mur d'en face, une petite pièce abritait des w.c. à la turque, avec un petit lavabo à l'entrée. Le centre de cet espace était vide et éclairé par une ampoule nue suspendue par un fil au plafond en tôle. Il n'y avait pas d'interrupteur ; l'ampoule s'allumait et s'éteignait par une simple rotation manuelle, car Stefanos jugeait que l'installation d'un interrupteur était une dépense inutile.

Florek franchit la porte ouverte au fond de la remise. Karras était là, dans la ruelle qui séparait les rues R et S, assis sur un cageot de fruits, les mains pendantes entre les genoux. Deux des chats de Costa décrivaient des huit entre ses jambes, mais ils s'enfuirent quand Florek approcha. Un jeune Noir lavait la Ford de Nick, une Custom V8 décapotable, un modèle de 49 que Nick avait acheté peu de temps après sa sortie chez Wolfe Motors dans la 12ᵉ. Le jeune Noir, obligé de plonger sa brosse dans l'eau glacée et savonneuse, semblait frigorifié dans la froideur de cette fin d'après-midi. Nick faisait laver sa voiture chaque semaine par le même garçon, en toute saison. En échange, il lui donnait un *quarter* et un repas chaud.

– Prends une chaise, dit Karras à Florek en montrant un cageot vide.

Florek retourna le cageot, le fit glisser à côté de Karras et s'assit. Pendant ce temps, le garçon frottait minutieusement sur un tache rebelle, en tirant la langue. Le soleil s'était couché derrière les immeubles à l'ouest ; la Ford scintillait dans les vestiges de lumière. Au bout de la ruelle, une femme élégante attendait à l'arrière du « Cadran Solaire », les bras croisés, fumant une cigarette.

– C'est qui ? demanda Florek.

– Alice, la femme de Pete Frank. Tout le monde l'appelle Kiki.

– Elle soigne son allure.

– Oui, comme tu dis. Elle met des jolies fringues, et elle a toujours des belles chaussures.

– Pete Frank va s'en tirer avec son restau, à ton avis ?

– Depuis que le restau de Nick est devenu un endroit pour Noirs, il y a assez de clients pour tout le monde, je dirais. Je pense que Frank n'a pas à s'inquiéter, oui.

Florek se frotta la joue.

– En fait, Nick n'a pas vraiment besoin de ce fric, hein ?

– Qu'est-ce qui te fait dire ça ?

– Les Noirs, ils le charrient toujours avec ça, comme quoi il a plein de pognon.

– Exact. Nick a gagné un gros paquet à la loterie, en 46. J'étais même assis au comptoir, ici même, le jour où il a joué. C'était le soir où... enfin bref, j'étais là quand il a joué ce numéro.

– Combien il a gagné ?

– Environ 40 000 dollars.

Florek siffla entre ses dents.

– Pourquoi il se fatigue au boulot, alors ?

– Parce qu'il aime son restau, voilà pourquoi. Si tu voyais d'où il vient, tu comprendrais. Bref, avec ce fric il a acheté l'immeuble, et il garde le reste pour son fils, si un jour il vient de Grèce. Il paraît que c'est un bon à rien, mais Nick est son père, alors... qu'est-ce que tu veux y faire ? De toute façon, le fric ça compte pas pour Nick. C'est le travail avant tout. Il le balancerait par la fenêtre, je parie, si tu le lui demandais. Tu sais, l'habitué, le Blanc, l'Italien toujours bien sapé ?

– Oui, M. DiGeordano. Il est là ce soir.

– Je sais. Je le connais depuis que je suis môme, figure-toi. Dans le temps, c'était un pauvre type, complètement fauché. Il avait une charrette de fruits minable qu'il poussait sur les quais.

– Il a l'air plutôt à l'aise maintenant.

– Et comment. C'est lui qui a vendu le ticket de loterie gagnant à Nick. Quand il lui a apporté les quarante mille dollars, Nick a pris deux mille dollars et il les a filés à Lou. Costa dit que DiGeordano est tombé à genoux pour lui baiser la main. Évidemment, Costa parle sans savoir, mais quand même, ça te donne une idée. DiGeordano était super reconnaissant. Aujourd'hui, il ferait n'importe quoi pour Nick.

– Il fait quoi, maintenant ?

– Avec le fric, il a d'abord ouvert une épicerie dans Georgia Avenue et il s'est lancé dans les prêts ensuite. Puis il a commencé à prendre des paris. Il a deux gros bras qui travaillent pour lui ; il a une femme et un petit garçon. Il se débrouille bien. Tout ça parce que Nick a été généreux avec lui. Comme il a été généreux avec moi.

– Comment ça ?

Karras sortit de sous son tablier un paquet de Lucky Strike, il en fit sortir une en secouant le paquet et la tira entre ses lèvres. Il tendit le paquet à Florek qui déclina d'un geste. Karras sortit la pochette d'allumettes glissées sous l'emballage en cellophane et alluma sa cigarette. Avec son pouce, il ôta un brin de tabac collé sur sa lèvre inférieure.

– Regarde-moi, dit-il. On peut pas vraiment dire qu'on a envie de m'engager.

– Pourquoi ça ?

– Je suis infirme !

– Tu bosses bien, Pete...

– N'empêche, je suis infirme, Florek,

Florek observa Karras de la tête aux pieds.

– Tu t'es bousillé le genou à la guerre ?

Karras secoua la tête.

– Non, après.

– Ça fait mal ?

– Moins qu'avant.

– Tu te débrouilles bien, en tout cas.

– Je fais semblant, Florek. Depuis que tu es là, je fais comme si ça ne faisait pas mal. (Karras tira sur sa cigarette, puis recracha un nuage de fumée dans la ruelle, en souriant.) Et si je fais semblant, c'est parce que j'ai peur que tu me piques mon boulot.

– C'est pas mon intention, Pete. Je te jure...

– Relax, petit, je te fais marcher. Tu veux que je te dise ? On t'a tous bien observé et on est d'accord pour dire que tu fais du bon boulot.

– Merci.

Florek rougit et frotta la semelle de sa chaussure contre les pierres de la ruelle.

Le jeune Noir qui lavait la voiture trottina vers Karras et se planta devant lui. Il s'essuya les mains sur son pantalon déchiré.

– Fini, déclara-t-il.

Karras fit mine d'examiner la Ford immaculée.

– Ça m'a l'air bien. Va chercher ton fric.

Le gamin s'engouffra par la porte de derrière. Karras tira une bouffée de sa Lucky et la lança d'une pichenette.

– Je suis désolé de t'avoir posé toutes ces questions sur ta patte folle, Pete. Je pensais pas à mal.

– C'est rien, petit. La plupart des gens n'osent pas m'en parler. Ils font comme si de rien n'était, ou bien ils tournent la tête. En fait, avec la plupart des gens, c'est comme si j'existais même pas. Alors, t'en fais pas pour ça, O.K. ? (Karras porta sa main à son grain de beauté.) Au fait, tu viens d'où ?

– De Pennsylvanie.

– Le pays de Dieu.

– Il paraît.

– T'en as eu marre ? C'est pour ça que t'es venu ici ?

– Non, pas vraiment. Ma sœur est ici, à D.C.

– Tu es venu lui rendre visite ?

– Je la cherche, dit Florek.

Sous le regard de Karras, il sortit de la poche de son blouson en laine une photo qu'il lissa entre ses doigts, aussi délicatement que s'il caressait une peau. Karras lui prit la photo des mains. La fille avait un visage informe, banal, très pâle, avec des yeux vifs très écartés, au-dessus d'un épais nez de Polonaise. Ses cheveux blonds n'étaient pas naturels, on apercevait les racines noires sur le haut du crâne.

– Mignonne, commenta Karras.

– C'est une vieille photo, elle a au moins deux ans.

– Elle est mignonne.

– Tu dis ça pour me faire plaisir. Mais si tu la connaissais, personnellement, je veux dire, tu la trouverais vraiment mignonne, pour de bon. Lola, dans le temps, elle te faisait vraiment rire.

Karras demanda :

– Elle est venue ici avec un gars ?

– Ouais.

– Un type qui ne plaisait pas à tes parents, ou un truc comme ça ?

– C'est pire. (Florek déglutit.) Elle a rencontré un type qui lui a fait découvrir la drogue. Une drogue qui s'injecte avec une seringue. Elle en est tombée amoureuse, et elle a suivi ce type jusqu'à D.C.

Karras se racla la gorge et cracha.

– Tu as réussi à la contacter ?

– Non. J'ai montré sa photo à des gens... Je l'ai fait voir à une fille de Thomas Circle. Mais ça n'a rien donné pour l'instant.

Karras s'efforça de ne trahir aucune réaction. Alors comme ça, ce gamin venait d'une ville industrielle pour retrouver sa sœur camée, devenue pute. Difficile de faire plus sordide.

– Tes parents doivent être fous de rage, dit-il, car il ne trouvait rien d'intelligent à dire.

– Mon père est mort, répondit Florek.

Karras hocha la tête.

– Le mien aussi, petit. Il est mort l'année dernière, à cause de son foie.

Un bref silence s'installa entre eux. Karras observa le jeune garçon.

– Parfois, je suis content qu'il soit mort, dit Florek. Je sais que c'est pas bien de dire ça, mais s'il était encore en vie, et s'il savait ce qui arrive à Lola...

– C'est le nom de ta sœur ?

– Oui.

– Qu'as-tu fait pour la retrouver, jusqu'à présent ?

– Comme je te le disais, j'ai interrogé cette fille de Thomas Circle, mais ça n'a rien donné. À part ça, j'ai rien fait. En vérité, je sais pas trop à qui m'adresser. Je connais pas cette ville. Je me balade, en espérant la rencontrer quelque part. On dit que D.C. est une petite ville...

– Plus maintenant, depuis la guerre.

– En tout cas, ce soir j'avais l'intention d'aller chez People, pour voir cette fille que j'ai connue dans mon ancien boulot ; une amie qui travaille au rayon des cosmétiques. Et je me disais que je m'arrêterais peut-être à Thomas Circle en revenant, pour montrer la photo.

Karras continuait d'observer Florek : maigrichon, timide et totalement naïf. Un jeune gars qui se balade en ville en posant des questions à des personnes qui n'aiment pas ça, avait de bonnes chances de se faire tuer.

– Cette fille qui travaille au People, demanda Karras, c'est juste une amie ?

Florek lui adressa un sourire un peu gêné.

– Elle s'appelle Kay. En vérité, je voulais l'inviter à aller au ciné avec moi, ce soir. Ils jouent un nouveau film au Warner, *John Loves Mary*. Avec Ronald Reagan et cette nouvelle actrice...

– Patricia Neal.

– Exact. C'est une histoire d'amour, les filles adorent ça. Je voulais demander à Kay de m'accompagner.

– Tu veux sortir une fille avec ce blouson ?

– Qu'est-ce qu'il a mon blouson ?

– On dirait que tu pars à la chasse.

Florek décocha un petit coup de poing dans l'épaule de Karras.

– Qu'est-ce que tu y connais à la chasse, Pete ? Tu es un gars de la ville à 100 %.

Karras rit.

– Écoute-moi. Quand t'auras un peu d'argent de côté, on ira t'acheter des fringues correctes.

– Si tu veux. Bon, faut que j'y aille, dit Florek en essayant de reprendre la photo.

Karras recula sa main.

– Tu as un double ?

– Euh, oui. Pourquoi ?

– Tu sais le flic que je t'ai présenté ? C'est un vieil ami à moi. Je vais lui montrer la photo, pour voir si ça lui dit quelque chose.

– Je veux pas que Lola ait des ennuis.

Elle a déjà des ennuis, songea Karras.

– T'en fais pas, dit-il. Je vais juste lui poser la question. Je connais quelques personnes, moi aussi. Peut-être que je pourrais me renseigner de mon côté.

– Je veux pas t'embêter avec ça, Pete.

– C'est pas comme si j'étais débordé, hein ? Allez, va-t'en. Va t'amuser avec cette fille.

Florek et Karras se serrèrent la main. Florek se leva de son cageot et s'éloigna.

– Hé, petit !

– Oui ?

– Il y a un petit restau à côté du Warner, un endroit qui s'appelle « La Couronne ». Ils servent des longs drinks avec du vrai whisky, pour seulement 60 *cents.* Emmène ta copine boire un verre, après le ciné.

– J'ai pas encore tout à fait l'âge de boire dans les bars.

– Le barman est un ancien soldat nommé Jackie Harris. Dis-lui que tu viens de ma part.

– Merci infiniment, Pete.

– De rien, mon vieux.

Florek descendit jusqu'à R Street et tourna à gauche en direction de la 14e. Karras plia la photo et la glissa dans son tablier. Il prit une autre cigarette dans le paquet, l'alluma et regarda la fumée scintiller dans les derniers rayons du soleil.

Costa sortit par la porte de derrière, avec son manteau et son chapeau, en tenant une arête de poisson. Une demi-douzaine de chats surgirent alors de leurs cachettes pour venir tourner autour de lui. Costa lança l'arête dans la ruelle et sourit en voyant les chats se jeter férocement dessus. Il se racla la gorge et regarda Karras.

– *Ella, re.* J'ai besoin que tu me remplaces en salle.

– Où tu vas comme ça ?

– Je vais faire un tour à Hains Point, j'ai besoin de prendre l'air.

– Tu vas aller jusqu'au Speedway dans le noir ?

– Et après ? Je veux juste foutre le camp d'ici un petit moment. (Costa cracha sur le sol.) J'en ai marre de tous ces négros.

Il s'éloigna dans la ruelle, suivi par le plus petit chat de la bande. Karras écrasa sa cigarette sous sa chaussure et se leva du cageot ; la douleur dans son genou le fit grimacer. Il regagna la salle en traversant la remise et la cuisine. Le jeune laveur de voiture était assis au comptoir, où il mangeait un plat chaud. Stefanos et DiGeordano partageaient une bouteille de bière.

– Salut, Karras Jr.

– Monsieur DiGeordano.

– Tiens, *re.* (Stefanos prit sur le comptoir une carte de visite qu'il tendit à Karras.) Un *Americanos* a laissé ça pour toi.

Karras jeta un coup d'œil à la carte.

– Ce type me lâche plus ; il essaye de me fourguer une assurance-vie, un truc à la con pour les anciens combattants.

– Hmm, fit Stefanos. T'as vu Costa ?

– Oui, qu'est-ce qui lui prend ?

– C'est un petit monsieur, et je parle pas uniquement de sa taille. Attention, te méprends pas, je l'aime comme un frère. Mais il restera toujours petit, et il le sait. C'est pour ça qu'il se sent obligé de toujours rejeter la faute sur quelqu'un d'autre.

– Faut que j'y aille, dit DiGeordano en descendant de son tabouret.

Nick Stefanos finit sa bière et déposa le verre dans le bac sous le comptoir. Karras glissa la carte de visite de l'agent d'assurances dans la poche de poitrine de sa chemise. Il prit le bac de vaisselle et retourna vers la cuisine en boitant.

21

Burke se tenait droit comme un i, le dos tourné à son bureau, devant la fenêtre, et il regardait la rue en bas.

– Alors, qu'est-ce qu'on choisit, Joe ? Je te laisse décider, vu que tu es personnellement concerné, d'une certaine façon. C'est une partie de la 14e dont on s'est pas encore occupés, et j'aimerais bien mettre la main dessus avant que quelqu'un d'autre le fasse. Alors, je te pose la question : on va d'abord voir Pete Frank ou on s'attaque directement à Nick Stefanos ?

Joe Recevo esquissa un haussement d'épaules. Il sortit de sa poche intérieure de veste un paquet de Raleigh et souffla dedans. Une cigarette pointa à l'extérieur ; il la prit avec ses dents, gratta une allumette et après avoir allumé la cigarette, il déposa l'allumette dans le cendrier posé sur la grande table devant lui. Il recracha la fumée et la regarda traverser lentement la pièce.

– Qu'est-ce que ça change ? demanda Gearhart, les mains croisées sur ses genoux épais. Puisqu'on s'occupera des deux, de toute façon.

Burke se retourna et se glissa dans le fauteuil derrière son bureau.

– C'est juste. Mais la première impression qu'on donne détermine si les autres commerçants du quartier suivent ou pas. La façon dont ça se passe la première fois est très importante.

– Aucun de ces deux gars ne voudra se laisser faire, dit Recevo. Vous en êtes conscient, j'espère ? On n'a pas affaire à de petits immigrants terrorisés.

Reed faisait les cent pas dans la pièce depuis le début de la conversation. Il s'arrêta et s'appuya contre l'armoire vitrée qui renfermait la mitraillette Thompson.

– On a déjà eu affaire à des Grecs, dit-il. On peut leur forcer la main comme aux autres.

– Pas ces Grecs-là, dit Recevo en faisant tomber la cendre de sa cigarette. Stefanos et Pete Frank, ce sont des Spartiates. Vous devez comprendre que...

– Nom de Dieu, dit Reed. Tu vas me dire qu'il y a des types à qui on peut pas forcer la main.

– Du calme, dit Burke.

Reed se décolla de l'armoire et rajusta la veste de son costume en rayonne sur sa large carrure. Il enfonça les mains dans ses poches de pantalon et se remit à faire les cent pas. Quand il passa sous le plafonnier, ses cheveux enduits de Vitalis brillèrent dans la lumière.

– On a déjà rencontré de la résistance, dit Gearhart.

– Évidemment, répliqua Burke. C'est le métier qui veut ça.

Gearhart arracha ses cent cinquante kilos de son fauteuil en soufflant comme un asthmatique. Il commença à enfiler son pardessus et dit :

– Je sais ce qu'on pourrait faire, au cas où ça se passerait pas comme on le souhaite.

– Quoi donc ? demanda Burke.

– On pourrait utiliser la même combine qu'avec les juifs, quand on s'est attaqués à leur boutique d'alcool. On envoie une deuxième équipe, plus sympa, après la première. Et on leur propose un petit rabais, pour leur donner l'impression qu'ils font une affaire. On peut faire ce coup-là.

Reed ricana avec mépris.

– C'est complètement débile.

– C'est une option, malgré tout, dit Burke.

– C'est pas mon domaine, évidemment, ajouta Gearhart, mais je me suis dit que je pouvais toujours aborder la question. (Il adressa un petit mouvement de tête aux autres.) Bonsoir, messieurs.

Reed fit une grimace de clown avec sa bouche, en essayant de capter le regard de Recevo. Celui-ci ne leva pas la tête.

– T'as un rendez-vous, Gearhart ? demanda Reed.

– Bonsoir.

Il se dirigea lentement vers la porte. Recevo écouta grincer le parquet sous son poids ; le bruit des souliers bicolores aux pieds de l'obèse. Gearhart referma la porte derrière lui.

– Où est-ce qu'il file comme ça ? demanda Recevo.

– Il va s'offrir un peu de bon temps, répondit Burke en versant une large dose de bourbon dans le verre épais posé sur son bureau. Gearhart et ses putes.

– Il a intérêt à en trouver une grosse, pour supporter son poids, dit Reed, avec un sourire. Mais je suppose qu'il sait ce qu'il fait. Depuis le temps qu'il fréquente les putes. On raconte que sa mère...

– La ferme, Reed. Inutile de rentrer dans les affaires de famille de chacun. D'ailleurs, j'ai l'impression qu'il y aurait de quoi écrire un roman à quatre sous avec ta propre mère. Je ne reproche pas à Gearhart de trouver son plaisir dans la rue. Chaque homme a besoin d'un exutoire, je suppose.

Un exutoire. Recevo écoutait la voix suave de Burke, et les mots recherchés qu'il aimait utiliser. Il le regarda boire une grande gorgée de bourbon. La voix suave, les mots recherchés, tout cela allait bientôt disparaître avec l'alcool. Il valait mieux régler cette affaire rapidement, avant que

Burke devienne méchant. Burke devenait toujours méchant et négligent quand il avait un coup dans le nez.

– Commençons par Pete Frank, dit Recevo. C'est lui qu'il faut aller voir en premier.

– J'aurais tendance à ne pas être de cet avis, dit Burke. Il y a plus de gars chez Stefanos, et je t'accorde que ce sera plus difficile. Mais si on fait céder Stefanos en premier, tous les autres suivront.

– Monsieur Burke...

– Karras bosse pour Stefanos, dit Reed en se tournant vers Recevo. C'est pour ça que tu veux pas qu'on s'occupe de lui ?

Recevo ne répondit pas. Il tira sur sa cigarette.

– Reed, descends rejoindre les autres. Rassemble deux ou trois gars.

– J'ai pas mon mot à dire ?

– Fais ce que je t'ai dit.

Reed se dirigea rapidement vers la porte, en jetant un dernier regard à Recevo, d'un air entendu. Recevo continuait à regarder droit devant lui. Il aspira une dernière bouffée de tabac et écrasa le mégot dans le cendrier.

Burke vida son verre de bourbon et s'en servit une autre dose, au moins quatre doigts. Il fit tournoyer le liquide ambré dans son verre.

– Tu es heureux ici, Joe ?

– Bien sûr.

– Tu gagnes bien ta vie avec moi, pas vrai ?

– J'ai pas à me plaindre.

– Elle te plaît ta nouvelle bagnole ? C'est une Oldsmobile, je crois ?

– Oui. Elle est chouette.

– Et ce costard que tu portes. C'est un Fruhauf, hein ? Ça t'a coûté au moins 50 dollars.

– 50 et des poussières. J'aime les belles choses.

– Je sais. Tu as une chouette petite amie, aussi. Comment va-t-elle, au fait ?

– Lois va bien.

– Bref, dit Burke, ça roule pour toi.

Recevo toussa dans son poing et regarda autour de lui.

Burke se leva de son fauteuil en prenant son verre. Il se planta devant la fenêtre pour contempler la rue, d'un air indifférent. Recevo réprima un sourire. Burke se croyait impressionnant, debout dans l'encadrement de la fenêtre. Le caïd qui prend son temps avant de faire son boniment.

C'était parti :

– Et ce n'est qu'un début pour toi, Joe. Tu le sais, hein ?

– Merci, M. Burke.

– Je suis sincère. Tu penses que j'essaye de te baratiner ?

Recevo secoua la tête.

– Eh bien, non. Regarde un peu les autres types que j'ai dans mon équipe. Rien que ça et tu devrais bien voir que tu es en tête de liste. Tu iras loin avec moi.

– Ces hommes dont vous parlez, ils sont avec vous depuis plus longtemps que moi.

– Ils ne possèdent pas les qualités que je cherche chez un bras droit. Gearhart est parfait comme conseiller, mais c'est un type bizarre, et il manque de cran. Reed a du cran, mais pas de cervelle. Et je commence à en avoir assez qu'il attire l'attention sur nous avec ses activités extérieures. Cette histoire dans Lafayette Park, l'année dernière, quand il a failli tuer ces deux tapettes en les tabassant...

– J'en ai entendu parler.

– C'est un parfait exemple. Gearhart lui a sauvé la mise, évidemment. Il n'empêche que je ne peux plus le contrôler. J'ai besoin d'un type qui ait la tête froide pour me seconder ; un type qui m'aide à prendre les décisions difficiles. Celui qui peut faire ça, il le regrettera pas.

– Je serai là quand vous aurez besoin de moi, monsieur Burke.

– C'est tout ce que je voulais savoir. (Burke se retourna vers Recevo.) Ce qui nous ramène à la question de ce soir.

– Je vous écoute.

– Je veux que Reed et toi, et deux autres types, vous alliez dans la gargote de Stefanos. Je veux que vous expliquiez à ce Grec comment ça va se passer à partir de maintenant. Je sais bien que ton pote Karras travaille là-bas. Je veux être sûr que ça te pose pas de problème. Alors ?

– Je travaille pour vous. Si vous voulez que j'y aille, j'irai.

– À la bonne heure, dit Burke. Tu me diras comment ça s'est passé.

Recevo récupéra son pardessus sur le dossier de la chaise où il l'avait posé et l'enfila. Il lissa le bord de son chapeau, l'enfonça sur son crâne et l'inclina légèrement. Après avoir salué Burke d'un mouvement de tête, il marcha vers la porte. Burke le suivit du regard en portant le verre de bourbon à ses lèvres.

En bas, dans le vestibule, Face était assis dans un fauteuil : il essayait de faire tomber dans une tasse une balle au bout d'un fil. Reed, debout devant une glace, observait son reflet en fumant une cigarette. Recevo descendit l'escalier.

– O.K., Reed. Va chercher deux types et on y va.

Reed sourit et entra dans le salon où une demi-douzaine d'hommes, assis, buvaient des long drinks et échangeaient des plaisanteries avec deux femmes qui empestaient l'alcool artisanal et le parfum bon marché. Il revint avec un colosse, un Gallois portant un costume bleu et un type de taille et de corpulence moyennes portant un costume croisé à gros carreaux gris. Ils arrivèrent en glissant des revolvers dans leurs ceintures, puis récupérèrent leurs pardessus dans la penderie du vestibule.

– On prend ma voiture, dit Recevo.

– On va chez Stefanos ? demanda Reed.

– Ouais.

– Ah, voilà ce que je voulais entendre.

Recevo sentait le regard de Face posé sur lui.

– C'est qui ce Stefanos ? demanda Le Moyen.

– Un gars qui se laisse pas forcer la main, répondit Reed. (Il sourit et jeta un regard à Recevo, en décochant un coup de poing dans l'épaule du Moyen.) En route, les gars. On va s'amuser un peu.

***

Mike Florek traversa la 14e, en gardant un œil sur la circulation, pendant qu'il regardait à travers la vitre de chez Nick. Nick et Costa étaient là, en train de discuter avec un groupe de grands types costauds étalés le long du comptoir, des Blancs portant des manteaux sur leurs costumes. Derrière la vitre de la porte, Florek apercevait les gros bras marron de Six qui pendaient le long de son corps. Apparemment, il n'y avait aucun client noir, mais cela n'avait rien d'inhabituel ; c'était le soir de Berle, et les combats de boxe de 22 heures étaient terminés depuis longtemps. Florek décida de ne pas s'arrêter pour tailler une bavette ; si Nick et les autres étaient avec des amis, s'ils riaient en buvant des bières, peut-être qu'ils n'avaient pas envie de le voir débarquer.

Arrivé devant chez lui, Florek ouvrit la porte de l'immeuble et monta.

Ce soir, il s'en fichait de rentrer seul, après les moments qu'il avait passés avec Kay. Il était allé chez People en début de soirée et avait fait mine d'être surpris de la voir à son poste, puis après les bavardages d'usage, il lui avait proposé d'aller au cinéma. À son grand soulagement, Kay avait accepté sans émettre la moindre objection. Bien qu'elle soit habillée pour travailler – elle portait un pull et une jupe, avec un collier de fausses perles autour de son long cou –, Florek la trouvait ravissante, aussi ravissante que si elle avait passé la journée à se pomponner pour lui. Il la regarda prendre un échantillon de parfum et s'en pulvériser un peu sur les poignets et derrière les oreilles, juste avant l'heure de fermeture. En sortant, Florek salua d'un petit signe du menton un M. Simms à l'air renfrogné.

– Comment ça s'appelle, ce machin ? demanda Florek, tandis qu'ils marchaient vers le sud. Je le sens même dehors, avec le vent.

– C'est « Soir de Paris ». Tu aimes ?

Kay tendit sa main sous le nez de Florek et ils s'arrêtèrent, le temps qu'il sente son parfum.

– Oui, beaucoup, dit Florek et il déposa un petit baiser sur la veine qui palpitait à l'intérieur du poignet de Kay.

Il ignorait pourquoi il avait été si impulsif et direct – c'était une chose qu'il n'avait encore jamais faite quand il sortait avec une fille pour la première fois, là-bas, chez lui –, mais ici, il se sentait plus mûr, car il vivait seul, il sentait que cela lui donnait certains droits, de manière naturelle. Dieu soit loué, Kay gloussa et lui tapota la joue. Florek comprit alors qu'il avait toutes ses chances.

Le film était bien, léger, dépourvu de scénario et facile à comprendre, ce qui convenait parfaitement à Florek. Kay et lui s'installèrent au balcon du Warner, et à la fin de la première partie, il avait glissé son bras autour de ses épaules ; son bras n'avait pas bougé quand les lumières se rallumèrent. L'un et l'autre tombèrent d'accord pour dire que cette nouvelle actrice, Patricia Neal, avait quelque chose, même si pour Florek, c'était Jack Carson qui emportait le morceau dans son rôle habituel de faire-valoir. Carson le faisait se tordre de rire.

Jackie Harris, le barman dont lui avait parlé Karras, était à son poste derrière le comptoir de « La Couronne », et

Florek et Kay burent chacun deux cocktails après le cinéma. C'était bon marché et il n'y eut aucun problème, même si Florek fut un peu embêté de constater que Kay tenait mieux l'alcool que lui. C'est elle qui dut calculer le montant du pourboire, en voyant que Florek était incapable d'effectuer mentalement ce calcul simple. Après avoir laissé un bon pourboire, ils ressortirent dans la nuit.

Ils marchèrent jusqu'à un arrêt de bus au coin de la 13e et de F Street et attendirent le bus de Kay. Durant un blanc dans la conversation, Florek se surprit à la dévisager, admirant les taches de rousseur qui constellaient l'arête de son nez, et ses cheveux roux que le vent faisait gonfler. Tout à coup, elle prit son visage dans ses mains et l'embrassa sur la bouche, en faisant glisser sa langue contre la sienne. Puis elle appuya doucement son front contre le sien, se recula et sourit.

– Tu trembles, Mike.

– Le froid, sans doute.

Kay rit et l'embrassa encore une fois, alors que le bus s'arrêtait le long du trottoir. Les portes s'ouvrirent et elle monta à bord. Florek lui fit un signe de la main, en se disant qu'il aurait dû monter dans le bus avec elle. Mais il se sentait heureux en rentrant chez lui à pied, et en arrivant près de R Street, il s'aperçut que pas une fois il n'avait songé à son itinéraire pour revenir du centre. Il commençait à connaître cette ville – les rues et les lignes de bus, les endroits où on buvait le meilleur café, où on servait les plus grosses parts de tarte, les raccourcis, les endroits où il ne fallait pas se promener la nuit – et il commençait à l'apprécier. Mais soudain, il pensa : je n'ai pas appelé ma mère depuis une semaine. Il faut que je le fasse ce soir, en rentrant.

En montant l'escalier, Florek fut submergé par un sentiment de culpabilité en imaginant Lola seule dans cette ville, quelque part, sans famille ni amis. Florek, lui, avait des amis, et peut-être même une petite amie maintenant, et avec Karras qui avait promis de rechercher sa sœur, il osait nourrir un peu d'espoir, pour la première fois depuis des mois. Il avait envie de faire demi-tour, de redescendre et d'aller demander à Karras ce qu'il avait l'intention de faire au juste pour l'aider à retrouver Lola. Mais Nick et les autres étaient en pleine conversation avec des amis, ce n'était pas le moment de les déranger. Il devrait attendre pour poser la question à Karras.

22

De la cuisine, Karras regarda l'Oldsmobile s'arrêter devant chez Nick. Il regarda descendre les passagers : un type qu'il ne connaissait pas et le type de taille moyenne qui était dans la ruelle cette nuit-là, et derrière lui, Reed. Recevo descendit ensuite, c'était lui qui conduisait. En le voyant, Karras sentit quelque chose lui nouer l'estomac ; ce n'était ni de la peur, ni de la haine, mais un sentiment entre les deux. C'était étrange ce qu'il ressentait à cet instant : il était presque heureux, et triste en même temps, comme quand on retrouve une chose qu'on a perdue enfant, bien des années plus tard, et qu'on s'aperçoit que ça n'a plus aucune importance.

Karras suivit Recevo du regard jusqu'à la porte. *Ça y est, tu l'as enfin, ta belle bagnole, Joey.*

La clochette de la porte tinta lorsque les quatre hommes entrèrent dans le restaurant. Costa et Stefanos étaient derrière le comptoir ; Six était assis sur son tabouret à l'entrée. Le seul client, un vieux Noir qui était resté après la fin des combats de boxe pour boire une dernière bière, tourna la tête vers les nouveaux venus, tous en costume et pardessus. Ils restaient plantés devant le comptoir, éloignés les uns des autres, totalement immobiles.

– On va bientôt fermer, messieurs, dit Stefanos, qui avait reconnu le brun aux vêtements chics : c'était l'ami de Karras, l'*Italos*.

Des petits gangsters minables, tous autant qu'ils étaient. Qu'est-ce qu'ils lui voulaient, nom de Dieu ?

Stefanos s'adressa à l'Italien :

– Vous désirez ?

– On a le temps de boire une petite bière rapidement ? demanda Recevo.

– Oui, mais rapidement. Faut qu'on ferme.

Jetant un coup d'œil par-dessus l'épaule de Recevo, Stefanos capta le regard fixe de Six.

– Quatre bières, alors, dit Reed. Des Red Caps.

Costa s'essuyait lentement les mains avec un torchon humide, en observant l'*Americanos* aux yeux porcins et à l'air mauvais. Il se tourna vers Nick, qui hocha la tête.

– *Beera, Costa. Ande, re.*

Costa alla chercher quatre Carling dans la glacière. Il les ouvrit avec le décapsuleur Coca-Cola vissé sur le côté de la glacière. En prenant son temps.

Reed regarda le type de taille moyenne avec son costume mal taillé, et d'un mouvement de tête, il désigna le gros Noir assis à côté de la porte. Le Moyen traîna un tabouret tout près du videur et s'assit. Il déboutonna son pardessus et laissa pendre les pans sur ses cuisses. La crosse du pistolet glissé dans son pantalon dépassait de la ceinture. Ses doigts caressèrent la crosse, tandis qu'il observait fixement Six. Celui-ci regardait droit devant lui ; son visage ne trahissait aucune expression.

Reed et Recevo s'approchèrent du comptoir et s'installèrent sur des tabourets. Le Gallois, quant à lui, alla s'adosser contre la vitre ; il ouvrit son manteau et écarta les jambes.

Il y eut un moment de silence. Le vieux Noir vida son verre de bière, déposa une pièce sur le comptoir et s'en alla. On n'entendait que le petit « pop » de la dernière bouteille de bière, le bruit de la capsule qui tomba sur le plancher et le tic-tac de la pendule Blatz Beer au-dessus de la porte.

Costa prit les quatre bières et deux verres. Il déposa les bouteilles du Gallois et du Moyen sur le comptoir, mais aucun des deux ne s'avança. Il posa une bière devant Recevo et une autre devant Reed, avec des verres. Costa glissa la main dans sa poche droite.

– Costa, dit Stefanos. *Siga.*

Reed prit la Red Cap, renversa la tête en arrière et but. Costa observa le cou musclé de Reed, la pomme d'Adam qui montait et descendait, juste sous l'ombre grise de la barbe. Ses doigts jouaient avec le couteau à cran d'arrêt qu'il avait graissé dans la journée. Ce serait facile de sortir le couteau rapidement, maintenant, et de trancher la gorge de cet Américain, un petit coup rapide et hop, une grande entaille rouge, bien nette, de gauche à droite. Pour lui trancher la trachée, vite fait bien fait.

– *Costaki*, dit Stefanos. *Ochi tora.*

Costa sortit sa main de sa poche. Il recula, prit le torchon sur la planche à découper et l'enroula autour de sa main, en serrant. Recevo alluma une cigarette, versa la bière dans son verre et en but la moitié d'une seule traite.

Dans la cuisine, Karras s'avança afin de jeter un coup d'œil au-dessus de la porte battante. Il aperçut le .38 de Nick posé à côté du bac, sous le comptoir. Les yeux de Nick dérivèrent vers le revolver, avant de revenir sur Recevo.

– Vous voulez quelque chose, les gars, dit Stefanos. De quoi s'agit-il ?

– On vient juste vous mettre en garde, dit Recevo.

– En garde ? Contre quoi ?

– Des mauvais éléments qui rôdent dans le quartier, paraît-il.

Costa émit un grognement.

Reed s'esclaffa.

Derrière la porte de la cuisine, Karras put observer Joe pour la première fois : Recevo avait gardé la ligne, ses cheveux peignés en arrière n'avaient pas une touche de gris. Ses yeux avaient commencé à s'affaisser sur les côtés, mais il avait bonne mine. Karras faillit sourire en voyant le feutre avec le ruban mauve, le pli parfait, le chapeau légèrement incliné sur le côté droit. Joe était toujours le plus élégant. Il avait toujours été le plus classe, du temps de la vieille bande, comme aujourd'hui. Joey et ses chapeaux.

– De quels mauvais éléments vous parlez ? demanda Stefanos.

Recevo haussa les épaules.

– On a entendu dire que des gangs arrivent par ici. D'après mes renseignements, ils cherchent à mettre la main sur tous les restaus et les bars du quartier.

– Merci, l'ami, dit Stefanos avec un sourire forcé. Merci pour le tuyau.

Recevo renversa la tête et vida son verre. Il essuya la mousse sur sa lèvre supérieure. Et il dit :

– On pensait qu'on pourrait peut-être vous aider.

– On va se débrouiller, répondit Stefanos d'un ton jovial.

Il désigna Costa et agita la main en direction de Six.

– Ces types dont vous parlez, s'ils viennent nous chercher des histoires, ils vont avoir une grosse surprise. J'ai mes gars avec moi, je me fais pas de souci.

– Ouais, ils ont l'air féroce, dit Reed en adressant un sourire à Costa.

Un nerf fit tressaillir la lèvre de Costa.

– Ssh, ssh, ssh...

Un petit rire sifflant s'échappa de la bouche fine du Moyen.

Recevo tira sur sa cigarette et tapota la cendre au-dessus du cendrier. Son regard balaya la salle, ses yeux s'arrêtèrent sur les cheveux grisonnants de Karras au-dessus de la porte battante de la cuisine. Recevo ferma les yeux, en espérant que Karras aurait disparu quand il les rouvrirait. *Ne sors pas, Pete. Ne sors pas de ta cuisine avec ton foutu tablier. Reste où tu es.*

Costa remit sa main dans sa poche. Stefanos s'avança vers le comptoir.

– Vous avez fini ? demanda-t-il en refermant la main sur le verre de Recevo.

Celui-ci hocha la tête.

– Oui, merci.

– Merci, murmura Reed en imitant le ton de Recevo. On va passer la nuit à s'envoyer des lettres d'amour ou on est là pour parler affaires ?

Recevo ne réagit pas. Stefanos prit le verre et le déposa dans le bac. Il appuya son ventre contre le comptoir et laissa pendre sa main gauche, qui vint caresser la crosse nacrée et lisse du revolver.

– Mon ami est malpoli, dit Recevo avec un petit mouvement de tête vers Reed. Il ne sait pas toujours parler comme il faut aux gens. Mais il a raison. Sauf votre respect, si on peut débarquer ici et faire la loi comme on l'a fait ce soir, que vont faire ces types, à votre avis, quand ils vont se pointer sérieusement ? Hein ?

– Continuez.

– Comme je vous le disais, on a les moyens de vous aider à vous débarrasser de ces types.

– Combien ? demanda Stefanos en saisissant le .38 à pleine main et en levant le canon qui vint buter contre la planche du comptoir, au niveau du ventre de Recevo.

– Cent dollars par semaine, de quoi payer mes hommes, dit Recevo.

Stefanos et Costa éclatèrent de rire. Reed les imita. Tout le monde rit un bon coup, et les rires couvrirent le déclic du chien du revolver.

Karras vit Stefanos sourire avec les autres, tandis qu'il armait le chien du .38. Stefanos avait la seule arme à feu, et Costa son petit couteau italien à deux sous. Avec beaucoup de chance, ils pouvaient peut-être se payer Reed et Recevo. Mais Six était surveillé par Le Moyen, qui l'abattrait sur place, avant de s'occuper des autres. Et il y avait le Gallois, campé sur ses jambes et adossé à la vitre, sûr de lui. Il achèverait ceux qui restaient.

Karras poussa la porte battante de la cuisine. Regardant droit devant lui, il avança en boitant, tandis que tous les types présents tournaient la tête vers lui.

– Tiens, tiens, regardez qui voilà, dit Reed.

Recevo serra dans son poing la bouteille de bière posée devant lui. *Bon Dieu, Pete. Pourquoi a-t-il fallu que tu sortes de ta cuisine, dans cette tenue ridicule?*

Karras sentait les regards sur lui, alors qu'il se penchait en avant pour passer devant Stefanos.

– Excusez-moi, patron. Je vais vous débarrasser de cette vaisselle.

Sous le comptoir, Karras referma la main sur le chien du revolver, prit délicatement l'arme à Stefanos, et tout en gardant la main sur le chien, il pressa la détente, et laissa retomber en douceur le chien sur le percuteur. Il glissa ensuite le .38 sous son tablier. Il prit le bac et repartit vers la cuisine.

Stefanos recula d'un pas, pâle et tremblant. Il regarda Recevo et déclara :

– Je ne paye pas pour être protégé. C'est compris?

– Réfléchissez, la nuit porte conseil. Je vous appellerai demain. On verra ce que vous en pensez.

Reed et Recevo descendirent de leurs tabourets. Le Moyen les imita, en boutonnant son pardessus.

– Faut payer vos bières, dit Costa.

– Paye le petit monsieur, dit Reed au Gallois.

Celui-ci jeta quelques billets sur le comptoir et sortit à la suite des trois autres. Six verrouilla la porte derrière eux. Costa prit les billets sur le comptoir, les roula en boule et les jeta dans la poubelle.

Dehors, sur le trottoir, Reed se retourna pour regarder par la vitre.

– On aurait dû les secouer un peu, dit-il.

– Allons, Reed, dit Le Moyen. Ils ont compris le message.

Les quatre hommes montèrent dans l'Oldsmobile, Recevo au volant et Reed à ses côtés. Recevo mit le contact, démarra, fit un demi-tour dans la 14e et repartit vers le sud.

– Hé, tu as vu ton pote Karras ? dit Reed. (Son visage avait un teint cireux dans la lumière du tableau de bord.) Le grand héros de la guerre avec un tablier ! Il avait moins l'air d'un dur, hein ?

Recevo revoyait la manière dont Karras était sorti de la cuisine, pour éteindre la mèche qui était sur le point de faire sauter le baril de poudre. Ce dingue de petit Grec, celui qui s'appelait Costa, il était prêt à trancher la gorge de Reed, là en plein milieu du restaurant, ça se voyait dans ses yeux. Aucun doute, Karras avait évité une effusion de sang. Mais pourquoi ?

– Hé, t'as entendu ce que j'ai dit ? demanda Reed.

Il donna un coup de poing dans l'épaule de Recevo, pour rire.

– Ton pote, il se prenait pour un caïd dans le temps. On peut dire que je lui ai coupé les ailes à ce Grec de mes deux.

Recevo tourna la tête vers Reed.

– Ne me touche plus jamais, d'accord ? Même pour rire.

– Je disais simplement...
– Je me fous de ce que tu disais.
– Hé, attends un peu !
– J'attends pas. Tu fermes ta gueule.

*
* *

Nick Stefanos versa de la bière dans les trois verres disposés sur le plan de travail dans la cuisine. Il ouvrit une autre bouteille de Ballantine et continua de remplir les verres pour égaliser les niveaux. Costa prit son verre et attendit que les autres fassent de même.

Stefanos tendit un verre à Karras. Celui-ci décolla les fesses de son tabouret, au milieu de la cuisine, pour le prendre. Stefanos prit le dernier verre.

– *Siyiam,* dit-il et les trois hommes burent.

– Aah, fit Costa, en s'essuyant la bouche avec le dos de la main. C'est bon.

Karras sortit un paquet de Lucky Strike de sa poche de poitrine et le tendit à Stefanos. Celui-ci prit une cigarette et lui rendit le paquet. Karras alluma sa cigarette, puis celle de Nick.

– J'aurais pu tuer le gros avec son air mauvais, dit Costa. Je l'aurais zigouillé vite fait.

Stefanos cracha sa fumée.

– Et le gars qui était appuyé contre la vitre t'aurait descendu. Ou alors celui qui braquait son flingue sur Six. L'un ou l'autre, c'était pareil. Ils pouvaient pas te louper. À cette heure-ci, tu serais mort.

– Parlons-en de Six, dit Costa. Ce *mavros.* Il nous a été vachement utile ce soir, tiens.

– Il a bien fait, dit Karras. Il s'est comporté comme il le fallait. D'ailleurs, c'était pas ses oignons.

– Costa a raison sur un point, Karras. On aurait pu régler cette affaire ce soir. Peut-être que quelqu'un aurait été tué, mais au moins, on n'en parlerait plus. Si tu n'étais pas intervenu en...

– Je t'ai sauvé la vie.

– Peut-être que tu as sauvé la vie de ton pote aussi. Je parle de l'*Italos.* Va pas croire que je suis pas au courant. C'est peut-être à ça que tu pensais, en fait.

– Tu te trompes. (Karras baissa les yeux sur sa cigarette.) Joe et moi, c'est fini.

– Alors, pourquoi tu m'as empêché d'agir ? Pourquoi tu m'as pris mon flingue ?

– Parce qu'on ne déclenche pas une fusillade dans un restaurant de la 14e Rue, à moins d'avoir envie de mourir ou de finir en prison. Ces choses-là, ça se prépare. C'est comme n'importe quel combat, faut choisir son endroit et faut recevoir des coups, avant d'en donner. Et le problème n'est pas réglé pour autant. *Katalavenis ?*

– Oui, Karras. Je comprends.

Ils burent encore un peu de bière et laissèrent l'alcool dissiper la tension qui s'était insinuée dans leurs épaules et leurs dos. Karras tira longuement sur sa cigarette et fit tomber sa cendre sur le sol dallé.

– Maintenant, dit-il, faut que tu réfléchisses à ce que tu vas leur dire demain quand ils appelleront.

– Je sais déjà ce que je vais leur dire à ces salopards. C'est *chez moi*, ici. C'est mon nom qui est inscrit sur l'enseigne. Mes problèmes, je les règle tout seul, et je paye personne pour me protéger, nom de Dieu !

Costa passa sa main dans ses cheveux noirs rebelles.

– J'aurais pu tuer cet enfoiré.

– Ils reviendront, dit Stefanos, tu auras une autre occasion.

23

Après avoir fini la vaisselle, Peter Karras passa la serpillière dans la cuisine et balaya partout, en commençant par la salle. Il se débarbouilla et s'aspergea les aisselles au petit lavabo dans la remise ; après quoi, il remit son costume et noua sa cravate. Il retourna dans la salle ; Stefanos était assis sur un tabouret derrière le comptoir, il faisait les comptes de la journée en tripotant un chapelet de billes avec sa main libre.

– J'ai terminé, dit Karras.

– Attends, j'ai bientôt fini. Je te dépose.

– Il ne fait pas froid, dit Karras. Je vais rentrer à pied.

Il vit Stefanos jeter instinctivement un regard en direction de sa jambe estropiée.

– Tu es sûr ?

– Oui, ça ira.

Karras enfila son pardessus, tapota sa poche pour vérifier qu'il avait ses cigarettes.

– Réfléchis bien à ce qui s'est passé ce soir, Nick.

– J'y ai déjà réfléchi, Panayoti. Allez, rentre. À demain.

Des voix résonnèrent au premier étage : un homme et une femme se disputaient à pleins poumons, en échangeant des paroles inintelligibles. Karras et Stefanos levèrent les yeux vers le plafond, en même temps, puis se regardèrent en souriant.

– Costa et Toula, dit Stefanos.

– Un vrai couple de tourtereaux.

– Il ne l'a pas vue de la journée. Ils sont bien obligés de refaire connaissance.

– *Adio,* Nick.

– *Yasou, re.*

Karras remonta U Street en direction de l'est. Il prit son temps, s'arrêtant pour allumer une cigarette et regardant passer les Noirs bien habillés qui se promenaient avec leurs femmes bras dessus bras dessous. La nuit était plus fraîche qu'il ne l'avait cru, mais le ciel était dégagé, lumineux ; le clair de lune nacrait les rues. Karras écoutait les voix des bluesmen qui s'échappaient des clubs, les notes de jazz étrange un peu plus loin dans U Street, les coups de klaxon des taxis et des voitures, le sifflement des pneus sur l'asphalte, l'accent traînant du sud, les rires ; et tout cela le réconfortait d'une certaine façon ; cette chaleureuse et familière symphonie.

Karras adorait marcher dans la ville, il avait toujours adoré ça. De toutes les choses qu'on lui avait volées dans cette ruelle, cette nuit-là, la possibilité de traverser toute la ville sans se fatiguer était la perte la plus cruelle. La frustration s'abattit sur lui aux abords de la 12ᵉ, alors que la douleur augmentait, et il s'arrêta. Il fit signe à un taxi qui passait.

Le chauffeur le déposa au coin de la 6ᵉ et de H Street. Karras régla la course et descendit dans un quartier qui commençait à reprendre son second souffle. Alors que les bars de la ville s'apprêtaient à fermer, c'était comme si tous les taxis roulaient vers l'est. Maquereaux, putes, politiciens, joueurs, flics en vadrouille... tous se rendaient à Chinatown en fin de soirée. Quel que soit votre vice – la bouffe, l'opium, l'alcool, le cul, les dés, les cartes, ou juste le simple plaisir de parler –, vous pouviez le trouver, même très tard, dans cette partie de la ville.

– Hé, Karras !

– Su.

Su était adossé contre son taxi rutilant garé dans H Street ; il bavardait en chinois, à toute vitesse, avec un ami. Ses yeux disparurent derrière un sourire lorsqu'il aperçut Karras.

– Alors, ça s'est passé comme tu voulais dans le Southeast aujourd'hui ? demanda Su.

– Oui, très bien.

Karras repensa à Vera, à sa main qui malaxait brutalement ses seins magnifiques ; il revit son expression d'extase quand il la baisait sur son lit, dans toutes les positions. Il repensa à Eleni, tous les deux dans le fauteuil, en train de s'envoyer en l'air devant le gamin. Et il songea : Je n'ai pas vu ma femme et mon gosse depuis ce matin et je ne me suis même pas arrêté pour glisser une pièce dans un téléphone et les appeler. Quel genre d'homme...

– Tu rentres à la maison ? demanda Su.

À la maison. Et puis merde...

– Je vais peut-être aller boire un verre avant, dit Karras. D'ailleurs, il faut que je te parle d'un truc. Tu m'accompagnes ?

– Avec plaisir.

Su se tourna vers le jeune homme maigre comme un clou et le mitrailla d'un charabia de bridé.

– Allons-y, dit-il en se retournant vers Karras. Mon cousin garde mon taxi.

Au-delà de la 6e se trouvait le quartier des restaurants, sur le territoire des On Leong Tong. En dessous de la 6e, c'étaient les laveries automatiques, appartenant aux Hip Sing. Les On Leong comme les Hip Sing géraient des affaires de jeu et de prostitution, et les uns comme les autres faisaient du trafic de drogue. Les Hip Sing s'occupaient uniquement des catégories « aiguille » et « nez », c'est-à-dire : héroïne, morphine et cocaïne ; les On Leong avaient ajouté l'opium à la liste.

Cathay, le restaurant situé au 624 H Street accueillait les habitants blancs de Washington, les touristes et les membres des conventions. Juste à côté se trouvait un établissement banal, sans enseigne, un terrain neutre pour les On Leong et les Hip Sing, qui accueillait essentiellement des Chinois. C'est là que Karras et Su entrèrent.

L'endroit était enfumé, bondé, bruyant ; les bruits de vaisselle accompagnaient les aboiements aigus d'une langue étrangère. Plusieurs femmes blanches, habillées de vêtements bon marché, trop voyantes, étaient disséminées au milieu des Asiatiques. Un type au visage de grenouille les conduisit à une table et Su lui passa leur commande. Pendant ce temps, Karras alla téléphoner à Boyle pour lui proposer de venir boire un verre, et il lui expliqua pourquoi. Boyle semblait parfaitement réveillé ; il répondit qu'il arrivait tout de suite.

Il regagna leur table. Une femme voûtée leur apporta une théière et deux tasses. Karras se débarrassa de son pardessus, lança son paquet de Lucky et une pochette d'allumettes sur la table et s'assit. Su versa dans les tasses le gin pur que contenait la théière. Il adressa un clin d'œil à Karras, trinqua avec lui en cognant sa tasse contre la sienne, et ils burent. Karras alluma une cigarette.

– Alors, de quoi tu voulais me parler, Pete ?

Karras secoua l'allumette et la déposa dans le cendrier.

– Je cherche une fille. Une pute blanche. Je me disais qu'elle travaillait peut-être pour un mac chinois.

– Tu veux que je te trouve une pute ?

– Non, pas pour moi, Su. Je cherche une fille en particulier. Elle n'est pas d'ici ; elle vient de débarquer.

– Hé, Pete, je suis juste chauffeur de taxi.

– Les Hip Sing sont très implantés dans le secteur de la prostitution, Su. Tout le monde le sait.

– Les Hip Sing ? C'est quoi, ce truc-là ?

– Arrête ton cinéma. Je ne cherche pas à découvrir votre poignée de mains secrète. Je cherche une fille.

Su regarda autour de lui. Ses yeux se posèrent sur un homme mince, vêtu d'un costume trois pièces, assis dans un coin du restaurant, à côté d'une blonde décolorée. Il reporta son attention sur Karras.

– C'est qui, cette fille ? demanda-t-il.

– La sœur d'un copain qui a choisi la voie de la facilité.

– *La Voie de la facilité ?* J'ai vu ce film. Ginger Rogers était très bonne dedans.

– Oui, je l'ai vu aussi. Seulement, c'est pas du cinéma. Un mac lui a mis le grappin dessus et il lui a refilé de la came de premier choix. Un truc qui s'injecte.

Le visage de Su s'assombrit.

– Tu me parles d'héroïne, là. Ou de morphine. Dans les deux cas, c'est mauvais.

– Sûrement. Pour moi, c'est comme le jazz, j'y comprends rien. Tout ce que je sais, c'est que cette fille est une camée qui écarte les cuisses pour se payer un moment de rêve. Et je ne sais pas où la chercher.

– Ça m'étonnerait que je puisse t'aider.

– Je te le répète, c'est la sœur d'un ami.

Su finit son gin et plongea le regard au fond de sa tasse vide. Il la reposa.

– Il y a ce gars, là-bas. Mais c'est pas sûr qu'il veuille te parler.

– Dis-lui que je vis ici. Dis-lui que toi et moi, on se connaît depuis longtemps. Dis-lui ce que tu veux, je m'en fous.

– O.K., j'ai pigé. (Le regard de Su balaya rapidement la salle.) Attends-moi ici.

Il se leva et se dirigea vers la table du coin où le type mince était assis avec la blonde. Karras sortit de sa poche de pardessus la photo de Lola Florek, tandis qu'il regardait Su gesticuler devant l'homme au costume trois pièces et à la cravate assortie. La fausse blonde bâillait pendant que les deux hommes discutaient en chinois. Karras tira sur sa cigarette et tapota sa cendre au-dessus du cendrier.

Su revint au bout de quelques minutes.

– Vas-y. Le type s'appelle Wong.

– Y a quelque chose que je devrais savoir ?

– Il déteste les Japonais. Toi aussi.

– Exact.

Su se rassit et remplit sa tasse de gin. Karras prit la photo et traversa la salle. Il s'arrêta devant la table où étaient assis le type mince et la blonde, et il attendit que l'homme parle. Wong avait une cinquantaine d'années, il avait un visage émacié, creusé de rides qui encadraient comme une parenthèse une petite bouche pincée abritant des dents jaunies et plantées de travers. La femme observa Karras de la tête aux pieds, puis rejeta ses cheveux jaune paille pardessus son épaule ; un geste qu'elle avait vu faire dans un film avec Rita Hayworth et n'avait pas cessé de répéter toute la soirée. Karras la trouvait aussi sexy qu'un cadavre.

– Kawwas ?

– Oui.

– Asseyez-vous, je vous en prie.

Karras se laissa tomber sur une chaise, serra la main moite de Wong et observa son costume : celui-ci avait sans doute coûté un joli paquet de dollars, mais il semblait avoir été taillé par un boucher ; la cravate avait été nouée par un arthritique. La fausse blonde portait une robe en rayonne décolletée, avec une grosse tache d'alcool entre les seins, souvenir sordide d'une autre soirée de débauche et signe annonciateur d'un avenir rempli de soirées identiques.

– Vous voulez boire quelque chose ?

– Non merci. Je ne veux pas abandonner mon ami Su trop longtemps. Il s'ennuie tout seul.

Wong sourit, alluma une cigarette roulée à la main, qu'il laissa pendre au coin de sa bouche. Il releva le menton et plissa les yeux.

– Su me dit que vous avez fait la guerre. Dans le Pacifique.

– Exact.

– C'est là que vous avez eu la jambe amochée ?

– Obus japonais, dit Karras.

Il vit la blonde baisser les yeux sur son genou.

– Vous avez tué beaucoup de Japonais ?

– Des tas.

Wong dévoila ses dents pourries.

– Vous me plaisez bien. Les Japonais, c'est des gens très mauvais.

– Oui, dit Karras *Si tu veux, du moment que ça te fait causer.*

Il fit glisser la photo de Lola Florek sur la table. Wong ne la regarda pas.

– Maintenant, on parle.

– Juste vous et moi, dit Karras.

– Je veux rester, dit la blonde en rejetant par-dessus son épaule ses cheveux aux reflets orangés.

– Tire-toi, dit Wong, en gardant les yeux fixés sur Karras et en désignant la sortie d'un mouvement du menton.

Karras pensa à Recevo ; s'il avait été là, ils auraient bien ri en se foutant de la gueule de ce poids plume. En revoyant Recevo tout à l'heure, Karras s'était souvenu qu'il n'avait pas ri de bon cœur depuis très longtemps.

La femme ricana, en levant les yeux au ciel. Ni Wong ni Karras ne lui prêtèrent attention. Après quelques pauses affectées et grotesques, elle quitta la table. Wong prit la photo et l'examina. La cendre de sa cigarette tomba sur ses genoux.

– C'est pas une de mes filles, dit-il.

– Vous l'avez peut-être aperçue dans les parages. À la Maison de l'Orient, par exemple.

– Comment vous connaissez la Maison de l'Orient, Kawwas ?

– J'ai grandi dans ce quartier. On appelait ça « Le Bordel de l'Orient » quand on était mômes.

Wong hocha la tête.

– Je connais plein des femmes à la Maison de l'Orient. Celle-là, j'ai jamais vue.

Il sortit la cigarette de sa bouche et l'écrasa dans le cendrier.

– Pourquoi vous venez voir moi ?

– Vous avez l'air d'un homme d'affaires. Je vous ai vu assis là avec une pute blonde...

– Toutes mes femmes elles sont blondes, se vanta Wong.

– Pas de Chinoises ?

– Une Chinoise pour dix Chinois. Chinoises trop précieuses pour faire putes. On les épouse et elles deviennent putes autre façon. Pute pour faire enfants, nettoyer la maison.

– Celle que je cherche se drogue également.

– Pas étonnant. La drogue fait putes très dociles.

Karras tapota avec son doigt sur le visage épais de Lola.

– Donc, vous ne la connaissez pas.

– Non.

Karras rangea la photo. Si Su n'avait pas été impliqué, il aurait giflé ce salopard, pour le plaisir. Au lieu de cela, il serra la main de Wong.

– Merci de m'avoir accordé un peu de votre temps.

– De rien, Kawwas. À un de ces jours.

Boyle était arrivé entre-temps, en civil, et il buvait du gin avec Su, à leur table. Karras traversa le restaurant en clopinant, sans se soucier des regards lourds des clients. Il reprit sa place et alluma une cigarette.

– Salut, Jimmy.

– Salut, Pete.

Su vida d'un trait sa tasse de gin.

– Je t'ai vu serrer la main de Wong. Quel effet ça fait ?

– La prochaine fois, je caresserai un serpent.

– Tu as appris quelque chose ?

– Non, rien. Pas même cette foutue poignée de mains secrète.

Su sourit.

– J'aurai essayé, dit-il. Bon, faut que je retourne à mon taxi, pour gagner un peu de fric.

– À bientôt, Su.

– Salut, Karras. Salut, Boyle.

Su s'éloigna d'un pas rapide. Karras versa dans sa tasse le gin contenu dans la théière, en regardant les doigts de Boyle tambouriner sur la table : Gene Krupa avec des baguettes de chair et d'os.

– Tu débordes d'énergie, ce soir, Jimmy.

– J'arrivais pas à dormir. Je suis content que tu m'aies appelé, Pete. Depuis que je travaille plus la nuit, je grimpe aux murs, je sais pas comment m'occuper.

– Tu ne bosses plus comme videur pour La Fontaine ?

– C'est fini. La Fontaine a 81 balais, il va bientôt casser sa pipe. Et les fédéraux ont multiplié les descentes dans les tripots de la région. C'est quoi le nom du nouveau procureur, le gars dont ils parlent dans les journaux tous les jours ?

– Tu fais allusion à Fay ?

– Ouais, c'est ça. Ses hommes ont débarqué dans la boîte de Snags Lewis la semaine dernière ; ils ont raflé 20 000 dollars, rien qu'au Crossroads, et ils ont embarqué plus d'une quarantaine de mecs des loteries et des courses lors d'une descente dans la 9e, le mois dernier; ils ont plombé les affaires pendant une semaine entière. Évidemment, Charlie Ford va les faire libérer. Mais quand même, c'est plus très conseillé pour les flics de bosser comme videurs dans ces clubs. Ils sont tous dans le collimateur. Et ça fait mauvais effet au moment de la distribution des promotions.

– Personnellement, je n'ai jamais aimé ces endroits-là, dit Karras. Pour être franc, ça ne m'a jamais plu de sortir de la ville. Je passais mon temps à regarder par-dessus mon épaule.

– Je te reconnais bien là, Pete.

– Tiens, regarde.

Karras fit glisser la photo de Lola devant Boyle.

– C'est la pute dont tu m'as parlé au téléphone ?

– Oui. Tu peux garder la photo ; le môme en a une autre. Elle s'appelle Lola Florek... J'ai écrit son nom derrière.

Boyle jeta un regard inquiet autour de lui. Karras fit tomber sa cendre dans le cendrier, en dévisageant son ami : il était pâle, flasque, avec des poches sous ses yeux durs et vitreux.

– Tu veux manger une soupe ou autre chose, Jimmy ?

– J'ai pas faim.

– Une bonne soupe, ça te fera du bien. On dirait que tu couves quelque chose.

– Je me suis jamais senti aussi bien. Avec vous, les Grecs, faut toujours bouffer.

– O.K., Jimmy. Comme tu veux.

Ils burent une autre théière de gin, Karras fuma plusieurs cigarettes, et à un moment, au milieu de la nuit, il décida qu'il en avait marre. Boyle avait monopolisé la parole, en parlant des meurtres de prostituées, de leur enfance et d'autres inepties qui avaient de moins en moins de sens à mesure que le temps passait. Comme s'il était amoureux du son de sa voix. Quand Karras se retourna sur le pas de la porte pour lui dire au revoir d'un geste, Boyle était toujours assis et il faisait de la batterie avec ses doigts, il jouait un morceau non identifié, semblable à ces étranges picotements qui apparaissaient, puis disparaissaient dans son crâne.

Une fois sur le trottoir, Karras prit la direction de chez lui. Un coupé Chevy passa dans H Street. Le gamin assis à la place du passager sortit la tête par la portière pour lui crier quelque chose. Karras continua à avancer, en écoutant mourir les rires.

Il entra dans son immeuble et débuta la longue ascension de l'escalier. Il s'arrêta une fois et se pencha pour masser son genou, une habitude qui ne parvenait pas à atténuer la douleur. Enfin, il arriva chez lui, entra sans bruit et accrocha son manteau dans la penderie. Il alla voir Dimitri, se pencha au-dessus du petit lit et renifla les cheveux de l'enfant. En sortant, il laissa la porte ouverte. Dimitri aurait moins chaud.

Il se déshabilla et se glissa sous les draps. Eleni dormait couchée sur le côté; sa respiration était lente et profonde. Karras s'allongea contre elle et passa son bras autour de ses épaules. Il plaqua son bas-ventre contre les fesses de sa femme. Elle remua; il nicha son sexe entre ses cuisses épaisses.

– Pete...

– C'est moi, trésor. Rendors-toi.

24

Debout devant le plan de travail, Mike Florek prit une des tomates qui flottaient dans un bac rempli d'eau, parmi une douzaine d'autres. Il tenait dans sa main un petit instrument qui semblait sorti tout droit de la boîte à ouvrage de sa mère, un objet muni d'un manche orange et terminé par un rond métallique denté. Il planta l'extrémité près du trognon de la tomate, en prenant soin de ne pas l'enfoncer trop profondément sous la peau rouge. Puis, en tournant dans le sens des aiguilles d'une montre, il découpa le tour du trognon, l'ôta et laissa retomber la tomate dans l'eau. Florek aimait ôter les trognons des tomates, afin que Nick puisse les trancher ensuite. Généralement, quand Florek avait fini, Nick venait inspecter le résultat, il émettait toujours une petite critique et félicitait ensuite Florek pour son travail. Mais pas aujourd'hui. Aujourd'hui, Nick s'approcha du plan de travail, souleva le bac de tomates en poussant un grognement et l'emporta dans la salle sans dire un mot. Il était comme ça depuis ce matin, et Costa également.

Florek observa Costa, à l'autre bout de la cuisine; celui-ci ne lui avait pas adressé plus d'une dizaine de mots aujourd'hui. Il avait ouvert son couteau à cran d'arrêt et il était en train de faire une entaille de trois ou quatre centimètres de long en haut du grand étui en cuir posé devant lui. Il fit ensuite une deuxième entaille parallèle à la première, avant de descendre un peu plus bas que le milieu du fourreau pour faire deux entailles identiques avec son couteau.

– Qu'est-ce que vous faites ? demanda Florek.

– Un truc, répondit Costa. Continue à travailler, occupe-toi donc des salades qui sont sous la table. Faut que tout soit prêt pour le déjeuner.

Florek prit le cageot de salades et le laissa tomber sur le plan de travail. Enlever les trognons des salades, ce n'était pas comme enlever les trognons des tomates, c'était un boulot pénible. Après plusieurs minutes passées à écraser le trognon du plat de la main, à le détacher et à plonger les doigts à l'intérieur pour le sortir, il avait déjà hâte de faire autre chose. Les deux premiers jours chez Nick, Florek avait des bleus dans les paumes à force.

– Ah, fit Costa qui avait ôté sa ceinture pour la glisser dans les entailles qu'il avait faites dans l'étui. Il me faut une autre ceinture. Et ce sera impec.

– Quoi donc, Costa ?

– Rien, Florek. Je parle tout seul. Occupe-toi de tes salades.

Costa replia la lame dans le manche du couteau, et le rangea dans sa poche. Il n'y avait rien de mieux qu'un bon couteau quand vous aviez un travail à faire, oui monsieur. Une arme à feu, il fallait la nettoyer, acheter des balles et faire attention à ne pas laisser des douilles derrière soi, et en plus, ça risquait de vous péter à la gueule sans raison. Regardez ce qui était arrivé à Niko avec son pistolet italien de pacotille, là-bas à Batavia, dans l'État de New York. Oui, vous pouviez avoir des pistolets, des fusils ou tout ce que vous voulez ; de près, rien ne valait un couteau.

Costa eut un petit sourire en coin ; il repensait au couteau qui l'avait fait venir ici, en Amérique. C'était un beau couteau, le meilleur qu'il ait jamais eu, une lame de quinze centimètres avec un manche en onyx. Hélas, il avait été obligé de le laisser planté dans le type qui avait épousé sa sœur. Le salopard, il n'avait pas apporté la dot qu'il avait promise quand il avait demandé la main de Stella.

Le jour du mariage, après que le *papathe* les avait déclarés mari et femme, Costa avait interrogé son tout nouveau beau-frère au sujet de la dot promise. Ce salopard avait éclaté de rire, il avait dit à Costa de se détendre, de profiter de la noce, car la dot, la *prika,* c'était un mythe; il avait inventé ça pour obtenir la main de Stella. La *prika* n'avait jamais existé, c'était du vent. Et ce salopard riait, comme si c'était une énorme farce. Costa avait ri, lui aussi; il les avait laissés s'amuser, il avait dansé, mangé leur *fayito* et bu avec tous les autres, il avait même adressé ses vœux de bonheur à sa sœur et à son mari quand ils s'étaient retirés, très tard, pour leur nuit de noces. Et le lendemain matin, au moment où ce salopard menteur et moqueur descendait le chemin pour aller boire son premier *cafe* de la journée, Costa avait surgi de derrière un bosquet d'oliviers à côté du *cafeneion* et il avait enfoncé le couteau à manche d'onyx sous l'aisselle du salopard, d'un coup sec et net, jusqu'à la garde, et il avait tourné la lame d'un quart de tour, tandis que le sang chaud coulait sur sa main. À ce moment-là, un cousin de Costa était sorti de derrière un autre arbre; il lui avait tendu un mouchoir pour qu'il essuie le sang. Costa l'avait remercié et était parti. Il avait continué son chemin sans s'arrêter ce matin-là, jusqu'au Caire d'abord, puis l'Amérique, où il avait rencontré un compatriote spartiate nommé Nick Stefanos, un jeune immigrant qui transportait de la gnôle de contrebande dans le nord de l'État de New York. Costa n'avait jamais regardé en arrière, il n'avait plus jamais contacté sa sœur, il savait qu'il ne pouvait pas retourner au pays, car cet homme avait des cousins, lui aussi. Il n'éprouvait ni regrets, ni remords, même si parfois il rêvait de cette scène, et son rêve s'achevait toujours par l'expression du visage de ce salopard : la surprise, tout d'abord, mélangée à une douleur intense, puis la peur, la peur de l'inconnu et des ténèbres qui se précipitaient vers lui. Aucun doute, de près, rien ne valait un couteau.

– Tu t'occupes des salades ? demanda Stefanos en revenant dans la cuisine, une tomate dans une main, un couteau dans l'autre.

– Oui, répondit Florek, en se demandant pourquoi Nick était si brutal avec lui, si impatient.

– Tu penses avoir fini quand ? La semaine prochaine ?

– J'ai mal à la main, dit Florek. Je me suis fait un bleu l'autre jour, avec toutes ces salades.

– C'est ça, fit Costa en balayant cette réponse d'un petit geste de la main. Tu as plus d'excuses que Carter a de pilules pour le foie, petit.

– J'ai bientôt fini.

– Hokay. Tu me les apporteras dans la salle. (Nick se tourna vers Costa.) Et toi, qu'est-ce que tu fous, bon Dieu ?

– Un truc ! Pourquoi est-ce que tu t'emportes pour un rien ?

– C'est les *nevra*, je suppose. J'attends ce coup de téléphone, c'est tout.

– Ah, fit Costa.

Stefanos retourna dans la salle. Deux Noirs étaient assis dans un box ; ils discutaient à voix basse en buvant du café et en fumant, pendant cette heure creuse entre le petit déjeuner et le déjeuner. Stefanos se dirigea vers le poste de radio et enfonça la prise dans le mur. Le haut-parleur cracha de la musique, un *mavros* qui se lamentait à cause d'une femme qui l'avait quitté pour un autre *mavros*. Stefanos était insensible à cette musique de Noirs. Mais ça faisait plaisir aux clients, alors...

Il regarda le téléphone fixé au mur. Quand cet *Italos* allait-il se décider à l'appeler ?

Il prit une tomate, la serra dans sa main gauche et commença à la couper en tranches fines.

Si ces types croyaient qu'ils pouvaient le racketter, ils allaient avoir une surprise, nom de Dieu.

Le couteau ripa sur la peau de la tomate et la lame dentée râpa le pouce de Stefanos. Il retira sa main, la secoua et examina son doigt. La blessure n'était pas profonde, mais elle saignait déjà. Il appuya son pouce contre son tablier pour arrêter l'hémorragie. Il inspira profondément et relâcha lentement son souffle.

Pas question de se laisser faire par ces types. Dans ce pays, il avait appris tout de suite qu'un immigrant devait défendre son territoire.

Dès l'instant où il avait débarqué à Ellis Island, Stefanos avait compris l'importance de ce principe. Quand sa jeune épouse succomba à la tuberculose, là-bas dans son village natal, Stefanos confia son jeune enfant à sa sœur et partit pour l'Amérique où, disait-on, il suffisait de se baisser pour ramasser l'argent dans les rues. Il travailla comme manœuvre pendant quelques semaines à New York, jusqu'à ce qu'il rencontre dans un bar clandestin un homme qui lui proposa de l'engager comme gros bras pour ses activités de contrebande qu'il dirigeait dans le nord de l'État, à Batavia. Stefanos observa le beau costume du type, sa façon de porter le chapeau, et il accepta la proposition. Peu de temps après, il portait un costume, lui aussi, et il roulait dans une voiture derrière un camion rempli de gnôle, armé d'un pistolet pour protéger la cargaison lors des livraisons hebdomadaires. Le chauffeur de la voiture était un *patrioti*, petit et coriace, nommé Costa, venu d'un village de Sparte pas très éloigné du sien. Les deux hommes étaient rapidement devenus amis.

Durant sept mois, Stefanos et Costa effectuèrent deux tournées par semaine sans aucun incident. C'est lors de la dernière tournée qu'ils tombèrent dans une embuscade tendue par des bootleggers rivaux, après qu'une femme debout au bord de la route, à côté de sa guimbarde en panne, leur avait fait signe de s'arrêter. C'était un coup monté, mais Stefanos s'était méfié d'emblée : aucune fumée ne s'échappait de sous le capot levé, et la femme sonnait faux, beaucoup trop sûre d'elle pour être aussi désespérée qu'elle voulait le paraître. Le temps que les deux hommes armés sortent de derrière les arbres, Ste... nos avait déjà jailli de la voiture en roulant sur lui-même... se releva en ouvrant le feu, blessant les deux hommes a... quatre balles. Quand il pressa la détente pour la cinqui... fois, le pistolet italien lui péta au visage et un éclat de m... brûlant se planta dans sa joue. Costa acheva les deux typ... avec son couteau ; Stefanos entendit leurs râles d'agonie en regardant la fille s'enfuir en voiture.

Ce soir-là, Costa et Stefanos prirent immédiatement la direction du sud et roulèrent toute la nuit, jusqu'à Washington, D.C., où Nick avait l'adresse d'un cousin éloigné qui habitait dans le quartier de Chinatown. Le cousin les hébergea et soigna la joue infectée de Stefanos. Peu de temps après, Nick acheta un Smith & Wesson à crosse de nacre chez un prêteur sur gages, en jurant de ne plus jamais toucher à un pistolet italien. Costa, lui, resta fidèle aux couteaux, et bientôt, il épousa la sœur du cousin de Stefanos, une jeune femme renfrognée prénommée Toula.

De son premier emploi à D.C. – serveur à l'hôtel Washington pour un dollar par semaine plus les pourboires – jusqu'à l'achat de ce restaurant, Stefanos avait toujours travaillé dur. Il fallait baisser la tête, ne pas se laisser distraire en regardant loin devant, pensait-il, car c'était en se mettant des idées dans la tête qu'on risquait de faire un faux pas. Il n'oubliait jamais la fable du chien qui tient un os dans sa gueule et qui, apercevant son reflet dans un étang, lâche son os pour attraper celui qu'il voit, et il perd son os, pour toujours. C'était juste une vieille histoire, il le savait bien, mais le labeur et la concentration, lui avaient toujours réussi. Il aimait ce pays, il aimait tout en lui, les voitures étincelantes et les costumes sur mesure, et les jolies femmes rieuses; il aimait la sensation qu'il éprouvait en descendant la 14e et en introduisant la clé dans la porte, *sa* porte, chaque jour. Et voilà que ces fils de pute croyaient qu'ils pouvaient le faire payer? Qu'ils essayent.

Le téléphone fixé au mur sonna. Stefanos alla décrocher et écouta ce qu'avait à dire l'homme au bout du fil. Il sentit la pression enfler dans sa poitrine, il perçut le tremblement de sa voix et vit les postillons jaillir de sa bouche pendant qu'il parlait. Il raccrocha brutalement et resta immobile; les deux Noirs assis dans le box l'observaient, il les vit détourner la tête devant la noirceur de son regard. Il fit demi-tour et poussa la porte battante de la cuisine.

Costa et Florek avaient arrêté de travailler. Karras sortait juste de la remise, après avoir quitté ses vêtements de ville pour enfiler son pantalon de cuisine et son tablier. Il secoua son paquet de Lucky Strike pour faire sortir une cigarette, qu'il coinça entre ses lèvres.

– Et voilà, c'est fait, dit Stefanos.

– C'était quoi ce boucan dans la salle? demanda Karras.

– Je parlais avec ton ami au téléphone. L'*Italos.*

– Et?

– Je l'ai envoyé se faire foutre.

Le sourire de Costa ressemblait à une grimace.

– *Tora thai thoome.*

– Oui, dit Stefanos. On va bien voir ce qui se passe maintenant.

Karras gratta une allumette et observa le grand Grec à travers la flamme dansante.

– Alors ? demanda Burke.

Recevo fit glisser sa main sur le téléphone.

– Il m'a envoyé me faire foutre.

– Ah ah ! s'exclama Reed. (Il ôta ses pieds de la grande table et se leva.) Voilà qui règle la question. Comment vous voulez qu'on s'en occupe, monsieur Burke ? On y retourne tout de suite, ou vous préférez qu'on attende ce soir ?

Burke se massa lentement les tempes. Ses cheveux étaient ébouriffés et il avait besoin de se raser. Il avait une tête à faire peur. Recevo aurait parié toutes ses économies que Burke s'était soûlé à mort la veille, mais n'importe qui aurait pu faire la même constatation. Burke était ivre presque tous les soirs depuis les fêtes de fin d'année de 48.

– Relax, Reed, dit-il.

– Quoi ? On va laisser ce putain de Grec nous insulter sans réagir ?

– Bien sûr que non. Mais on n'a aucune raison de déclencher une fusillade. Jusqu'à présent, on a eu la chance de ne pas attirer l'attention. Je pense que Gearhart a eu une très bonne idée en suggérant d'utiliser cette bonne vieille tactique de la deuxième équipe.

Les yeux de tortue de Gearhart se déplacèrent sous ses paupières tombantes. Ce fut sa seule réaction. Il resta enfoncé dans son grand fauteuil, les mains croisées sur les genoux.

– Ça a marché dans le passé, dit-il.

– Et ça marchera encore une fois, dit Burke. On envoie une deuxième équipe discuter avec ce Nick, pour lui proposer notre protection à un meilleur prix. Il verra ça comme une aubaine

Il verra rouge, pensa Recevo. *Et il ne crachera pas un sou.*

– Joe ? demanda Burke.

– Ça vaut le coup d'essayer.

– Mais vous pensez à qui pour ça, hein ? demanda Reed.

Burke but une gorgée de café et reposa la tasse sur le bureau.

– Il se trouve que Bender et ses hommes sont venus de Philadelphie pour quelques jours. Ils jouent dans le club de La Fontaine. Bender me doit un service qui remonte à deux ou trois ans.

– Bon Dieu, dit Reed, pas Bender. Ce type est une tapette.

– Je sais que ça te choque, Reed. Mais la vérité, c'est qu'il est... quel est le mot, Gearhart ?

– *Théâtral ?*

– Oui, exactement.

– Pour moi, murmura Reed, il a surtout l'air d'une tapette.

Burke se tourna vers Recevo.

– Qu'en penses-tu, Joe ? Des objections ?

– Appelez Bender.

Recevo souffla dans son paquet de Raleigh pour faire sortir une cigarette.

25

Vera Gardner tendit les mains derrière elle et agrippa les barreaux du lit. Karras s'enfonça en elle, se retira, puis s'enfonça de nouveau, à fond. Le lit se souleva et retomba, dans un grincement de ressorts.

Karras lécha les gouttes de sueur salée qui s'étaient rassemblées dans le sillon entre les seins de Vera. Il mordilla son mamelon rouge et turgescent. Vera se cambra. La main de Karras glissa sur ses côtes saillantes.

– Pete...

Il introduisit un doigt dans sa bouche. Les lèvres de Vera l'emprisonnèrent ; sa bouche était fraîche et sèche. Il resta enfoncé en elle ; Vera poussait avec ses hanches, en décollant les fesses du lit. Elle retint son souffle et jouit dans un spasme. Karras explosa comme une rivière, ses cuisses tremblaient contre celles de Vera. Il laissa retomber sa tête sur ses seins. Elle enfouit ses doigts dans ses cheveux mouillés. Ils restèrent allongés ainsi dans la flaque humide qui s'étalait au milieu du lit.

Ils prirent une douche ensemble, puis s'habillèrent ensemble dans la pièce unique. Karras se dirigea vers une chaise disposée près de la fenêtre, pendant que Vera se maquillait. Il déplaça la chaise de façon à la placer en plein soleil. Il s'assit et alluma une cigarette.

Vera peignait ses longs cheveux blonds, en observant Karras dans le miroir.

– Emmène-moi quelque part, Pete. Tu m'as promis qu'on sortirait.

– Bien sûr, trésor. On sortira.

– La pièce va bientôt s'arrêter au National.

– Tu sais bien que je raffole pas du théâtre.

– C'est une pièce d'Eugene O'Neill. Avec Michael Redgrave et Rosalind Russell.

– Rosalind Russell ? Tu m'aurais dit Jane Russell, peut-être que j'y serais allé.

– Oh, allons, Pete, ce serait chouette. Pourquoi on n'essaye pas de voir s'il reste des places pour ce soir ?

Parce que ce soir, j'ai rendez-vous avec ma femme. Parce que toi et moi, ça ne va pas plus loin que cette chambre. Tu ne comprends rien, Vera. Tu n'as jamais compris.

– Pas ce soir, Vera. Ce soir, j'ai des projets.

Les épaules de Vera s'affaissèrent. Elle s'empressa de détourner le regard. Elle prit un eye-liner et se pencha vers le miroir. Karras remarqua que sa main tremblait lorsqu'elle fit glisser le crayon au-dessus de son œil.

– Qu'est-ce qui ne va pas ? demanda Karras.

– Rien.

Karras savait ce qui n'allait pas. Il avait senti le malaise vibrer en elle, pendant qu'ils étaient couchés dans le lit après avoir fait l'amour. C'était à cause de cette copine à elle, cette femme brune maussade, prénommée Natalie, avec qui Vera travaillait au Bureau du recensement depuis 1946. Natalie qui avait participé au Manhattan Project [1] durant la guerre et qui s'était rendue sur le site à Trinity. Cette fille avait bourré le crâne de Vera avec des informa-

1. Programme archisecret établi pendant la guerre pour étudier à des fins militaires l'utilisation de l'énergie atomique, et qui déboucha sur la fabrication de la première bombe atomique. (*N.d.T.*)

tions cauchemardesques sur la bombe. Elle lui avait transmis son obsession. Depuis, cette histoire ne quittait plus ses pensées : qui avait la bombe, quels étaient les effets, quand allait-elle nous tomber dessus ? ... Et quand Karras la tenait dans ses bras parfois, quand ils faisaient un somme dans l'après-midi, la tête de Vera s'agitait tout à coup et elle se réveillait en sursaut. C'était cette Natalie qui avait introduit ce cancer dans les rêves de Vera.

– Tu penses encore à cette histoire de bombe, hein ?

– Non, répondit Vera, sans pouvoir s'empêcher de tressaillir en entendant son ton peu convaincant. (Elle regarda Karras dans le miroir.) Et toi ? C'est quoi ton excuse ?

– De quoi tu parles ?

– Tu as été bizarre toute la journée.

Karras désigna le lit d'un petit mouvement de tête.

– Bizarre ? Je ne t'ai pas entendue te plaindre.

– Tu sais très bien ce que je veux dire. Quand on fait l'amour, tout va bien. Mais le reste du temps, tu es ailleurs.

Karras tira sur sa cigarette. La fumée qui s'en échappait restait en suspension dans les rayons de lumière qui entraient par la fenêtre de la chambre.

– J'ai revu un vieux copain l'autre jour. En le voyant entrer chez Nick, je n'ai rien ressenti, comme s'il était mort ou je sais pas quoi et que je l'avais rayé de ma mémoire. Mais depuis, je pense à lui de plus en plus. C'est comme si quelqu'un me tapait sur l'épaule, et au moment où je me retourne, il n'y a personne. Mais le doigt reste posé sur mon épaule.

– Ton ami Joe, dit Vera.

– Ouais.

– Le doigt ne s'en ira pas, Pete. Il s'en ira pas tant que Joe et toi, vous n'aurez pas réglé le problème. Tu le sais très bien, et c'est ça qui te tracasse. Tu en es conscient, non ?

– Oui, dit Karras. (Il plissa les yeux à cause du soleil.) D'une manière ou d'une autre, il va falloir que Joe et moi, on règle nos comptes.

Lois Roman s'avança dans le dos de Joe Recevo, nue, noua ses bras autour de ses épaules et fit courir ses mains sur son torse. Recevo se débattait avec son nœud de cravate, essayant de faire un windsor. Il repoussa la main de Lois.

– Pousse-toi, baby, je m'habille.

– Y a pas le feu.

– On a des gars qu'arrivent de Philly [1], ce soir.

– T'as encore quelques heures.

– Je sais. Je me disais qu'on pourrait peut-être aller faire un tour chez Mark Gallagher avant, toi et moi, pour boire des bières.

Gallagher était un bar situé dans Georgia Avenue, près de chez Recevo. C'était un endroit où il pouvait regarder la boxe, tailler le bout de gras avec ses copains et boire des bières pression à 15 cents. C'était essentiellement un bar pour hommes, un peu sinistre, et Lois n'aimait pas du tout cet endroit.

– Oh, chez Gallagher ! dit-elle d'un ton moqueur. Fais gaffe, tu pourrais dépenser un dollar ou deux pour moi par mégarde.

– Peut-être que j'économise pour acheter un joli cadeau.

– Une bague, par exemple ?

Recevo tendit la main derrière lui pour empoigner le cul parfait de Lois.

– Ce qu'il y a entre nous, baby, ça ne s'achète pas dans une bijouterie. (Il lui donna une tape sur les fesses.) Va t'habiller.

Il se retourna pour la regarder se diriger vers la salle de bains. Le cul de Lois, bon Dieu, c'était une sorte de temple.

1. Philadelphie.

Joe sourit, rien qu'à le regarder, en songeant qu'une demi-heure plus tôt, il s'en était barbouillé le visage. Lois s'était assise au bord du lit, elle avait appuyé ses mains derrière elle et repoussé ses longs cheveux noirs pour dégager ses épaules; Recevo s'était agenouillé devant elle, comme à l'église, et il avait enfoui son visage en elle, jusqu'à ce qu'elle crie son nom. Pendant ce temps, ses mains n'avaient cessé de caresser son cul magnifique. Il savait qu'il n'existait rien de meilleur au monde.

Mais le mariage ? Bon sang, Lois était une chic fille et tout ça. En faisant un effort, il pourrait même dire qu'il était amoureux d'elle. Mais le mariage, un emploi stable et honnête, la famille, et bla bla bla, ce n'était pas pour lui. Il devrait faire attention à la manière dont il manœuvrait dans cette affaire, car il faudrait être idiot pour laisser filer un beau petit lot comme ça. Lois et son cul d'enfer. Recevo aurait pu y passer sa vie, sans remonter à la surface pour respirer. Quel était le surnom que lui avait donné Pete, à l'époque où ils faisaient les fous ensemble ? « L'homme-grenouille » parce qu'il adorait plonger dans les chattes. Oui, c'est ça, « l'homme-grenouille ». Pete Karras et ses surnoms.

Karras. C'était curieux ce qu'il ressentait au sujet de Pete. Il ne l'avait plus jamais revu depuis cette fameuse nuit dans la ruelle, en 46, et passé les 6 premiers mois, il n'avait plus guère pensé à lui. Mais maintenant qu'il l'avait revu, c'était comme si quelqu'un lui avait fait remarquer qu'il se baladait sans bras droit depuis trois ans. C'était comme si un gars lui avait tapé sur l'épaule en disant : « Hé, mec, t'as dû perdre ça en chemin » et lui avait tendu son membre. Comme s'il avait vécu comme un estropié pendant tout ce temps, sans même le savoir. Un estropié, comme...

– Alors, Joe ? dit Lois en revenant dans la chambre, dans une jupe moulante, avec des chaussures à talons hauts. Je croyais que tu devais faire ton nœud de cravate.

Recevo se regarda dans le miroir. Il n'avait pas bougé pendant cinq minutes.

– Fais-le pour moi. J'ai la tête ailleurs.

Lois l'obligea à se tourner et lui fit son nœud de cravate. Après l'avoir ajusté, elle lui tapota la poitrine en souriant.

– Merci, baby, dit Joe.

– Allons-y, dit Lois avec un clin d'œil. On ne sait jamais... Peut-être qu'ils pourraient être à court de bières à 15 cents chez Gallagher.

*
* *

– Mike, tu trembles.

– Il fait froid, c'est pour ça.

Kay rit.

– Il ne fait pas froid à l'intérieur, Mike. Regarde les vitres. Comment veux-tu qu'il fasse froid ?

Mike balaya du regard l'intérieur de la voiture. La température s'était réchauffée, en effet ; les vitres s'étaient couvertes de buée depuis la dernière fois où il avait regardé. Il flottait autour d'eux une odeur de sueur, légèrement saumâtre. Florek se demanda si le père de Kay remarquerait cette odeur en montant dans sa voiture. Cette pensée le fit s'agiter sur le siège.

– Hé, où vas-tu comme ça ? demanda Kay en gloussant. Pourquoi tu t'éloignes ?

Elle glissa sa main derrière la tête de Mike et l'attira vers elle. Elle l'embrassa brutalement en frottant sa langue contre la sienne. Florek crut qu'il allait exploser dans son pantalon. Bon Dieu, cette Kay c'était quelque chose ! Puis il sentit qu'elle prenait sa main pour la promener sur la laine de son manteau trois-quarts. Soudain, la rugosité de la laine céda place à la douce chaleur de sa peau : elle avait guidé la main de Florek à l'intérieur de son corsage, dont les boutons du haut s'étaient ouverts par miracle, puis sous son soutien-gorge défait. Les jointures de Mike frôlèrent la bande de dentelle, puis ses doigts emprisonnèrent ses seins dressés, alors qu'il écoutait les gémissements réguliers de Kay; il ouvrit les yeux pour la regarder, même lorsqu'ils s'embrassèrent. Les yeux de Kay n'étaient ni ouverts, ni fermés; son regard était lointain, perdu dans le vague. Son odeur avait envahi toute la voiture maintenant et Florek sentit quelque chose monter dans sa queue; il aurait voulu l'arrêter, mais impossible. Il retint son souffle au moment de l'explosion étouffée, une éjaculation silencieuse qui projeta des jets chauds et saccadés dans le caleçon qu'il avait lavé dans son lavabo cet après-midi.

– Pourquoi tu t'arrêtes, Mike ?

– Je sais pas. (Il repoussa les cheveux qui lui tombaient devant les yeux.) Je suis nerveux, j'ai peur qu'on se fasse prendre.

Kay l'embrassa de nouveau, mais elle s'aperçut que la passion était retombée. Elle posa sa tête sur son épaule.

– Tu as passé un bon moment, hein ?

– Un très bon moment, Kay.

Elle sourit.

– Moi aussi.

Ils restèrent comme ça quelques instants, mais pas longtemps, car Florek craignait véritablement que quelqu'un les surprenne. Un parking à Rock Creek Park, c'était le premier endroit où un flic traquerait les couples qui se bécotent dans le noir. Alors, ils roulèrent un peu, en écoutant la radio, puis Kay le déposa dans la 14e, au coin de U Street, avant de repartir vers le nord pour rentrer chez ses parents à Shepherd Park. Florek l'embrassa par la vitre ouverte avant qu'elle redémarre en trombe. Il sortit sa chemise de sa ceinture afin de cacher la tache grise et humide sur le devant de son pantalon, et il marcha vers le sud.

Encore une super soirée ! Ils étaient allés au cinéma, voir un film de Lassie pendant lequel Florek aurait bâillé du début à la fin sans la présence d'une très jeune actrice nommée Janet Leigh qui lui plaisait beaucoup et lui rappelait Kay. Kay et lui s'étaient pelotés pendant presque tout le film, et après, elle avait proposé qu'ils renoncent à aller manger ou boire un verre, pour aller faire un tour au parc. En repensant à ce qu'ils avaient fait tous les deux dans la voiture, Florek s'aperçut qu'il marchait à toute allure, presque au pas de course, dans la rue. Cette soirée avait été celle des grandes premières. Il avait caressé son premier sein nu, il avait déchargé pour la première fois sans que sa main actionne la détente. Là-bas, chez lui, ses potes se seraient moqués de lui, en disant que jouir dans son froc, c'était pas un dépucelage, mais avec Kay, n'importe quelle façon de faire l'amour lui convenait.

Florek dévalait la 14e en souriant et en songeant combien il était heureux d'être venu ici à D.C. Puis il ralentit le pas et finit par s'arrêter totalement lorsque l'image de sa sœur pénétra dans ses pensées. Lola... Où était-elle à cet instant, nom de Dieu ?

*
* *

Lola Florek leva les yeux vers son reflet dans le miroir tarabiscoté accroché au plafond et légèrement incliné. Son corps était presque entièrement couvert par l'homme allongé sur elle, mais elle apercevait son visage au-dessus de ce dos musclé, et sa tête projetée en arrière à chaque coup de butoir. L'homme serrait les draps dans son poing, tandis qu'avec son autre main, il se tenait aux barreaux du lit. Le lit s'était déplacé légèrement dans le sens des aiguilles d'une montre depuis qu'elle avait commencé à regarder le miroir. Elle en avait fait un jeu ; elle voulait voir jusqu'où irait le lit avant que l'homme ait fini. La douleur était là, présente, Lola la sentait, mais c'était quelqu'un d'autre qui souffrait : la fille dans le miroir. La fille aux traînées noires sur le visage.

Lola entendait les rires et la musique de jazz qui venaient d'en bas. Elle détacha son regard du miroir et sentit la déchirure en elle. L'espace d'un instant, elle fut incapable d'inspirer ou d'expirer. Puis la douleur passa et elle laissa échapper l'air entre ses lèvres.

– Je suis trop sèche, dit-elle.

– Chut, fit l'homme.

– Papa, dit Lola.

– Vas-y, continue, appelle-moi comme tu veux.

*
* *

– Pourquoi vous êtes si pressé, m'sieur l'agent ?

– On a terminé. Et il fait froid ici.

– Si vous, vous avez froid, mettez-vous un peu à ma place, avec le cul contre les briques. Pourquoi vous êtes si nerveux, ce soir ?

– Faut que j'y aille.

– Vous voulez pas me faire l'amour encore un peu, trésor ?

– Vaut mieux pas qu'on me voie avec une pute. Tu le sais bien.

– Une pute de couleur, vous voulez dire.

– Tu sais bien que ça change rien pour moi.

– Non, évidemment. En fait, vous aimez que les femmes de couleur.

– Qu'est-ce que tu dis ?

– Rien, trésor. Je vous ai parlé du mauvais côté, j'imagine. Un jour, cette oreille sourde va vous jouer un sale tour.

– Écoute, Delilah...

– J'aime bien quand vous prononcez mon nom.

– Je me demandais un truc. Si un gars de couleur avait un peu d'argent en poche... et s'il voulait se payer une Blanche, où est-ce qu'il irait ?

– Vous cherchez une Blanche maintenant ? Pourtant, vous avez tout ce qu'il vous faut ici. Vous venez me voir au même endroit, chaque semaine, depuis...

– C'est pas pour moi. Je te parle d'une femme blanche bien précise que j'essaye de retrouver.

– Vous voulez interroger un mac ?

– Non, pas exactement. Quelqu'un qui arrange des rendez-vous, peut-être par l'intermédiaire d'un mac. Des Blanches pour des gars de couleur. Y a pas un nom qui te vient à l'esprit ?

– Attendez, laissez-moi réfléchir. Je connais peut-être quelqu'un que vous pourriez aller voir, ouais.

– Merci, Delilah.

– Tout le plaisir est pour moi, m'sieur l'agent. Allez donc vous mettre au chaud. Si je peux me permettre, vous avez l'air un peu pâle, même par rapport à d'habitude.

*
* *

Parfois, Peter Karras se demandait comment Eleni réussissait à le convaincre de faire certaines choses. Qui aurait pu l'imaginer assis avec sa femme à une table du Casino Royal, en train de regarder une bande de nains réaliser des numéros de jonglage et d'acrobatie sur scène ?

– Allez, Pete, on va danser ce soir, lui avait dit Eleni ce matin, une heure seulement avant qu'il parte rejoindre Vera dans le Southeast.

C'était sans doute pourquoi, se disait-il, il avait accepté : sa culpabilité à cause de Vera, en pensant à ce qu'il allait faire. Mais il devait quand même protester un peu. Sa femme n'en attendait pas moins de lui.

– *Ochi, Eleni.* Pourquoi tu veux aller voir une bande de nains déguisés qui chantent des chansons...

– Ne sois pas si rabat-joie, Pete. Je demanderai à ta maman de garder Dimitri. D'abord, c'est pas n'importe quels nains. C'est les « Hermine's Little People » Leur numéro est célèbre dans tout le pays !

Après quelques cocktails, Karras s'était mis dans l'ambiance. Et Eleni était craquante dans la nouvelle robe qu'il lui avait achetée chez Jelleff. Il la voyait plisser le nez chaque fois qu'un des nains faisait une cascade, et il savait qu'elle prenait du bon temps.

Karras aimait le Casino Royal autant que les autres night-clubs de D.C. La piste de danse était exiguë, mais l'endroit avait une certaine classe, avec ses serveurs chinois qui servaient de la bouffe chinoise et des cocktails à un dollar faits avec de l'alcool de qualité supérieure. L'orchestre maison, le Jive Jack Schafer band, savait swinguer ; il faut dire que Schafer, le chauve, avait été trompette solo avec Harry James. Le numéro de nains était amusant, mais Karras se détendit un peu plus quand l'orchestre de Schafer fit son apparition.

La piste de danse se remplit rapidement. Schafer attaqua d'emblée un standard du swing et les adeptes du jitterburg se déchaînèrent. En apercevant Tommy Rados sur la piste, Karras fut envahi par une bouffée d'émotion ; il ignorait que Rados était revenu entier des Philippines. Aucun doute, il savait danser, ce gars-là. À travers les danseurs, Karras aperçut Face et son épouse, assis à une table de deux, en train de boire. L'épouse de Face, bon sang, elle était presque aussi grosse et moche que lui. Mais Face la tenait par les épaules et tous les deux souriaient comme des adolescents, ils remuaient la tête et sous la table leurs pieds énormes essayaient de battre le rythme. Karras appela un serveur, lui indiqua la table de Face et lui demanda de leur offrir une tournée. Quelques minutes plus tard, Face se tourna vers Karras et lui sourit en levant son verre.

Les nains réapparurent sur scène pour exécuter leur numéro musical pendant quarante-cinq minutes, puis ce fut le retour de Schafer et place à la danse. Karras était à moitié bourré à ce moment-là. Un Grec qu'Eleni connaissait de Saint Sophia vint à leur table pour demander timidement à Karras la permission de danser avec Eleni. Karras savait qu'Eleni mourait d'envie de se trémousser sur la piste, et il donna son accord.

– Ça ne t'ennuie pas, Pete ? demanda-t-elle.

– Va t'amuser, mon cœur. Je vais aller faire un tour au bar. J'ai envie de goûter à autre chose.

– Merci, Pete. Juste une danse.

– Vas-y, baby. Amuse-toi.

Karras prit son paquet de Lucky sur la table, se leva de sa chaise et traversa la salle de restaurant en boitant. Il avisa un tabouret inoccupé au bar et s'y assit.

– Monsieur ? demanda le barman qui transpirait abondamment.

– Une Senate et un verre de whisky. Du Pete Hagen, sur l'étagère là-haut.

Le barman servit les deux verres proprement sur des serviettes en papier. Karras vida le petit verre de whisky d'un trait. Il le fit passer avec de la bière et alluma une cigarette. Une main se posa sur son épaule. Karras jeta un coup d'œil sur sa droite ; la main était à peine moins grande que l'État du Rhode Island. Face s'assit sur le tabouret voisin.

– Tu permets ? demanda Face.

– Je t'en prie.

– Merci pour le verre, Pete.
– De rien, Face. C'est ta femme ?
– Ouais.
– J'avais jamais eu le plaisir. C'est une belle femme.
Face rougit.
– Je lui dirai, ça lui fera plaisir.
– Alors, dis-lui.
Face commanda un rhum Coca et fit signe au barman de remettre la même chose à Karras. Les deux hommes trinquèrent avant de boire. Karras envoya un anneau de fumée au-dessus du bar.
– Alors, comment vont les affaires ? demanda-t-il en regardant droit devant lui.
– Ça peut aller, répondit Face prudemment.
Puis, comme pour s'excuser, il ajouta :
– Remarque, on peut pas dire que je sois très au courant. Tu le sais bien, Pete.
– Bien sûr, Face. Je le sais.
Face posa les yeux sur le genou tordu de Karras.
– Tu sais, Pete...
– Oui ?
– Ah, merde, je suis bourré.
– Moi aussi.
– Je voulais juste te dire... Au sujet de Recevo...
– Eh bien ?
– Je l'ai jamais trop aimé, tu le sais. Mais il faut que tu saches que ce qui s'est passé ce soir-là, avec Reed et les autres, dans la ruelle... devait pas se passer comme ça, normalement.
– C'est-à-dire ?
– M. Burke a jamais demandé à Reed de t'amocher comme ça. Il lui a jamais dit de te péter la jambe à coups de batte...
– Et Joe, Face ?

Face but une longue gorgée.

– J'étais dans le bureau ce soir-là, quand Joe a appelé du bar. M. Burke lui a pas laissé le choix : soit il te livrait à Reed pour recevoir une correction, soit il vous liquidait. Pour de bon. Tu comprends ? Ils auraient tué Joe et toi aussi, si ça s'était pas passé comme ils le voulaient. Mais Reed devait juste te filer une correction, c'est tout.

– Autrement dit, Joe a essayé de sauver sa peau ?

– Et la tienne.

– Tu es en train de me dire que Joe m'a sauvé la vie ? C'est ça ?

Face hocha la tête.

– Oui.

– Regarde-moi, Face. Tu m'as vu traîner la patte dans la salle à l'instant. J'avais l'air de quoi ? Je t'ai semblé vivant ?

Face avait le nez plongé dans son verre.

– Bon Dieu, Karras. Je voulais juste t'expliquer, quoi.

Karras sourit intérieurement et secoua la tête. Il inspira un peu de tabac dans ses poumons.

– Tu es un gars bien, Face. Tu le sais ? Franchement, je ne comprends pas ce qu'un type comme toi fait avec Burke.

Face fut secoué par un ricanement venu du fond de ses tripes.

– Regarde-moi, toi aussi. Je suis gros, je suis moche et complètement idiot. Je suis juste bon à jouer les gros bras. Que veux-tu que je fasse d'autre ?

– Euh... (Karras se racla la gorge et caressa instinctivement son grain de beauté.) Faut que j'aille rejoindre ma femme.

– Je ferais bien de faire pareil. C'est ma tournée, Pete.

– Merci, vieux.

Face jeta des billets sur le bar. Karras vida son verre d'un trait. Il ferma les yeux et tira longuement sur sa cigarette. Le son de la trompette de Jack Schafer explosa dans sa tête.

26

Bender ôta son pardessus et le déposa à cheval sur le dossier d'une chaise inoccupée. Il s'assit devant le bureau de Burke, croisa les jambes et lissa le beau tissu de son pantalon, jusqu'au genou.

– La soirée a été bonne chez La Fontaine ? demanda Burke.

Bender pencha la tête sur le côté.

– J'ai perdu quelques donnes. Alors, j'ai décidé de faire une pause et de venir voir ce que tu avais en tête. J'y retournerai ensuite, pour essayer de récupérer ce que j'ai perdu. Tu sais que je déteste laisser du fric sur la table.

– Tu bois quelque chose ?

– Qu'est-ce que tu m'offres ?

– Un petit bourbon.

– Allons-y pour le bourbon. Mais il m'a l'air trop foncé à mon goût. Coupe le mien avec de l'eau, si tu veux bien.

– Reed.

Burke désigna d'un mouvement de tête le chariot de bouteilles.

Reed prépara un bourbon à l'eau pour Bender et ajouta des glaçons dans le verre. Il emporta la bouteille jusqu'au bureau de Burke, car il savait que M. Burke voudrait l'avoir près de lui, et il déposa le verre dans la main de

Bender. Reed n'aimait pas servir des verres, à qui que ce soit, et surtout pas à une tantouze. Il enfonça les mains dans les poches de son costume en rayonne et recommença à faire les cent pas dans la pièce.

Deux autres types en pardessus se tenaient près de la porte : un rouquin avec un nez écrasé comme un boxeur et un gars au teint mat, trop grand pour son costume. Sûrement un rital, se disait Reed, ou une autre sorte de nègre blanc. Mais en vérité, le colosse à la peau mate, nommé Moon, était originaire de Londres. C'étaient les hommes de Bender. Recevo était assis à la grande table, là où il s'asseyait toujours, toujours seul.

– On est entrés par-devant, dit Bender. Je m'attendais à voir ton géant. C'est quoi son nom, déjà ?

– Face.

– Où il est ? Parti cueillir des bananes ?

– Il a emmené sa femme au spectacle. Un numéro de nains qui passe au Casino Royal.

– Des nains ? Charmant. Tu sais, Burke, tu devrais faire découvrir la vraie culture à tes hommes. Regarde, moi par exemple, avec mes deux gars. D'accord, on est venus jouer. Mais on a également pris des billets pour aller au théâtre après-demain ; on va voir une pièce qui s'appelle *Hamlet.* Elle passe au Little Theatre. Tu connais, non ?

– Oui, je sais où c'est. Dans la 9e, après F Street.

– Tu y es donc déjà allé ! Ça te dirait de venir avec nous ?

– Non, je crois pas.

– C'est avec Larry Oliver dans le rôle principal.

Larry. Recevo observa Bender : les yeux pétillants, avec un grand sourire dans son costume à 75 dollars, un chapeau melon à la main, une fleur en cuir au revers. Il occupait tout l'espace avec ses mains qui voltigeaient, et le ton de sa voix montait et descendait, comme s'il chantait. Pédé ou non, ce Bender était un sacré spécimen.

– Sans moi, dit Burke.

– Comme tu veux.

Burke se servit un quatrième bourbon. Il en versa un peu à côté du verre ; il l'essuya avec sa manche de chemise.

– Écoute-moi, Bender. Je ne vais pas te faire perdre plus de temps, ce soir. Je vais t'expliquer pourquoi je t'ai demandé de passer.

Bender but une petite gorgée de bourbon, en faisant tinter les glaçons dans son verre.

– Je t'écoute.

Burke commença son explication. Recevo sortit son paquet de Raleigh et en alluma une. Il la fuma pendant que Burke parlait. Quand il sentit sur ses doigts la chaleur du bout enflammé, Burke avait terminé.

– Ça m'a l'air assez simple, dit Bender. Si on parlait des dédommagements ?

– Deux cents dollars net si ça marche.

Bender fit la grimace.

– Ça te semble équitable ? Je touche une somme forfaitaire, et toi, tu ramasses le pognon de ce Grec à perpétuité.

– C'est ma ville, dit Burke. Peut-être qu'un jour, si je vais à Philly, je te revaudrai ça.

Bender brossa une peluche imaginaire sur son pantalon.

– Oui, peut-être.

– Alors, c'est réglé.

– Très bien. Mais tu n'as pas parlé des risques. Je n'entreprends jamais rien sans connaître les risques.

– Joe, demanda Burke, combien sont-ils chez Stefanos ?

Recevo réfléchit.

– Entre trois et cinq en comptant le videur. Mais à mon avis, le videur s'écrasera.

– On n'est venus qu'à trois, dit Bender. J'aime pas trop ce rapport de forces.

– Moi non plus, dit Burke. (Une goutte de bourbon coula sur son menton.) J'envisageais de te filer un de mes gars. Un type que le Grec a jamais vu. Joe, qu'est-ce que t'en penses ?

Je pense que tu n'es plus très lucide. Tu deviens sacrément négligent.

Recevo dit :

– Ça me paraît bien.

– Reed, dit Burke, descends chercher un des gars.

Reed arrêta de faire les cent pas.

– Deux des gars étaient avec nous quand on a été chez le Grec la première fois.

– Prends-en un qui n'était pas avec vous ! Bon Dieu, Reed, je suis obligé de tout t'expliquer ?

Reed quitta rapidement le bureau. Burke se massa les tempes ; il regrettait d'avoir donné sa soirée à Gearhart, il aurait pu se décharger d'une partie de ses responsabilités sur lui. Gearhart était un type étrange, mais il savait toujours ce qu'il fallait faire. Heureusement, il lui restait Joe. Joe n'avait pas le crâne vide.

Bender regarda autour de lui, avec une expression amusée. Reed revint dans le bureau accompagné d'un type qui faisait la moitié de sa taille. Le type avait un air renfrogné de nabot ; une cigarette pendait entre ses lèvres, il portait des chaussures à talons et un grand chapeau de cow-boy à haute forme.

Bender sourit.

– C'est lui, votre homme ?

– Il s'appelle Sanderson.

– Hmm.

Bender rit sous cape.

Recevo observa le dénommé Sanderson : comique, s'il n'était pas si pathétique. Puis soudain, une autre image de Sanderson entra dans son esprit : Recevo se revit trois ans plus tôt : en regardant dans le rétroviseur de la Mercury, il avait vu Reed, Sanderson et les autres s'avancer vers Karras sur le trottoir devant la boutique.

Burke se tourna vers Bender :

– Ça te convient ?

– Parfait, dit Bender. En fait, je me dis que ça pourrait être amusant, ce truc-là.

Recevo observait Sanderson et son chapeau à la Tom Mix.

Ce chapeau. Il le portait ce soir-là, dans la ruelle. Je m'en souviens maintenant, très clairement. Et Pete Karras s'en souviendra, lui aussi.

– Et toi, Joe ? demanda Burke. Tu trouves quelque chose à redire ?

Recevo se pencha en avant.

– Non, monsieur Burke. Rien du tout.

Matty Buchner but une gorgée de scotch et laissa son regard balayer négligemment la salle. L'endroit était calme ce soir ; deux hommes d'affaires en déplacement et un gros type solitaire étaient installés au bar. Une entraîneuse avait réussi à se faire offrir un cocktail coupé d'eau par un pigeon, et elle bavardait avec son péquenaud endimanché dans un des boxes. Dans le box voisin, deux putes buvaient des Cocas, en essayant désespérément de capter l'attention des hommes d'affaires au bar. Elles ressemblaient au jumelles Doublemint, mais Buchner savait bien que c'étaient des putes ; il les avait déjà vues travailler dans cet endroit. Leur apparence propre et nette faisait monter le tarif dans les vingt dollars, mais en plein cœur de l'été, quand la ville était morte, vous pouviez vous en offrir une pour dix dollars seulement. Mais pas moins, Matty le savait, car il avait essayé.

Calme plat, ce soir. En hiver, le bar du Hi-Hat permettait généralement de se faire quelques dollars, mais pas ce soir. Les clients avaient gardé leurs pardessus, et la bonne femme du vestiaire, une nana avec une tête à manger du foin, ne se laisserait pas soudoyer. Oui, le Hi-Hat était généralement un territoire de choix pour un pickpocket comme Matty Buchner. Mais pas ce soir.

Buchner aimait cet endroit, même s'il perdait son temps les soirs comme aujourd'hui. Le Hi-Hat était situé à l'intérieur de l'hôtel Ambassador, un des plus récents et des plus chics de la ville, avec air conditionné dans toutes les chambres, et cela attirait l'argent de passage. Aucun doute, ce Cafritz qui avait bâti cet endroit, il avait fait du bon boulot. Buchner se disait qu'il pourrait faire un saut au Madrillon, dans la 15e, pour voir ce que ça donnait là-bas, mais ils ne passaient plus que de la musique de sauvage maintenant, et cette connerie de cha-cha machin, ça lui faisait mal aux oreilles. Même si c'était le calme plat, Buchner décida finalement de rester au Hi-Hat, pour se détendre, voir comment ça évoluait et boire un autre verre. D'un mouvement de tête, il fit signe au barman.

Le barman était un petit connard à l'air grincheux qui ne connaissait pas Matty ni d'Ève ni d'Adam ; c'est pourquoi Matty était encore assis sur son tabouret. Le barman précédent l'avait surpris avec la main dans le manteau en cachemire d'un autre type, un an plus tôt, et il l'avait foutu dehors. Sans oublier le détective de l'hôtel, un gros type chauve qui l'avait à l'œil, lui aussi. Mais Matty avait appris qu'il y avait un nouveau type derrière le bar, la nuit ; c'était ce qui l'avait poussé à revenir.

– Qu'est-ce que je vous sers ?

– Scotch soda.

– Vous avez une préférence ?

– Celui de la maison. C'est bien 45 cents, hein ?

– Oui, pendant l'happy hour. Malheureusement, vous retardez de quatre heures.

– Allons, vieux, sois sympa.

Le barman tapota le cadran de sa montre avec son doigt.

– À cette heure-ci, c'est les prix normaux, *mon vieux.*

– O.K., c'est bon, d'accord. Si tu veux faire le malin.

Le barman fit courir son doigt sur les profonds sillons de son visage buriné, avant de s'éloigner. Buchner plissa un œil; la paupière de son œil de verre demeura immobile.

Ce barman ne trompait personne; ce n'était qu'un vulgaire mac. Buchner l'avait vu discuter avec l'obèse au bar; il avait entendu leur petit arrangement. Depuis qu'il avait perdu son œil, en purgeant sa peine de prison à Shoreham à cause d'un malentendu, son ouïe s'était améliorée. C'était curieux la manière dont ça fonctionnait. L'obèse assis au bar avait demandé au barman « une grosse » et le barman s'était dirigé vers le téléphone fixé au mur, il avait coincé un cure-dent entre ses lèvres fines et passé un coup de fil. Ils se croyaient rusés tous les deux. Mais Matty avait tout entendu.

Le barman lui apporta son verre. Buchner vida le premier d'un trait et repoussa le verre vide sur le comptoir.

Il observa ce gros porc qui était assis au bar; son cul débordait de chaque côté du tabouret. Ce type lui rappelait un acteur de cinéma qui jouait toujours les rôles de dur. Il essayait de se remémorer son nom, mais le seul qui lui venait à l'esprit, c'était Victor Mature. Ce connard ne ressemblait pas du tout à Mature. Mature avait une belle gueule, c'était une star, alors que ce type...

Le téléphone mural sonna; le barman alla répondre. Puis il raccrocha et retourna vers l'obèse. Les deux hommes échangèrent quelques mots que Matty ne put saisir cette fois, car ils parlaient trop bas. Finalement, l'obèse déposa un gros billet sur le comptoir, enfila son manteau et s'en alla. Buchner le regarda partir; ce gros porc lui rappelait un acteur, c'était certain. Mais qui?

Il observa les deux putes propres sur elles dans le miroir, avant de capter son propre reflet. Il se souvenait d'un temps où les femmes le trouvaient beau, mais maintenant, avec son œil de travers... Il regarda de nouveau les putes. Il leur sourit, en se demandant s'il avait assez de fric sur lui pour aller plus loin. Ah, et puis merde. Même s'il avait vingt dollars pour les deux – et il savait qu'il pouvait descendre jusqu'à vingt dollars – comment pourrait-il y trouver du plaisir en sachant qu'elles seraient écœurées du début à la fin, car elles ne supportaient pas de coucher avec un misérable baiseur borgne comme lui ?

Matty Buchner sirota son verre. Pas si mal, finalement, le scotch maison.

27

– Lola... Lola, chérie. Allez, réveille-toi.

Lydia Fortuno ôta sa main de l'épaule de Lola Florek et souleva le drap qui la recouvrait. Lola était couchée en position fœtale, sa robe couleur moka était tire-bouchonnée, elle avait encore aux pieds ses chaussures à talons hauts. Une large tache de sang avait séché au niveau de son bas-ventre. Lydia sentit sa mâchoire se crisper. Morgan ! Ce fils de pute l'avait envoyée dans cette soirée chez les Noirs, vers la 7e, alors que Lydia lui avait pourtant dit que la petite risquait de souffrir. Le salopard qui s'était occupé d'elle l'avait déchirée pour de bon. Lydia avait vu Lola franchir la porte, en essayant de se tenir droite malgré la douleur, alors elle l'avait fait monter directement et lui avait fait sa piqûre. Ça ne la guérirait pas, mais au moins, Lola partirait ailleurs.

– Lola, je t'en supplie.

Lola battit des paupières.

– Quoi ?

– Il faut que tu viennes avec moi, ma chérie.

– Où ça ?

– Morgan m'a arrangé un rencard. Un type lui a réclamé une fille comme moi... bien en chair, tu vois.

– J'ai mal, Lydia. J'ai mal...

– Je sais.

– C'est si bon de rester couchée là.

– Oui, je sais. Mais j'ai la trouille. Toutes ces filles qui ont été tuées, tu sais bien qu'elles étaient... elles étaient faites comme moi. Je t'en supplie, viens avec moi. Je t'ai aidée ce soir quand tu en avais besoin. Est-ce que je t'ai pas toujours aidée ?

Lola leva les yeux vers son amie.

– D'accord, Lydia. D'accord. Aide-moi à me lever.

Lydia débarbouilla Lola et arrangea sa robe. Puis les deux femmes descendirent dans le vestibule. Morgan attendait en bas, en faisant claquer ses gants dans sa paume. Il fronça les sourcils en voyant Lola.

– Qu'est-ce qu'elle fout là ?

– Elle vient avec moi.

– Le client n'a pas réclamé un couple.

– Elle n'ira pas avec nous, monsieur Morgan. Elle attendra dans un coin.

Lola s'arrêta près de la porte d'entrée ; elle serrait dans ses poings les revers de son manteau, les yeux fermés. Elle souriait et hochait la tête, au rythme d'une musique qu'elle était la seule à entendre. Le Victrola dans le salon ne fonctionnait pas ; la pièce était plongée dans l'obscurité.

– Ça ira, dit Lydia.

– Elle a besoin de se reposer.

– J'irai pas sans elle !

Le poing sur la hanche, Lydia regarda Morgan avec un air de défi.

– Tu te plais ici, non ? Tu aimes la chaleur dans ta chambre, tu aimes ton lit moelleux. Tu as déjà oublié d'où tu viens ? Quand je t'ai trouvée, tu écartais les cuisses pour deux dollars, avec les Philippins de Sailor's Row...

– J'irai pas sans elle.

Morgan se gratta le crâne et jeta un coup d'œil à sa montre.

– Très bien. J'ai pas le temps de rester là à écouter tes conneries toute la nuit. Alors, dépêche-toi de la faire monter dans la bagnole.

– C'est vous qui nous emmenez ? Pourquoi on prend pas un taxi ?

– Ordres du monsieur. Il a indiqué l'endroit où je devais te déposer, et c'est ce que je vais faire. Il paye pour se faire plaisir, et il paye bien.

– C'est qui, ce type ?

– Qu'est-ce que j'en sais ! C'est un barman avec qui je bosse qui l'a alpagué.

– Et c'est moi qu'il a demandé ?

– Il veut une fille dans ton genre. (Morgan eut un large sourire.) Heureusement que je garde une grosse vieille pute comme toi.

*
* *

Lydia et Lola étaient assises à l'arrière de la grosse Chrysler Windsor 48 de Morgan ; ils roulaient vers l'est. Lola avait posé sa tête sur les cuisses douces de Lydia et étendu ses jambes. Les lumières des lampadaires glissaient sur les mollets blancs de Lola, disparaissaient, puis réapparaissaient. Lola comptait les secondes qui s'écoulaient entre deux faisceaux lumineux, et elle découvrit bientôt une certaine régularité dans ces intervalles. Ce jeu l'amusait. Lydia chantonnait en caressant les cheveux de Lola.

La voiture ralentit. Lola entendit le moteur rétrograder. Morgan arrêta la Chrysler, sans couper le contact. Il se retourna.

– Allez, on descend.

– Y a personne, dit Lydia.

– Il va arriver.

– Vous allez quand même pas nous laisser là ?

– Il va venir, je te dis. Et j'ai des affaires à régler. Je reviendrai vous chercher dans deux heures. Attendez-moi sur le banc, là-bas, près de l'arrêt de bus.

– Mais...

– Allez, remuez-vous. Tu as voulu de la compagnie, tu en as. Alors, aide-la à se lever et descendez toutes les deux. Je t'ai dit que j'avais des trucs à régler.

Lydia tira Lola par les bras. Elle la fit descendre de voiture et l'entraîna sur le trottoir, tandis que la Chrysler repartait. Elles s'assirent sur un banc en bois, sous l'unique lampadaire du pâté de maisons. Lola avait l'air endormi. Elles étaient dans une petite rue commerçante avec une épicerie, un snack, une boulangerie et une blanchisserie, bien alignés. Une ruelle séparait la boulangerie de la blanchisserie, à l'endroit où la lumière du lampadaire se dispersait, avant de se fondre dans le noir.

Lydia chantonnait la même chanson que dans la voiture, mais d'une voix légèrement tremblante.

– Où on est, Lydia ?

– Quelque part dans le Northeast.

– Le Northeast ?

– T'inquiète pas de l'endroit où on est. Donne-moi ta main.

Lola avança le bras ; elle sentit la grosse main douce de Lydia envelopper la sienne. C'était comme si elle avait plongé sa main dans un bol de pâte à pain toute chaude.

– Mmmm.

– C'est ça, ma chérie. Dors.

*
* *

Lola entendit un cri strident. Comme le hurlement que pousse un chat quand on lui marche sur la queue. Mais plus humain. Violent, de plus en plus fort, puis s'arrêtant brusquement. Lola ouvrit les yeux.

Elle était couchée sur le banc. Sa main pendait dans le vide ; le froid mordait ses doigts nus. Elle avait si chaud à la main tout à l'heure, quand Lydia la tenait dans la sienne.

Lola se redressa. Elle regarda ses cuisses, brossa d'un geste faible l'auréole de sang séché, puis se leva et traversa la rue d'un pas mal assuré.

– Lydia ?

Vacillant sur ses talons, elle regarda son ombre exécuter une danse liquide sur l'asphalte. Elle reprit son équilibre et se faufila entre le pare-chocs arrière de la vieille voiture et la calandre du véhicule plus récent qui était garé juste derrière.

Elle entendit une chaussure racler les pavés, quelque part dans la ruelle. Sans doute Lydia qui se soulageait dans un coin. La Grosse Lydia, elle était capable de s'accroupir n'importe où quand il le fallait. Lydia et Lola, depuis quelques mois qu'elles se connaissaient, elles avaient eu plusieurs fois l'occasion d'en rire.

– Lydia ?

Lola s'arrêta à l'entrée de la ruelle. Dans la faible lumière grise du lampadaire, elle apercevait maintenant la silhouette de Lydia, allongée sur un lit d'obscurité. Lydia se tenait le ventre, comme si elle était malade. Un petit nuage de vapeur montait de son corps.

– Lydia, ça va ?

Lola pénétra dans la ruelle.

Elle se pencha pour secouer Lydia. Elle dérapa et regarda ses pieds. Elle découvrit alors que Lydia était couchée dans une flaque de sang. Elle tenait entre ses doigts plusieurs longueurs d'intestins luisants, semblables à un serpent.

Lola sentit ses genoux trembler.

– Lydia ?

Lydia ne répondit pas. Ses yeux étaient grands ouverts, recouverts d'un léger voile. À travers la déchirure de la robe maculée de sang, Lola apercevait les organes qui émettaient de la vapeur dans l'air froid.

Elle se redressa brusquement, comme frappée par une décharge électrique. Elle voulut hurler, sans y parvenir. Elle appuya sa main contre le mur. Et elle vomit sur les briques.

Lola Florek sentit un choc sourd derrière la tête. Ce fut la dernière chose qu'elle sentit.

*
* *

Lola ouvrit les yeux.

– Ne lève pas la tête, ordonna l'homme qui se tenait devant elle.

Elle regardait fixement les chaussures de l'inconnu. Elles ressemblaient à des chaussures de golf. Lola avait vu des chaussures comme celles-ci dans les catalogues de Lydia, là-bas à la maison. Des chaussures à moitié d'une couleur, à moitié d'une autre. Mais celles-ci, elles étaient éclaboussées de sang sur le dessus. Lola garda les yeux fixés droit devant elle.

– Je ne sais pas quoi faire de toi, dit l'homme.

Sa voix était désespérée et douce.

– Je vous en supplie...

– Je suis désolé, tu sais.

Une larme chaude coula sur le visage de Lola ; une autre resta coincée dans le coin de son œil. La larme la chatouillait ; elle ne cilla pas.

– Je vous en supplie...

– Tu es trop petite, dit l'homme.

La chaussure droite s'envola vers le visage de Lola. Cette chaussure fut la dernière chose qu'elle vit avant longtemps.

*
* *

Lola souleva la tête. Une douleur lui transperça les sinus, jusqu'à l'arrière du crâne. Elle appuya son visage contre la banquette et sentit les vibrations du moteur se propager dans tout son corps. Elle regardait les faisceaux de lumière des lampadaires entrer par les vitres de la voiture.

– J'ai mal, je suis blessée, murmura-t-elle.

Elle ne reconnaissait pas sa voix. Elle promena sa langue à l'intérieur de sa bouche. Sa langue s'introduisit dans l'espace vide où se trouvaient autrefois ses incisives. À cet endroit, sa gencive était tranchante. Elle sentait le goût salé du sang.

Morgan tourna la tête vers la banquette arrière. Il avait les yeux écarquillés et des traînées noires sur le visage.

– Aidez-moi, supplia Lola.

– On rentre à la maison.

La voix de Morgan tremblait.

– Il me faut un médecin.

– Je te soignerai à la maison.

Lola avala du sang. Le sang brûla l'endroit à vif au fond de sa gorge.

– J'ai vu un homme, monsieur Morgan.

– La ferme.

– Mais, monsieur Morgan...

– Je veux pas le savoir.

– Lydia..., murmura Lola.

– Ne prononce plus jamais son nom.

28

– Hé, Panayoti, c'est pour toi ! cria Nick Stefanos par-dessus la porte battante de la cuisine.

Il attendit que Karras traverse le sol dallé jusqu'au téléphone de la cuisine. Quand il décrocha, Stefanos raccrocha de son côté.

– Allô ?

– Salut, Pete. C'est Jimmy Boyle.

– Hé, Jimmy. Quoi de neuf ?

– J'ai peut-être quelque chose pour toi, au sujet de la sœur du jeune Florek.

– Je t'écoute.

– Y a un nègre qui tient un bar clandestin dans la 7e, au niveau de T Street. Il trafique plus ou moins avec Yellow Roberts.

– Yellow Roberts... Tu veux parler de Jim Roberts, le caïd de la came ?

– Lui-même. Le nègre en question s'appelle DeAngelo Ray. Il organise des fêtes avec gin et marijuana. D'après mon informateur, il commande des filles blanches pour ses invités de passage. Il les préfère jeunes et plutôt blondes, si tu vois ce que je veux dire.

– Je vois. C'est où, cet endroit ?

– Là-haut entre le Off Beat et le Club Harlem.

Boyle donna l'adresse précise à Karras.

– Tu m'as l'air un peu énervé, Jimmy.

– Bon Dieu, Pete, j'ai pas fermé l'œil cette nuit.

– Tu es allé faire un tour dans la 14e, vers Colorado Street, hein ?

– Oui, j'ai vu le pharmacien dont tu m'as parlé.

– Fais gaffe avec ce truc-là.

– J'ai déjà perdu plus de deux kilos.

– Fais gaffe, c'est tout.

– Je suis dans une période faste. Avec le nouveau meurtre d'hier soir, la police va mettre le paquet sur cette affaire. Si j'arrive à saisir l'occasion...

– J'ai lu ça dans le *Times-Herald* de ce matin, dit Karras. Ça avait l'air moche.

– Et encore, t'en sais pas la moitié. Mon oncle m'a raconté la vérité. Ce que les journalistes savent pas, c'est qu'on a retrouvé deux types de sang sur les lieux du crime, et deux échantillons différents de cheveux. La pute qui s'est fait buter était brune, mais une autre fille, une blonde, a été blessée elle aussi.

– Mais ils n'ont pas retrouvé la blonde.

– Non. C'est ça, le truc. Si on trouve la blonde, on a un témoin. Et j'ai bien l'intention d'interroger tous les métèques de mon secteur, ce week-end. Je parie que tous les inspecteurs vont en faire autant, d'ailleurs. Ce que je veux te dire, Pete...

Boyle continua à jacasser, mais dans les oreilles de Karras, ses paroles formaient un immense galimatias. Pardessus la porte à double battant de la cuisine, il venait de voir un groupe de quatre types entrer chez Nick. Ils étaient conduits par un homme mince aux mains très expressives, vêtu d'un costume chic et coiffé d'un chapeau melon. Il avait immédiatement engagé la conversation avec Stefanos. Un agréable sourire ornait ses traits délicats.

Un rouquin avec un nez écrasé de boxeur s'était adossé à la vitre, tandis qu'un costaud portant un costume étriqué avait pris position près de la porte. Il n'y avait aucun consommateur dans le restaurant ; c'était samedi matin, la clientèle était rare. Le samedi matin, Karras et Stefanos travaillaient seuls.

Karras reporta son attention sur la quatrième homme : une demi-portion coiffé d'un grand chapeau blanc.

– C'est l'occasion rêvée, disait Boyle au téléphone. Si jamais je trouve une piste dans cette affaire, je pourrai enfin balancer ce putain d'uniforme. C'est mon passeport pour l'insigne d'inspecteur....

– Jimmy... Jimmy, excuse-moi de t'interrompre. J'ai des clients, vieux... Faut que je te laisse.

– O.K., Pete.

– Merci pour le tuyau.

– De rien. À plus tard.

– Ouais, à plus tard.

Karras raccrocha. Glissant sa main sous son tablier, il sortit son paquet de cigarettes. Il coinça la Lucky entre ses lèvres et l'alluma. Instinctivement, il caressa son grain de beauté au coin de la bouche et recula de deux pas dans la cuisine, pour ne pas être vu. De là, il ne voyait pas grand-chose, lui non plus. Il apercevait uniquement le sommet du grand chapeau de cow-boy.

Il tira longuement sur sa cigarette. En regardant à travers la fumée, il sentit une veine palpiter dans son cou.

*
* *

Derrière le comptoir, Stefanos manipulait son chapelet de billes. Il enroulait le lacet de cuir autour de son doigt et faisait glisser les perles dans sa large paume. Les quatre hommes étaient repartis depuis dix ou quinze minutes.

Depuis, Stefanos n'avait pas bougé ; il égrenait son chapelet, en réfléchissant.

– *Ella, Panayoti !* lança-t-il en direction de la cuisine. Viens voir ici. Faut que je te parle.

Karras s'avança dans la salle en boitant. Il s'accouda au comptoir.

– Je t'écoute, Nick.

– Bois une bière avec moi, *re.*

– O.K.

Stefanos alla chercher une Ballantine Ale dans la glacière et la décapsula. Il versa la bière dans deux verres qu'il avait déposés sur le bar. Karras et lui trinquèrent.

– *Siyiam,* dit Karras.

– *Siyiam.*

Karras but une gorgée de bière. Il s'essuya la bouche avec sa manche.

– Tu as vu ces gars qui étaient là tout à l'heure ? demanda Stefanos.

– Oui, je les ai vus. C'était qui ?

– J'en sais rien. Ils savaient que l'*Italos* et ses hommes étaient venus pour essayer de m'impressionner.

– Et ils ont proposé de t'aider ?

– Exact. Le type mince avec le beau costard m'a dit qu'il pouvait me débarrasser de l'*Italos* et des autres pour la moitié de la somme que réclamait l'*Italos.*

– Autrement dit, il veut nous protéger des autres.

– Quelque chose comme ça. C'est ce qu'ils ont dit, en tout cas. (Stefanos se gratta le crâne.) Putain, je sais plus quoi penser. File-moi donc une clope, Karras.

Karras secoua le paquet devant Stefanos. Ce dernier prit une cigarette qu'il coinça entre ses lèvres. Karras l'alluma. Stefanos cracha la fumée vers ses pieds.

– Ils sont de mèche, dit Karras en secouant l'allumette.

Stefanos releva la tête.

– Quoi ?

– J'ai reconnu un des types tout à l'heure. Le petit *skato* avec le chapeau à la Tom Mix. Il bosse pour Burke. L'*Italos*, il bosse pour Burke, lui aussi.

– Bon Dieu.

– C'est une vieille ruse, Nick.

– Et je suis tombé dans le panneau.

– Non, pas encore.

Karras observa Stefanos : il paraissait abattu, désorienté.

– Bon Dieu, qu'est-ce que je vais faire maintenant ?

– Tu sais à quoi t'en tenir. Mais tu dois prendre la décision toi-même. Que tu décides ou non de filer une partie de ton restau à ces types, toi seul peux décider.

– Mon restau. (Les yeux de Stefanos brillaient.) *Mon* restau. Je devrais leur en filer une partie, c'est ça ?

Karras but une gorgée de bière, en observant Stefanos par-dessus son verre.

– Tu sais d'où je viens, Karras ?

– Oui, tu me l'as raconté.

– Ma maison, c'était une cabane en pierre, construite dans le flanc d'une colline. Je dormais sur un sol en terre, *re,* à côté du feu. Toute ma famille vivait dans la montagne au-dessus du village. *O paterous mou,* il était berger, on était obligés de vivre là. Loin de tout le monde. Un hiver, j'ai perdu deux petites sœurs, Karras, tu le savais, ça ?

– Mais oui. Tu me l'as déjà raconté.

– Évidemment. Je sais que je te l'ai raconté. (Stefanos repoussa ses cheveux sur son front.) Et aujourd'hui, voilà ce que je possède. J'ai pris le bateau pour venir ici, j'ai travaillé dur... pour *ça.* J'ai une voiture neuve, un appartement à Mount Pleasant avec du chauffage dans toutes les pièces et un placard rempli de costumes. Et j'ai *ça.* Je suis chez *moi* ici. C'est *mon* nom qui est au-dessus de la porte. *Katalavenis ?*

– Oui, je comprends, dit Karras en reposant son verre sur le comptoir.

Le bruit brisa le silence qui s'était abattu dans la salle.

– Le type mince, celui qui parle comme une femme. Il a dit qu'il voulait une réponse ce soir. Ils vont revenir plus tard, après la fermeture.

Karras regarda Stefanos droit dans les yeux.

– Tu sais, Nick, une fois que tu te lances dans ce truc-là, tu dois être prêt à aller jusqu'au bout.

– Je sais. Laisse-moi m'occuper de ça, d'accord ?

Karras secoua la tête.

– J'aimerais bien. Mais si tu te mouilles, Nick, je te suis.

– Laisse tomber.

– Je te suis, j'ai dit.

– Et moi, je te dis de laisser tomber. C'est mon combat.

Karras regarda brièvement son genou estropié, avant de revenir sur Stefanos.

– C'est le mien, également.

– *Entaxi.*

Stefanos prit le balai qui était appuyé contre la glacière et s'en servit pour taper au plafond en tôle, trois fois. Puis Karras et lui retournèrent dans la cuisine. Le temps qu'ils arrivent, Costa était déjà descendu de son appartement à l'étage du dessus. Il avait les cheveux en bataille, et les mains couvertes de morceaux de viande et d'os.

– Qu'est-ce que tu veux, Niko ? Je suis en train de nettoyer un petit poulet.

– Calme-toi. J'ai un truc à te dire.

Stefanos mit Costa au courant. Quand il eut fini, Costa s'essuya les mains sur son tablier.

– Alors ? demanda Stefanos.

Costa eut un sourire en coin.

– Bien, dit Stefanos. Dis à ta *yineka* d'aller au cinéma, ce soir, *acous ?*

– Toula est pas allée au ciné depuis dix ans.

– Dis-lui d'aller voir une amie, alors. Dis-lui ce que tu veux, je m'en fous. Mais qu'elle foute le camp d'ici.

– Florek travaille ce soir, fit remarquer Karras.

– Alors, va le prévenir qu'il peut prendre sa soirée. Mais paye-le quand même. Dis-lui que j'ai dit qu'il devait sortir sa *koristi*, la rouquine. Dis-lui de prendre du bon temps à ma santé.

– Et toi, que vas-tu faire ? demanda Karras.

– Je vais appeler Lou DiGeordano.

– Voilà qui est parlé, patron ! s'exclama Costa avec un petit rire en tapant dans ses mains.

– Karras, demanda Stefanos, qu'est-ce que tu utilisais contre les Japs, là-bas aux Philippines ?

– J'avais un M-1.

– Je te parle pas de ton fusil, *re*. Je parle de ton *pistola*.

– Un .45.

Stefanos se tourna vers Costa.

– Et toi, *Costaki ?* Tu as besoin d'un truc, avant que j'appelle Lou ?

– J'ai pas besoin d'une saloperie de flingue.

– Tu vas les affronter à mains nues, peut-être ?

Costa secoua la tête. Il cracha sur le sol de la cuisine.

29

Lou DiGeordano entra chez Nick un peu avant l'heure de la fermeture, avec un sac d'épicerie en papier dans les bras. Il salua Six d'un signe de tête en passant devant lui et contourna directement le comptoir pour entrer dans la cuisine où Stefanos et Karras buvaient de la bière et fumaient des cigarettes.

– Lou, dit Stefanos.

– Nick, répondit DiGeordano. Karras Jr.

– Monsieur DiGeordano, dit Karras.

– Comment va ton fiston, Lou ? demanda Stefanos.

– Petit Joey va bien. (DiGeordano s'avança vers Karras et ébouriffa ses cheveux gris.) Un brave garçon, comme toi.

Karras passa sa main dans ses cheveux pour les remettre en place. Il observa DiGeordano, pimpant dans son costume à la coupe impeccable, avec une plume d'oie gris perle plantée dans le ruban de son chapeau. Il avait mis un soupçon de cire sur sa moustache ce soir et les poils noirs et lisses luisaient dans la lumière crue de la cuisine. Karras sourit.

– Qui surveille devant ? demanda DiGeordano. Le *titsune ?*

– Tous les clients sont partis, dit Stefanos. On peut lui faire confiance.

– Où est Costa ?

– Il est derrière, il se prépare.

DiGeordano jeta un coup d'œil par-dessus la porte battante, puis traversa la cuisine pour déposer son sac d'épicerie sur la table. Karras et Stefanos formèrent un demi-cercle autour de lui. DiGeordano plongea la main dans le sac.

– Voilà pour toi, Karras Jr.

Karras écrasa sa cigarette sous sa chaussure. Il prit le .45 que lui tendait DiGeordano. Il soupesa le pistolet automatique en acier. Il tendit le bras à l'horizontale en fermant un œil. Avec le pouce, il arma le chien, le bloqua et tira à vide en visant le mur.

– Ça te convient ?

– Les balles, dit Karras.

DiGeordano lui tendit un chargeur. Karras vérifia le nombre de balles et enfonça le chargeur dans le Colt, avec sa paume. Il mit le cran de sécurité, soupesa de nouveau le pistolet et le glissa dans sa ceinture de pantalon, dans le dos.

– O.K.

DiGeordano sortit ensuite de son sac en papier un petit pistolet automatique bleu acier avec une crosse en noyer.

– C'est quoi ce machin ? demanda Stefanos.

– Un Beretta 3,80.

– Un flingue italien. J'aurais dû m'en douter.

– T'en fais pas, dit DiGeordano avec une étincelle dans les yeux. Moi, j'entretiens mes armes. Celle-ci, elle risque pas de me péter à la gueule.

– Hmmm.

– Et toi, Nick ? T'es paré ?

Stefanos tapota son tablier.

– Je suis prêt.

Costa émergea de la remise et entra lentement dans la cuisine. Il portait une chemise blanche à col boutonné, qui sortait de son pantalon. Le dos au mur, il ne bougeait pas la tête.

– Tu es prêt ? lui demanda Stefanos.

– Oui, Niko, je suis prêt. C'est quoi le plan ?

– Je vais y venir. Mais tu m'as l'air sacrément raide. Tu serais pas angoissé, par hasard ?

– Moi ? dit Costa. J'en ai rien à foutre.

La tête de Six apparut au-dessus de la porte battante.

– Excusez-moi, patron. Mais c'est l'heure de fermer.

– Vas-y, Six. Tu peux t'en aller.

Six observa les quatre hommes, avec un grand sourire.

– Qu'est-ce que vous allez fairc ? Un coup d'État ?

– Pourquoi ? demanda Stefanos. Tu voudrais rester pour regarder ?

– Ça se pourrait, dit Six, si ça concerne les salopards qui sont venus ici l'autre jour pour me braquer avec leur flingue.

– C'est eux, dit Stefanos.

– Dans ce cas, je reste, si ça vous ennuie pas. Seulement...

– Quoi ?

– Ça va vous coûter des heures sup'.

Karras porta son verre à ses lèvres et but. La bière était fraîche dans sa gorge.

*
* *

Bender, le rouquin, le grand brun costaud et Sanderson entrèrent chez Nick peu après 23 heures. La clochette au-dessus de la porte tinta. Bender reluqua Six en entrant, avec un soupçon de sourire. Les quatre hommes se dispersèrent. Debout à côté de Six, coiffé de son grand chapeau blanc, Sanderson ressemblait à un enfant.

Assis derrière le comptoir, Stefanos faisait ses comptes dans un registre en cuir vert marbré. Il leva la tête.

– Monsieur Bender.

– Monsieur Nick, dit Bender en roulant légèrement les R, d'un ton moqueur. On vient trop tard ?

– Non. J'ai des comptes à finir, de toute façon.

Bender se tourna vers Six et gloussa.

– Votre Noir, on l'imagine mieux sous une tente. Il s'est échappé d'un cirque ou quoi ?

Stefanos ne répondit pas.

– Parce que je me disais, reprit Bender, entre votre négro géant et mon petit Sanderson, on pourrait monter un numéro de foire.

Bender s'esclaffa. Le rouquin au nez tordu rit lui aussi. Même les épaules de Sanderson furent secouées par un petit rire. Le grand type brun, sanglé dans son costume étriqué, demeura impassible.

– Bon, fit Bender. (Il sortit une flasque de sa poche de poitrine, la dévissa et but une gorgée.) Si on parlait affaires ?

– Allons derrière, dit Stefanos.

Bender fit un geste en direction de la cuisine.

– Après vous.

Les quatre types rejoignirent Stefanos derrière le comptoir et franchirent à sa suite la porte battante. Six écouta la porte grincer sur ses gonds. Quand les gonds cessèrent de gémir, il verrouilla la porte du restaurant, éteignit les lumières de la salle et l'enseigne au dehors. Il se rassit sur son tabouret, croisa les bras sur la poitrine et contempla d'un air impassible l'obscurité du restaurant.

*
* *

– J'y suis presque, dit Stefanos.

– Hé, arrête ton char, mec ! lança un des hommes.

Sans doute le grand costaud, pensa Stefanos.

– Putain, dit le rouquin. J'y vois rien, moi non plus.

– J'en ai pour une seconde, dit Stefanos. Le temps de trouver la lumière.

– Y a pas d'interrupteur ? demanda Le Rouquin.

– J'ai pas besoin d'interrupteur, dit Stefanos. Ah, voilà... Il suffit de tourner l'ampoule.

Les yeux de Stefanos s'étaient habitués à l'obscurité. En ombres chinoises, il vit les quatre hommes converger vers l'arrière de la remise, où la porte laissait entrer un rai de lumière provenant du lampadaire dans la ruelle.

Stefanos tourna l'ampoule dans le sens des aiguilles d'une montre. Le contact s'établit et une lumière jaune, brutale, inonda la pièce.

Bender fut le premier à voir les hommes devant lui. Costa descendit de la palette sur laquelle il était grimpé. Karras et DiGeordano étaient sortis des toilettes au moment où Stefanos tournait l'ampoule. Ils vinrent se placer à sa droite.

Karras gardait les yeux fixés sur Sanderson. Ce dernier écarta ses petites jambes ; son manteau s'ouvrit. Ses paupières battaient de manière spasmodique ; il essaya de coincer un pouce dans sa ceinture, mais il se mélangea les pinceaux.

La fine lèvre supérieure de Bender tressaillait. Il sourit.

– Une surprise ! J'adore les surprises, pas toi, Moon ?

Il s'adressait au costaud dans son costume étriqué. Moon ne répondit pas. Il inspira profondément et fit gonfler sa poitrine. Le Rouquin tourna brusquement la tête ; il aperçut le cadenas sur la porte de derrière.

– C'est fermé, monsieur Bender.

– Ça veut donc dire qu'on est pris au piège. C'est ça, monsieur Nick ? On est pris au piège ?

Stefanos dénoua son tablier et le laissa tomber par terre. Il le poussa avec le pied. Il sortit de son pantalon à pinces le Smith & Wesson à crosse de nacre et laissa pendre l'arme le long de son corps. Il arma le chien.

Moon glissa la main à l'intérieur de sa veste. DiGeordano sortit le Beretta 3,80 et engagea une balle dans la chambre, d'un geste fluide. Il pointa l'automatique bleu acier sur Moon.

– Du calme, Moon, dit Bender. Inutile de nous énerver.

Karras sortit le .45 qui était glissé dans la ceinture de son pantalon. Il ôta le cran de sûreté.

– C'est pas très fair-play, dit Bender. Vous sortez l'artillerie avant même qu'on ait le temps de discuter. Sauf vous, évidemment, dit-il en souriant à Costa. Dites donc, vous êtes tout petit, vous aussi.

Costa avança d'un pas vers Bender.

– *Costaki,* dit Stefanos, et Costa s'immobilisa.

L'ampoule nue cessa de se balancer au bout du fil ; la lumière se figea dans la pièce.

Bender glissa la main dans sa poche. Stefanos leva son .38.

– Pas d'énervement, dit Bender. Je veux juste boire un coup.

Il sortit la flasque de bourbon, dévissa le bouchon et renversa le flacon. Des bulles d'air montèrent vers le goulot

– Monsieur Bender, dit Le Rouquin.

– Du calme, dit Bender. Tu dois apprendre à te détendre. (Il s'essuya la bouche avec le dos de sa main.) Aaah. Eh bien, monsieur Nick. Peut-être qu'on pourrait s'asseoir, tous les deux, pour discuter ?

– C'est moi qui parle, dit Stefanos. Vous, vous écoutez.

– Comme vous voulez.

– Hokay, dit Stefanos. Vous allez commencer par déposer par terre toutes les armes que vous avez sur vous. Ensuite, vous fouterez le camp d'ici, et vous retournerez voir M. Burke. Vous lui direz que Nick Stefanos, il se laisse pas racketter. Vous lui direz qu'il me foute la paix. Et si jamais vous revenez ici, ou lui, ou quelqu'un qui ressemble à un de ses hommes ou à un des vôtres... Bref, celui qui franchit encore cette porte, c'est un homme mort. Compris ?

Bender regarda derrière lui et sourit à Moon. Celui-ci lui rendit son sourire. Bender reporta son attention sur Stefanos.

– Votre américain n'est pas très bon, dit-il. Mais je comprends quand même. Malheureusement, monsieur Nick, mes hommes et moi, nous n'avons pas pour habitude de déposer nos armes et de foutre le camp, devant n'importe qui. Devant aucun Blanc. Et surtout pas devant une bande de misérables immigrants.

Il y eut un long silence. Finalement, Stefanos dit :

– Je vais vous présenter mes hommes. Lui, c'est Karras. Voici Lou DiGeordano. Et lui là-bas, c'est Costa.

– J'ai aucune envie de connaître vos hommes, dit Bender. Pourquoi est-ce que...

– Je pensais que vous voudriez savoir.

– Savoir quoi ?

– Les noms des hommes qui vont vous tuer.

Bender rejeta la tête en arrière et éclata de rire. Un rire aigu et outré. Costa cracha par terre.

– *Poosti,* dit Costa.

Bender plissa les yeux; son sourire s'évanouit.

– Comment il m'a appelé ?

– Ordure, dit Karras.

– *Uh,* fit Stefanos.

Bender vida d'un trait le reste de bourbon. Il lança la bouteille par-dessus son épaule. L'air s'engouffra dans le goulot, qui siffla à travers la pièce. La bouteille se brisa contre le mur de briques.

– *Uh*, fit Bender. Tu entends ça, Moon ? Ces Grecs et ces Italiens qui poussent des grognements comme des bêtes. C'est ces types-là qui vont nous tuer ? (Il écrasa son index sur sa poitrine.) Ils vont me tuer, *moi ?*

– Bande de métèques, dit Moon.

– Ouais, exactement, dit Bender. Des métèques. Qu'est-ce que je te disais au sujet des Grecs ? Ils valent pas beaucoup mieux que les nègres.

Costa s'avança. Il glissa la main dans son dos, saisit le manche de la machette et la sortit du fourreau fixé entre ses omoplates. Il souleva la machette au-dessus de sa tête ; la lame scintilla dans la lumière.

Bender laissa échapper un hoquet de surprise. Costa abattit violemment la machette, en poussant un hurlement. La lame entailla la peau à la base du cou de Bender, trancha la carotide et s'enfonça en diagonale dans la colonne vertébrale. Le sang jaillit comme un geyser, éclaboussant l'ampoule nue. Bender s'écroula, en gesticulant frénétiquement.

Karras fut le premier à ouvrir le feu. Son tir fit sauter le chapeau blanc en même temps que le haut du crâne de Sanderson. Karras continua à tirer, clouant Sanderson contre le mur de briques avec les balles de .45. Il sentit alors le souffle des armes de Stefanos et DiGeordano exploser autour de lui, et il vit le Rouquin et le dénommé Moon décoller de terre en se contorsionnant de manière horrible sous la force des projectiles. Il voyait les balles ricocher sur les briques, les douilles éjectées et les hommes qui s'effondraient en essayant de dégainer leurs armes. Leurs visages avaient viré au gris, ils flottaient dans le nuage de fumée qui s'était répandu dans la pièce.

On entendit le déclic d'un chien qui claque sur une chambre vide, le râle d'un homme qui pousse son dernier soupir, et le tintement d'une douille en cuivre qui rebondit sur le sol en ciment.

– Karras, dit Stefanos.

Mais Karras avançait déjà vers Sanderson. Il enjamba le corps du boxeur, mort et bien mort, ses cheveux roux collés par le sang écarlate. Arrivé devant Sanderson, il lui décocha un coup de pied en pleine tête. Il récidiva, et cette fois, son pied arracha quelque chose d'épais et de granuleux dans la bouillie du haut du crâne. Karras s'apprêtait à frapper une troisième fois, mais une main épaisse se referma sur son bras.

– Karras, dit Stefanos d'une voix maîtrisée. Tu peux le tuer qu'une fois.

Karras recula.

Costa appuya son pied sur le visage de Bender, afin de récupérer la machette.

Lou DiGeordano s'approcha de Moon. Le colosse creusait les reins pour essayer de respirer. DiGeordano appuya le canon de son Beretta au centre de la poitrine de Moon et pressa la détente. Une gerbe de sang l'éclaboussa au moment où il tournait la tête.

– Fils de pute, cracha DiGeordano.

– Tiens, dit Stefanos en lui lançant son tablier, qu'il avait ramassé par terre.

DiGeordano le saisit au vol et s'essuya le visage.

Costa avait le teint livide.

– Je vais chercher le papier de boucherie dans la cuisine, dit-il.

Il revint quelque minutes plus tard, suivi de Six. Ce dernier se figea en voyant les cadavres. Il aperçut ensuite le sang et les bouts de chair éparpillés sur le mur de briques.

– Quelqu'un est passé dans la rue ? s'enquit Stefanos.

– Non, personne.

En fouillant les poches de Bender, DiGeordano découvrit une enveloppe et des clés. Costa dépouilla les autres de leurs affaires personnelles, pendant que DiGeordano lançait les clés à Six.

– Tiens. Tu as vu dans quelle bagnole ils sont arrivés ?

Six hocha la tête.

– Oui. Une vieille Ford.

– Va la chercher. Fais le tour et viens te garer devant la porte de derrière.

– Entendu.

– J'aurai besoin de ton aide ensuite, dit Costa. Il me faut un homme fort pour m'aider à découper ces salopards.

– C'est pas dans mon contrat, dit Six.

– Laisse tomber, dit Stefanos. Tu en as fait assez. Amène la bagnole dans la ruelle et rentre chez toi.

Six retourna dans la salle. DiGeordano ouvrit l'enveloppe pour examiner son contenu.

– Tiens, des billets pour un spectacle. Une pièce de théâtre ou un truc dans ce genre. Un machin qui s'appelle *Hamlet.*

– Je les prends, dit Karras, et il glissa l'enveloppe tachée de sang sous sa chemise.

Stefanos sortit ses clés de sa poche pour ôter le cadenas de la porte de derrière. Il l'entrouvrit afin d'évacuer l'odeur de cordite et de mort. Deux chats se faufilèrent par l'ouverture et vinrent renifler les corps. Un des deux sauta sur la poitrine de Bender, approcha son museau de la plaie béante et écarlate entre l'épaule et le cou. Costa chassa l'animal.

– Saleté de *gatas !*

– Qu'est-ce que tu vas en faire ? demanda Stefanos.

– Je vais faire plaisir aux poissons demain matin, Niko, voilà ce que je vais faire. T'inquiète pas pour ça, d'accord ? Je m'occupe de ces types, et du *caro* aussi. T'inquiète pas.

– Je m'inquiète pas, dit Stefanos.

Mais il se demandait déjà quel châtiment Dieu réservait aux hommes qui ôtaient la vie à d'autres hommes.

Karras éjecta le chargeur vide du Colt. Il le glissa dans sa poche de pantalon.

– Monsieur DiGeordano, dit-il.

– Oui, fiston ?
– Il vous reste des munitions pour ce .45 ?
– Dans le sac.
– Et l'étui ?
– Dans le sac aussi.
– Ça vous ennuie si je garde le flingue un petit moment ?
– Pas de problème, Karras Jr. Vas-y.

Karras soupesa le Colt dans sa paume, puis ses doigts se refermèrent autour de la crosse, fermement. Il aimait cette sensation ; cette arme était faite pour sa main.

30

Le lendemain était un dimanche et Peter Karras se rendit à l'église. Il accompagna Eleni, le petit Dimitri et sa mère, qui portait une robe noire avec des socquettes et des chaussures orthopédiques noires. Karras n'avait pas mis les pieds dans cette église depuis le baptême de son fils, il y a plus d'un an.

En entrant dans le narthex, Karras aperçut quelques-uns des parents et quelques-uns des enfants avec qui il avait grandi, eux-mêmes parents maintenant, et il répondit par un hochement de tête poli à ceux qui le saluaient, sans toutefois engager la conversation. Quelques vieux *grias* regardèrent son genou estropié sans la moindre honte, avant d'échanger des murmures. Karras les ignora. Il alluma un cierge orange pour son père, se signa, puis embrassa l'*icona* et alla s'asseoir avec sa famille sur un banc situé à droite de l'autel, dans le fond de l'église.

Dans les années 30, quand Karras était encore enfant, les hommes s'asseyaient à droite de l'église et les femmes s'asseyaient à gauche. Karras s'asseyait toujours à gauche avec sa mère, car son père se rendait rarement à la messe. Ce souvenir lui revint en regardant Dimitri qui était assis, mal à l'aise, entre sa mère et sa grand-mère sur le banc.

Le père Laloussis célébra l'office; les verres de ses lunettes à monture métallique brillaient parfois dans la lumière. Laloussis possédait une voix banale et il n'était pas particulièrement dynamique, mais il s'était occupé de Georgia Karras après la mort de son mari, et Karras trouvait que c'était un prêtre bien, autant que pouvait l'être un prêtre. Karras écouta la liturgie, en fermant parfois les yeux pour savourer le chœur, respirant l'odeur agréable de l'encens qui formait un nuage lourd dans l'église. Il ne prit pas la peine de s'interroger sur la signification des versets récités ou des paroles chantées. Mais quand le père Laloussis sortit la coupe de la communion, Karras s'avança en même temps que les autres pour recevoir le corps et le sang du Christ, comme on le lui avait appris. Il but le vin et mangea le pain, et il se signa en reculant, car il se disait qu'un homme qui en avait tué un autre la veille avait intérêt à mettre toutes les chances de son côté. De retour à sa place, il goûta le *antithoron* qu'il tenait dans sa main. Laloussis reprit son sermon, récité en grec, et Karras laissa dériver son regard.

Perry Angelos était assis devant, à sa place habituelle, avec Helen et leurs deux petites filles. Derrière eux se trouvaient M. et Mme Nicodemus; cette dernière était entièrement vêtue de noir, six ans après la mort de Billy. À côté des Nicodemus était assis Nick Kendros, qui avait possédé et tenu le Woodward Grill, près de la bourse de D.C., où des hommes juchés sur des estrades inscrivaient les chiffres au fur et à mesure sur des tableaux noirs. Karras connaissait la fille de Kendros, prénommée Ruby, et il la trouvait très jolie. Quand Karras et ses copains entraient au gril, quand ils étaient enfants, Kendros, un type de petite taille, trapu, avec une épaisse tignasse de cheveux noirs et d'immenses yeux doux, les accueillait toujours de la même manière, de sa voix profonde et théâtrale : « Bienvenue au

Wall Street de Washington, les gars ! » C'était un endroit décoré à la new-yorkaise, climatisé comme la plupart des cinémas de la ville. Nick Kendros avait souvent invité Karras et ses amis à déjeuner, et il n'était pas rare de voir Kendros ramasser dans la rue un type dans la dèche pour lui offrir un café ou un bol de soupe.

Mais Perry, les Nicodemus et Nick Kendros n'étaient pas les seules personnes que connaissait Karras. En balayant les bancs du regard, il s'aperçut qu'il connaissait ou reconnaissait presque tous ceux qui se trouvaient dans l'église ; il les avait connus au catéchisme, à l'école publique ou bien dans les commerces qu'ils tenaient, des commerces alimentaires essentiellement, éparpillés à travers D.C.

Il y avait d'autres occasions durant lesquelles il voyaient tous ces gens, rassemblés comme aujourd'hui. Il y avait le pique-nique annuel à Marshall Hall, auquel il avait assisté l'an dernier. Avec sa petite famille, il avait pris le *SS Wilson* sur la jetée de la 7e, et après avoir descendu le Potomac, ils avaient débarqué sur la rive du Maryland, en face du mont Vernon. Les Grecs montaient sur le bateau avec leurs paniers remplis de nourriture, des poêles débordantes d'agneau, des plats de *pastitso* et des saladiers de *salata choriatiki.* Dès que le bateau accostait, ils se précipitaient pour choisir la meilleure table de pique-nique, et ensuite, il y avait des courses en sac, des tours de montagnes russes et on dansait au son de la musique exécutée par un groupe de musiciens jouant du bouzouki, du cymbalum et de la clarinette. Les plus vieux restaient assis et se faisaient servir par leurs épouses ; ils buvaient un peu d'ouzo ou du *mastica* et jouaient aux cartes, pendant que les plus jeunes, ceux qui avaient été américanisés, restaient avec leurs femmes et leurs enfants. Le père de Karras était encore en vie lors de ce dernier pique-nique à Marshall Hall. C'était un des joueurs de cartes, et Karras était resté assis à table avec lui, sans se préoccuper d'Eleni et de son fils.

Karras observa Dimitri sur le banc ; sa main disparaissait dans celle de sa mère.

Son regard glissa vers la jolie jeune femme assise devant lui. Il se pencha légèrement pour essayer de capter son parfum. Elle avait un gros grain de beauté en relief sur le haut de son épaule nue. Karras imagina sa langue passant sur ce grain de beauté. Il jeta un coup d'œil par-dessus l'épaule de la jeune femme pour voir ses longues mains posées sur ses genoux, et il imagina ces mains sur son corps, en train de caresser sa queue. Lorsque la jeune femme tourna légèrement la tête, Karras put étudier ses lèvres ourlées et sa bouche entrouverte. Il imagina le rouge à lèvres étalé par ses baisers, en se demandant si elle ouvrirait à peine la bouche, comme maintenant, lorsqu'elle se mettrait à haleter, juste avant de jouir.

En observant cette femme, et les deux ou trois autres qu'il avait repérées depuis le début de la messe, Karras se souvint que c'était la seule raison pour laquelle il aimait venir à l'église. Et il se demanda si les autres hommes observaient eux aussi les femmes présentes, avec les mêmes pensées honteuses.

Mais qui étaient réellement ces hommes ? Il pensa à ces Greco-Américains qui allaient à l'église tous les dimanches, qui trimaient comme leurs pères avant eux, qui savaient combien il en coûtait de s'engager pour devenir un homme, comme il était difficile de rester sur le droit chemin, comme il était facile de chuter, mais qui, en définitive, parvenaient à tenir bon. Pourquoi ne suis-je pas resté sur le droit chemin comme eux ? Pourquoi suis-je devenu *ça ?*

– Maudit sois-tu, papa, marmonna-t-il.

Puis il se signa et ferma les yeux de toutes ses forces, en comprenant qu'il venait de maudire son père mort dans la maison de Dieu.

*
* *

Après la messe, tous les fidèles se rassemblèrent sur les marches de pierre devant l'église, passant d'un groupe à l'autre pour se saluer et échanger des plaisanteries, mais pas très longtemps, car si le ciel était clair, le froid était mordant. Eleni, Dimitri et Georgia Karras s'étaient arrêtés à l'intersection de la 8e et de L Street ; Dimitri s'amusait à tourner autour du lampadaire, en faisant glisser ses doigts sur les ornements en fonte. Ils attendaient Peter Karras, qui avait été intercepté par Perry et Helen Leonides en haut des marches.

Perry et Karras échangèrent une poignée de mains.

– Ta famille est magnifique, Perry, dit Karras.

– La tienne aussi, dit Perry.

Karras sourit à Helen qui tenait leur bébé, Diana, dans ses bras, tandis que la petite Évthokia était debout près d'elle. Toujours aussi bien faite, Helen portait maintenant sur son visage les jolies marques du temps : quelques rides en forme d'éventail aux coins des yeux. Helen lui rendit son sourire, mais il y avait un soupçon de pitié dans le regard qu'elle adressa à Karras, en observant ses cheveux blancs, puis la posture tordue qu'il devait adopter quand il déplaçait le poids de son corps pour soulager son genou estropié.

– Perry, dit-elle. Il fait froid pour les *pethia.*

– Emmène-les dans la voiture, chérie. J'arrive tout de suite.

Helen se pencha en avant et embrassa Karras sur la joue.

– *Adio,* Pete.

– Prends soin de toi, Helen.

Perry et Karras regardèrent Helen et les enfants traverser la rue, en direction d'une Packard Super 8 garée le long du trottoir.

– Belle bagnole.

Perry rougit.

– Y a beaucoup de chromes. Tu crois que ça fait trop, Pete ?

– Ne sois pas timide, vieux. Tu travailles dur, tu mérites de te payer des belles choses, pour toi et ta famille. Tu as ouvert un deuxième commerce ?

– Oui, le mois dernier. J'y travaille quelques heures. Entre ça et les travaux de la maison...

– Tu as acheté une maison ?

– Oui, un petit bungalow à Silver Springs. Si tout se passe bien, on devrait emménager dans deux semaines.

– Tu vas quitter la ville, alors ?

– Pour les gamins. Tout ce qu'on fait maintenant, c'est pour les gamins.

Karras observa Perry : le ventre mou, le crâne dégarni, une paire d'épaisses lunettes noires posées sur son gros nez. Pas encore 30 ans, et il ressemblait déjà à son père. Mais Perry avait toujours eu une tête de vieux, même gamin. Bizarrement, ça lui allait bien.

– *Ella,* Pete ! lui cria Eleni du coin de la rue.

– Commencez à avancer ! répondit Karras. Je vous rejoins ! (Il se retourna vers Perry.) Tu as une voiture neuve, un commerce prospère, une nouvelle maison, une jolie femme et deux beaux enfants. Pas étonnant que tu aies l'air si malheureux.

Perry éclata de rire.

– Arrête de me charrier, Pete. Tu sais bien que je ne pourrais pas être plus heureux.

– Je sais, vieux. Et je suis heureux pour toi.

Perry dansa nerveusement d'un pied sur l'autre.

– Si seulement la vie ne filait pas si vite, Pete. On n'a même plus le temps de se voir.

– Ouais, ça fait un bail.

– Peut-être qu'on pourrait sortir un soir, toi et moi. On irait voir un match de boxe ou un truc comme ça.

Helen fit rugir le klaxon de la Packard. Les deux hommes se retournèrent ; elle était assise à l'avant et faisait signe à Perry de venir.

– Vas-y, on t'attend, dit Karras.

Perry posa sa main sur son bras.

– Je parle sérieusement, Pete. J'ai pas eu l'occasion de parler avec toi depuis l'enterrement de ton père.

Karras regarda autour de lui les hommes et les femmes rassemblés sur les marches de l'église ; il baissa la voix.

– Ne te sens pas obligé de traîner avec moi, Perry. Tu te débrouilles très bien sans moi. Tu comprends ? À ce stade de la partie, tu ne vas pas tout foutre en l'air.

– Arrête de te foutre de moi, Pete.

– Je te dis ce que je pense.

Perry ôta ses lunettes, les plia et les glissa dans sa poche de pardessus.

– C'est bizarre, l'image qu'on a de soi, Pete. C'est une chose, mais il y aussi la manière dont les gens te voient.

– Qu'est-ce que tu racontes ?

– Tu crois que je suis une sorte d'enfant de chœur, qui fait toujours ce qu'il faut, et qui est récompensé comme il le mérite. J'ai eu de la chance, je le reconnais. Et c'est comme ça que tu me vois. Mais la vérité, c'est que quand on était gosses, c'était à *toi* que je voulais ressembler. J'avais envie de salir mon froc de temps en temps, comme toi. J'ai jamais su taper dans une balle comme toi, j'ai jamais su lancer des vannes comme toi, ni draguer les filles comme toi. Tiens, même pendant la guerre, je me suis retrouvé dans un bureau, et toi, t'étais là-bas, pour faire ton devoir, tu mettais ta vie en jeu, comme un homme digne de ce nom. Quand on était mômes, je te voyais te balader dans la rue avec ton père, et je me disais : « Voilà deux vrais durs. » Et je savais... Crois-moi, Pete, je savais déjà que je ne serais jamais ce genre d'hommes.

– Mon père.. Oui, je suis exactement comme mon père. Je bois trop, je n'ai aucune ambition et je traite ma femme comme une domestique, comme si c'était mon esclave. La plupart du temps, je ne rentre même pas dîner...

– Pete...

– ... et je ne suis même pas capable d'aimer mon propre fils. (La voix de Karras se brisa.) Je suis comme mon père, Perry. Je suis un homme, c'est sûr. À tel point qu'une seule femme me suffit pas. J'ai une maîtresse...

– Nom de Dieu, Pete, dit Perry en évitant le regard de Karras. Je veux pas le savoir.

Karras se pencha vers le visage de Perry.

– Tu as toujours voulu être un homme dans mon genre ? Il y a de quoi rire, Perry. La vérité, c'est que tu es plus un homme que je le serai jamais. Tu l'as toujours été. Tu ne comprends pas ?

Helen klaxonna de nouveau. Perry se tourna vers la voiture et fit un signe de la main. Quand il se retourna, Karras constata qu'il avait les yeux rouges.

– Faut que j'y aille, dit Perry. J'ai pas encore lu le journal du dimanche. Skeezix est dans la ferme familiale avec Nina et Chipper. Chipper croit qu'on peut faire du lait en mélangeant du son et de l'eau...

– Laisse tomber, Perry. J'ai pas lu « Gasoline Alley » depuis plus de 10 ans.

– Moi, je continue à le lire.

Karras sourit.

– Vas-y. Va rejoindre ta famille.

– *Adio,* Pete.

– *Yasou,* Perry.

Perry Angelos descendit les marches de l'église et traversa la rue. Arrivé à sa voiture, il posa la main sur la poignée et se retourna. Eleni, Dimitri et Georgia Karras s'éloignaient lentement en direction de leur appartement. Peter Karras s'éloignait dans la direction opposée, en boitant. Perry s'installa au volant, mit le contact et démarra.

– Qu'est-ce qui se passe ? demanda Helen.

– Rien, dit Perry. C'est le vent qui me pique les yeux.

– Tu ferais mieux de mettre tes lunettes, chéri.

– Tu as raison.

Perry sortit ses lunettes de sa poche et les chaussa. Helen glissa sur son siège pour appuyer sa tête sur son épaule.

– Pete n'avait pas l'air en forme, hein ?

On dirait que tout se referme sur lui de tous les côtés. Comme s'il avait pénétré dans une ruelle entièrement murée.

– Moi je l'ai trouvé bien, dit Perry.

Helen déposa un baiser derrière l'oreille de son mari. Il sourit.

– Pourquoi tu as fait ça ? demanda-t-il.

– Parce que je suis heureuse, voilà tout.

– Moi aussi je suis heureux.

À l'arrière, Évthokia donna une tape sur le bras de Diana. Une dispute éclata et Diana se mit à pleurer.

– Ça suffit, vous deux, dit Helen. Arrêtez !

– Laisse-les jouer, dit Perry, qui aimait entendre l'émotion contenue dans les voix de ses filles.

Il passa son bras autour des épaules de Helen et l'attira contre lui.

*
* *

Vera Gardner ouvrit la porte. Elle apparut sur le seuil de l'appartement en jupon et soutien-gorge noirs. Elle tenait à la main un gros verre rempli de whisky avec de la glace. Elle le porta à ses lèvres.

– Il est un peu tôt, non ? dit Karras.

– Oui, sans doute. Tu en veux un ?
– Plusieurs.
Vera rit en agitant son pied pour montrer sa chaussure à semelle compensée en vachette, avec des lanières.
– Tu aimes ?
– Seymour Troy. Je les ai vues chez Hahn.
– 12 dollars 95. J'ai pas pu me retenir.
– Laisse-moi entrer, baby, avant d'attraper la crève.
– Tu ne m'aimes pas dans cette tenue ?
– Je t'aime de toutes les manières, répondit Karras. Je t'aimerai encore plus quand on sera à l'intérieur.
Il entra dans la pièce et referma la porte derrière lui d'un coup de talon. Il lança son feutre sur le lit. Sous le lit, il aperçut les poignées des valises de Vera qui dépassaient.
– Un scotch, ça te va ?
– Parfait.
Elle lui servit un verre et le lui apporta. Il le prit et but comme un assoiffé. Vera s'approcha de lui, lui prit le verre des mains et le posa sur la commode. Karras observa ses yeux pétillants, elle était à moitié ivre, et elle avait des traînées noires sur le visage.
– Tu as pleuré.
– Je crois.
– Pour quelle raison ?
– Des trucs.
Elle plaqua sa bouche sur la sienne et l'embrassa avec fougue.
– Serre-moi, Pete.
– D'accord.

*
* *

Karras ouvrit les yeux. Il bâilla, regarda l'heure indiquée par le cadran rectangulaire de son Hamilton : presque

2 heures de l'après-midi. Il prit appui sur un coude, roula sur le côté et se colla contre Vera. Avec son doigt, il traça un cercle autour du mamelon vermillon de son sein droit. Bon Dieu, elle avait des nichons parfaits ; les plus beaux qu'il ait jamais touchés.

D'un geste nonchalant, Vera se gratta le nez. Karras regardait ses yeux s'agiter derrière ses paupières closes. Elle poussa un petit gémissement, remua les lèvres et agita la tête dans tous les sens. Un filet de sueur était apparu sur sa lèvre supérieure. Les draps étaient mouillés sous elle, humides de transpiration et des traces de leurs ébats, une demi-heure plus tôt. Vera sentait légèrement la sueur et l'odeur âcre de l'alcool flottait dans l'air.

Soudain, elle décolla la tête de l'oreiller. Elle regarda Karras avec des yeux écarquillés, étonnés, comme si elle le voyait pour la première fois aujourd'hui.

– Du calme, mon trésor. Ce n'est que moi. Tu as rêvé, c'est tout.

Vera soupira, laissa retomber sa tête sur l'oreiller. Karras étendit son bras sur elle et se colla entre ses cuisses. Il écoutait le tic-tac de son Hamilton et sentait les battements du cœur de Vera dans ses doigts. Il se rendormit.

*
* *

Karras se réveilla seul dans le lit. La lumière avait changé dans la pièce. Il jeta un coup d'œil à sa montre : une demi-heure s'était écoulée.

Il se redressa et posa les pieds sur le sol. Il se gratta les couilles et frotta une tache blanche et sèche à l'intérieur de sa cuisse. Vera était debout devant la fenêtre ; elle lui tournait le dos et contemplait la surface grise des carreaux complètement embués par le froid qui régnait au dehors et le bol rempli d'eau qu'elle plaçait sur le radiateur, sous la fenêtre. Elle tenait une cigarette dans une main, et dans l'autre, un verre de scotch avec de la glace. Un cendrier était posé sur le radiateur, à côté du bol d'eau. Vera tapota sa cigarette ; la cendre tomba à côté du cendrier.

– Hé, petite, dit Karras.

Elle ne se retourna pas.

Karras se leva et se dirigea vers son costume posé soigneusement sur le minuscule fauteuil chesterfield près de la coiffeuse. Il sortit de sa poche une enveloppe et son paquet de Lucky. Il alluma une cigarette et traversa la pièce en boitant. Il posa la main sur l'épaule de Vera.

– Tu es levée depuis longtemps ?

– Un petit moment.

– Tiens. J'ai pensé que ça te ferait plaisir.

Il déposa l'enveloppe dans sa main. Vera examina l'enveloppe, puis son contenu. Elle eut un étrange sourire et cligna des yeux.

– C'est *Hamlet,* dit Karras. Une pièce de Shakespeare.

– Sans blague ? dit-elle d'un ton moqueur.

– C'est avec Laurence Olivier.

– Il y a du sang sur cette enveloppe, Pete. Et il y en a un peu sur les billets, aussi.

Karras ricana, de manière peu convaincante.

– Je sais. Je les ai montrés à Nick Stefanos, au restau. Tu sais bien qu'il se coupe tout le temps les doigts en tranchant des tomates.

– C'est gentil. C'est très gentil, Pete. Tu envisageais de m'accompagner ?

Elle avait un ton étrange.

– Tu sais, moi le théâtre... Je me disais que tu pourrais y aller avec des amis.

– Tu as raison, mes amis seront sûrement ravis. Mais malheureusement, je ne pourrai pas les utiliser.

Elle laissa tomber les billets sur le radiateur. L'un d'eux tomba derrière.

– Pourquoi, tu as d'autres projets ?

– Des projets ? Oui, j'ai des projets.

Karras lui caressa la hanche. Il tira longuement sur sa cigarette. Le nuage de fumée monta vers la fenêtre et explosa en heurtant les carreaux. Il sentit Vera trembler sous sa caresse.

– Qu'est-ce qui ne va pas, baby ?

Vera but une gorgée de scotch. Ses dents tintèrent contre le verre. Elle le reposa.

– Je réfléchissais. Tu sais... comme souvent. Au sujet de la bombe.

– Encore ?

– Oui.

– Eh bien quoi ?

– Ils disent que les communistes l'ont eux aussi. Tu crois que c'est vrai ?

– Putain, j'en sais rien, Vera.

– S'ils l'ont... s'ils l'ont et s'ils décident de l'utiliser... ils l'enverront ici, sur Washington, pas vrai ? Ce serait leur première cible, forcément ?

– Bon Dieu...

Vera tira sur sa cigarette. La fumée s'échappa lentement de ses lèvres.

– Tu étais là-bas, Pete, quand ils ont largué la bombe.

– Et alors ?

– Alors, tu as vu ce qui s'est passé.

– Ça a mis fin à la guerre.

– Je te parle de ce qui s'est passé en vrai. Avec les êtres humains, Pete. Avec les enfants. Il paraît qu'ils ont été transformés en petits tas de charbon. Ça leur a brûlé les organes de l'intérieur...

– Vera, dit Karras d'une voix apaisante. La bombe a mis fin à la guerre. Voilà la vérité. Pour moi et tous les autres G.I. qui ont eu la chance de rentrer chez eux. Et franchement, c'était pas trop tôt. Après Leyte, ils nous ont renvoyés à Guam. Comme des moutons à l'abattoir, baby. Ils nous filaient à bouffer et nous laissaient nous reposer en attendant l'invasion du Japon. Vers la fin, on était tous sur ces putains de bateaux, et on attendait l'attaque. La plupart d'entre nous avaient déjà été au combat, et d'une certaine façon, c'était pire que notre premier débarquement, parce qu'à ce moment-là, on savait à quoi s'attendre. On avait vu tous ces morts. Et on savait que les Japonais se battraient jusqu'à la fin – la leur et la nôtre – pour défendre leur territoire. On pensait qu'on ne reviendrait jamais chez nous vivants. Tout ça pour te dire que je sais tout ce que j'ai besoin de savoir sur cette bombe. Elle a supprimé un tas de vies pour en sauver encore plus. J'ai pas besoin d'en savoir davantage.

Vera serra le poing. Elle l'appuya contre la vitre et le fit tourner sur la buée, dessinant une sorte de trou de serrure sur l'extérieur. Elle regarda par le trou.

– Tu as vu de tes propres yeux les effets de cette bombe, Pete ?

– Non.

– Natalie, si.

– Natalie, répéta Karras sans masquer son mépris.

– Parfaitement. Elle a participé au Projet Manhattan. Elle a vu les films.

– Tu parles de Trinity.

– Non, pas Trinity. Trinity, c'était juste des broussailles et du sable. Je te parle de l'autre test qu'ils ont filmé, quand ils ont lâché la bombe près d'une ville fantôme ou je ne sais quoi.

– Vera...

– Natalie m'a raconté. Cette ville était là, immobile comme sur une photo. Puis il y a eu un éclair et la ville a disparu. Comme si elle avait été aplatie par une tornade, emportée. En une fraction de seconde, elle a disparu. Tu sais, Pete, des fois la nuit je reste là, à regarder par la fenêtre et j'imagine que je vois cet éclair, puis tout se précipite vers moi, à mille kilomètres heure, comme une vague. Et puis, plus rien, Pete, pas même l'obscurité. Encore moins que l'obscurité.

– Vera.

Karras l'obligea à se retourner. Il lui prit sa cigarette et l'écrasa dans le cendrier. Il plaqua son corps moite et raide contre lui.

– Je suis désolée de parler de ça tout le temps, Pete. Mais j'ai peur.

– Je sais, baby. Moi aussi.

En vérité, il n'avait pas peur. Il savait qu'il aurait dû, mais il n'avait pas peur. En définitive, Karras redoutait de se voir en vieillard impotent, plus qu'il ne redoutait la mort. Et l'espace d'un instant, en regardant à travers l'ouverture dans la buée de la fenêtre, par-dessus l'épaule de Vera, il visualisa cette chose dont elle parlait, ce maelstrom de bruit, de chair et d'architecture qui se précipitait vers lui dans une ultime vague hurlante. Et durant cet instant de folie, Karras éprouva l'étrange envie de voir cette explosion de ses propres yeux. Il savait, sans le moindre doute, que ce serait l'horreur pure et absolue. Mais il avait le sentiment que ça pourrait être beau également.

31

Recevo souffla dans son paquet ouvert de Raleigh. Une cigarette en jaillit ; il la sortit avec sa bouche et gratta une allumette contre la semelle de sa chaussure.

– Toujours rien ? demanda Burke.

Recevo alluma la cigarette.

– Le téléphone n'a pas sonné depuis la dernière fois que vous avez posé la question, monsieur Burke.

– Cette tantouse, dit Reed. Je savais bien qu'on aurait pas dû l'envoyer chez le Grec.

Recevo jeta un regard en biais à Reed qui faisait les cent pas dans la pièce.

– C'était hier soir.

– Quand même, il aurait dû appeler, dit Burke. Pour nous tenir au courant, au moins.

Burke se tourna vers Gearhart, enfoncé dans son fauteuil, les doigts entrelacés sur la masse rebondie de ses genoux.

– Qu'est-ce que tu en penses, Gearhart ? Faut s'inquiéter, à ton avis ?

Gearhart haussa les épaules ; ses petits yeux de tortue s'agitèrent sous ses paupières.

– Peut-être qu'il a foutu le camp, dit Reed.

– Sans sa récompense ? dit Burke. Ça m'étonnerait. De plus, Bender est un paon qui adore parader. Si tout s'était bien passé, il aurait rappliqué ici immédiatement pour se vanter, en embellissant l'histoire.

Burke versa dans un verre le bourbon contenu dans une carafe. Recevo le regarda vider le verre d'un trait.

– Y a quelque chose qui cloche, déclara Burke.

– Pas forcément, dit Recevo. Peut-être qu'ils se sont occupés de Stefanos et Bender est parti se coucher. Il avait des billets pour aller au théâtre, ce soir, vous vous souvenez ? Peut-être qu'il est en train de se préparer.

Burke se versa deux doigts de bourbon.

Reed tira sur sa cigarette et fit tomber un peu de cendre.

– Je comprends pas pourquoi on tourne autour du pot. Ce qu'on devrait faire, c'est aller là-bas maintenant pour régler le problème. Nous-mêmes, comme on aurait dû...

– Ils te mettraient en pièces, dit Recevo.

Les yeux de Reed lancèrent des éclairs.

– Oh, ils me mettraient en pièces, tu dis ? C'est ça ?

– Exactement.

– Qui ? Le nabot Grec, celui avec plein de poils partout ? Ou bien ton pote Karras, peut-être ? Tu es en train de me dire que ton pote l'estropié me mettrait en pièces ?

Recevo ne répondit pas. Burke sirotait son verre.

– Reed a raison en l'occurrence, Joe, dit-il. À sa manière primitive. On a fait appel à une personne extérieure pour régler un problème qu'on aurait dû résoudre nous-mêmes. Peut-être qu'on devrait aller discuter avec ce Karras, voir s'il peut pas servir d'intermédiaire dans tout ce bordel.

– Ne nous précipitons pas, monsieur Burke. On ne sait même pas s'il y a un problème pour l'instant.

– Je dois rester assis les bras croisés ?

– Attendons encore un jour, dit Recevo. J'ai un pressentiment. Demain, tout rentrera dans l'ordre.

*
* *

Arrêté au coin de la 7e et de T Street, Karras dégagea son poignet de sa manche de pardessus pour consulter sa montre. Il plissa les yeux dans l'obscurité ; les aiguilles indiquaient 5 h 45. À cette époque de l'année, la nuit tombait tôt en ville. Karras ajusta son feutre, enfonça les mains dans ses poches et marcha vers le sud.

Un gros Noir vêtu d'un manteau en poil de chameau et d'un costume marron, planté sur le chemin de Karras ne s'écarta pas. Karras le contourna. Il passa devant le Off Beat Club, un endroit fréquenté par les jazzmen dans la dèche et le Seventh et le T Club ; une version accélérée de « St. Louis Blues » s'échappait par la porte ouverte. Deux Noirs approchaient rapidement dans son dos et Karras s'écarta de leur route. Il n'y avait pas énormément de gens dans les rues ; il était encore tôt et on était dimanche soir. À D.C., le dimanche était synonyme de bière et de vin léger, mais cette règle ne s'appliquait pas aux bars clandestins. Karras avait une adresse en tête.

Il trouva ce qu'il cherchait au milieu de la 7e, près du Club Harlem : une petite maison semblable à ses voisines, avec quelques marches menant à un perron en pierre. Karras gravit les marches, frappa à la porte peinte en vert forêt et attendit que le guichet s'ouvre. Deux yeux tout ronds apparurent dans l'ouverture.

Et une voix grave fit simplement :

– Ouais ?

– On peut boire un verre ?

– T'as une carte de membre ?

– Il en faut une ?

– Ouais.

– Et ça, ça va ? demanda Karras en glissant deux dollars par l'ouverture.

– Ça commence à y ressembler.

Karras glissa un autre billet. La porte s'ouvrit. Un grand Noir costaud au visage vérolé se dressait devant lui.

Il affichait un grand sourire.

– Je vais te dire la vérité, mon gars. J'crois pas que c'est un endroit pour toi ici. Mais c'est plutôt calme ce soir, et je m'ennuie un peu. Alors, entre.

Karras passa devant le videur; il entendit la porte se refermer derrière lui. Il remarqua que les fenêtres avaient été murées. Un nuage de tabac flottait dans la salle, à mi-hauteur, mélangé à des odeurs de parfum et d'autre chose, capiteux et sucré. Un phono jouait un disque de Louis Jordan – « Is You or Is You Ain't My Baby » – à plein volume; Karras reconnut cette chanson, une des préférées des clients de Nick. Un Noir dansait un slow langoureux avec une femme, près d'une table de joueurs de poker, tout au fond. La femme portait une casquette à paillettes et une robe décolletée. Elle avait un sourire mou et son œil droit descendait plus bas que le gauche. Elle était jeune, heureuse et à moitié ivre.

Le bar n'était rien de plus qu'un living-room un peu extravagant, avec un grand comptoir qui occupait tout un mur. Trois Noirs en costume cravate étaient installés au bar. Derrière le comptoir officiait un Noir avec un nœud papillon et des bretelles rouges, par-dessus une chemise à fines rayures et des boutons de manchette. Tous dévisagèrent Karras lorsqu'il traversa la salle en boitant. Il ôta son pardessus, déposa ses Lucky sur le comptoir en acajou et prit un siège.

– Qu'est-ce que ce sera? demanda le barman.

Karras ne voyait aucune bouteille sur les étagères.

– Qu'est-ce qu'on peut boire?

– Du gin.

– Dans ce cas, je prendrai un gin.

Le barman glissa la main sous le comptoir et sortit une bouteille sans étiquette, avec laquelle il remplit un petit verre jusqu'au bord. Et il attendit. Karras but une grande gorgée et étouffa une quinte de toux : c'était de l'alcool pur avec un peu de genièvre. Le barman sourit. Karras alluma une cigarette.

Son regard balaya le comptoir. Tout au bout était assis un grand type mince qui le regardait fixement, en fumant ; la curiosité assombrissait son visage. Il ressemblait à une mante religieuse marron. À ses côtés était assis un type à la peau claire, coiffé d'un drôle de chapeau. Lui aussi dévisageait Karras. La haine qui brillait dans ses yeux était rudimentaire, aussi simple qu'un coup de poing. Karras observa l'homme assis à sa droite. Il le connaissait pour l'avoir vu chez Nick ; c'était un ami du disc-jockey aux yeux verts, celui que Florek baratinait sans cesse. Les Noirs de chez Nick l'appelaient Dinky, ou Winky, une connerie comme ça. *Pinky*. Oui, c'est ça, Pinky.

– Salut, dit Karras. Pinky, c'est ça ?

Karras se pencha vers la droite, en tendant la main. Le dénommé Pinky ignora ce geste et descendit de son tabouret. Lentement, il se dirigea vers la table des joueurs de poker et s'y assit.

Le barman s'accouda au bar.

– Qu'est-ce que tu croyais ? Que t'allais débarquer ici et te faire des potes ?

– Je connais ce gars, dit Karras.

– Non, ici tu le connais pas. Dans ton monde, peut-être. Mais ici, ce type est rien qu'un étranger pour toi.

La chanson de Louis Jordan était terminée. Le bras du phonographe atteignit la fin du disque et produisit un raclement ininterrompu. Nul ne se déplaça pour aller l'arrêter.

– Je viens voir DeAngelo Ray, déclara Karras.

– Mon cul, dit le type au drôle de chapeau.

Il descendit de son tabouret lui aussi et s'approcha de Karras.

Le barman dit :

– Finis ton verre. Finis-le vite et fous le camp. J'ai rien pour toi et j'ai rien contre toi, tu piges ? Mais t'as rien à faire ici. Si tu restes une minutes de plus, tu vas te faire planter, c'est sûr. Et personne ici lèvera le petit doigt, tout le monde va rester assis à te regarder pisser le sang.

Karras jeta un coup d'œil en direction de la porte, à six ou sept mètres de là : le videur s'y était adossé, les bras croisés. Karras revint sur le barman.

– Je m'appelle Pete Karras. Dites à M. Ray que je veux le voir.

– Nom de Dieu, dit le type à la peau claire et au drôle de chapeau. Cet enfoiré écoute pas ce qu'on lui dit.

Karras sentait son souffle chaud sur son visage. Du coin de l'œil, il vit le gars au chapeau glisser la main sous sa veste. Une voix venant du fond du bar l'arrêta.

– Ike, dit le grand type mince. Laisse tomber. (Il s'adressa ensuite au barman.) Fais la police pendant une minute ou deux, en attendant que je revienne.

Le grand type mince se leva et franchit une porte qui donnait sur l'arrière de la maison. L'homme au drôle de chapeau regagna son tabouret. Karras regardait droit devant lui ; il finit son verre en fumant sa cigarette. Le grand Noir mince revint et lui tapota sur l'épaule.

– O.K., Karras. Passe derrière, tu vas pouvoir discuter avec M. Ray. T'as cinq minutes.

– Merci, dit Karras.

Le type était déjà reparti.

Son pardessus sur le bras, Karras glissa ses cigarettes dans sa poche de pantalon. Il laissa un dollar sur le bar et se dirigea vers la porte en boitant. Il contourna le couple qui continuait à danser, bien que la musique se soit arrêtée.

Les joueurs de poker et le dénommé Pinky ne levèrent pas la tête lorsqu'il passa à leur hauteur.

Karras entra dans une pièce et referma la porte derrière lui. Un jeune Noir tiré à quatre épingles était assis derrière un bureau; il sirotait du cognac dans un verre à pied et fumait un cigare fin. Sur le bureau était posé un verre d'eau sur de la glace. Le Noir portait un costume croisé gris ardoise à très fines rayures, avec un œillet rouge à la boutonnière. Une cicatrice en forme de demi-lune bordait son œil gauche et dessinait un trait blanc bien net en travers de son front.

– C'est toi, Karras.

– Pete Karras.

Il se pencha au-dessus du bureau et serra la main manucurée du jeune Noir. Il s'assit dans un fauteuil en cuir couleur lie-de-vin devant le bureau.

– Moi, c'est DeAngelo Ray.

– C'est toi que je viens voir.

– Oui, il paraît.

Derrière le bureau, une porte avec une fenêtre permettait d'apercevoir une véranda vitrée, et derrière, une ruelle. Karras voyait se déplacer sur la véranda les ombres d'une grande silhouette. Soudain, les échos d'une musique folle explosèrent dans le silence; un saxophone qui virevoltait dans tous les coins, accompagné par des bruits de cymbales et des basses. Du jazz, se dit Karras, ça me dépasse ce machin-là.

D'un mouvement de tête, Ray désigna la véranda.

– Ce doit être Junior. On a installé une prise de courant dehors pour qu'il puisse écouter ses disques. Il adore ce jazz new-yorkais. Mais les gars dans la salle, les joueurs de cartes, les mecs et les filles, et les autres, ils préfèrent les trucs plus swing. Alors Junior reste dehors, dans le froid, à écouter sa musique.

– Qui est Junior ?

– Le monsieur qui t'a sauvé la vie.

– Carrément ?

– Ike t'aurait ouvert la gorge d'une oreille à l'autre.

– Un type de couleur qui tue un Blanc dans cette ville, il finit sa vie en prison, si on le fait pas griller avant.

– Ike s'en foutait.

– Moi aussi.

– Tu es un dur, Karras.

– Je n'ai jamais prétendu ça. Je savais seulement que c'était pas mon jour.

DeAngelo s'autorisa un petit sourire, en observant Karras.

– Ta patte folle, c'est pas du bidon, on dirait. T'as fait la guerre ?

– Dans le Pacifique.

– Quelle armée ?

– Les Marines.

– T'as tué beaucoup d'hommes ?

– Quelques-uns.

Ray soupira.

– Moi, ils m'ont envoyé en Europe. Dans les bataillons de Noirs. Ils nous faisaient creuser des chiottes pour les soldats. Je t'envie, Karras. J'aurais bien aimé en tuer quelques-uns, moi aussi, surtout quand je regardais de près certains prisonniers. Putain, ces Allemands, j'ai jamais vu des salopards avec la peau aussi blanche.

– La vie est longue. L'occasion se présentera peut-être.

Ray éclata de rire en rejetant la tête en arrière. Karras remarqua ses plombages en or.

– J'avais vraiment envie de servir mon pays quand j'étais là-bas, dit Ray, Mais on aurait dit qu'ils avaient pas assez confiance en moi pour me filer un M-1. Comment ça se fait, à ton avis ?

– Tu risquais de trébucher avec, ou un truc comme ça. Ton doigt aurait pressé la détente sans le vouloir et tu aurais tué un de tes lieutenants accidentellement, d'une balle dans le crâne.

– Oui, possible. Mais pour être franc, j'y ai jamais pensé. (Ray fit claquer ses doigts.) Tu as peut-être raison.

– Bref, tu en as bavé, dit Karras.

– Ouais. Ils nous en ont fait baver à nous autres les gens de couleur.

– Pas la peine de te lamenter. On dirait que la situation va bientôt s'inverser pour toi et les tiens.

Ray but une gorgée de cognac en observant Karras par-dessus son verre.

– Qu'est-ce qui te fait croire que j'ai envie que ça s'inverse ?

– Je ne sais pas. Je me disais que...

– Tu te disais ? De ton point de vue, tu as raison. D'ailleurs, y a un tas de types, là dehors, qui pensent comme toi. Ils parlent d'égalité, de droits identiques et ainsi de suite. Si c'est ce qu'ils veulent, très bien. Moi, je suis un homme d'affaires prospère. Dans *mon* monde, Karras. J'ai *ma* propre musique, *mes* femmes, *ma* façon de m'habiller, j'ai mon propre *style.* Tous les endroits où je veux vraiment aller, je peux y aller. Je vais où je veux et je vois qui je veux. Quand j'étais gamin, là-bas dans le Southwest, je voyais rarement un Blanc ou une Blanche dans mon quartier. Quand ça arrivait, j'avais l'impression de regarder quelqu'un venu d'une autre planète. Vous aviez l'air différent, vous parliez de façon différente. Même votre odeur était différente. Et ça m'a pas empêché de grandir. Alors, pourquoi j'aurais envie que ça change maintenant ? Pourquoi j'aurais envie d'aller m'asseoir à côté de toi dans un bar ? Qu'est-ce que ça va m'apporter de plus, franchement ?

– Aucune idée.

– Exact, Karras. T'en as aucune idée. (Ray tira délicatement sur son cigare ; il fit tomber un cylindre de cendre dans le cendrier.) Alors, qu'est-ce que je peux faire pour toi, ce soir ?

Karras sortit de son pardessus la photo de Lola Florek et il la lança sur le bureau. Elle glissa et s'arrêta juste devant Ray. Celui-ci la prit.

– Vas-y, je t'écoute, dit Ray. Ton temps est presque écoulé.

– Cette fille s'appelle Lola Florek. D'après mon informateur, tu organises des soirées pour des hommes d'affaires de passage. Il paraît que tu sers d'intermédiaire pour Yellow Roberts. Tu recrutes les distractions : des putes blanches pour des hommes de couleur. Soirées gin et marijuana, ce genre de trucs. Je me disais que tu avais peut-être vu cette fille.

– Ton informateur ?

– Un flic que je connais.

– Ce flic, il bosse pour moi ?

– J'en sais rien. Et si je le savais, je m'en foutrais. J'irais pas le dénoncer.

Ray but un peu de cognac, suivi d'une gorgée d'eau fraîche.

– Parle-moi de la pute.

– C'est une fille de province qu'on a fait venir à D.C. Camée d'après ce que j'ai compris. C'est comme ça que son mac la tient. Son frère est un pote à moi. Il la cherche, alors je lui file un coup de main.

– Pourquoi ?

– Je ne sais toujours pas.

– Ça te rapporte quoi ?

– Rien.

– Un dur à cuir comme toi ? T'es pas du genre à jouer les justiciers sur un cheval blanc.

Karras haussa les épaules.

– Que veux-tu que je te dise, Ray ? J'ai chevauché le mauvais cheval toute ma vie. J'ai eu envie de changer pour une fois, histoire de voir ce que ça faisait. Pour mettre un peu de sel.

Ray rit de nouveau.

– T'es un cas, toi.

– Oui, comme tu dis.

– Et t'es un veinard aussi, dit Ray. Car j'ai envie de t'aider ce soir. Tu vois, Karras, tu me montres cette photo, je la regarde, et je m'aperçois tout à coup... que je connais cette fille.

Karras sentit son cœur faire un bond dans sa poitrine.

– Cette fille, elle était dans une de mes fêtes, l'autre soir. Elle s'est fait maltraiter par un type de Chicago. Quand j'ai vu ce qu'il lui avait fait, j'ai été obligé de lui dire qu'il n'était plus le bienvenu. Je supporte pas de voir qu'on traite une femme comme ça. Peu importe que ce soit une dame ou une pute, c'est pareil, tu vois ce que je veux dire ?

Karras hocha la tête.

– Je croyais que son mac serait furax quand il viendrait la chercher et qu'il allait réagir. Je pensais qu'il allait faire du barouf. Mais tout ce qu'il fait, c'est de gueuler sur cette pauvre fille qui se plaignait parce qu'elle était toute déchirée à l'intérieur. Moi, ça m'a pas plu. Faut prendre soin de ses femmes. Ce mac, je traiterai plus jamais avec lui.

– Comment il s'appelle, ce type ?

– C'est un Blanc. Il s'appelle Morgan.

– Morgan... Et il loue des filles ?

– C'est son métier.

– Tu as un numéro de téléphone où je peux le joindre ?

– J'ai même mieux que ça. Je peux te filer son adresse.

Ray consulta un carnet rangé dans le tiroir de son bureau. Il nota l'adresse sur un bout de papier qu'il fit glisser vers Karras. Celui-ci le lut, le plia et le glissa dans sa poche de veste avec la photo. Il se leva et enfila son pardessus.

– Je ne te fais pas perdre plus de temps.

– Oui, tu ferais mieux de te tirer. Et ne reviens jamais ici, pigé ? Tu as eu du pot de tomber sur un de mes soirs de bonté.

Ils se serrèrent la main.

– Sors par la porte de derrière. Je te déconseille de te retrouver devant Ike.

– À un de ces quatre.

– Ça m'étonnerait.

– Merci, Ray.

– Allez, barre-toi. Oh, Karras...

– Ouais ?

– Oublie pas de remercier Junior en partant.

Karras ouvrit la porte de derrière et sortit sur la véranda. Il referma la porte. Le grand Noir mince, celui qu'on appelait Junior, était assis dans un vieux rocking-chair ; son chapeau marron enfoncé sur son crâne masquait ses yeux. Un joint était coincé entre ses doigts. Sa main tapotait le bras du fauteuil au rythme des notes de saxophone qui s'échappaient de l'électrophone posé à côté de lui. Karras aurait été incapable de déceler une mélodie dans cette musique, mais ce saxophone, c'était impressionnant, il devait bien le reconnaître.

À côté du phono était posée une sorte de mallette contenant des disques. Un fil électrique reliait l'électrophone à la prise électrique artisanale fixée dans le mur. Karras s'assit sur une chaise d'écolier, près du rocking-chair. Il scruta l'obscurité de la ruelle, légèrement éclairée par les lumières jaunes des fenêtres de derrière des maisons voisines.

– Merci, dit-il.

– Quoi ?

– Ton boss m'a demandé de te remercier. Je t'ai déjà dit merci tout à l'heure, dans le bar, mais tu avais foutu le camp. Ça ne coûte rien de le répéter.

– Merci pour quoi ?

– De m'avoir sauvé la vie, je suppose.

– J'avais une dette envers toi. Maintenant, on est quittes.

– Tu avais une dette ?

– Exact.

Junior releva le bord de son chapeau. Il tira sur son joint et garda la fumée dans ses poumons. Il tendit le joint à Karras. Celui-ci aimait cette odeur, âcre et puissante, et en même temps sucrée et agréable. Mais il n'avait aucune envie d'essayer. Il fit non de la tête.

– Une autre fois.

Junior recracha la fumée et souffla pour faire tomber la cendre du joint.

– Comme tu veux.

Karras suivit des yeux le cordon électrique jusqu'à la prise fixée au mur de manière rudimentaire.

– Joli branchement, commenta-t-il. C'est toi qui l'as fait ?

– Je touche pas à ça, moi. Tu sais ce qu'on dit sur nous, les nègres ? On a peur que de deux choses : les alligators et l'électricité.

Karras sourit. D'un petit mouvement de tête, il désigna l'électrophone.

– Qu'est-ce qu'on écoute, là ?

– Un type qui s'appelle Charlie Parker. Sur le label Dial.

– Je veux dire, comment ça s'appelle ce genre de musique ?

Junior sourit.

– On appelle ça du jazz.

– Du jazz ? Du swing, tu veux dire ?

– Non, mec, je te parle pas du swing. Je te parle du jazz. Hard bop, Karras. Cette musique, tu peux pas la déchiffrer. C'est un truc dingue, mec, c'est comme si tout pouvait arriver, tu vois, mais c'est ça qu'est beau justement, tu sais jamais où ça va. C'est comme la vie.

Karras se gratta le menton.

– Un jour, dit-il, j'ai vu Harry James.

Junior s'anima tout à coup, il se pencha en avant dans son rocking-chair.

– Harry James ? Laisse tomber, Karras. James, les Dorsey Brothers, Stan Kenton et tous les autres Blancs que tu veux, ils y connaissent que dalle. Et tout ce qu'ils savent, ils l'ont piqué à M. Louis Armstrong et à M. Fletcher Henderson. Ça, tu peux en être sûr. Si tu veux t'en tenir aux big bands, libre à toi. Mais si tu veux vraiment écouter des orchestres de swing, écoute plutôt Duke Ellington ou le Count.

– Je suis ignare, faut croire.

– Non, t'es pas ignare. Mais tu connais seulement ce que t'as écouté. Et t'as jamais rien entendu tant que t'as pas entendu jouer un gars comme Bird.

– Ton boss a dit que tu étais fan du son de New York.

– Ouais, j'y vais chaque fois que j'ai l'occasion. J'y étais au jour de l'an, le soir où Miles Davis a plaqué le quintette de Bird, et qu'il a été remplacé par Kenny Dorham. J'ai vu la formation de Ted Dameron au Royal Roost, sur Broadway. J'suis allé à Bop City et à la Clique. Des fois, je vais même danser au Savoy, dans Lennox. Ils ont une piste aussi longue qu'un pâté de maisons. Et partout où je vais... (Junior tapota la mallette posée à ses pieds)... je me balade avec mes disques et mon électrophone portable. Mais va pas croire que je m'intéresse pas à ce qui se passe ici, à D.C. Ici aussi on a notre propre son. Parfaitement. On a des musiciens dans cette ville, et des bons, des types comme Earl Swope. Ce Swope, il a débarqué de Hagerstown avec son trombone, et il joue à la manière du sud, super cool. Nulle part, tu trouveras un son de trombone pareil, tu peux me croire. Ce Earl Swope, il sait jouer.

– En t'écoutant, j'ai l'impression d'être resté cloîtré dans mon monde pendant des années.

– T'en fais pas, mec. T'as ton truc à toi, c'est tout. Moi aussi, je suis resté enfermé dans mon truc. (Junior se pencha en avant.) T'es sûr que tu veux pas un peu d'herbe ?

– J'en fume pas. Et j'ai encore une longue nuit devant moi, dit Karras en se levant. Mais il y a un truc qui me tracasse... Tu m'as parlé d'une dette. De quoi il s'agit ? Je ne te connais même pas, Junior.

– Tu t'en souviens pas. Mais tu me connais. On s'est déjà rencontrés un jour. Y a de ça quinze ans environ. On était mômes en ce temps-là.

– C'est quoi ton vrai nom ?

– Par chez moi, à Bloodfield je veux dire, on m'appelle Junior Oliver.

– Je ne...

– Mes potes et moi, un été, on s'est bastonnés avec tes potes et toi, sur un terrain vague près de la 5e Tu m'as bien niqué, t'étais assis sur moi. T'aurais pu me foutre une raclée. Mais tu t'es retenu. Tu m'as laissé partir. J'avais une dette envers toi, Karras. Maintenant, on a remis les pendules à zéro.

Karras secoua la tête.

– Je ne me souviens toujours pas. Mais comment tu m'as reconnu ?

Junior Oliver sourit.

– À cause de tes yeux bleus, et de cette putain de marque sur ton visage. Tu l'avais déjà à l'époque et tu l'as toujours. Je voyais pas beaucoup de Blancs quand j'étais môme. Cette marque, ça m'est resté.

Karras caressa son grain de beauté.

– Merde, alors.

– Le hard bop, Karras. Ce truc, c'est complètement dingue parfois.

Karras enfonça ses mains dans ses poches.

– À un de ces jours, sûrement.

– J'en doute, dit Junior. Toi et moi, on vit dans deux mondes séparés la plupart du temps. Ce qui s'est passé ce soir, c'était juste un accident.

Karras se retourna et poussa la porte vitrée de la véranda. Il descendit dans la ruelle pavée et tourna à droite. Il accéléra le pas. Le jazz le suivit, puis s'estompa, tandis qu'il s'éloignait dans la ruelle sombre en boitant.

En débouchant dans la rue, il introduisit son index et son petit doigt dans sa bouche pour siffler un taxi. Une Dodge jaune s'arrêta et Karras monta à bord.

– C'est pour aller où ?

– On va à Shaw, dit Karras.

– Trajet express ou parcours touristique ?

– Prenez la 14e et R Street, dit Karras en déposant un billet d'un dollar sur le siège avant. Et foncez.

32

Jimmy Boyle décrocha le téléphone qui sonnait.

– Allô ?

– Agent Boyle ?

– J'écoute.

– Matty Buchner.

– Buchner ! Quoi de neuf ?

– Un truc, peut-être. Faut voir. Y a une histoire qui me turlupine depuis vendredi soir. Peut-être que c'est rien, mais...

– Parle, nom de Dieu.

– Hé, faut pas vous énerver comme ça.

– C'est à cause de la caféine, c'est tout. Je te l'ai dit, je suis une boule de nerfs.

– Bon, je vais commencer par le début. L'autre soir, j'étais dans ce bar...

– Quel bar ?

– Hé, je m'en souviens plus.

– Autrement dit, tu jouais les pickpockets dans un bar. Écoute, Matty, tu finiras par me le dire, alors...

– Bon, d'accord, j'étais au Hi-Hat. Je peux continuer ?

– Vas-y.

– J'étais donc dans ce bar, tranquille dans mon coin, à boire un cocktail ou deux, et voilà que je surprends une conversation entre un client et le barman. Le client, il réclame une pute par l'intermédiaire du barman, qu'est rien qu'un vulgaire mac qui travaille dans un bar en parallèle.

– Continue.

– Ça m'aurait pas frappé si le client, en passant sa commande au barman, il avait pas insisté pour avoir une grosse pute. Une grosse comme lui. Avec le meurtre de vendredi soir, je sais pas, je me suis dit que c'était peut-être lié.

– Pourquoi ?

– Vu que le pute assassinée, c'était une grosse. Et dans la rue, on raconte déjà qu'elle a été tuée comme les autres.

– C'était quand, tu dis ?

– Vendredi soir.

– Parle plus fort, Buchner. Tu sais bien que je suis sourd d'une oreille.

– O.K.

– Décris-moi ce client.

– Grand, gros et moche. Mais bien habillé, très classe, comment on appelle ça ? ... un dandy. Pas du tout le genre criminel, si vous voulez mon avis. Ce type ressemble pas à un vulgaire truand.

– Quoi d'autre ?

– On en arrive au truc qui me rend dingue. Ce type me rappelait un acteur. Au début, j'ai cru que c'était Victor Mature, mais tout de suite je me suis dit que ce type était trop moche pour me rappeler Mature. Et hier, ça m'est revenu. L'acteur auquel je pensais, il était dans un film *avec* Mature. Vous pigez ?

– Quel film ?

– Je me souviens de l'histoire, mais pas moyen de me souvenir du titre, nom de Dieu. C'est un mec – Vic Mature – qu'est amoureux d'une pépée qui se fait zigouiller.

– C'est qui l'actrice ?

– Carole Landis, c'est celle qui est assassinée. Bon Dieu, elle a une de ces paires de nichons...

– Continue, Matty.

– Bref, Mature tombe amoureux de la sœur de Landis, jouée par Betty Grable. C'est le seul film de Grable que j'ai vu où elle chante pas. Bon, y a aussi un flic qui veut coincer Mature pour le meurtre, mais depuis le début on sait que c'est pas lui qu'a buté Landis. En tout cas, ce flic est obsédé par l'idée de coffrer Mature. Il pense qu'à ça. À la fin, on voit le flic qui a perdu la boule à cause de son obsession. Il a construit un autel chez lui, dédié à Landis, comme dans une église, avec des bougies et tout le tintouin. Le grand jeu.

– Qui joue le flic ?

– J'en sais rien, justement ! Je l'ai vu dans un tas de films, mais je me souviens pas de son nom. Ce qu'est marrant, c'est qu'il s'est suicidé il y a deux ans environ, parce qu'il supportait plus d'être aussi laid et gros. Laid et gros, exactement comme ce type que j'ai vu dans le bar, l'autre soir.

– T'aurais pas eu l'idée de lui piquer son portefeuille, par hasard, Matty ?

– Jamais j'aurais pu penser à une chose pareille !

– Matty...

– De toute façon, il avait pas laissé son manteau au vestiaire.

– Je te revaudrai ça.

– Toujours heureux de vous tenir informé.

– Si tu retrouves le nom de cet acteur, préviens-moi.

– Je vous assure, ça me rend dingue de pas m'en souvenir.

– Continue à réfléchir.

Boyle raccrocha. Il se regarda dans le miroir du couloir, à l'autre bout de son appartement. Depuis une semaine, il avait un appétit d'oiseau, et il avait perdu au moins cinq kilos. Ses joues étaient creusées et il avait des cernes noirs sous ses yeux enfoncés.

Il se rendit dans la salle de bains pour prendre ses remontants sur l'étagère. Il goba une pilule, rejeta la tête en arrière et l'avala sans eau. Il avait eu un petit coup de faiblesse au cours de sa conversation avec Buchner. Cette pilule allait lui redonner du tonus ; s'il voulait tenter sa chance, il aurait besoin du maximum d'énergie.

* * *

Karras donna un coup de volant et la grosse Ford Custom V8 quitta la 14e pour s'engouffrer dans New York Avenue. Elle fit une embardée et redressa sa course à la sortie du virage. Florek se tourna vers le conducteur, les yeux écarquillés.

– Je conduis pas très bien, avoua Karras. Pour tout dire, je conduis pas souvent.

– C'est pas grave, dit Florek.

– Mais bon, tu devrais être heureux maintenant, au lieu de t'inquiéter à cause de ma conduite.

– Je suis heureux. Heureux et un peu nerveux en même temps.

– Je sais, petit. Moi aussi je suis un peu nerveux.

– Nick a été sympa de te prêter sa voiture.

– Nick est un chic type. Mais il n'a pas besoin de savoir au sujet de ta sœur. Il croit que je t'emmène voir ta copine, à l'autre bout de la ville. Pigé ?

– O.K.

Karras avait du mal à passer la troisième. Un horrible grincement se produisit sous le plancher de la voiture. Florek lui jeta un regard en biais.

– Tu connais l'expression, dit Karras. « Ou ça passe ou ça casse ».

– Pete ?
– Oui.
– Comment on va faire pour récupérer Lola ?
– On va l'emmener avec nous.

Cinq minutes plus tard, Karras ralentit et arrêta la Ford sous un lampadaire pour lire l'adresse que lui avait donnée DeAngelo Ray. Il repartit et se gara juste devant la maison en question.

Florek descendit de voiture et s'empressa de gravir les marches de pierre menant à la porte d'entrée. Il attendit Karras, qui dut se tenir à la rampe pour monter. Arrivé près de Florek, il lui tapota le bras.

– Vas-y, Mike. Sonne.

Florek appuya sur le bouton de la sonnette. La porte s'ouvrit plus vite qu'il ne l'avait prévu et un petit homme au visage mou apparut devant eux. Il resta à moitié derrière la porte, en penchant vers l'avant son crâne chauve.

– Oui ? fit-il.
– On vient voir Lola Florek, dit Karras.

L'homme observa Karras, ignorant Florek.

– Il n'y a pas de Lola à cette adresse.

Karras appuya et frappa dans la porte avec son pied valide. Le petit homme trébucha à la renverse et dut se retenir à une table dans le vestibule. Karras et Florek entrèrent. Karras referma la porte derrière eux.

Une femme visiblement éméchée, assise dans le salon, buvait un long drink, pendant que deux autres femmes, en robes de satin, dansaient ensemble sur une chanson de Bing Crosby que jouait un Victrola disposé au centre de la pièce. Elles continuèrent à danser langoureusement, collées l'une à l'autre, en observant d'un air impassible l'entrée des deux étrangers.

– C'est toi, Morgan ? demanda Karras.

Morgan se tenait le nez, écrasé par la porte.

– Et après ?

– Je veux juste savoir si je m'adresse à la bonne personne.

– Je vais appeler les flics, dit Morgan. Voilà ce que je vais faire. Et pas plus tard que tout de suite.

– Fais-le.

Morgan ne bougea pas.

– Où est Lola ? demanda Florek.

– Vous avez rendez-vous, messieurs ?

– Où est-elle ?

Florek serra le poing.

– Pourquoi, tu veux te faire dépuceler, fiston ?

– On vient pour l'emmener, dit Karras.

Il glissa sa main à l'intérieur de son pardessus et se gratta la poitrine. Il garda sa main cachée en toisant Morgan d'un air menaçant.

– Allez donc la chercher, si vous y tenez, dit Morgan. Elle ne me sert plus à rien, de toute façon. Dans son état, je ne pourrais même pas la refiler gratis.

Florek s'avança, pivota sur son pied arrière et décocha un direct du droit. Son poing s'écrasa sur le nez de Morgan. Celui-ci se retrouva allongé sur le tapis avant même que Florek s'aperçoive qu'il l'avait frappé.

Karras se tourna vers Florek. Ce dernier massait les jointures de sa main droite, avec un petit sourire, malgré sa mâchoire crispée. Les danseuses s'arrêtèrent ; l'une des deux réprima un sourire.

Le sang coulait du nez de Morgan, jusque sur sa bouche. Il se redressa sur un coude.

– Au premier étage, deuxième porte sur la droite. Prenez-la et foutez le camp.

Florek jeta un bref regard à Karras, avant de gravir les marches deux par deux. Morgan commença à se relever.

– Reste assis, ordonna Karras. Si tu te lèves, c'est moi qui te fous K.O.

– Salopards, murmura Morgan.

– Et ferme ta gueule.

Cinq minutes s'écoulèrent. Karras resta debout devant Morgan, tandis que les deux danseuses allaient s'asseoir sur le canapé et que la troisième femme se servait un autre verre. Karras ne disait rien. En entendant les marches grincer, il leva la tête.

Florek tenait sa sœur par le bras pour l'aider à descendre l'escalier. Lola portait une robe beige sale ornée de roses écarlates. Un manteau était posé sur ses épaules. Quand ils atteignirent la dernière marche, Karras découvrit son visage, presque entièrement recouvert par un hématome gris qui assombrissait la grosse boursouflure autour de son nez. De petits hématomes violacés bordaient ses yeux. Ses deux incisives étaient cassées, un filet de pus blanc suintait de sa gencive.

Des larmes coulaient sur le visage de Lola; des larmes voilaient les yeux de Mike Florek. Karras détourna le regard.

– Mets-la dans la voiture, dit-il.

Florek emmena Lola dans la nuit.

Karras s'adressa à Morgan :

– Qui lui a fait ça ?

– Je ne sais pas. (Morgan capta la lueur dans les yeux de Karras.) C'est la vérité... J'en sais rien.

Karras se retourna.

– Hé, une seconde, grogna Morgan. Je veux savoir qui m'a fait ça *à moi.*

Karras haussa les épaules dans son pardessus.

– Peter Karras. N'oublie pas.

– Aucun danger, dit Morgan.

Karras sentit une veine palpiter dans son cou. Il sortit.

33

Karras ramena Mike et Lola Florek chez Florek dans la 14e. Après les avoir déposés devant l'immeuble, il repartit au volant de la Ford, jusqu'à S Street et se gara dans la ruelle, derrière le gril. Il avança dans la ruelle, serpenta au milieu des chats qui venaient lui renifler les pieds et entra chez Nick par la porte de derrière, puis traversa la remise qui empestait le détergent, le désinfectant au pin et le parfum. Costa avait récuré chaque centimètre carré de sol et de mur samedi soir, et quand il eut terminé le dimanche matin, il ne restait plus aucune trace de Bender et de ses hommes. Pas un cheveu, ni un bout de vêtement, pas même une petite tache de sang.

Karras trouva Stefanos en train de boire une bière, assis sur un tabouret dans la cuisine, en serrant dans une main son chapelet de billes. Il lui rendit les clés de la Ford.

– *Efcharisto,* Niko.

– *Tipota.* Tu l'as cabossée ?

– Elle n'est pas trop amochée. Costa est là ?

– Il est au Hellenic Club, il joue aux cartes.

– Et Toula ?

– Elle est là-haut. Pourquoi ?

– J'ai un truc à lui dire.

– Hmm.

Stefanos paraissait d'humeur maussade ou perdu dans ses pensées, et Karras préféra ne pas insister. Il ouvrit la porte donnant sur l'escalier qui conduisait à l'appartement de Costa. Toula n'était pas occupée et elle se fit un plaisir d'écouter Karras et de faire ce qu'il lui demandait. Ce qui lui plaisait surtout, c'était l'idée de cacher quelque chose à Costa et à Nick; cette histoire de complot semblait la réjouir.

Karras conduisit Toula jusqu'à la chambre de Florek. Elle y entra avec une petite sacoche contenant des remèdes de bonne femme et des herbes. Karras resta dans le couloir pour fumer une cigarette. Quand il l'eut terminée, il l'écrasa sous son talon. Un locataire d'un certain âge, un homme maigre, sortit d'une autre chambre, vêtu seulement d'une serviette nouée autour de ses hanches osseuses; cet ancien combattant de la Grande Guerre salua Karras d'un hochement de tête en se dirigeant sur la pointe des pieds vers la salle de bains commune. Karras écouta les gémissements des tuyauteries, suivis par des sortes de coups de marteau quand le locataire ouvrit le robinet d'eau chaude. Mike Florek sortit de sa chambre et referma doucement la porte derrière lui. Il s'approcha de Karras et s'adossa contre le mur.

– Merci, Pete. Merci pour tout.

– Laisse tomber. Tiens, prends une cigarette.

– Je ne fume pas.

– Prends-en une quand même.

Karras secoua le paquet devant Florek. Celui-ci prit une cigarette et Karras l'imita. Il alluma la sienne, avant d'allumer celle de Florek.

– Toula s'est occupée d'elle tout de suite, dit Florek. Elle m'a quasiment fichu dehors.

– Elle va la soigner.

– Elle a posé un verre à l'envers dans le dos de Lola et elle a approché une bougie allumée. Je voyais la peau de

Lola aspirée à l'intérieur du verre. Il a fallu que je détourne la tête.

– Des *vendouzas,* dit Karras.

– C'est quoi, ce machin ?

– Un remède. Une espèce de vaudou grec. Ne me demande pas de t'expliquer.

– Ça marche ?

– Je n'en sais foutre rien. Ma mère me faisait la même chose quand j'étais malade. Ça ne peut pas faire de mal. D'ailleurs, peu importe que ça marche ou pas, car Toula le fera quand même. Mais elle lui fera d'autres trucs, plus sérieux. D'après ce que j'ai vu, les dégâts sont surtout esthétiques. Et tu as d'autres soucis bien plus graves que les bleus sur son visage et deux dents cassées.

– Quoi donc ?

– La faire décrocher de cette saloperie. L'aider à redevenir la fille qu'elle était. Lui faire oublier ce qu'elle est devenue.

Florek tira une petite bouffée de sa cigarette.

– Et comment je suis censé m'y prendre ?

– Emmène-la dans un endroit où elle ne peut pas trop bouger. Enferme-la dans une pièce, attache-la au besoin. Elle va vivre un enfer, mais d'après ce que je sais, c'est la seule méthode efficace.

– Où est-ce que je vais faire ça ?

– Chez toi. Avec ta mère, là-bas dans le bled d'où tu viens. Sa place n'est pas ici dans cette ville, Mike. La tienne, non plus.

Florek regarda Karras.

– Ce soir ?

– Non, pas ce soir. Elle a besoin de se reposer.

Karras coinça sa cigarette entre ses lèvres et tira longuement dessus. Il observa les jointures éraflées de la main droite de Florek.

– Tu as filé un sacré gnon à ce Morgan.

– Oui, je crois. J'avais encore jamais frappé personne, Pete.

– Tu as fait un tas de choses pour la première fois en venant ici, hein ? Tu as même changé depuis que je t'ai rencontré. À force de travailler, tu as pris un peu de muscle.

– Tu crois ?

– Je suis sûr. Ça t'a fait quoi, de cogner ce type ?

– Ça m'a fait du bien. Mais y a rien de magique, si c'est ce que tu veux savoir.

– N'oublie jamais ça, mon gars. Pas besoin d'avoir de la cervelle pour cogner quelqu'un, pour fréquenter des truands ou pour sortir du droit chemin. Ni cervelle, ni magie.

– Peut-être pas. N'empêche que j'aimerais bien avoir en face de moi le type qui a fait ça à ma sœur.

– Oublie tout ça. Tu ne peux rien y changer, alors autant t'occuper de ce que tu peux faire pour elle.

Florek laissa tomber sa cigarette sur le plancher et l'écrasa avec son pied.

– Elle m'en a parlé, tu sais. Pendant que tu étais parti chercher Toula. Elle a parlé de ce qui s'est passé.

– Ah ?

– C'était la fièvre. Elle a raconté un tas de trucs. Elle a même dit qu'elle était avec la pute qui s'est fait trucider l'autre soir. Elle a dit que c'était une amie à elle. Que le tueur a éventré sa copine, et qu'ensuite, il a balancé un coup de pied dans le visage de Lola, avant de s'en aller.

– Elle prétend avoir vu le meurtrier ?

– Elle a rien vu. Uniquement une paire de chaussures comme celles que portent les riches sur les terrains de golf. Des pompes bicolores, marron et blanches, mais sans les clous. J'en crois pas un mot. J'ai l'impression que toutes les putains de cette ville voient des meurtriers partout, parce qu'elles ont la trouille. T'y crois pas, toi non plus, hein ?

– Non. C'est des paroles de camée, à mon avis.

– Ouais. Mais quand même, j'aimerais bien passer une minute dans la même pièce que ce type...

– Oublie, Florek.

– Oui. C'est ce que je vais faire. Je vais oublier.

Karras écrasa sa cigarette contre l'encadrement de la porte.

– Bon, faut que j'y aille.

– Où tu vas ?

– Chez moi. Pour une fois, je vais rentrer avant minuit. Je vais essayer de voir ma femme avant qu'elle aille au plumard.

Florek retint Karras par la manche de son pardessus.

– Pete, je...

– Tu l'as déjà dit, (Karras sourit.) Allez, va rejoindre ta sœur.

– On se voit demain, d'accord ?

– Ouais. Demain, on arrangera tout ça.

Karras se dirigea vers l'escalier. Florek suivit des yeux son ombre qui descendait. Il entendit le grincement de la porte d'entrée de l'immeuble, qui se referma en claquant bruyamment.

Florek massa ses jointures enflées, en pensant à cet homme qui venait de partir en boitant. Un homme plus grand que son ombre, voilà ce qu'était Pete Karras. Et il ne le savait même pas. Florek sourit intérieurement, en entr'apercevant pour la première fois, peut-être, le moyen d'aider Lola. Il se décolla du mur, ouvrit la porte de sa chambre, s'arrêta un moment sur le seuil. Puis entra.

34

Le lendemain matin, un lundi, avant que Dimitri se réveille dans son petit lit, Peter Karras fit l'amour à Eleni, au son des klaxons de voitures dans H Street, qui accompagnaient les halètements d'Eleni. Ils s'étaient d'abord unis violemment, avec fougue, avant d'adopter un rythme plus régulier et de ralentir, jusqu'à la fin. Karras jouit le premier, en silence, et longtemps lui sembla-t-il. Eleni, elle, explosa dans un spasme, en fouettant l'air avec une de ses longues jambes, comme toujours. Ils en plaisantèrent ensuite ; Karras la taquina à cause de sa jambe, en insistant, au point de faire rougir Eleni. Elle en oublia sa colère, provoquée par le fait qu'elle ne l'avait pas vu, et n'avait pas eu de ses nouvelles, depuis plusieurs jours, à part cette heure passée à l'église.

Eleni lui prépara deux œufs sur le plat avec des tranches de *scrapples* [1] frites, venant de la côte est du Maryland. Karras aimait des jaunes d'œuf intacts et préférait que ses *scrapples* soient bien grillées des deux côtés. Eleni lui servit les uns et les autres à la perfection et Karras savoura son petit déjeuner en écoutant le nouveau de disque de Jo Staf-

1. Épaisse bouillie de farine de maïs, à la viande de porc généralement, épicée et aromatisée, qu'on presse sous forme de galette pour la faire frire. (*N.d.T.*)

ford qu'avait acheté sa femme, pendant que Dimitri, essayait de chanter en même temps. Karras songea alors : « Finalement, c'est pas si mal, cette vie. Si j'essayais de temps en temps, peut-être que je pourrais m'y habituer. Oui, ça pourrait être bien. »

Il repoussa son assiette et lut la page des sports dans le *Times-Herald* du matin, et il fuma une cigarette avec sa deuxième tasse de café, puis et il essaya de jouer avec son fils en lançant une balle en caoutchouc bleue. Mais après le premier essai, l'enfant se précipita vers sa mère, et Karras alla s'asseoir dans le fauteuil du salon. Et *maintenant,* je fais quoi ? J'ai baisé avec ma femme, j'ai pris mon petit déj' et j'ai essayé de jouer avec mon fils. J'ai fait tout ça, et maintenant, j'ai le restant de la journée pour... *pour faire quoi ?* Non, je ne suis pas fait pour ça. Certains gars peuvent passer la journée avec leur famille, s'y habituer et même finir par y prendre goût, mais c'est pas pour moi. Qui est-ce que j'essaye de tromper, hein ? C'est pas pour moi, voilà tout.

Karras prit une douche, enfila un costume bleu, glissa ses cigarettes dans sa poche de veste et enfila son pardessus, avant de se diriger vers la porte.

– Où tu vas, Pete ? demanda Eleni.

– Je sors.

Deux minutes plus tard, il s'éloignait dans H Street, en tournant le dos au soleil du matin.

*
* *

La clochette retentit lorsque Karras poussa la porte de chez Nick. Deux Noirs que Karras ne connaissait pas étaient assis sur des tabourets ; derrière le comptoir, Costa coupait en deux des laitues sur la planche à sandwiches, en observant alternativement les clients. La radio branchée sur WOOK diffusait un programme baptisé « Special Rythm » et les deux Noirs remuaient la tête à l'unisson, en suivant la ligne de basse.

– Salut, Costa.

– Karras.

– Tu es occupé ?

– Ouais. Ton petit pote Florek s'est fait porter pâle.

– Où est Nick ?

– *Sto kouozina.*

Karras poussa la porte à double battant et entra dans la cuisine. Stefanos était assis sur un tabouret à côté du plan de travail ; un journal était ouvert sur la table, une bouteille de bière vide et un verre à moitié rempli étaient posés à côté du journal.

– *Yasou,* Panayoti.

– *Yasou,* Niko.

– Viens donc boire une petite *beera* avec moi.

– Il est pas encore midi.

– *Ella, re !* J'attendais que tu arrives. Va te chercher une bouteille, faut qu'on parle.

Karras retourna dans la salle ; il sortit une bouteille de Ballantine Ale de la glacière, la décapsula et revint dans la cuisine avec la bouteille et un verre propre. Il ôta son pardessus, posa ses cigarettes et ses allumettes sur la table et prit un tabouret. Il le tira jusqu'à la table. Stefanos et lui trinquèrent.

– *Siyiam.*

– *Siyiam, re.*

Ils burent en chœur. Karras essuya la mousse sur sa lèvre supérieure.

– Quoi de neuf dans le journal ?

– Juste un truc. (Stefanos se pencha au-dessus du journal et posa son doigt épais sur un article situé au-dessus de la pliure.) La justice a fait griller un Noir en Alabama hier soir. Un aveugle. Un *mavros* nommé Buster Snead. C'est le premier aveugle exécuté par un État.

– Il était coupable ?

Stefanos acquiesça.

– Il a tout avoué. Il a découpé sa bonne femme en morceaux, dans son lit. Elle lui devait vingt dollars depuis un an, paraît-il. Je suppose qu'il en a eu marre de réclamer.

– Vingt dollars. Ils sont morts pour pas grand-chose l'un et l'autre.

– Ouais. Mais c'est pas ça le plus drôle. Enfin, quand je dis drôle, je veux dire bizarre. Ils ont demandé au type quelles étaient ses dernières paroles, avant de balancer le jus. Et il a dit... (Stefanos plissa les yeux pour lire la citation.) « Je vais voir Jésus et je suis heureux. »

– C'est tout.

– Ouais. Et il a ajouté : « Bonne nuit. »

– Tout est dit.

– Je crois.

Stefanos plia le journal et croisa les jambes.

Karras dit :

– Tu arrives sacrément tôt depuis quelque temps.

– Je réfléchis, voilà tout. Le *pioto,* ça m'aide à réfléchir.

– À quoi ?

Stefanos écarta ses mains épaisses.

– À l'autre soir, surtout. Ces types qu'on a tués. Je me dis qu'on a peut-être agi trop précipitamment. Il y avait peut-être une autre solution.

– C'est un peu tard pour se poser la question.

– Je sais. Et je ne dis pas qu'ils méritaient pas de mourir, car ils le méritaient. Sinon pour ça, sans doute pour autre chose. Mais je suis fatigué de tout ça. J'ai plus le courage de supporter d'autres meurtres, *katalavenis ?*

– Je comprends. Mais je te l'ai dit : quand tu commences un truc comme ça, tu dois être prêt à aller jusqu'au bout.

– Je m'en souviens.

– Quelqu'un va partir à la recherche de Bender – ses propres hommes ou ceux de Burke, peu importe – et quand ils découvriront ce qui s'est passé à côté, dans la remise, crois-moi, ils voudront régler ça dans le sang.

– Ils vont venir, c'est certain. Ce que je veux dire, c'est que je ne suis plus sûr d'avoir l'*orexi* pour riposter.

– Tu veux tourner la page, hein ?

– Vas-y, rigole. Mais c'est exactement ce que je vais faire. J'arrive à un certain âge, Karras. J'ai eu du pot à la loterie il y a quelques années, et j'ai envie d'être là pour partager ce fric avec ma famille. Je veux faire venir de Grèce mon bon à rien de fils, je veux qu'il travaille ici. Il m'a envoyé une lettre la semaine dernière, il a rencontré une charmante *koristaki* à *Sparti.* Peut-être qu'il va l'épouser, je me dis. Il viendra vivre ici avec sa nouvelle femme, et je serai heureux pour de bon ; un jour, j'aurai un petit-fils.

– Ça te plairait, hein ?

– Et comment que ça me plairait ! Pas toi ?

– Je ne sais pas. Je n'arrive pas à voir aussi loin, pour être franc.

Stefanos se surprit à dévisager Karras. Il détourna vivement la tête, prit son verre sur la table et but une grande gorgée de bière.

– Ah, c'est bon, dit-il. Bref, comme je te le disais, j'ai bien réfléchi. J'ai envie de remettre de l'ordre, je ne veux plus voir des truands traîner ici. Plus de flingues, plus de couteaux. Moi aussi je vais mettre un frein, sur l'alcool, le jeu et tout le reste. Et toi, *vre,* tu ferais bien de mettre de l'eau dans ton vin, toi aussi.

– Je ne sais pas.

– Toi et ton pote, l'*Italos.* Peut-être que vous devriez discuter tous les deux. Vous devriez éclaircir certaines choses.

Karras regarda ses chaussures, en secouant la tête.

– Joe et moi, on ne sait pas faire ça.

– Mon cul. Pour commencer, vous devez descendre du bus.

– Quoi ?

Stefanos se pencha vers Karras.

– Cette idée m'est venue l'autre jour. La vie, vois-tu, c'est comme traverser la ville en bus. Je vais te donner un exemple. Tu prends la ligne de U Street pour aller dans la 7e, O.K. ? Tu changes pour prendre un bus qui descend vers le sud, et tu changes encore pour prendre la ligne de F Street, et là, tu traverses la ville vers l'ouest.

– Et alors ?

– Alors, quand tu voyages sur la ligne de U Street, tu vois toujours les mêmes personnes, tout le temps, qui font toujours la même chose. Sur la ligne de la 7e, vers le sud, ce sera différent. Même chose sur la ligne de F Street, mais peut-être que tu retrouveras certaines personnes de la ligne U...

– De quoi tu parles ?

– C'est simple. L'*Italos* et toi, vous êtes restés dans le même bus toute votre vie. Mais ce bus, il commence à avoir les freins usés, *katalavenis ?* Je le sais, car je voyage dedans aussi. Mais maintenant, je me dis : peut-être que je vais tirer sur la corde et descendre au prochain arrêt, avant qu'il soit trop tard. Je vais changer de bus. Ton pote le rital et toi, vous devriez descendre de ce vieux bus, vous aussi.

Karras alluma une cigarette. Il secoua l'allumette et la jeta sur le sol dallé. La sonnerie du téléphone retentit dans la salle.

– Je te le répète, Nick, je ne sais pas comment m'y prendre. J'aimerais bien, mais je ne vois pas comment faire.

– Aaah ! fit Stefanos en agitant la main. Tu ne te connais pas, voilà tout. Quand tu te regardes dans une glace, tu vois pas le gars que je vois assis en face de moi, là.

– Écoute, Nick...

Costa poussa un des battants de la porte de la cuisine.

– Karras ! C'est le flic irlandais au téléphone, il te cherche.

– Boyle ?

– Boyle, Doyle, qu'est-ce que j'en sais ? J'ai du boulot, moi, bordel. Dépêche-toi de venir !

Karras retourna dans la salle. En prenant le téléphone, il ébouriffa les cheveux de Costa.

– *Ella, vre bufo !* s'exclama Costa.

Il s'éloigna en maudissant Karras avec beaucoup d'inventivité.

– Jimmy ?

– Ouais, Pete, c'est moi.

– J'allais justement t'appeler ce matin, je voulais te remercier pour le tuyau sur DeAngelo Ray.

– Ça a donné quelque chose ?

Karras tira sur sa cigarette. Lola affirmait avoir été témoin du meurtre ; délire de camée ou pas, il ne voulait pas expédier cette pauvre fille dans les pattes de la justice.

– Non, pas pour l'instant, dit-il. Mais je continue à me renseigner.

– Ravi d'avoir pu t'aider.

– Alors, qu'est-ce qui se passe ?

– J'ai une question ciné pour toi. Tu as toujours été fortiche dans ce domaine, vu que tu bossais comme ouvreur à l'Hippodrome, avant la guerre.

– C'est à quel sujet ?

– C'est certainement rien. Mon indic me dit qu'il a vu un gros salopard commander une pute l'autre soir au barman de nuit du Hi-Hat. Il dit qu'il a réclamé une grosse fille, la nuit où cette grosse pute s'est fait éventrer justement. C'est peut-être rien, mais...

– Ralentis, Jimmy. De quel soir tu parles ?

– Vendredi.

Karras sentit son pouls s'accélérer.

– Tu a interrogé le barman ?

– J'attendais de vérifier un truc avant. C'est la question de ciné que je voulais te poser. J'avais l'intention de faire un saut au Hi-Hat ce soir, pour voir le barman.

– Vas-y, je t'écoute.

– D'après mon indic, le gros type ressemble à un acteur qu'il connaît. Un type qui joue toujours les gros durs. Enfin, il jouait, vu qu'il s'est flingué parce qu'il supportait plus de vivre avec sa gueule. Bref, cet acteur était dans un film où il jouait un flic à la masse qui pourchasse Victor Mature, accusé à tort d'avoir assassiné une fille.

– Qui joue la fille ?

– J'ai oublié son nom. Elle a une jolie paire de personnalités...

– Carole Landis.

– Landis, c'est ça. Y a aussi Betty Grable, mais elle chante pas dans ce film, il paraît. Bref, ce flic il est, comment dire... obsédé par Landis...

– *I Wake Up Screaming.* [1]

– Hein ?

– C'est le titre du film.

– Qui jouait le flic ?

– Laird Cregar, répondit Karras du tac au tac.

Sa bouche prononça ce nom une deuxième fois, au moment où il voyait mentalement l'homme qui ressemblait à Cregar. Un dandy, obèse par-dessus le marché... la pire espèce. Assis dans son fauteuil, les mains croisées sur ses cuisses épaisses. Et aux pieds, une paire de chaussures bicolores. Marron et blanches.. Laird Cregar... *Gearhart.*

– Nom de Dieu....

– Qu'est-ce tu dis ?

1. Litt. « Je me suis réveillé en hurlant ». (*N.d.T.*)

– Non, rien.

– J'étais pas foutu de retrouver le nom de cet acteur. Qui sait, peut-être que maintenant je vais pouvoir...

– Jimmy, excuse-moi de te couper la parole. Faut que j'y aille. Merci encore pour le tuyau sur Ray.

– Merci à toi, vieux. Porte-toi bien.

– Oui, toi aussi.

Karras raccrocha. Il retourna dans la cuisine, tira une dernière bouffée de sa cigarette et l'écrasa sur le sol. Il récupéra son pardessus et l'enfila.

Stefanos haussa un sourcils.

– Ça va ? Tu as l'air un peu *stenichorimenos.*

– Non, ça va. Faut que j'aille à un rendez-vous.

– Bon, vas-y. Mais réfléchis à ce que je t'ai dit, *acous ?*

– Oui, j'ai entendu. À plus tard.

Karras se dirigea vers la porte battante en boitant. Il se retourna.

– Hé, Nick.

– Ouais ?

– Au cas où j'arriverais pas à descendre du bus dont tu parlais...

– *Ella, re !*

– Je suis sérieux. Écoute-moi... il y a une enveloppe dans mon casier, à côté, dans la remise.

– Et ?

– Tu sauras quoi faire.

Stefanos regarda Karras droit dans les yeux.

– Tu bosses demain, je te signale. Je veux te voir ici, pigé ?

– O.K., Nick.

– *Yasou,* Panayoti.

– *Yasou,* Niko. *Adio.*

Karras sortit de la cuisine. Stefanos le suivit du regard.

35

Peter Karras arrêta un taxi et demanda au chauffeur de le conduire dans le centre. Il n'avait aucune destination en tête, mais il voulait s'éloigner de chez Nick et il avait besoin d'un endroit pour réfléchir. Il descendit au croisement de la 13e et de H Street, paya la course et pénétra dans un snack-bar baptisé Dagwood, situé au coin de la rue, et surmonté d'une enseigne colorée et accueillante. Karras n'avait pas particulièrement faim, mais il voulait s'installer à l'abri du froid pour faire le tri dans ses pensées.

La spécialité de chez Dagwood, c'étaient les sandwiches. Karras s'installa au comptoir et commanda un Cookie's Delight, sans même regarder la composition.

– Et comme boisson ? lui demanda un homme coiffé d'un chapeau en papier.

– Un Coca.

Quelques minutes plus tard, le serveur lui apporta un sandwich au poulet et au bacon avec du pain blanc toasté, accompagné de laitue, de tranches de tomate et de mayonnaise. Le serveur déposa à côté une assiette de fines tranches de cornichons doux, de coleslaw et de tomates confites. Karras but la moitié du Coca d'un trait, puis réclama un café, qu'on lui apporta. Il en but une gorgée et reconnut instantanément un café de chez National, la boutique de la 9e. Nick Stefanos utilisait le même mélange pour ses cafetières.

Karras engloutit son sandwich, fit remplir sa tasse de café et alluma une cigarette. Quand elle fut terminée, il en alluma une autre. Il écrasa le mégot dans le cendrier et fit signe au type derrière le comptoir.

Le serveur lui apporta l'addition.

– Voyons voir... ça fait cinquante cents pour le sandwich, un nickel [1] pour le café. Plus les taxes.

Karras plaqua un billet d'un dollar sur le comptoir.

– Gardez tout.

– Merci, monsieur.

– Vous avez un annuaire téléphonique quelque part ?

– Oui, m'sieur.

– Apportez-le-moi.

Karras trouva le numéro et l'adresse de Recevo dans l'annuaire. Il ne fut pas étonné de découvrir que Joey n'avait pas déménagé : il habitait toujours dans son studio derrière Georgia Avenue, près de Fort Stevens. Emportant l'annuaire, Karras se dirigea vers la cabine téléphonique située à l'intérieur du restaurant et ferma la porte derrière lui, en s'asseyant sur le banc. Il composa le numéro de Recevo.

– Allô ?

– Joey ?

– Lui-même.

– Pete Karras.

Il y eut un silence. Karras s'y attendait. Il plongea sa main dans sa poche pour prendre son paquet de cigarettes, puis se ravisa.

– Pete ? Tu es là ?

– Oui, je suis toujours là. Je ne serai pas long. Ce n'est pas un appel de courtoisie.

1. Cinq « cents ». (*N.d.T.*)

– Vas-y, je t'écoute.

– Tu as entendu parler de ces meurtres de putes, depuis plusieurs années ?

– Évidemment.

– Ça va te paraître dingue, mais le type qui a éventré ces putes, il bosse pour Burke. En fait, il est toujours assis sur son gros cul juste à côté de toi, dans le bureau.

– Quoi ?

– Je te l'annonce direct, Joe. C'est Gearhart le meurtrier.

– Nom de Dieu...

– Ouais.

Nouveau silence. Puis :

– Comment tu le sais ?

– Je ne pourrais pas le prouver, même avec un flingue sur la tempe. Mais disons que j'ai plus qu'un fort pressentiment. Ne me demande pas comment il m'est venu, car je ne te le dirai pas. Tu vas devoir me faire confiance. C'est Gearhart.

– Tu as un témoin ?

– Non.

– Bon, supposons que ce soit vrai. Qu'est-ce que tu voudrais que je fasse, bordel ?

– Il faut que tu élimines ce monstre. Et pour de bon, je veux dire ; il ne s'agit pas de l'expédier à la campagne ou un truc gentillet comme ça. Un malade comme lui, il recommencera ailleurs, n'importe où. Et tu sais bien que c'est intolérable, Joey. Toi et moi, on a fait des trucs moches, mais là, c'est pas la même catégorie. C'est totalement impardonnable.

– Tu veux dire que je dois en parler à M. Burke ?

– C'est un début.

– Faut que j'en sache un *peu* plus que ça, Pete. Je dois savoir comment on a découvert que c'était Gearhart, au moins le point de départ. Je ne peux pas aller trouver Burke sans informations. Sinon, il croira pas un mot de ce que je lui raconte. Je te jure que je ne lui parlerai pas de toi...

– Je me contrefous de ce que tu lui dis.

– Alors, donne-moi une info.

– Tout est parti du Hi-Hat. Le barman de nuit qui bosse là-bas fait travailler des filles.

– C'est déjà ça.

– Rien à ajouter.

– Écoute, Pete...

– Laisse tomber. Oh, Joey...

– Quoi ?

– Une dernière chose. Si vous décidez de vous occuper de Gearhart à votre manière, je n'y vois pas d'inconvénient. Mais si vous choisissez la méthode normale, si vous le livrez aux flics, je veux dire, promets-moi de laisser Jimmy Boyle l'arrêter.

– Boyle est toujours dans ce secteur ?

– Oui. Et il rêve de décrocher son insigne d'inspecteur. Toi et moi, Joey, on a l'occasion de faire une bonne action. Tu comprends ?

– Pigé, Pete. Boyle est toujours à son ancienne adresse ?

– Oui. Voilà, tout est dit.

– Attends.

– Quoi ?

– Il y a un truc qui me tracasse. Burke a envoyé un dénommé Bender pour s'occuper de Nick Stefanos et de vous autres.

– Et alors ?

– Je me demandais...

– Il nous a trouvés.

Recevo dit :

– Ça m'a fait plaisir de te parler, Pete.

– Oui, à moi aussi, dit Karras.

Karras raccrocha. Les yeux fixés sur le téléphone, il caressa du bout des doigts le grain de beauté près de sa bouche.

*
* *

Joey Recevo appela Burke.

– Monsieur Burke, c'est Joe.

– Oui ?

– Vous êtes seul ?

– Oui.

– Gearhart est dans les parages ?

– Il est en bas, dans le salon, avec Reed et deux ou trois gars.

– Parfait. J'ai un truc à vous dire.

Recevo livra l'information à Burke, sans détours. Quand il eut terminé, Burke poussa un soupir sonore dans le téléphone. Recevo entendait les glaçons tinter dans le verre.

– Qui t'a rencardé ?

– Un type que je connais était au bar de l'hôtel Ambassador l'autre soir.

– Le Hi-Hat ?

– Oui. Il a entendu Gearhart commander une pute. Le barman qui bosse là-bas est aussi mac à ses heures perdues. La commande correspond au signalement de la nana qui s'est fait refroidir. Ça colle parfaitement.

– Les grosses putes, c'est pas ce qui manque. Ça prouve rien.

– Non. Mais supposons que ce soit bien lui. Les flics vont plonger le nez dans nos affaires, et sans tarder.

– Je vois où tu veux en venir. Qui est ton informateur ?

– Je vous l'ai dit, un gars que je connais. Il m'a déjà vu avec Gearhart et il sait qu'on fait partie de la même bande.

Il m'a rendu ce service, mais il veut pas être mêlé à cette histoire. Il ne dira rien à personne, il sait ce qui arriverait s'il parlait.

– Hmm.

– Monsieur Burke ?

– O.K., Joe. Je vais faire monter Gearhart et avoir une petite conversation avec lui. Tu peux passer ?

– Oui, m'sieur.

– Oh, Joc... Joli travail.

– J'arrive tout de suite.

Recevo raccrocha. Il enfila son pardessus, rectifia le pli de son chapeau et le posa sur sa tête. Lois Roman entra dans la pièce.

– Où tu vas, Joe ?

– J'ai des affaires à régler. Approche que je t'embrasse.

Lois avança en lissant sa jupe sur ses cuisses. Recevo écrasa sa bouche sur la sienne, puis se recula et la regarda droit dans les yeux d'un air songeur. Et il l'embrassa encore une fois, de la même manière.

Lois sourit.

– C'était pour quoi, le deuxième ?

– C'était tellement bon, j'avais envie de recommencer.

– Ne te mets pas en retard.

– Je t'aime, baby.

Il tapota les fesses de Lois et s'éloigna. Elle le regarda traverser rapidement la pièce, d'une démarche énergique, avec une certaine arrogance.

– Je t'aime, Joey.

Mais il était déjà parti.

*
* *

Karras prit un taxi pour se rendre dans le Southeast et demanda au chauffeur de l'attendre dans Alabama Avenue, à la hauteur du numéro 4500. C'était un après-midi de semaine, il y avait peu de monde dans les rues.

Il gravit en boitant les marches en béton conduisant à la porte de la maison et entra dans le vestibule commun. Il frappa à la porte marquée du chiffre 1, si fort que celle-ci, qui n'était pas fermée à clé, s'entrouvrit. Karras entra.

Les meubles appartenaient au propriétaire, et ils étaient encore là, mais tout le reste avait disparu. La penderie restée ouverte était vide ; la tringle en bois ne supportait plus qu'une rangée de portemanteaux tordus. Un centimètre d'eau grise stagnait au fond d'un verre maculé de rouge à lèvres, posé sur la commode en mauvais bois.

Karras s'approcha de la fenêtre. Il se pencha pour ramasser le billet de théâtre qui était tombé derrière le radiateur. Il caressa la tache de sang séché qui s'étalait sur le mot « Hamlet ». Il lâcha le billet et le regarda retomber en flottant.

Il quitta la pièce et sortit directement dans la rue. Il s'assit à l'arrière du taxi et coinça une cigarette entre ses lèvres.

– Alors, où qu'on va maintenant ? demanda le chauffeur.

– À Chinatown.

*
* *

Recevo passa devant Face dans le hall ; Le Gallois, Le Moyen et quelques autres étaient assis dans le salon. Il gravit l'escalier. Arrivé sur le palier, il tourna à droite. Reed était appuyé contre le mur ; il fumait une Fatima devant la porte fermée du bureau de Burke.

– Il est à l'intérieur, dit Reed.

– Qui ça ?

– Gearhart. Il est en train de chialer comme une gonzesse. Il a tout de suite craché le morceau devant M. Burke.

Tout est sorti d'un trait quand Burke lui a posé la question. Comme s'il attendait que quelqu'un lui demande : « Dis donc, Gearhart, au fait, ce serait pas toi qui as buté toutes ces putes ? » Il était pressé de tout déballer, crois-moi.

– Qu'a-t-il dit ?

– Il a parlé de sa maman. Sa maman la grosse pute qui faisait ça pour un dollar dans Sailor's Row. Comme quoi elle l'avait jamais aimé et tout ça. Elle aimait que les nègres et les nègres blancs, et tous ceux qui pouvaient lui filer un dollar. Blah, blah, blah... (Reed tira sur sa cigarette et souffla un cercle de fumée qui s'envola sur le palier.) Hé, Joe, t'as déjà baisé une grosse ?

– Ferme-la, Reed.

– C'est pas si mal.

– Je t'ai dit de la fermer.

Reed sourit et brossa la cendre sur le revers de son costume en rayonne.

– T'es vraiment pas croyable, toi. T'as eu le bol de découvrir que c'était Gearhart, avant que les flics s'en mêlent. T'es un vrai héros, pas vrai ? M. Burke va ajouter une étoile sur son carnet de notes

– Je vais voir ce qui se passe.

– Seulement maintenant, on a un problème sur les bras, hein ? Qu'est-ce qu'on va faire de notre ami le gros lard ?

– J'y vais.

– Au fait, qui t'a rencardé ?

– C'est mes oignons.

– Oh ?

– Ça ne regarde que moi, je te dis.

Recevo frappa à la porte. Burke lui cria d'entrer. Recevo tourna la poignée et entra, suivi de Reed. Ce dernier s'adossa contre la vitre du râtelier d'armes ; Recevo s'assit à la grande table.

Gearhart était assis à sa place habituelle ; ses mains jointes dessinaient une pyramide sur la montagne de ses genoux. Les larmes avaient laissé des traînées sur ses bajoues. Il avait la tête rentrée dans les épaules, ce qui faisait disparaître ce qui restait de son cou, et il regardait fixement devant lui. Il ne manquait plus que le bonnet d'âne pour compléter le tableau : un gamin de 150 kilos humilié en classe.

– Je suis désolé, murmura Gearhart.

Burke prit la bouteille de bourbon posée sur le bureau et s'en versa cinq bons centimètres. Il goûta le whisky, observa le verre, en le faisant tourner dans la lumière.

– Tu as parlé à Reed avant d'entrer ?

– Oui, dit Recevo.

– Alors, tu sais tout.

– Oui.

– Il faut trouver le moyen de régler ça.

– Exact, monsieur Burke.

– Mais avant ça, on a une autre question à régler.

– Laquelle ?

– Quelqu'un a été témoin du dernier meurtre, vendredi soir. Une autre pute était sur place, paraît-il. Pour une raison inconnue, ce cher Gearhart a décidé de lui laisser la vie sauve.

– Qui est-ce ?

Recevo se tourna vers Gearhart, qui continuait à regarder droit devant lui. Il envisagea de lui poser directement la question, mais Burke semblait ignorer la présence de l'obèse et Recevo décida d'adopter la même tactique.

– Gearhart n'en sait rien, dit Burke.

– Interrogez le mac, dans ce cas.

– Il sait pas non plus qui est le mac. Gearhart avait l'habitude de commander ses putes par un intermédiaire. Les chauffeurs de taxi des hôtels, les barmen, etc.

– Dans ce cas, interrogez le barman du Hi-Hat. C'est lui qui a tout arrangé.

– C'est bien ça, Gearhart ? demanda Burke.

Gearhart répondit par un hochement de tête.

Burke dit :

– Il saura qui est le mac. Grâce au mac, on remontera jusqu'à la fille. Et ensuite, il faudra convaincre le barman et le mac de fermer leurs gueules. Reed.

– Oui ?

– Tu veux bien t'en occuper ?

Le sourire aux lèvres, Reed se décolla de la vitrine.

– C'est dans mes cordes, monsieur Burke.

– Je sais, Reed.

– Il y autre chose, dit Recevo.

– Quoi ? demanda Burke.

– L'arme du crime. Gearhart a tué ces femmes avec un rasoir, non ?

– Gearhart ?

– Oui, dit Gearhart. Je suis désolé...

– Laisse tomber. Où est ce rasoir ?

– Chez moi. Dans ma salle de bains. Dans l'armoire de toilette.

– À quoi il ressemble ?

Gearhart posa les yeux sur ses genoux.

– C'est un rasoir ordinaire. La lame se replie dans un manche marron, en écaille de tortue.

– Bon. Reed, tu vas interroger le barman pour avoir le nom du mac. Ensuite, tu fonces à l'appart' de Gearhart et tu te débarrasses du rasoir.

Reed dit à Gearhart :

– File-moi ta clé.

– La clé... Je la laisse sous le paillasson. Sinon, je la perds toujours...

– O.K., Reed, dit Burke. Vas-y.

Reed adressa un sourire à Recevo et lui pinça brutalement l'épaule en sortant. Recevo écouta décroître les pas pesants. Il ôta son chapeau, lissa ses cheveux en arrière, reposa soigneusement son feutre sur sa tête.

– Ne vous en faites pas, monsieur Burke. On va régler ça.

– Oui, dit Burke en buvant une grande gorgée de bourbon. Il faut juste que je réfléchisse.

Recevo observait Burke, affalé dans son fauteuil. *Il faut que tu réfléchisses, en effet. Et cette saloperie de bourbon va t'aider.*

Recevo se leva.

– Bon, je vais bouffer un morceau. Je repasserai plus tard.

– Va, Joe. Va manger. Mais reviens. J'aurai besoin de toi. Tu es le seul ici à avoir du plomb dans la tête.

– Comptez sur moi, monsieur Burke.

Recevo quitta rapidement le bureau. Gearhart et Burke restèrent assis sans rien dire pendant cinq minutes. Puis Gearhart agita ses yeux de tortue sous ses paupières.

– Monsieur Burke ?

– Ouais.

– Ça vous ennuie si je descends ? J'aimerais m'asseoir avec les autres un moment, si vous êtes d'accord.

Burke regarda le fond de son verre vide.

– Vas-y. Mais t'éloigne pas.

– Promis.

– Alors, vas-y.

*
* *

Joe Recevo gara son Oldsmobile devant le Patio Lounge, un bar de la 13e, au niveau de F Street. Il commanda au bar une bière pression, qu'il emporta dans la cabine située près de l'entrée, et laissa la porte ouverte pour pouvoir fumer. Il trouva le numéro de Jimmy Boyle dans l'annuaire.

– Jimmy ?

– Ouais ?

– Joe Recevo.

Boyle ne répondit pas. Recevo l'écouta respirer.

– Qu'est-ce que tu veux ? demanda finalement Boyle.

– J'ai quelque chose pour toi, Jimmy.

– Je veux rien avoir à faire avec toi.

– Oui, je sais. Tu me hais profondément. Mais je suis prêt à t'offrir la plus grande chance de ta vie.

– Ah oui ? Et pourquoi ?

– Parce que Pete Karras me l'a demandé, voilà pourquoi.

– Tu as parlé à Pete ?

– Oui, pas plus tard que cet après-midi. Mais on n'a pas le temps d'entrer dans les détails. Tu vas noter cette adresse...

Recevo récita l'adresse.

– Noté, dit Boyle.

– Bien. Pointe-toi à cet appart'. Tu vas dans la salle de bains et tu ouvres l'armoire de toilette. Tu trouveras un rasoir. Un rasoir avec un manche en écaille de tortue. Mets des gants et apporte-le à tes collègues du labo.

– Pourquoi je ferais ça ?

– Parce que c'est le rasoir qui a tué les putes.

Recevo alluma une Raleigh, en attendant que Boyle comprenne.

– Comment tu le sais ?

– C'est Karras qui m'a rencardé, et me demande pas comment. Grouille-toi, Jimmy. Faut faire vite, car quelqu'un sera sur place dans une heure ou deux, pour chercher la même chose que toi.

– Qui ?

– Un des gars de ma bande.

– Qui est le meurtrier, Joe ? Un de tes potes, aussi ?

– T'occupe. Récupère d'abord le rasoir. Je te livrerai le meurtrier plus tard.

– Comment je fais pour rentrer ?

– Il y a une clé sous le paillasson.

– Joe...

– Dépêche-toi.

– Je voulais juste te remercier.

– C'est bon, tu m'as remercié. Vas-y, maintenant.

Recevo raccrocha avant que Boyle puisse ajouter quoi que ce soit. Il s'appuya contre la paroi en bois de la cabine. Et ferma les yeux.

*
* *

Jimmy Boyle sortit son revolver de service de sa commode et vérifia qu'il était chargé. Il fit mine de viser ; sa main tremblait. Il éjecta et fit tourner le barillet du .38, le remit en place d'un mouvement sec du poignet, et glissa l'arme dans sa ceinture de pantalon. À gauche de son ventre, la crosse vers l'intérieur pour pouvoir dégainer avec la main droite. Il s'entraîna à effectuer ce geste devant le miroir dans l'entrée, comme il l'avait fait si souvent.

Boyle enfila un manteau trois-quarts par-dessus sa tenue civile. Il glissa la main dans la poche, sortit le flacon de Benzédrine qui s'y trouvait et avala à sec la dernière pilule, en sortant de chez lui. Il descendit les marches deux par deux et croisa une vieille femme qui se plaqua contre le mur de l'escalier pour le laisser passer. Quelques secondes plus tard, il courait dans la rue, à toutes jambes, vers son vieux coupé.

36

En arrivant à l'intersection de la 13e et d'Euclid, au volant de sa Buick, Boyle ralentit au milieu de la chaussée pour regarder encore une fois le bout de papier à lettres posé près de lui sur le siège. Il se rangea sur le côté, se gara derrière une vieille berline et coupa le moteur. Il balaya du regard la rangée de maisons mitoyennes de deux étages ; certaines ornées de tourelles, d'autres banales et sans signe distinctif. Deux étourneaux s'envolèrent du toit de la maison d'angle ; leurs ailes noires déployées, ils descendirent en douceur vers le sol pour s'emparer du crâne éclaté d'un écureuil mort. Il n'y avait personne dans la rue ; le voile gris ardoise de la nuit était tombé. Le froid traversait le manteau de Boyle et lui cinglait le visage comme des piqûres de frelon.

En descendant de voiture il sentit réapparaître les fourmillements dans sa nuque ; il avait appris à reconnaître cette sensation depuis une semaine. Les pilules lui faisaient cet effet, et elles lui donnaient une soif insatiable. En grimpant les marches au trot, il essaya de saliver, mais en vain.

Soudain, il fut traversé par l'image d'un jeune garçon mort, couché sur une plaque de ciment, nu. Cette image n'était pas venue le hanter depuis l'époque où lui-même était enfant, et voilà qu'elle resurgissait aujourd'hui. Elle avait commencé à le hanter le jour où son père avait rapporté une paire de chaussures de la morgue. Il avait pris ces chaussures aux pieds d'un jeune garçon mort la veille au soir, et au matin, il les avait déposées soigneusement, côte à côte, devant le lit de Jimmy. Ce matin-là, Jimmy Boyle s'était réveillé en entendant ses parents se disputer dans la pièce voisine. « Ayons un peu de bon sens, chérie », disait son père. « Tu sais bien qu'on n'a pas d'argent, et Jimmy a besoin de chaussures. Ce pauvre gamin qui a été écrasé par le camion n'a plus besoin de chaussures, pas plus qu'il aurait besoin d'un col de chemise, vu qu'il a la nuque brisée. Ayons un peu de bon sens ! » Jimmy Boyle avait fermé les yeux, en essayant de ne pas imaginer le garçon couché sur cette plaque de béton, la nuque tordue et violacée. Et il avait porté ces chaussures, durant tout l'été et l'été suivant. Mais pendant longtemps, il n'avait pas pu empêcher ce garçon de s'insinuer dans ses pensées. Finalement, cette image avait disparu en même temps que tous ses cauchemars d'enfance, enterrés et oubliés, mais endormis seulement, pas morts. Et aujourd'hui, alors qu'il traversait un vestibule pour se diriger vers la porte de l'appartement de Gearhart, cette image était réapparue.

– Assez ! s'écria Boyle, et sa voix résonna dans le vestibule.

Il secoua vigoureusement la tête. L'image du jeune garçon mort avait disparu. Il frappa à la porte. Attendit. Il frappa une deuxième fois. Il se pencha, souleva le paillasson devant la porte : pas de clé.

Il se redressa, tourna la poignée. Il poussa doucement la porte et la laissa s'ouvrir toute seule, à moitié. Après avoir jeté un coup d'œil derrière lui, il entra dans le salon et referma la porte derrière lui.

C'est une femme qui vit ici, se dit Boyle, ou un type d'un genre bizarre. L'appartement était bien propre et bien rangé, il sentait bon ; des magazines étaient empilés sur des tables basses et les livres étaient soigneusement classés sur les étagères, par ordre de taille croissante. Au centre de la pièce trônait un canapé, recouvert d'un plaid couleur lie de vin. Une causeuse Duncan Phyfe, avec un cadre en acajou et un tissu beige rayé, était disposée face au canapé. Entre les deux se trouvait une grande table basse, en acajou elle aussi, magnifiquement cirée et parfaitement d'équerre, avec des pieds surchargés de volutes. À côté du canapé, il y avait un combiné radio-électrophone RCA Victor Crestwood, lui aussi en beau bois d'acajou.

Boyle avança rapidement sur le grand tapis rose ton sur ton, dont l'épaisseur étouffait le bruit de ses pas. Il pénétra dans un couloir et passa devant deux chambres ouvertes. Le couloir s'achevait par une troisième porte, ouverte sur la salle de bains. Il s'en approcha, et curieusement, c'était comme si la salle de bains venait à sa rencontre.

Voilà, il était à l'intérieur. C'était une salle de bains toute simple : un lavabo, des toilettes et une baignoire. La baignoire, très grande, reposait sur des pieds en forme de pattes de lion, avec des griffes puissantes, recouvertes de feuille d'or. Un rideau blanc suspendu à une tringle en demi-cercle pendait autour de la baignoire. L'armoire de toilette en bois, avec un miroir, était fixée sur le mur en plâtre à la verticale du lavabo.

Boyle regarda dans le miroir les cernes profonds qui soulignaient ses yeux. Sa peau grise pendait sur son visage. Mon Dieu, se dit-il, c'est vraiment moi, ça ?

Il tendit la main vers le cabinet de toilette, sans pouvoir réprimer une grimace en voyant sa main tremblante se refermer sur le bouton. Il ouvrit la porte et regarda à l'intérieur. Il y avait là un paquet de Feenamint, des sels Eno, un crayon hémostatique, un tube de dentifrice Kolynos, une brosse à dents, un flacon de gouttes nasales Mistol, une savonnette Old Spice, un pot de crème de beauté Pond... mais pas de rasoir. Pour la première fois depuis qu'il était entré dans cet appartement, Boyle se dit : Ça pue ici. Une odeur de pourriture, comme si un type venait de faire une grosse merde.

Il referma la porte de l'armoire de toilette. La silhouette d'un homme surgit dans le miroir. Boyle se retourna.

L'homme se tenait dans l'encadrement de la porte ; un type énorme, vêtu d'un costume en flanelle, avec un large sourire écœurant sur son visage gras. Il serrait fortement dans son poing levé le manche marron d'un coupe-choux.

Mon oreille. Cette putain d'oreille sourde. Je l'ai même pas entendu arriver dans le couloir.

– Je suis policier, déclara Boyle.

– Dans ce cas, dit l'homme. C'est ça que vous venez chercher, je suppose.

L'homme abattit violemment le rasoir. Boyle eut l'impression de recevoir un coup de marteau. Il trébucha à la renverse et se retourna pour agripper le rideau blanc de la baignoire, qui fut éclaboussé par une longue diagonale de sang écarlate.

– Maman.

Le rideau se détacha de la tringle. Boyle bascula dans la baignoire. Sa tête heurta la porcelaine. Il entendit le bruit, comme un tintement de cloche étouffé, mais il ne sentit aucune douleur. Il ne pouvait pas la sentir, à cause de cette autre douleur qui l'élançait tout à coup, insupportable, à un autre endroit. L'air venait d'entrer dans la plaie.

Le gros type s'approcha de Boyle.

– Je suis flic, dit celui-ci d'une voix faible et pâteuse.

L'obèse s'esclaffa.

La main droite de Boyle glissa vers son flanc gauche. Sa main était ankylosée, maladroite. Il sentit la crosse du .38, mais sa main glissa sur le bois visqueux.

– Je suis désolé, vous savez.

L'obèse leva le rasoir.

Boyle serra la crosse dans son poing. Il sortit le revolver, colla son doigt contre la détente et tira, au moment où la main de l'homme frappait. Il tira de nouveau, puis poussa un hurlement tandis qu'il tirait une troisième fois, en regardant tourner le barillet dans la fumée qui avait envahi la salle de bains.

L'obèse s'effondra sur le carrelage, pris de convulsions; le talon d'une de ses chaussures bicolores frappait sauvagement le sol. Boyle visa et tira dans la semelle. L'obèse cessa de gesticuler.

Pris d'un rire hystérique, Boyle pressa la détente encore une fois et regarda le mort sursauter sous l'effet de l'impact. Il tira encore. Le chien frappa la chambre vide.

Jimmy Boyle lâcha son arme de service, tandis que sa tête basculait sur le côté. Il entendit un bruit d'éclaboussure. Une note aiguë et persistante résonna dans son oreille. C'était tout chaud sous sa ceinture. Sa main glissa dans la flaque qui s'étalait au fond de la baignoire. Là aussi c'était chaud. Les yeux de Boyle commencèrent à loucher.

La salle de bains chancela. Avant de devenir toute noire.

37

Burke raccrocha le téléphone. Il se frotta vigoureusement le visage.

– C'était Reed.

Recevo faisait tourner entre ses doigts le bord de son feutre, posé sur ses genoux.

– Et ?

– Il a déjà appelé il y a une heure pour me tenir au courant des progrès de son enquête, juste après que j'ai découvert que Gearhart avait foutu le camp. Je lui ai dit de foncer chez Gearhart.

– Il l'a retrouvé ?

– Pas exactement. Il y avait des flics et une ambulance devant chez Gearhart quand il est arrivé. Il a traîné dans les parages pour écouter ce que disaient les gens et deux flics qui se racontaient ce qu'ils avaient vu.

– Alors, il a appris quelque chose ?

– Oui. Gearhart est mort.

– Merde.

Recevo fronça les sourcils pour mimer les regrets.

– Il a été abattu par un flic en civil, après avoir a ouvert le flic de haut en bas. Mais le flic l'a pas loupé, lui non plus. Reed dit qu'il les a vus emporter le corps. Même avec le drap dessus, on devinait le carnage. (Burke but une gorgée de bourbon.) J'aurais pas dû laisser filer Gearhart. Il a paniqué, je parie, il est retourné chez lui chercher ses affaires avant de foutre le camp. Ce que je comprends pas, c'est pourquoi ce flic était là-bas.

– J'en sais foutre rien, dit Recevo. Le flic est mort, lui aussi ?

– J'ignore s'il a survécu ou pas. Ils l'avaient déjà emmené quand Reed est arrivé sur place. (Burke dévisagea Recevo.) Mais qu'cst-ce que ça peut te faire ?

Recevo haussa les épaules.

– Les flics deviennent enragés quand l'un d'eux se fait buter. Ils vont nous emmerder...

– C'est juste. Mais je sais pas s'il est mort ou non.

Recevo regarda Reed verser dans son verre le fond de la bouteille de bourbon. Elle était pleine cet après-midi.

– Vous savez, monsieur Burke. Sans vouloir manquer de respect à Gearhart, ni rien, on peut peut-être considérer tout ça comme une bénédiction, en fait.

– Que veux-tu dire ?

– Le problème de Gearhart est réglé maintenant. Ils ne peuvent plus faire le rapprochement avec nous.

– Ouais. Mais tu oublies le barman et le mac, et cette fille que Gearhart a épargnée. Autant de témoins. Je sais pas ce qu'il leur a dit. Et on ne le saura pas, si on leur pose pas la question. Tu n'es pas de cet avis ?

Recevo ne répondit pas. Il observait le corps avachi de Burke derrière son bureau. Et il se demandait comment il avait pu suivre un type comme ça.

– On sera bientôt fixés, reprit Burke. Reed m'a dit qu'il avait discuté avec le barman et le mac. Il avait l'air très excité tout à l'heure au téléphone, je ne sais pas pourquoi. Il m'a dit qu'il avait hâte de tout me raconter.

Recevo prit une cigarette. Il l'alluma et jeta la cigarette dans le cendrier devant lui. Il tira une bouffée et regarda la fumée flotter dans la pièce. Quelques instants plus tard, il écrasa sa cigarette. Une porte venait de claquer au rez-de-chaussée. Un pas lourd montait l'escalier.

– Voilà Reed, commenta Burke.

– Je sais, dit Recevo.

*
* *

Peter Karras descendit du taxi, entra directement dans le hall du Garfield Hospital et demanda au premier flic qu'il croisa où se trouvait Boyle. Les flics ne manquaient pas ; il y en avait dans le hall et dans les couloirs, certains en uniforme, certains en civil. Avec ou sans uniforme, ils avaient tous l'air de flics aux yeux de Karras.

On lui dit que Boyle était en réanimation. Il trouva la salle en question, gardée et entourée d'autres flics. Karras aperçut le père de Boyle, toujours aussi chétif, et son oncle, un inspecteur de police nommé Dan Boyle. Karras serra la main du père, puis traversa le couloir en boitant, vers l'oncle de Jimmy, un grand type en imperméable, adossé contre le mur, qui buvait du café dans une tasse et tirait nerveusement sur une cigarette.

– Inspecteur ?

Dan Boyle leva la tête.

– Oui ?

– Pete Karras.

Ils échangèrent une poignée de mains. Dan Boyle posa sur Karras le regard inflexible de l'homme de loi.

– Merci de m'avoir prévenu, dit Karras.

– Il vous a demandé avant qu'ils l'endorment.

- Il va s'en tirer ?

– Oui.

Karras sourit et se mordit la lèvre. Baissant les yeux, il constata qu'il se tordait nerveusement les mains, sans s'en rendre compte.

– Comment est-il ?

– Ce salopard l'a sérieusement charcuté. Ils l'ont recousu et ils l'ont... comment dit-on déjà ? ... « stabilisé ». Le problème, c'est qu'il a perdu énormément de sang. Avec mon frère – son père, quoi –, on a donné tout le sang qu'ils nous ont autorisés à donner. Un tas d'autres flics ont donné aussi. Bref, Jimmy ne pourra plus faire le beau sur la plage, mais il va s'en tirer. Il va s'en tirer.

– Je peux le voir ?

– Venez.

Ils se dirigèrent vers une vitre qui donnait sur la salle de réanimation. Karras découvrit Jimmy couché dans un lit avec un tube dans le bras et un autre qui disparaissait sous le drap. Deux types en blouse blanche se tenaient près de lui ; ils discutaient entre eux, tandis qu'une infirmière posait sa main sur le front de Jimmy.

– Ces toubibs, ils savent ce qu'ils font ? demanda Karras.

– Oui, je suppose. Je peux vous faire entrer une minute, si vous le voulez.

– Non, pas la peine. Mais rendez-moi un service : quand il se réveillera, dites-lui que Pete Karras l'embrasse.

Boyle ricana.

– Hé, vous êtes pédés tous les deux, ou quoi ?

– Dites-lui que je l'aime, c'est tout.

Boyle observa Karras.

– Jimmy m'a parlé de vous. Il paraît que vous êtes potes depuis l'enfance.

– Exact.

– C'est drôle qu'il ait des amis en dehors de la police. Moi, j'ai pas beaucoup d'amis qui sont pas flics. Même la famille. Mon fils vient de sortir de l'école de police. Et son gosse deviendra certainement flic, un jour. On a ça dans le sang, j'imagine.

– Oui, sans doute.

– Bon Dieu, j'aimerais bien savoir ce qui s'est passé dans cet appartement.

– Ça veut dire que vous ne le savez pas ?

Boyle secoua la tête.

– On ne sait même pas ce que Jimmy foutait là-bas. Les gars du labo enquêtent et on interroge tous les gens du quartier...

– Votre neveu est un héros, dit Karras.

– Hein ?

– Parfaitement, Jimmy est un putain de héros. Le type qu'il a tué, l'obèse ?

– Eh bien ?

– C'est le tueur de prostituées que vous essayez de coincer depuis trois ans.

– Sans blague !

– Sérieusement. Ce gros porc a tailladé Jimmy à coups de rasoir, pas vrai ?

– Et alors ?

– Demandez aux gars du labo d'examiner ce rasoir. Je parie qu'ils vont retrouver des traces de la pute qui s'est fait buter vendredi soir.

– Mais de quoi vous parlez ?

– Jimmy m'a tout raconté. Il avait trouvé un indice et il allait remonter la piste jusqu'au bout.

– Quel indice ?

– Pas la moindre idée. C'est vous l'inspecteur, à vous de le découvrir. Mais je vous conseille d'appeler rapidement le poste de police.

Dan Boyle plongea son regard dans les yeux de Karras. Finalement, il s'éloigna, mais se retourna pour dévisager Karras encore une fois, avant de se diriger vers un groupe d'hommes. Il leur dit quelques mots, d'un ton très autoritaire et officiel, et deux d'entre eux s'élancèrent dans le couloir.

Dan Boyle se massa le menton. Il se tourna vers la vitre de la salle de réanimation. L'ami de son neveu, le handicapé aux cheveux gris, avec cette marque sur le visage, était reparti.

*
* *

Reed s'arrêta de faire les cent pas pour permettre à son auditoire d'assimiler toute la tragédic contcnuc dans son récit. Il avait un sourire jusqu'aux oreilles et ses yeux porcins se fermaient, alors qu'il revivait la scène. Recevo se pencha au-dessus du bureau pour tapoter sa cigarette au-dessus du cendrier. Burke déchira le scellé d'une bouteille de bourbon neuve et en versa quelques centimètres dans son verre.

– O.K., Reed, viens-en au fait. Tu es allé au Hi-Hat et tu as interrogé le barman...

– Exact. Il m'a refilé le nom du mac.

– Tu ne lui as pas fait de mal, j'espère ?

– Non, il a pas fait d'histoires. Il a craché le nom d'entrée de jeu. Alors, je suis allé au bordel et j'ai discuté avec le gars, un petit mec nommé Morgan. Lui, j'ai été obligé de le bousculer un peu, mais pas trop. J'ai bien vu que quelqu'un lui avait déjà balancé un beau marron sur le tarin. Je lui ai collé un petit direct au même endroit ; il en avait les larmes aux yeux...

– Viens-en au fait, je t'ai dit.

– D'accord. Je me suis un peu occupé du gars et il m'a filé le nom de la fille, son signalement et quelques autres trucs. Le seul problème, c'est qu'elle est plus là.

– Où elle est, alors ?

– Attendez, dit Reed avec un petit ricanement, vous allez adorer la suite. Il se trouve que c'est un vieil ami à nous qui est allé la chercher dans ce bordel.

– Qui ça ? demanda Burke.

Reed lança un sourire en direction de Recevo.

– Pete Karras.

Burke posa son verre sur le bureau. Recevo regardait droit devant lui.

– Eh oui, reprit Reed. Ce vieux Karras. Faut croire qu'il a pas retenu la leçon. Il peut pas s'empêcher de jouer les durs, on dirait. Avant de quitter le bordel, il a même filé son nom à Morgan. C'est dingue, non ? Il a dit à Morgan de pas oublier son nom, surtout. L'autre, il s'en est souvenu, vous pensez.

– Mais pourquoi ? Quel rapport entre Karras et la fille ? (Burke se massa la tempe.) Joe, tu as une idée ?

Recevo ne répondit pas.

Burke le regarda d'un air étrange.

– Gearhart ! s'exclama-t-il. C'est Gearhart le lien entre les deux. C'est pas ça, Joe ?

– Oui.

Recevo ne prit pas la peine de mentir ; il savait que tout arrivait trop vite.

– C'est Karras qui t'a refilé le tuyau sur Gearhart, c'est bien ça ?

– Oui, monsieur Burke, c'est ça.

Reed frappa dans ses mains, en s'esclaffant.

– Pourquoi tu me l'as pas dit, Joe ?

– Karras nous a rendu service en dénonçant Gearhart. En tout cas, c'est comme ça que je l'ai interprété. Mais je savais pas comment vous réagiriez, alors j'ai rien dit.

– Tu me files les renseignements, dit Burke d'un ton à la fois brutal et neutre, et c'est à moi de décider comment je réagis.

– Bien, monsieur Burke.

– Tu entends, Joe ?

Burke se leva, chancela légèrement et se pencha en avant. Il frappa du poing sur la table.

– C'est moi qui décide !

– Oui, m'sieur.

Burke se laissa retomber sur son siège ; il plissa les yeux pour ajuster sa vision.

– Bon, laissez-moi réfléchir, dit-il en baissant la voix. Laissez-moi une minute pour réfléchir.

C'est ça. Vas-y, réfléchis, pauvre minable. Sers-toi encore un verre de sagesse et réfléchis.

Nul ne parla ni ne bougea, pendant que Burke laissait le bourbon former un plan dans sa tête.

Burke se racla la gorge.

– Bon, voilà ce que je veux, Joe. Je veux que tu m'amènes Karras.

– Je vous le répète, monsieur Burke, il nous a rendu un service.

– Et je vais lui en rendre un, moi aussi.

– Comment ?

Burke esquissa un sourire.

– J'ai téléphoné à Philadelphie, ce matin. Bender et ses gars ne sont pas rentrés. Il y a fort à parier que Stefanos et les autres les ont enterrés. On va devoir sauver la face et s'occuper des Grecs.

– Voilà qui est parler, dit Reed.

Recevo devait réfléchir à toute vitesse.

– Monsieur Burke... si Pete Karras m'a filé ce tuyau... Je ne voulais pas vous en parler avant, car je sais que vous avez un tas d'autres préoccupations. Bref, s'il m'a rencardé, c'est parce qu'il veut se faire bien voir. En fait, il voudrait revenir avec nous. Il voudrait qu'on lui donne une autre chance.

– Après ce qu'on lui a fait ?

– C'est des conneries, dit Reed.

– Il a oublié ce qu'on lui a fait. Il pense à son avenir. Il bosse dans les cuisines d'une gargote, avec un tablier autour de la taille. Il a un gosse maintenant.

– D'accord, je te crois, dit Burke. Je ne sais pas pourquoi, mais je te crois. Raison de plus pour nous l'amener Mais d'abord, il va devoir faire ses preuves.

– Comment ?

– Il faut qu'il nous livre la pute. Je veux lui parler, savoir ce que Gearhart lui a dit sur nous. J'ai pas envie qu'elle aille tout déballer aux flics. Je veux être sûr qu'elle va pas nous moucharder.

– Bon Dieu ! s'exclama Reed. Il nous amène la fille, et après ? Comme si on avait besoin d'un estropié ? Qui on va engager ensuite, Harold Russell ?

– La ferme, Reed. (Burke se tourna vers Recevo.) Qu'est-ce que tu en penses, Joe ?

– Je vais en parler à Karras.

– C'est ça, va lui en parler. Et si jamais il a envie de jouer les héros au grand cœur avec les Grecs ou avec cette pute, explique-lui bien une chose : s'il défend les Grecs, il est mort. S'il essaye de protéger la fille, il est mort. Pigé ?

– Oui, monsieur Burke.

– Hé, Joe. Si jamais tu essayes encore de me doubler... si tu me caches encore des choses comme ça... tu es un homme mort, toi aussi. Crois-moi.

– Euh, ou...ou.. oui, monsieur Burke.

Recevo plaqua un tressaillement sur ses lèvres. Comme il avait introduit un bégaiement dans sa réponse. Tel un acteur dans un film. Car ça ne lui était pas venu naturellement. Et ça ne lui était pas venu naturellement, car ce sentiment n'existait pas en lui. La peur avait disparu.

– Ce soir, Joe. Amène-moi Karras et la fille ce soir.

– Entendu, monsieur Burke. On réglera ça, ce soir.

*
* *

– O.K., Karras. À tout à l'heure.

Karras raccrocha. Immobile au milieu de son salon, il

caressa le grain de beauté au coin de sa bouche. Eleni sortit de la chambre de Dimitri et traversa le couloir.

– Ça y est, je l'ai couché, dit-elle.

– Parfait. Écoute, chérie, il faut je sorte un petit moment.

Elle le dévisagea.

– C'était qui, au téléphone ?

– Joe Recevo.

– Tu sors avec Joe ? Pourquoi ?

– Il veut me voir.

– Il t'appelle et tu accours.

– Je sors.

Karras se rendit dans la salle de bains, s'aspergea le visage d'eau et frictionna ses cheveux gris avec un peu de lotion. Dans la chambre, il ouvrit le tiroir du haut de sa commode et prit un billet de 50 dollars qu'il avait glissé dans une paire de chaussettes roulées, en 1946. Il mit le billet dans son portefeuille. Il ouvrit ensuite la penderie, prit ce dont il avait besoin sur l'étagère du haut, l'attacha sur lui et enfila son veston par-dessus. Il fourra un paquet neuf de Lucky dans sa poche, se regarda dans le miroir en pied d'Eleni et ajusta son pardessus.

John Hodiak. Il adressa un clin d'œil à son reflet dans la glace.

Il ressortit de la chambre, longea le couloir et ouvrit la porte de la chambre dans laquelle dormait son fils. Il se pencha au-dessus du petit lit pour déposer un baiser sur le front moite de l'enfant. Il inspira profondément ; les cheveux noirs de Dimitri sentaient le shampooing Johnson. Il lui caressa la joue avec son doigt.

– Mon gentil garçon, murmura-t-il.

Il ressortit en boitant et laissa la porte entrouverte pour que l'enfant n'ait pas trop chaud.

Eleni attendait son mari à l'entrée du couloir. Elle l'enlaça et l'embrassa sur la bouche. Elle le regarda au fond des yeux.

– Que se passe-t-il, Pete ?

– Rien.

– *Yiati eise stenichorimenos ?*

– Je te le répète, c'est rien. Et je ne suis pas du tout soucieux.

– Ne rentre pas trop tard, d'accord ? J'ai fait des *dolmathes.*

Karras l'embrassa. Avec son pouce, il ôta un cil collé sur la joue d'Eleni.

– Je t'aime, ma chérie.

– Rentre vite, Pete.

– Promis. Et laisse la porte de Dimitri ouverte, d'accord ? Ce pauvre gosse va rôtir là-dedans.

Karras sourit et Eleni lui rendit son sourire. Il ouvrit la porte et sortit sur le palier. Eleni écouta son pas irrégulier, tandis qu'il marchait vers l'escalier. Elle attendit une minute, puis se dirigea vers la fenêtre qui donnait sur H Street.

Elle l'aperçut dans la rue, arrêté sous un lampadaire, la tête penchée sur le côté, ses mains jointes autour d'une allumette pour allumer une cigarette. Des volutes de fumée tournoyèrent autour de son visage. Elle le regarda jeter l'allumette sur le trottoir. Elle le regarda s'éloigner vers l'est.

38

Appuyé contre l'aile arrière de son Oldsmobile, Joe Recevo regarda Karras émerger de l'obscurité et apparaître dans la lumière du lampadaire, au coin de la 8e et de K Street. Il crut apercevoir un sourire sur le visage de Karras, mais quand celui-ci approcha, Joe s'aperçut qu'il s'était trompé. C'était une grimace qui déformait la bouche de Karras. Il se demanda si sa jambe le faisait encore souffrir.

– Joe.

– Pete.

Ils ne se serrèrent pas la main. Recevo tira sur sa cigarette et la lança d'une pichenette. Le mégot projeta des étincelles en rebondissant sur le bitume.

D'un mouvement du menton, Karras désigna l'Oldsmobile.

– Jolie bagnole.

– Ouais, pas mal.

– C'est quoi comme modèle ?

– Une 88-8. C'est la ligne qui m'a séduit. Je trouve que le hayon arrière, ça lui donne de la gueule, non ?

– Tu sais bien que je n'y connais rien.

– Pas besoin de s'y connaître pour savoir qu'une bagnole ça sert à aller plus vite quelque part. Tu aurais pu prendre un taxi pour venir, non ?

– Ça fait longtemps que tu attends ?

– Tu as dit une demi-heure. Ça fait plus d'une heure.

– Comme il ne fait pas froid, j'ai eu envie de marcher. Je n'avance plus aussi vite qu'avant, mais je peux encore marcher.

– Tu as toujours adoré ça.

– Ouais. Mais tu n'étais pas obligé d'attendre dehors. Tu pouvais entrer et t'installer au bar.

Recevo leva les yeux vers l'enseigne des frères Kavakos fixée sur la façade.

– Je préférais t'attendre dehors. Je ne suis pas sûr d'être très bien accueilli dans cet endroit.

– Allons-y.

Ils marchèrent vers le club, bifurquèrent au début de la queue et entrèrent par la porte sur le côté. Nul ne protesta. Jerry Tsondilis les laissa entrer ; il salua Karras, mais pas Recevo.

Ils s'installèrent au bar, sur des tabourets. Il n'y avait pas beaucoup de monde ce soir, mais l'orchestre jouait comme si le club était plein. Ils attaquaient l'intro du standard de Glen Miller « Moonlight Serenade » et quelques couples se dirigeaient lentement vers la piste.

– J'ai toujours aimé ce morceau, dit Recevo. Parfois, quand on écoute du Miller, c'est si beau que ça donne envie de chialer.

– Ouais, c'est chouette. Mais Miller a tout piqué à un type qui s'appelle Fletcher Henderson.

– Fletcher Henderson ? C'est qui, ça ?

– J'en ai aucune idée.

– Alors, de quoi tu parles ?

– Laisse tomber.

Un des frères Kavakos s'avança vers eux ; il les salua d'un petit geste du menton, en s'essuyant les mains sur un torchon jauni. Ses yeux allaient de Recevo à Karras.

– Qu'est-ce que tu bois, Pete ?
– Une Senate et un verre de Pete Hagen.
– Même chose, dit Recevo.
Il posa ses cigarettes sur le bar. Il ôta son pardessus, son feutre et passa sa main dans ses cheveux, puis déposa le chapeau sur le manteau qu'il avait étendu à cheval sur le tabouret situé à sa droite. Karras garda son pardessus.
On leur apporta leurs verres. Karras et Recevo trinquèrent et burent aussitôt leurs petits verres de whisky. Avant d'avaler quelques gorgées de bière.
Karras plongea la main dans sa poche et sortit une cigarette. Recevo souffla dans son paquet de Raleigh pour en faire jaillir une. Il l'alluma, puis alluma celle de Karras avec la même allumette. Karras recracha un jet de fumée et la regarda retomber au-dessus du bar.
– Comment va Lois ?
– Bien.
– Tant mieux. J'ai toujours bien aimé Lois.
– C'est une chic fille. Comment va Eleni ?
– Bien.
– Et ton gamin ?
– Il va bien.
Recevo sourit et donna un petit coup de coude à Karras.
– Il paraît que tu as enfin conclu avec le sosie de Lizabeth Scott, après qui tu courais.
Karras ne répondit pas.
– Vous êtes encore ensemble ?
– Non.
– Il y en aura d'autres.
– J'en suis pas très fier.
– Mais c'est plus fort que toi, pas vrai ? Un baiseur comme toi, dit Recevo avec un sourire. Hé, tu te souviens de cette fille...
– Arrête, Joey. Je ne suis pas venu jusqu'ici pour ça.

– O.K.

Karras expira lentement.

– Au téléphone, tu m'as parlé d'une proposition.

– Exact.

– Alors comme ça, Burke veut que je revienne au bercail ?

Recevo hocha la tête.

– Je l'ai convaincu de te redonner une chance.

– Il suffit que je lui livre la fille.

– Exact.

– Qu'est-ce qu'ils vont lui faire ?

– Ils vont lui demander ce qu'elle sait au sujet de Gearhart. Et au sujet de nos affaires.

– Et s'ils n'aiment pas ses réponses ?

– On n'a pas parlé de ça, Pete.

Karras tira sur sa cigarette.

– C'est pas tout, dit Recevo.

– Je t'écoute.

– Au sujet de Bender. Burke sait que Stefanos l'a liquidé, avec ses gars. Il est obligé de remettre les pendules à l'heure.

– Il veut aussi que je lui dépose Nick Stefanos devant sa porte ?

– Ne fais pas le malin. Il veut juste que tu te foutes sur la touche, c'est tout.

Karras but une gorgée de bière. Il reposa la bouteille sur le comptoir.

– C'est facile pour toi de dire ça, Joey.

– Où veux-tu en venir ?

– Tu as l'habitude de tourner la tête pendant que Burke bute un ami.

Recevo baissa les yeux sur le bois grêlé du bar.

– Arrête.

– Pour moi, c'est pas aussi facile, dit Karras. C'est Nick Stefanos qui m'a soutenu quand je croyais avoir tout perdu....

– Pete..

– Tu ne comprends pas.

– C'est toi qui ne comprends pas. Ce qui va arriver à Nick arrivera forcément, que tu le défendes ou pas. Crois-moi, Reed et les autres vont foutre en l'air ce restau.

– Qu'ils essayent, j'aimerais bien voir ça.

– Oui, j'en doute pas. Toujours ton foutu sang grec bouillonnant. Tu n'en as rien à foutre, pas vrai ? Qu'est-ce que ça peut faire, hein ? Tu as envie de mourir, Pete ? C'est ça ?

– Non. Mais parfois, il faut bien se battre pour quelque chose. Essayer, du moins. (Karras fit tomber la cendre de sa cigarette.) Comme je te le disais, Joey, tu ne comprends pas.

Recevo fit signe à Kavakos de leur apporter la même chose. Kavakos prit la bouteille de whisky, posa deux bières devant eux et remplit leurs verres. Recevo vida le sien d'un trait. Karras but à petites gorgées.

– Comment va Jimmy ? demanda Recevo.

– Il va s'en tirer. Ils lui ont refilé du sang frais ; ça va purger son organisme de cette saloperie qu'il prenait. À vrai dire, il avait l'air plus en forme à l'hôpital que ces dernières semaines.

La bouche de Recevo esquissa une sorte de sourire. Il disparut aussi vite qu'il était venu.

– J'ai merdé, Pete. J'essayais de trouver le moyen d'envoyer Jimmy là-bas avant l'arrivée de Reed. J'ai même pas pensé que Gearhart pouvait retourner chez lui. Il a faussé compagnie à Burke, et voilà.

– J'aurais dû aller avec lui, là-bas, dit Karras.

– Oui, peut-être que moi aussi.

– Tu as fait ce qu'il fallait, Joey. Tu as beaucoup fait. Quand il sortira de l'hosto, Jimmy recevra son insigne d'inspecteur. Tu as pris des risques en le rencardant. Merci.

– J'ai essayé de l'aider. Tu sais, je ne suis pas toujours ce que tu crois. (Recevo capta le regard de Karras.) Écoute, Pete...

– Tais-toi.

– Je sais que tu me détestes...

– Non.

– Je veux que tu saches ce qui s'est passé ce soir-là.

– Je suis déjà au courant. J'ai rencontré Face un soir au Casino Royal ; il m'a raconté. Je sais et je m'en fous. Car tu aurais dû rester à mes côtés ce soir-là, Joey. Tu n'aurais pas dû foutre le camp avec ta bagnole et me laisser dans cette ruelle. Moi, j'aurais fait n'importe quoi pour toi, et toi, tu as tout foutu en l'air. Je ne peux pas tirer un trait, car au bout du compte, c'est la seule chose qui importe. Tu as peut-être envie de changer les choses avec tes explications. Mais tu ne peux rien changer, Joey. Alors, laisse tomber.

– J'ai fait tout ça parce qu'on était amis, justement.

– Non, tu as fait ça parce que tu avais la trouille.

– Oui, aussi. Mais pas uniquement. J'essayais de t'aider, Pete. En ce temps-là, tu étais complètement aveugle. J'essayais de te sauver la vie.

– Comme maintenant ?

Recevo détourna la tête.

– Oui.

– Tu veux que je retourne travailler pour Burke. Que je terrorise des immigrants et leurs fils pour leur extorquer du fric, soi-disant pour les protéger. Comme si ces trois années n'avaient jamais existé. Comme si je n'étais pas estropié. Je devrais faire comme si tout était oublié, hein ?

– Je ne te demande pas d'oublier. Mais quels autres choix as-tu ? Que peux-tu faire d'autre ?

Karras hocha lentement la tête.

– Oui, je crois que tu as raison.

– Évidemment. Tu vas passer ta vie à faire cuire des hamburgers ? Avec un tablier ? C'est ça que tu veux ? Allons, mec, c'est pas ton genre. Toi et moi, on n'est pas faits pour ça.

– C'est juste, Joe. Toi et moi, on a toujours voyagé dans le même bus.

– C'est exactement ce que je dis ! Laisse donc ce boulot de merde à ton pote Pericles et à tous les autres enfants de chœur qu'on a connus dans le temps. Je te le dis, Pete, si tu continues comme ça, t'as aucun avenir.

Karras tira longuement sur sa cigarette.

– Tu veux que je te dise, Joey ? Je crois que tu as raison.

– Bien sûr que j'ai raison.

Karras se regarda dans le miroir du bar et sourit tristement à son reflet.

– J'aurai besoin dc ta voiture, dit-il.

– Ma voiture ? Pourquoi faire ?

– Pour amener la fille.

Recevo sourit.

– Tu sais bien que tu es nul au volant.

– Possible, mais j'en ai besoin quand même. Je ne vais pas lui faire traverser la ville à pied.

– Elle est à l'autre bout de la ville ?

– Peu importe où elle est. Je vous l'amènerai, à Burke et à toi. Mais j'ai besoin de ta bagnole.

Recevo sortit ses clés de sa poche et les déposa dans la main de Karras. Celui-ci finit son scotch et sa bière cul sec. Il écrasa sa cigarette dans le cendrier. Recevo l'imita. Il enfila son pardessus, son chapeau et laissa un petit tas de billets d'un dollar sur le bar.

– O.K., dit Karras, allons-y.

Ils sortirent par la porte latérale. Jerry Tsondilis observa Recevo d'un air mauvais et donna une tape sur l'épaule de Karras.

– *Yasou,* Pete.

– Salut, *Kiriako.*

Ils avançaient sur le trottoir, côte à côte, d'un bon pas. Karras suivait l'allure, malgré sa claudication, en rythme, comme les deux moitiés d'un même homme.

Ils passèrent devant un taxi arrêté le long du trottoir. Le chauffeur se pencha par la vitre.

– Vous cherchez un taxi ?

– Faites chauffer le moteur, dit Recevo.

Ils s'arrêtèrent devant l'Oldsmobile. Recevo s'appuya contre sa voiture.

– Tu es sûr que tu sauras la conduire ?

– Je me débrouillerai. Ça a du nerf, cet engin ?

Recevo acquiesça.

– Moteur V-8.

– Je voudrais pas vous faire attendre.

– Tu en as pour combien de temps ?

– Une heure, une heure et demie.

– Heure grecque ou heure américaine ?

– Attendez-moi.

Karras ôta le feutre de la tête de Recevo. D'une pichenette, il rectifia le pli. Recevo récupéra son chapeau et le remit ainsi sur sa tête.

– Ah, Joey, toi et tes chapeaux.

– Et alors ?

– Rien.

Karras ouvrit la portière et se laissa tomber derrière le volant. Il mit le contact et accéléra, faisant rugir le moteur. Il accéléra encore, jusqu'à ce que le moteur hurle, en observant Recevo.

– Hé, qu'est-ce que tu fous ?

– Je fais chauffer le moteur.

– Tu vas le faire cramer, oui !

Karras coinça une Lucky entre ses lèvres et l'alluma. Il jeta l'allumette carbonisée aux pieds de Recevo.

– Prends soin de ma bagnole, le Grec.

– T'en fais pas, Joey. Je ferai pas le con.

Karras démarra. Recevo siffla le taxi.

39

Karras enclencha la troisième. Le moteur de l'Oldsmobile embraya en douceur, sans le moindre grincement ; l'arbre à cames coulissait comme un couteau chaud dans du beurre. Karras caressa le tissu gris des sièges, il observa l'agencement du tableau de bord, la pendule incrustée dans la petite niche au centre. Recevo avait pris toutes les options ; il n'avait pas laissé passer un seul gadget.

– Bravo, tu t'es bien débrouillé, Joey, dit Karras à voix haute.

Puis il pensa : Cette voiture est chouette, c'est vrai, mais qui a besoin de ça, hein ? Quand tu es enfermé dans un de ces engins, tu loupes tout : les odeurs, les sons, etc. En ville, tu te coupes de toutes ces choses, et avec les taxis, les bus et les tramways qui t'emmènent partout où tu veux, franchement tu n'as pas besoin d'une jolie bagnole comme ça pour te balader. Non, tu n'en as pas besoin.

Karras baissa très légèrement la vitre pour que l'air chasse la fumée de cigarette.

Il entra dans Chinatown.

Il se gara dans la 6e, au niveau de H Street, et traversa la rue en direction d'une cabine téléphonique située au coin. Il composa le numéro de Costa et fut soulagé d'entendre la voix de Toula au bout du fil.

Karras lui dit de se rendre chez Florek, sans en parler à Costa, pour demander à Florek et à sa sœur de se préparer à partir en voyage. Il serait là-bas dans un quart d'heure.

– *Hokay,* Panayoti. *Tha kano tora.*

– *Efcharisto,* Toula. *Kali nichta.*

Karras raccrocha. Il jeta un coup d'œil en direction du restaurant sans enseigne à côté du Cathay, au bout de la rue. Su était dehors, appuyé contre son taxi, penché vers un autre Chinois; tous les deux faisaient de grands gestes et crachaient des flots de paroles dans la nuit. Karras alluma une cigarette, en observant Su. Il paraissait toujours en pleine forme, énergique, et il le resterait sans doute longtemps. Su était un brave gars. Et un bon petit sportif.

Karras leva les yeux vers l'immeuble où il avait grandi. Il regarda la fenêtre de son ancien appartement; une lumière jaune traversait les rideaux épais. Il tira sur sa cigarette.

Il introduisit un nickel dans la fente du téléphone et écouta la sonnerie retentir au bout du fil. À travers la fenêtre, là-haut, il vit l'ombre massive et voûtée de sa mère traverser lentement la pièce pour aller décrocher. Il apercevait même son chignon, en ombre chinoise, à l'arrière de son crâne. Il repensa aux cheveux de sa mère quand ils étaient encore longs, quand elle les défaisait le soir, quand elle les démêlait inlassablement avec la brosse argentée. Il se revoyait enfant, assis au bord de son lit, la regardant passer la brosse dans ses longs et magnifiques cheveux.

– Allô ?

– Maman, c'est Pete.

– Panayoti, *pou eise?*

– *Sto magazi.*

– *Thoolevis?*

– Oui, je travaille.

– *Thelis na fas?*

– J'ai déjà mangé, maman.

– *Ella na fas. Tha fiaxo ligo fayito, tha copso-sou enamicrooli salata...*

– Maman, j'ai déjà mangé.

Karras regarda à travers la fenêtre la silhouette immobile et noire de sa mère.

– Maman..

– *Ti eine, pethi mou ? Eise arosti ?*

– Non, maman, je ne suis pas malade. J'ai juste un petit picotement dans la gorge. Il faut que je te laisse, maman...

– *Panayoti...*

– Maman. Jc voulais justc... J'appclais pour tc dirc bonjour.

– Hokay, mon garçon. *Pas sto kalo.*

Karras raccrocha. Il tira sur sa cigarette, plusieurs fois, jusqu'à ce qu'elle chauffe, puis il la jeta dans la rue. Il regagna l'Oldsmobile en boitant, monta à bord et mit le contact. Il repartit vers l'ouest.

*
* *

Karras descendit U Street et baissa entièrement la vitre pour pouvoir entendre les bruits de la rue. Il passa devant les théâtres et les bars ; il voyait les jeunes Noirs, garçons et filles, vêtus avec élégance, qui se promenaient bras dessus bras dessous, en parlant et en riant, accompagnés par la musique live ou enregistrée qui s'échappait par les portes ouvertes des clubs. Il aperçut un barman qu'il connaissait, un colosse, debout à l'entrée du Yamasee ; il le salua d'un signe de la main, l'homme lui répondit de la même manière.

Karras tourna à gauche dans la 14e, passa devant S Street, exécuta un demi-tour au milieu de la rue et gara l'Oldsmobile du côté est, face au nord. De là, il pouvait observer le comptoir éclairé de chez Nick, à travers la vitre de l'autre côté de la rue. Dehors, l'enseigne bleue entourée d'ampoules blanches était éteinte. Karras consulta son Hamilton à son poignet ; il était déjà tard.

Nick Stefanos et Costa étaient derrière le comptoir ; ils faisaient de grands gestes et discutaient avec animation ; deux verres à moitié remplis étaient posés devant eux, et entre les verres se trouvait une bouteille de Ballantine Ale. Ils auraient pu se disputer, ou ils auraient pu tout aussi bien conclure un pacte d'amitié scellé dans le sang. Difficile à dire en voyant leurs expressions.

Karras sourit.

Vous voulez détruire ce restau ? Tu parles...

Il descendit de l'Oldsmobile et traversa la rue.

Il entra dans l'immeuble de Florek, monta l'escalier et s'arrêta en chemin pour se reposer et masser inutilement son genou. Arrivé sur le palier, il frappa à la porte de Florek.

Mike Florek lui ouvrit. Il portait son blouson en laine ; son sac marin était posé à ses pieds.

– Allons-y, dit Karras.

– Faut que j'aille chercher Lola.

– Vas-y, dit Karras en se penchant pour prendre le sac. Je fais chauffer la voiture.

– Tu as une voiture ?

– Mieux que ça. Un belle Oldsmobile avec un moteur V-8.

Karras redescendit et regagna l'Oldsmobile. Après avoir posé le sac à l'arrière, il mit le contact. Florek traversait la rue. Il tenait sa sœur par les épaules et l'entraînait lentement vers la voiture. Une couverture de l'armée enveloppait ses épaules frêles.

– Allonge-la à l'arrière, dit Karras.

Florek s'exécuta, avec soin, avant de s'installer à la place du passager. Du menton, il indiqua la direction de chez Nick, tandis que Karras enclenchait la première.

– Je devrais aller lui dire un mot. Il a été vachement gentil avec moi, Pete.

– Pas le temps. Je lui expliquerai. Peut-être que tu pourras lui écrire une lettre, par exemple, pour tout lui raconter. Je ne suis pas très... doué pour m'exprimer.

– Pourquoi ce soir, Pete ? Pourquoi comme ça ?

– Parce que j'ai une belle bagnole. Et il faut bien que tu partes, non ? Autant faire ça avec classe ?

– Où on va ?

Karras démarra. Il fit un autre demi-tour et partit vers le sud dans la 14e. Arrivé dans New York Avenue, il prit un grand virage à gauche.

– Comment va-t-elle ? demanda Karras.

– Elle en a bavé.

– Le pire est passé, non ?

Florek ne répondit pas. Il ouvrit sa vitre et laissa l'air lui fouetter le visage ; il respira l'odeur de la ville, qu'il avait appris à connaître. La lumière d'un lampadaire balaya son visage.

– Pete ?

– Oui.

– Je sortais avec une fille ici.

– La petite rousse.

– Oui, Kay. Je sais que je devrais penser seulement à Lola et tout ça...

– Je comprends.

– J'aimerais vraiment la revoir une dernière fois.

Karras rétrograda en douceur.

– Tu la reverras toute ta vie, petit. Et tu la reverras comme elle était. Même quand tu seras vieux, et elle aussi, elle te reverra comme tu étais. Considère ça comme un privilège.

– Oui, sûrement.

– Et puis, des filles il y en aura plein d'autres. Un tas pour un petit malin comme toi.

Florek rougit légèrement ; il se renversa dans son siège.

Karras se gara en face du terminus des cars Greyhound dans New York Avenue, à la hauteur des numéros 1100. Des hommes et des femmes, certains en uniforme, franchissaient rapidement les portes de la gare, dans les deux sens. Un soldat assis sur un muret en béton fumait une cigarette dans l'obscurité.

– Pourquoi on s'arrête ? demanda Florek.

– Descends.

Karras contourna la voiture par-devant pour rejoindre Florek du côté passager. Il prit son portefeuille et sortit le billet de cinquante dollars, qu'il tendit à Florek.

– Cinquante dollars ? Ça veut dire quoi ?

– Un type me les devait. Celui à qui appartient la bagnole.

– Mais...

– Prends-les. Emmène ta sœur et achète deux billets pour Pittsburgh ou un endroit près de ton putain de patelin. S'il n'y a pas de car tout de suite, prends-en un qui va vers le nord, n'importe où. Mais pars rapidement, O.K. ?

– D'accord, Pete. Mais pourquoi ?

– Je te l'ai déjà dit. Ta place n'est pas ici.

– Quand même, cinquante dollars. Je vais pas tout dépenser pour deux tickets de bus. Je t'enverrai la monnaie.

Karras sourit et tapota la manche du blouson de Florek.

– Garde-la plutôt pour t'acheter une veste. Un truc un peu plus classe. Ça pourrait te servir, avec toutes ces filles que tu vas rencontrer.

Florek regarda ses pieds. Le vent ramena en arrière ses cheveux raides.

– Pourquoi tu fais tout ça, Pete ?

– J'en sais foutre rien, Mike. J'ai jamais rien planifié dans ma vie. Allez, fiche le camp. Pars.

Ils se serrèrent la main. Karras se retourna et s'éloigna.

– Hé, Pete, tu repars à pied ?

– J'ai dit au type qu'il pouvait récupérer sa voiture ici.

– Je peux te conduire quelque part et ramener la voiture.

– La nuit est belle, dit Karras en levant les yeux vers le ciel. Je vais marcher.

Florck fit le tour de la voiture pour récupérer son sac marin et aider Lola à descendre en douceur. Ils marchèrent vers les portes de la gare routière ; les lumières des lampadaires coloraient le visage blême et creusé de Lola.

– Mike..., murmura-t-elle.

– On y est presque.

Mike Florek tourna la tête en direction de New York Avenue. Entre les voitures, il vit Karras passer en boitant devant le soldat assis dans l'ombre sur le muret. Un flot de couples avançait sur le trottoir ; ils donnèrent l'impression d'envelopper Karras, avant de poursuivre leur chemin en riant et en parlant fort. Puis il ne resta plus que le soldat qui regardait ses bottes en fumant sa cigarette. Le soldat, la nuit et rien d'autre. Peter Karras avait disparu.

40

Pete Karras s'arrêta pour allumer une cigarette. Il mit ses mains en coupe autour de l'allumette pour protéger la flamme. Il inspira une bouffée de tabac et de soufre, la garda dans ses poumons pour la savourer, puis la recracha lentement en la regardant se disperser dans le vent glacé et mordant. Il se remit en route.

Il bifurqua vers le sud-est, dans Massachusetts Avenue. C'était une belle rue, typique de Washington, se disait-il : large et bien ordonnée, bordée de maisons bien entretenues. Karras avait toujours aimé la largeur des rues de D.C., l'agencement en forme de quadrillage, les cercles et les lignes droites. Les immeubles n'étaient pas très hauts, à cause de la réglementation, et quand la nuit était claire, en se plaçant à certains endroits on apercevait une grande partie de la ville, simplement en regardant devant soi. Comme ce soir. La lune éclatante projetait une lumière pâle et immaculée dans le ciel étoilé et sans nuage. Karras trouvait que la ville était particulièrement belle ce soir.

Il jeta sa cigarette, continua de descendre Massachusetts et tourna à angle droit dans New Jersey Avenue ; il pénétra alors dans un quartier à dominante noire, constitué de rangées de maisons identiques, sombres, dont les occupants dormaient depuis longtemps. Il n'était plus qu'à un bloc de

North Capitol maintenant, à proximité de la 1ère Avenue, entre E et F Streets. Le dôme illuminé du Capitol se dressait droit devant. Karras l'observa, indifférent à son aspect majestueux. Son regard balaya la rue. Il repéra quelques voitures familières garées le long du trottoir, deux ou trois coupés et une berline de luxe. Il était maintenant au coin de la rue, devant la maison surmontée d'une tourelle et de remparts crénelés. Il avançait, gravissait les marches du perron et s'arrêtait devant la porte. Il songea alors qu'il avait parcouru à pied une douzaine de blocs, et curieusement, il n'avait pas songé une seule fois à sa jambe.

Karras frappa à la porte. Le guichet s'ouvrit, une paire d'yeux rougis apparut dans l'encadrement. Puis la porte pivota sur ses gonds.

– Salut, Face.

– Karras.

– Comment va la famille ?

Face sourit.

– Tout le monde va bien, Karras. Merci.

– On m'attend.

– Entre.

Karras pénétra dans le grand vestibule. Il jeta un coup d'œil à travers la porte-fenêtre à droite ; plusieurs types en costume assis sur le canapé et dans les fauteuils sirotaient des long drinks en bavardant pour tuer le temps. Le Gallois et Le Moyen étaient du nombre. Un pistolet bleu acier était posé sur la table basse en marbre en forme de haricot devant le canapé. Karras croisa le regard du Moyen ; celui-ci détourna la tête.

– Faut que je te fouille, normalement, Karras, dit Face.

– Ouais, c'est ça. Et après, tu n'as qu'à m'envoyer un direct au menton et me suspendre à un croc de boucher.

– Putain, Karras, pas la peine de réagir comme ça. Je te disais seulement ce que je devrais faire. J'ai pas dit que j'allais le faire.

– Tout ce que tu as à faire, Face, c'est de rester là à jouer les costauds.

– Ouais, t'as raison. Bon, allez, monte.

Karras monta l'escalier, en faisant glisser sa main sur la rampe en bois verni. Arrivé sur le palier, il tourna à droite et s'arrêta devant la porte du bureau de Burke. Il leva le poing pour frapper, mais se ravisa. Il resta là deux bonnes minutes, sans bouger, à écouter les voix étouffées qui lui parvenaient à travers la porte. Finalement, il redescendit.

Face était assis dans le fauteuil du vestibule; ses doigts épais étaient croisés sur ses genoux, ses avant-bras dépassaient de son veston comme deux poutres en pin recouvertes de poils. Il regardait le salon à travers la porte-fenêtre, en souriant à une plaisanterie que quelqu'un venait de faire. Il tourna la tête vers la gauche en entendant Karras poser les pieds sur la première marche.

– T'as déjà fini? demanda-t-il.

– Non, non. Burke m'envoie te dire qu'il veut que tu fasses une course pour lui.

– D'habitude, il envoie Reed.

– Là, c'est moi qu'il a envoyé.

– Ah. Et il veut quoi, M. Burke?

– Que tu ailles acheter une boîte de cigares.

– M. Burke fume pas le cigare.

– Ce soir, il veut en fumer un. On va tous en fumer un. C'est comme une célébration, tu vois. Pour fêter mon retour.

Face restait bouche bée; il essayait de réfléchir.

– Il veut une marque en particulier?

– Chez People, ils font une promo sur les Dutch Masters Belvederes cette semaine. 5 dollars et des poussières la boîte de cinquante.

– Faut que j'aille jusque chez People?

– C'est ce qu'a dit M. Burke. Où veux-tu aller, de toute façon?

– Bon, d'accord, j'y vais.

– Hé, Face... Il ne se passe rien ce soir. Alors, prends tout ton temps pour revenir.

Face extirpa sa lourde carcasse du fauteuil et se dirigea vers la porte. Sa main enveloppa la poignée.

– Hé, Face !

– Quoi ?

– Au cas où je serais parti quand tu reviendras... transmets le bonjour à ta femme.

– O.K., Karras. (Il sourit d'un air penaud.) Prends soin de toi.

– Oui, toi aussi, vieux.

Karras le regarda s'en aller. Il lui accorda une minute ou deux, le temps qu'il aille jusqu'à sa voiture, puis il remonta au premier. Il était de nouveau devant la porte du bureau de Burke. Cette fois, il frappa contre l'huis en bois.

Une voix étouffée lui parvint.

– Ouais ?

– C'est Pete Karras.

– Entre.

Karras tourna la poignée et entra dans la pièce.

Burke était affalé derrière son bureau ; il tenait à la main un verre de bourbon, son regard était voilé, flou.

Recevo était assis à la grande table ; une Raleigh se consumait entre ses doigts, son feutre était enfoncé négligemment sur son crâne. En voyant entrer Karras, Reed s'arrêta de faire les cent pas, il haussa les épaules sous la rayonne de son veston et s'appuya contre la vitrine du râtelier d'armes.

– Pete ! s'exclama Burke avec un sourire tremblotant.

– Bonsoir, monsieur Burke.

– Tu as l'air en pleine forme.

Karras fit courir sa main sur le revers de son pardessus.

– On fait aller.

– La dernière fois que je t'ai vu, dit Reed, tu portais un tablier.

Il rit de sa plaisanterie.

Burke garda les yeux fixés sur Karras.

– C'est fini cette époque, hein, Karras ?

– Oui, fini.

– Alors, sans rancune et ainsi de suite ? dit Burke en levant son verre. À un avenir meilleur.

Karras regarda Burke vider son verre cul sec. Une goutte ou deux tombèrent sur le bureau. Il s'empara de la bouteille de bourbon pour s'en verser une bonne dose. Il fit tourner son poignet et plissa les yeux pour déchiffrer le cadran de sa montre.

– Pile à l'heure.

– Je suis la ponctualité même.

– Très drôle, dit Recevo. Mais j'ai pas entendu de voiture s'arrêter devant la maison, Pete.

– En fait, je suis venu à pied.

– Je me fous de savoir si tu es tombé du Hindenburg et si tu es passé à travers le toit. Je te demande où est ma bagnole.

– Oublie ta voiture, dit Burke avec un petit geste de la main mou et maladroit. Où est la fille ? En bas ?

Karras se tourna vers Recevo. Il lui adressa un petit sourire.

Reed sortit ses mains de ses poches.

– M. Burke t'a posé une question, Karras.

Karras demeura immobile au centre de la pièce, impassible.

– Fouille-le, ordonna Burke.

Reed sourit et avança d'un pas en direction de Karras. Ce dernier lui fit signe de s'arrêter.

– Je le laisserai pas me toucher, dit-il en s'adressant à Burke. S'il approche, je me tire.

Burke poussa un grand soupir. D'un mouvement du menton, il désigna Recevo.

– C'est toi qui nous l'a ramené, Joe. Il est sous ta responsabilité. Fouille-le.

Recevo se leva, se dirigea vers Karras et entreprit de le fouiller. Son regard capta celui de Karras, tandis qu'il faisait glisser ses mains sur le devant de son pardessus.

– Où est ma bagnole ? murmura-t-il.

– Désolé, Joe.

Recevo s'interrompit brusquement. Il se redressa et recula.

– Il est O.K., monsieur Burke.

Recevo regagna sa place, reprit sa cigarette dans le cendrier, tira dessus et exhala lentement la fumée. Il secoua la tête en regardant fixement un point invisible quelque part derrière Burke, à travers la fenêtre du bureau. Son veston s'ouvrit lorsqu'il se pencha pour faire tomber sa cendre. Karras eut le temps d'apercevoir la crosse du calibre 38.

– Bon, dit Burke, au sujet de la fille...

– La fille, dit Karras. Elle a fichu le camp. Elle est partie vers le sud, elle est rentrée chez elle, avec son frère. Elle est repartie dans son bled paumé du Tennessee, ou je ne sais où. (Karras jeta un regard à son Hamilton.) À l'heure qu'il est, je dirais qu'ils roulent sur l'autoroute. J'imagine le moteur V-8 qui ronronne.

– Nom de Dieu, Pete ! s'exclama Recevo.

Il écrasa rageusement sa cigarette dans le cendrier.

– T'es un homme mort, dit Burke.

Karras sourit d'un air sinistre.

– Comment avez-vous pu croire que je livrerais cette fille à une espèce de poivrot dégénéré comme vous ?

– C'est Joe qui me l'a fait croire, répondit Burke d'une voix assourdie. (Il se leva lentement.) N'est-ce pas, Joe ?

Recevo se leva d'un bond; il passa devant Reed en le frôlant et vint se placer devant Karras. Son regard était vide et enragé : il brandit le poing droit.

Karras le regarda droit dans les yeux. Recevo baissa lentement le poing.

– Tu as peur, Joe ?

– Non.

– Notre jour est venu, dit Karras.

Recevo posa la main sur l'épaule de Karras. Celui-ci la repoussa. Les deux hommes se dévisagèrent un instant, avant d'éclater de rire.

– Hé, ça veut dire quoi ? dit Reed.

Karras glissa la main à l'intérieur de son pardessus. À l'intérieur de sa veste. Et il dégaina le .45 de Lou DiGeordano. Il actionna la culasse pour introduire une balle dans la chambre.

Reed respirait bruyamment; il avait du mal à reprendre son souffle.

– Adieu, Reed.

Karras tendit le bras et pressa deux fois sur la détente. Le .45 se cabra et cracha deux balles dans un grondement de tonnerre. Un morceau de viande, qui avait constitué le visage de Reed, fut propulsé sur la droite. Le reste de son corps recula et s'effondra; il rebondit une fois sur le sol, puis s'immobilisa définitivement.

– Joe, dit Burke d'une voix blanche

Il leva les mains, paumes en avant, en signe de reddition.

– Joe...

– Oui, monsieur Burke.

Recevo sortit son .38 et tira. La bouteille de bourbon explosa sur le bureau; des éclats de verre pénétrèrent dans le masque grimaçant de Burke, tandis que la balle s'enfonçait dans son bas-ventre, laissant un trou béant d'où jaillissait le sang. Burke hurla et leva les mains pour se protéger le visage. Recevo lui tira dans le ventre, deux fois. Burke bascula lentement vers l'avant ; sa grosse langue saillait de manière comique entre ses dents. Recevo le redressa avec deux balles dans la poitrine, tirées coup sur coup. Burke tournoya sur lui-même et tomba.

Recevo pointa son arme vers le bas et pressa la détente encore une fois ; le chien s'abattit sur une chambre vide. Il lâcha le .38.

– Tiens, dit Karras en lui lançant le Colt.

Recevo éjecta le chargeur, vérifia son contenu et le remit en place dans la crosse.

Karras souleva une chaise pour la lancer à travers la pièce. Les portes de la vitrine explosèrent dans un bruit de détonation. Karras s'approcha du râtelier et s'empara de la mitraillette Thompson.

– Elle est chargée ? demanda-t-il.

– Jusqu'à la gueule.

Karras soupesa la Thompson et actionna la culasse.

– Combien de balles ?

– C'est un chargeur de trente.

– Alors, on va bien voir.

En bas, dans le vestibule, les hommes de Burke s'organisaient. Karras et Recevo entendaient leurs voix aiguës, remplies de nervosité, d'angoisse et de peur. Puis leurs pas résonnèrent dans l'escalier, de plus en plus lourds à mesure qu'ils montaient, sans la moindre hésitation, car l'excitation de l'assaut l'emportait sur la peur.

– C'est parti, commenta Karras.

Recevo cracha par terre, au moment où le premier homme se ruait dans le bureau.

Karras vit l'éclair jaillir du pistolet bleu acier pointé sur lui, au moment même où Recevo fauchait le type. Karras fut projeté en arrière sous l'impact de la balle qui s'enfonça dans son épaule et lui pulvérisa la clavicule.

– Aaaahh !

D'un coup de pied, Recevo renversa la grande table. Il s'accroupit derrière et se redressa en tirant, alors qu'un deuxième homme faisait irruption dans le bureau. Celui-ci ouvrit le feu en hurlant, tandis qu'il traversait la pièce en diagonale ; il canardait dans tous les coins, mais ses jambes se dérobèrent, soufflées par les rafales de la mitraillette Thompson, dont les balles le transpercèrent de la cuisse à la poitrine.

– Je suis touché ! cria Recevo.

Le Moyen venait de surgir dans le bureau ; il fonçait droit vers Karras, à travers l'épaisse fumée quasiment impénétrable, en tirant. Karras riposta et alors que les éclats de bois du parquet jaillissaient à ses pieds, il baissa son arme, en songeant à ce qu'on ressentait quand on était touché ; c'était comme recevoir des coups, se disait-il, une pluie de coups qui ne cessait de s'abattre. Le Moyen gisait devant lui, mort ; une large plaie écarlate fumait au milieu de sa gorge.

Karras agrippa un des pieds de la table renversée. Il se mordit la lèvre en sentant son sang chaud couler le long de sa cuisse.

– Joey, dit Karras.

– Je suis là, le Grec.

Il était là, en effet, juste à droite de Karras, et il plaquait le .45 ensanglanté sur son ventre déchiré par une balle.

Les deux hommes échangèrent un regard. Ils entendaient les autres types se rassembler à la porte du bureau.

Karras coinça la Thompson dans ses bras en appuyant la crosse contre ses côtes.

– Allez, murmura-t-il, si vous voulez venir, c'est maintenant.

Les hommes de Burke se ruèrent à l'assaut.

Karras vit des flammes blanches qui accompagnaient les détonations ; il entendit tonner l'arme de Joey, vit un homme tomber, entendit Joey hurler, regarda son chapeau rouler sur le sol, comme poussé par un vent violent. Il pressa la détente de la mitraillette, vit des hommes plonger dans la fumée et l'encadrement de la porte voler en éclats dans une gerbe d'étincelles et de poussière. Il s'écroula, frappé par un choc sourd semblable à un coup de marteau en pleine poitrine.

En grimaçant, il se releva. Il appuya son visage contre la table, et resta dans cette position, le temps de reprendre son souffle. Il entendait les autres se déplacer dans la pièce.

Vas-y, nage, Grec de mes deux !

Il sauta par-dessus la table, retomba sur ses pieds, en douceur, comme s'il sautait dans l'eau. Ils étaient là devant lui, le Gallois et les autres, ils avançaient vers lui en vidant leurs armes, tous en même temps ; le bruit assourdissant couvrait leurs braillements et le hurlement sans fin qui s'échappait de sa propre bouche.

Penché en avant, le doigt appuyé sur la détente, Karras fredonnait, tandis que la Thompson dansait frénétiquement dans ses bras ; les hommes de Burke s'effondraient devant lui, à travers la fumée, au milieu des douilles éjectées et des mouettes blanches qui planaient dans un ciel bleu immaculé.

Des fleurs rouges commençaient à éclore sur les poitrines de ces hommes venus pour conduire Peter Karras à l'endroit qui l'attendait depuis toujours.

SIXIÈME PARTIE

WASHINGTON, D.C.
1959

41

Nick Stefanos rétrograda, puis donna un petit coup d'accélérateur. La Chevrolet répondit en douceur. Ils roulaient vers le sud, dans Rock Creek Park. À travers les feuilles naissantes des arbres, le soleil illuminait les cornouillers blancs et les jonquilles qui ajoutaient des taches de couleur aux marron et aux vert pâle des bois. Stefanos tapota le genoux du petit garçon assis à ses côtés, en fredonnant la chanson que diffusait l'autoradio. Assis à côté du garçonnet, du côté passager, Costa lisait le *Post* du matin, un coude à l'extérieur ; le vent faisait danser ses cheveux rebelles et ébouriffés.

Stefanos pouffa.

– Le *pethi,* il aime la musique.

– Hmmm, fit Costa sans lever les yeux de son journal.

Le garçonnet agitait la tête à contretemps du rythme de la guitare et sourit lorsque la voix suave revint se mêler aux instruments.

– Qu'est-ce qu'il y a, *re,* tu n'aimes pas Elvis Presley ?

– Ça me fait ni chaud ni froid.

– Les filles en sont folles. Elles perdent la tête quand elles écoutent ce *choriati.*

– Qu'est-ce qu'elles y connaissent, hein ? Ce type, il chante comme un négro.

Stefanos changea de sujet en même temps qu'il changeait de voie.

– *Sou aresi to caro mou?*

– Oui, pas mal. Mais tu me connais, patron, je suis incapable de faire la différence entre deux modèles.

Stefanos avait récemment fait l'acquisition de cette Belair de 57 chez Star Pontiac dans la 4e. C'était un V-8 sport avec une magnifique carrosserie turquoise et blanche et des pneus à flanc blanc. Stefanos avait un faible pour la couleur turquoise, et il aimait les lignes classiques.

- Elle est entièrement payée, dit Stefanos, c'est ça qui est bien. 1 777 dollars, en liquide. Je n'ai pas à me faire de souci pour les mensualités. Pas d'intérêts à payer, ni rien.

– Parfait, Niko. Très bien.

– Tu t'en fous, évidemment. Tu es trop occupé à lire ton journal.

– Je lis un truc sur Ike [1]. Il n'a pas été tendre avec les cocos dans son discours. Il a dit que les Rouges « encourageaient la révolution mondiale, détruisaient la liberté et commu... communisaient le monde. » Il ne le leur a pas envoyé dire, nom de Dieu.

Stefanos tourna la tête vers la gauche, se racla la gorge et cracha par la vitre.

– Quoi d'intéressant dans les pages sport ?

– *Mia stigmi.* (Costa trouva la rubrique des sports.) Voilà. Bob Addie parle d'un joueur de base-ball cubain. Il dit que ce jeunot est ce que Cuba nous a envoyé de plus rapide depuis les sympathisants de Batista. C'est censé être drôle, non ?

– Oui, amusant.

– Il y a aussi un article sur les Nats. Ils ont perdu six matches d'avant-saison à la suite.

– Ils ont une chance cette année ?

1. Diminutif du président Einsehower (Dwight). (*N.d.T.*)

– Ils vont finir dans les choux, comme l'année dernière. De toute façon, le championnat, c'est juste une course pour la seconde place. Les Yankees ont gagné d'avance. Je te le dis, y a les Yankees et y a les autres.

– C'est juste.

Costa fit la grimace.

– Éteins-moi cette foutue musique !

– Le gamin aime bien.

– Le *pethi !* Il n'y en a que pour le *pethi.* Je t'ai bien vu ce matin, tu regardais ce machin avec lui sur Channel 9, comment il s'appelle ce *bufo,* celui qui porte un uniforme comme s'il était dans la Navy ?

– Captain Kangarro. Et juste après, on a regardé Ranger Hal.

– Oui, c'est de lui que je parle ! Bientôt, tu vas annuler notre partie de cartes pour regarder des dessins animés avec le gamin !

– Ça se peut.

– Tout pour le *Pethi.*

– Parfaitement.

Costa secoua la tête. En tournant les pages du journal, il tomba sur une immense publicité. Le soleil qui entrait par la vitre ouverte faisait ressortir les poils blancs qui avaient envahi sa moustache noire.

– Écoute ça ! s'exclama-t-il, tout excité. Jumbo propose du poulet à frire pour 27 cents la livre. J'irai en acheter pour le *magazi.*

– Quoi ? Tu vas prendre le bus jusqu'à Benning Road parce que les poulets coûtent un penny de moins que chez notre revendeur habituel ?

– Parfaitement ! Un penny, c'est un penny, Niko.

Stefanos jeta un regard à l'enfant assis à ses côtés. Le garçonnet portait son premier blue jean, gonflé par la couche qui était dessous, avec une paire de bretelles rouges et une chemise à rayures vertes. Stefanos sourit.

– Apprends un peu à te détendre, dit-il. Profite de la vie.

Ils sortirent de Rock Creek et longèrent le Potomac, contournèrent le grand bassin et continuèrent jusqu'à ce qu'ils pénètrent dans le parc de Hains Point. Stefanos se gara à côté d'une Coupe de Ville noire de 56 et éteignit le moteur. Les yeux écarquillés, Costa regardait le Noir qui lustrait avec application la Cadillac, à l'ombre.

– Un *mavros* qui se balade à Hains Point comme si cet endroit lui appartenait. Dans le temps, tu pouvais dormir dans le parc l'été, en toute tranquillité. Je me souviens...

– Oui, tu te souviens. Moi, je me souviens quand le ciné coûtait un nickel. Et après ? Allez, viens, allons nous promener, profitons de cette belle journée.

Costa lança son journal par-dessus son épaule, sur la banquette arrière de la Belair.

– Attention, *re,* tu vas écraser les fleurs !

– Oui, d'accord.

Stefanos fit descendre l'enfant.

– *Opa !* dit Stefanos.

L'enfant sourit.

Ils marchèrent à l'ombre d'un cerisier en fleur jusqu'au chemin cimenté qui longeait le chenal, à l'extrémité du parc. Stefanos déposa soigneusement le garçonnet sur le sol et l'aida à retrouver son équilibre. L'enfant se dirigea vers le garde-fou, suivi de près par Stefanos.

– Surveille-le bien, dit Costa. Si tu ne l'as pas à l'œil, il va se retrouver dans la flotte en moins de deux.

– Je le surveille, qu'est-ce que tu crois ? Il marche depuis quelques semaines seulement. Mais je ne m'inquiète pas. S'il tombait à l'eau, tu irais le rechercher.

– Je fouterais pas les pieds dans l'eau, même s'il tombait dedans.

– Tu plongerais la tête la première, car tu sais combien j'aime cet enfant.

– Oui, je sais, Niko. (Costa regarda son ami.) Tu crois que ton fils et ta bru vont émigrer un de ces jours pour t'aider à élever leur gosse ?

– Quand ils me l'ont envoyé, ils ont promis de le suivre très vite. Mais tu veux que je te dise, Costa ? Même s'ils ne viennent pas, je m'en fiche.

Accoudés au garde-fou, ils surveillaient l'enfant, tout en contemplant le Washington Channel qui brillait dans le soleil de l'après-midi. De l'autre côté du chenal, le marché aux poissons installé le long de Mainc Avenue battait son plein.

– Je me souviens de l'époque où Lou DiGeordano avait un étal là-bas.

– Moi aussi. Comment va Lou, au fait ?

– Il va bien.

Costa cracha dans l'eau.

– Dis, tu as lu le *Star,* hier soir ? La commission de boxe de New York a décidé que Sugar Ray Robinson allait défendre son titre contre Carmen Basilio.

– Ray est un bon boxeur. Peut-être même le meilleur de tous les temps. Mais quel âge ça lui fait ? 36 ans ?

– 37, dit Costa en se penchant pour attraper l'enfant par ses bretelles et l'éloigner du garde-fou. Tiens, en parlant de vieux boxeurs, j'ai vu Steve Mamakos qui se baladait dans M Street, l'autre jour.

– Il paraît qu'il est complètement abruti à force d'avoir pris des coups.

– Abruti, mon œil. C'était juste une rumeur qui a circulé. Il m'a paru très bien.

Stefanos dit :

– Pete Karras adorait ce type.

– Ouais... Karras. C'est pour lui, les fleurs qui sont à l'arrière de la voiture ?

– Oui, je vais faire un saut à Glenwood après. Je vais faire mon *stavro* et déposer les fleurs sur sa tombe.

– Entre toi et son pote inspecteur, l'obèse, il a des fleurs tous les mois.

– Ouais.

– Comment va Eleni ?

– Bien. Je la vois à l'église, avec son gamin. Dimitri a 12 ou 13 ans maintenant. Karras a pensé à leur avenir en souscrivant cette assurance-vie. Tu te souviens de ce type qui venait toujours le voir au restau, pour le bassiner avec cette pension d'ancien combattant. Karras a fait un truc bien, là. Oui il a fait au moins un truc bien.

Costa suivit du regard le vol d'une mouette dans le ciel bleu immaculé.

– C'était une sacrée époque, Niko.

– Oui.

– Au fait, tu as des nouvelles de ce jeune type, le Polak qui travaillait pour nous en ce temps-là ?

– Pas depuis un petit moment. Au début, j'ai reçu deux ou trois lettres. Il a ouvert une taverne, là-bas en Pennsylvanie, il s'est trouvé une fille et s'est marié.

– Toula m'a parlé d'une sœur.

– Il m'a jamais parlé d'une sœur dans ses lettres. Je ne sais pas ce qu'elle est devenue.

Costa se tourna vers Stefanos. Son ami avait pris du poids, ses traits avaient commencé à s'affaisser et les rares cheveux qui lui restaient avaient blanchi. Mais les rides de sourire et son caractère étaient profondément gravés sur son visage.

– Hé, Niko.

– Quoi ?

– Tu as su ce qui s'était vraiment passé dans cette maison ? Karras et son pote, ils n'ont laissé aucun survivant. Qu'est-ce qui s'est passé, bordel ?

Stefanos contempla la surface du chenal.

– Karras et l'*Italos*... Oui, je sais très bien ce qui s'est passé. Ces deux-là, ils n'ont pas été assez malins pour descendre du bus.

– Hein ?

– Non, rien. C'est une histoire. (Stefanos se redressa.) Viens, allons faire une petite balade, *re*. Tu es d'accord ?

– Moi ? dit Costa. Je m'en fous.

Nick Stefanos prit dans ses bras le garçon qui s'appelait Nick Stefanos lui aussi, et tous les trois avancèrent dans l'herbe verte et épaisse, en passant devant un couple de Noirs, assis l'un à côté de l'autre, bras dessus bras dessous, à l'ombre d'un arbre en fleur.

Imprimé en France sur Presse Offset par

BRODARD & TAUPIN

GROUPE CPI

14718 – La Flèche (Sarthe), le 18-09-2002
Dépôt légal : septembre 2002

POCKET – 12, avenue d'Italie - 75627 Paris cedex 13
Tél. : 01.44.16.05.00